김대중을 생각한다

김대중을 생각한다

2011년 7월 25일 초판 1쇄 펴냄

펴낸곳 (주)도서출판 **삼인**

기획 프레시안
지은이 강원택 외
펴낸이 신길순
부사장 홍승권
책임편집 오주훈
편집 김종진 양경화
마케팅 이춘호 한광영
관리 심석택
총무 서장현 정상희

등록 1996.9.16. 제 10-1338호
주소 121-837 서울시 마포구 서교동 339-4 가나빌딩 4층
                (서울시 마포구 와우산로 27길 23)
전화 (02) 322-1845
팩스 (02) 322-1846
전자우편 saminbooks@naver.com
홈페이지 www.saminbooks.com

표지디자인 (주)끄레어소시에이츠
제판 문형사
인쇄 대정인쇄
제책 성문제책

ISBN 978-89-6436-035-4 03810

값 18,000원

김대중을 생각한다

프레시안 기획 | 강원택 외 지음

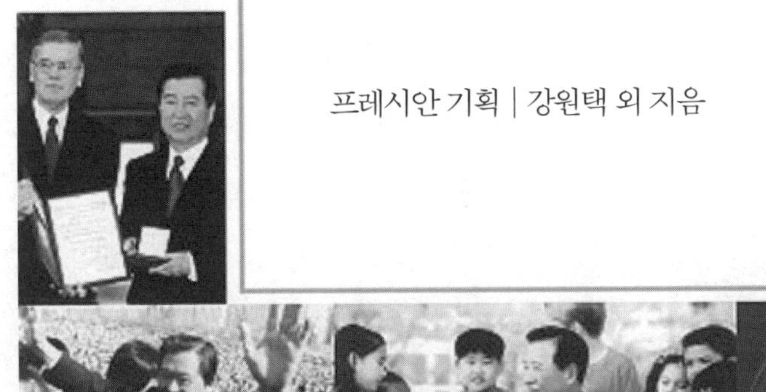

삼인

2부

3부

.... 김대중을 생각한다

머리글

박인규 프레시안 대표

이 책은 2011년 3월부터 6월까지 '김대중을 생각한다'는 제목 아래 『프레시안』에 연재됐던 글과 인터뷰들을 묶은 것이다. 이 연재는 김대중 전 대통령의 1주기인 지난 해 8월 그의 공식 자서전인 『김대중 자서전』이 출간되고 난 후, 이제는 김대중의 정치적 삶에 대한 객관적이고도 공정한 평가 작업이 시작돼야 한다는 판단에서 시도됐다.

1970~80년대 민주화운동의 중심적 인물이자 1997년 12월 해방 이후 최초의 수평적 정권 교체에 성공한 정치인인 김대중에 대한 정당한 평가야말로 향후 한국 민주주의의 발전을 위해 반드시 필요한 작업이라고 생각됐기 때문이다. 나아가 그의 재임 시 IMF 외환위기에 따른 사회 양극화가 심화됐다는 점에서도 그의 정치적 성과와 한계에 대한 평가는 피해 갈 수 없는 과제라 할 수 있다.

여기서 말하는 정당한 평가란 그의 성취는 물론이고 한계까지도 아우르는 전체적이고 균형 잡힌 평가를 말한다. 다시 말해 그에 대한 맹목적 지지도 무조건적 비판도 아닌, 공정한 평가를 통해 그의 성취는 물려받되 그가 이루지 못한 과제는 후세들이 극복해야 할 과제로 설정하자는 것이다.

이에 따라 전·현직 정치인과 시민운동가, 교수, 지식인 등 각계 인사들에게 김대중에 대한 평가의 글을 부탁했고, 이에 응해주신 스물여섯 분의 글과 두 분의 인터뷰를 싣게 된 것이다(이 가운데 한홍구 교수의 글은 지난해 8월 『김대중 자서전』에 대한 『프레시안』 서평임을 밝혀둔다). 김대중과의 개인적인 일화나 평가, 『김대중 자서전』을 읽고 난 소감 등 글의 성격에는 특별한 제한을 두지 않았고, 가급적 필자의 가장 진솔한 생각을 써주실 것을 요청했다. 따라서 본격적인 평가라고 하기는 어렵겠으나 김대중 평가의 기초 자료는 될 수 있을 것이라고 생각된다.

다만 모아 놓고 보니 보수 진영 인사들의 글이 너무 적은 것이 눈에 띈다. 또 그에 대한 비판보다는 예찬의 글이 훨씬 많다. 보수, 진보를 가리지 않고 균형 잡힌 평가를 해보자는 애초의 취지와는 다소 거리가 있다고 할 수 있다.

실제로 원고 청탁을 하면서 진보 개혁 진영의 많은 분들이 김대중 비판에 상당한 부담감을 갖고 있다는 것을 느낄 수 있었다. 호남이 지역구인 한 국회의원은 "아직은 김대중을 비판할 수 있는 때가 아니"라는 반응을 보였는가 하면, 『김대중 자서전』이 자기변명으로 가득 차 있더라는 혹평을 전했던 한 교수는 정작 그런 평가를 글을 써달라는 청탁에 대해서는 난색을 표했다.

한편 보수 진영의 인사들에 대해서는 애당초 청탁 자체가 많지도 않았지만 실제로 청탁에 응해주신 분도 거의 없었다. 그런 의미에서 기꺼이 인터뷰에 응해주신 윤여준 이사장과 글을 써주신 정두언 의원에게 특별한 감사의 말을 전하고 싶다. 비록 정치 노선이 다르다 하더라도 김대중의 성과와 한계를 함께 토론함으로써 한국 민주주의의 발전 방향을 공동으로 모색한다는 의미를 가질 수 있기 때문이다.

우리는 지난 2009년 김대중, 노무현 등 두 명의 전직 대통령을 잃었다. 특히 그해 5월 투신자살로 생을 마감한 노무현 대통령을 떠나보내면서 우리 정치 문화의 편협함에 대해 짙은 아쉬움을 느낄 수밖에 없었다. 그가 죽음에 이르게 된 과정에는 정치적 반대자를 용납하지 못하는 배제의 논리가 숨어있다고 여겨졌기 때문이다. 비록 정치적 반대편이라 해도 바람직하고 긍정적인 측면을 우리의 유산으로 받아들일 수는 없는가. 오로지 반대편이라는 이유로 배제하고 거부하며 나아가 제거하려 하는가.

'박정희'를 보수파에 가두고 '김대중'을 개혁파에 가둘 것이 아니라 이들의 정치적 유산(과 부채) 까지도 우리 모두의 것으로 만들 수는 없는 것인가. 그리하여 이들 앞선 지도자들의 성취와 한계를 한국 정치의 발전을 위한 밑거름으로 삼아 우리의 나아갈 방향을 모색할 수는 없는 것인가.

그런 측면에서 김대중에 대한 깊이 있고 균형 잡힌, 나아가 대다수가 동의할 수 있는 평가는 아직은 시기상조인 것 같다. 그러나 비록 소박하긴 하지만 이 책을 통해 김대중 평가에 참여해 주신 여러분들의 노력이 한국 민주주의의 발전을 위한 보다 폭넓은 논의의 밑거름이 되기를 기대해본다.

1부

"우리는 아직, 김대중의 '진가'를 모르고 있다."

김성재 김대중 도서관 관장

김대중 도서관의 내력, 그리고 '나와 김대중'

프레시안 : 올 8월이면 김대중 대통령 서거 2주년이 된다. 서거 1주년인 지난해 8월 『김대중 자서전』이 발간되면서 그의 일생이 공식적으로 정리됐지만, 아직 김대중에 대한 객관적이고 심층적인 평가는 이루어지지 않고 있는 것 같다. 특히 그의 집권에서 시작된 진보개혁정권 10년 동안(1998~2008년) 진전됐던 민주주의와 남북 관계가 이명박 정부 이후 크게 후퇴하는 것을 바라보면서 김대중에 대한 정확한 평가가 필요하다고 생각됐다. 그의 성취는 무엇이며 한계는 무엇이었는가, 다시 말해 계승과 극복의 과제를 분명히 할 필요가 있다는 생각이다. 그래서 김대중 도서관의 김성재 관장 인터뷰를 시작으로 각계 인사들은 김대중을 어떻게 평가하고 있는지 알아보려 한다. 우선 미국에서는 대통령이 퇴임하면 재임 시절 그의 통치와 관련된 각종 자료들을 한데 모아 후세의 학자들이 그의 통치 시기를 연구하도록 하

고 있다. 하지만 아시아에서 대통령 기념 도서관은 김대중 도서관이 처음인 것으로 알고 있다. 김대중 도서관은 어떻게 탄생했는가?

김성재 : 연세대 김대중 도서관은 김대중 대통령이 1994년 설립한 '아태평화재단'(Asia-Pacific Peace Foundation)이 그 모체다. 대통령은 대통령 재임 시인 2002년 말, 모든 재산을 사회에 환원한다는 본래의 정신에서 이 재단을 연세대학교에 기증했는데, 연세대학교가 이 건물을 리모델링해서 퇴임 직후인 2003년에 대통령 기념 도서관으로 개관한 것이다.

김대중 대통령은 1992년 대선에서 패배한 후 정계 은퇴 선언을 하고, 살고 있는 동교동 집 외의 재산을 모두 사회에 환원한다고 했다. 그 재산을 어떻게 사용할 것인지는 내게 일임했다. 그리고 김대중 대통령께서는 영국 케임브리지 대학에 가서 EU 공동체와 평화에 대한 연구를 했다. 이것은 그분이 평생 가지고 있던 한반도 통일과 동북아 및 동아시아 공동체에 대한 비전을 평화적으로 실현할 방안을 모색하는 중요한 과정이었다. 영국에서 귀국하신 후 94년 아태평화재단을 만드신 것도 이런 목적 때문이었다. 아태평화재단을 만든 재원은 대통령께서 내게 맡긴 그 재산으로 했다. 나는 그 당시 영국에서 안식년으로 연구하던 중 노르웨이 오슬로에 있는 '프리오'(PRIO, Peace Research Institute Oslo, 오슬로국제평화연구소)에 초청이 돼 일주일간 방문했는데 큰 감동을 받았다. 프리오는 세계적 평화학자인 요한 갈퉁이 세운 연구소로 평화 문제에 관해서는 국제적인 명성을 갖고 있었다. 그래서 대통령께 프리오에 대한 소개와 함께 프리오 같은 연구소를 만드는 것이 좋겠다는 의견의 긴 편지를 썼다. 대통령은 이 편지에 대해 아주 흡족해 했다. 대통령께서 구상한 것에 내가 조금 도움을 드린 것이다. 아태평화 재단은 처음에 동교동의 한 빌딩에 임대해서 있다가 김대중 대통령 사저 바로 옆에 건축되었는데, 이 자리는 중앙정보부가 김대중 대통령을 비밀리에 감시하던 안가였다.

김대중 대통령은 연세대학교가 기증받은 건물을 김대중 도서관으로 개관하자 매우 기뻐했고, 당신이 애장했던 1만 3000여 권의 도서와 일생 동안의 정치 활동, 대통령 재임 시 통치 메모, 국내외에서 활동했던 민주화와 평화통일 관련 자료 10만여 점과 노벨 평화상 상금 중 3억 원도 기부했다. 이렇게 해서 한국은 물론 아시아에서 최초로 대통령 기념 도서관 겸 박물관이 탄생한 것이다.

프레시안 : 김대중 도서관에서는 어떤 일들을 하는가?

김성재 : 김대중 도서관은 민주주의, 평화, 빈곤 퇴치의 세 가지 목적을 가지고 있다. 이것은 김대중 대통령이 퇴임 후 계속 활동한 일들이기도 하다. 김대중 도서관은 이 목적을 가지고 크게 다섯 가지 사업을 한다. 첫 번째는 미국의 전직 대통령들 기념 도서관처럼 전시관을 만들어 김대중 대통령의 일생에 관한 전시를 하고 있다. 출생에서 서거까지 모든 사적 자료와 문서, 사진, 영상 자료들 그리고 우리나라 민주화, 평화통일 관련 사료들이 전시돼 있다. 두 번째는 국내외에서 민주화와 평화통일 운동 관련 사료를 발굴, 수집하고, 해제, 연구하며, 중요한 인사들의 구술사 프로젝트도 수행한다. 세 번째는 도서관 목적에 따른 주제별 연구를 국내외 학자들과 함께한다.

그리고 국제 교류와 학술 심포지엄 및 세미나도 한다. 네 번째는 교육 과정인데, 미국의 케네디 스쿨과 같은 학술 연구 및 교육 과정으로 김대중 평화 아카데미 과정 등을 개설하여 운영하고 있고, 연세대 통일연구소와 협력하여 평화통일 관련 석박사과정도 하고 있다. 다섯 번째는 지속적으로 디지털 아카이브를 구축하여 정보를 제공하고 도서 및 자료를 출판하는 사업을 한다.

프레시안 : 김성재 관장과 김 전 대통령과 개인적인 인연은?

김성재 : 김대중 대통령을 처음 만난 것은 1969년 한국신학대학(현 한신대학교) 3학년 때였다. 당시 3선 개헌 반대 범국민투쟁위원회가 만들어졌는데 한국신학대학의 명예 학장인 장공 김재준 목사님이 위원장이었고 김대중 의원이 신민당 대표로 참석을 했다. 나는 학생회 대표였지만 이 위원회에 참석하지 않고 김재준 목사님을 도우면서 김대중 의원을 알게 됐는데 개별적인 만남은 없었다. 김재준 목사님은 당시 김대중 의원을 높이 평가하면서 "김대중 선생은 훌륭한 정치인이니 자네들이 민주화운동을 할 때 김대중 선생을 도우라"고 했다.

이후 나는 1971년 대선 때 김대중 후보를 위해 부정선거를 막는 표 지키기 참관인 운동을 주도했다. 1976년 명동성당에서 신구교 합동으로 드린 3·1절 미사에서 발표한 '3·1민주구국선언'을 준비할 때, 나는 문익환 목사님 등 재야인사와 김대중 대통령 간의 연락 책임을 맡았다. 당시 김대중 대통령은 연금 상태였고, 또한 이 일은 비밀리에 성사시켜야 했기 때문에 '한복'이라는 암호를 가지고 연락했다. 예를 들어 김대중 대통령의 성명서 초안이 완성되면 '한복이 다 됐다'고 연락하는 식이었다. 1980년 '서울의 봄' 때는 내가 교수로 있던 한신대에 김대중 대통령을 초청해 강연회를 개최했었다. 1987년 김대중 대통령께서 평민당을 만들 때는 나에게 정계에 입문하라고 권유했지만 나는 정치할 생각이 없다고 말씀드렸다. 이후에도 두 번 전국구 의원을 하라고 기회를 주었지만 하지 않았다. 그러나 1987년부터 사회복지와 교육 분야 등의 사회정책 자문 역할은 계속했다.

프레시안 : 김대중 정부에서 청와대 민정 수석을 지냈고, 문화부 장관도 했는데.

김성재 : 1998년 국민의 정부 출범 후 대통령자문새교육공동체위원회 상임위원과 일본 대중문화 개방 등의 문화정책 자문을 위해 문화관광부 자문위원장을 했다. 1999년에 국민 여론 수렴과 개혁 그리고 공직 기장을 위해 신설된 민정 수석을 했고, 2000년에는 정책기획 수석을 했다. 정책기획 수석은 인사, 예산, 정책을 총괄하는 직책이었는데, 대통령께서 개혁적인 국정 수행을 위해 같이 일하자고 했다. 이때 대통령의 뜻을 따라 정보화 정책을 적극 추진했고, 국민기초생활보장 등 인권에 의한 국가 복지의 기반을 만들었다. 이후 한국학술진흥재단 이사장을 하다가 문화관광부 장관을 했다. 김대중 대통령 재임 5년 동안 함께 일했다.

김대중 정부에 대한 평가에 관하여

프레시안 : 김 관장은 40년 이상 김대중 전 대통령을 보아 왔고, 김대중 정부에서 청와대, 내각에도 있었으므로, 그를 매우 잘 아는 위치에 있었다고 할 수 있다. 단도직입적으로 질문을 하겠다. 김대중은 해방 이후 최초의 수평적 권력 교체를 이뤘고, 분단 이후 최초의 남북정상회담을 했으며, 또 최초로 정권을 재창출한 대통령이다. 이 정도면 성공한 대통령이라고 볼 수 있나?

김성재 : 정말 성공한 대통령이다. 김대중 대통령은 우리 국민들과 함께 성공했고, 대한민국을 성공적으로 발전시켰다. 김대중 정부는 정부 수립 후 최초의 수평적 정권 교체를 했다. 이것을 나는 '우리나라가 처음으로 국가다운 정상적인 국가가 된 것'이라고 표현한다.

국가 부도 사태의 외환 위기를 빠르게 극복하면서 민주주의와 인권 국가, 세계 최선두 정보화와 세계 10위권 경제 발전, 복지국가와 문화국가, 6·15 남북정상회담을 통한 남북화해협력과 자주적 국제 외교, 노벨 평화상 수상 등 탁월한 업적을 이루었다. 전 세계가 감탄했다. 국민들도 역시 준비된 대통령이었다고 박수를 보냈다. 지금 이명박 정부가 민주주의와 남북 관계를 역주행시키고 있지만, 이것은 일시적인 것이고 결국 다시 방향을 전환할 것이다. 이미 우리 국민들은 민주주의와 평화가 얼마나 소중한 것인가를 맛보고 깨달았기 때문이다. 현재 아프리카와 중동에서 일어나고 있는 민주화 바람을 보라. 역사는 결코 뒤로 돌아가지 않는다. 사실 오늘 우리가 이만큼 민주주의와 인권을 누리고, 경제가 발전하고, 인권으로 복지를 보장받고, 남북의 갈등이 고조되어도 평화롭게 살고, 국제사회 주변국에서 중심국으로 위상을 높이고, 우리 국민들이 세계에 '대한민국'을 자랑스럽게 외치면서 자긍심을 가지고 살게 된 것이 김대중 대통령과 함께 국민들이 성공했기 때문이 아니겠는가?

프레시안 : 오랫동안 김 전 대통령을 봐 왔는데, 김대중 리더십, 한마디로 정의한다면 뭐라고 말할 수 있나?

김성재 : 김대중 대통령은 위대한 지도자였기 때문에 그분의 리더십을 한마디로 말하기는 어렵다. 그러나 나는 무엇보다도 그분의 투철한 신념과 의지를 말하고 싶다. 본래 김대중 대통령은 본인도 그렇게 말했지만, 소심하고 겁이 많은 사람이었다. 그런데 다섯 번의 죽을 고비와 20여 년간의 투옥, 망명, 연금의 탄압을 당하면서도 한 번도 타협하거나 굴복하거나 좌절하지 않았다. 또한 보통 사람의 상상을 초월한 사랑과 용서와 화해의 지도자였다. 자신을 죽이려 했던 박정희, 전두환 두 전직 대통령을 용서하고 화해했다. 자신을 배신하고, 음해한 모든 사람들도 용서했다. 햇볕정책도 이런 화해 정신의 발로라고 생각한다. 김대중 대통령 장례식 때 장남 김홍일 의원이 고문 후유증으로 말도 제대로 못하고 휠체어를 타고 눈물을 흘리는 모습을 본 사람들은 '자신에 대한 박해는 용서할 수 있다고 해도 사랑하는 아들에게 한 행위를 용서한다는 것은 참으로 어려운 일인데, 너무도 위대하다'고 추모했다. 김대중 대통령은 1980년 내란 음모죄로 사형선고를 받고 난

직후 아들에게 '우리가 용서하고 사랑으로 승리하자'는 내용의 편지를 썼다.

김대중 대통령이 옥중에서 쓴 메모가 있는데, 내용이 이렇다. "용서 없이는 우리 사회, 국가가 발전할 수 없다. 우리는 오랜 당쟁과, 식민지를 거치면서 원한이 너무 많다. 이것은 용서로 풀 수밖에 없다. 우리 민족은 똑똑하기 때문에 민주주의를 이루고 경제 발전을 할 것이다. 그러나 보다 근원적인 것은 우리 사회에 용서와 화해가 없으면 우리 국민과 국가가 발전할 수 없다." 대통령께서 서거한 후 많은 사람들이 김대중 도서관을 방문하는데, 그 사람들 중에 "나는 전에 김대중 전 대통령을 비판했고, 나쁜 사람으로 알았다. 그런데 돌아가신 후에 진면목을 알게 되고, 또 여기 와서 보니 내가 (그동안) 잘못했다는 생각을 많이 한다"면서 더욱 존경을 표하고, 후원에 참여하는 분들도 꽤 많다.

김대중, 그리고 김대중 정부에 제기됐던 비판적 지적들

프레시안 : DJ의 재임 5년간 성적을 긍정적으로 평가했다. 실제로 많은 사람들이 민주주의와 인권, 남북 관계 등을 그의 업적으로 꼽고 있다. 반면 문제가 있다고 보는 사람들도 있다. 대표적인 비판이 경제 분야에서 신자유주의를 적극 받아들여서 사회 양극화를 심화시켰다는 부분이다. 물론 현재 상황에 대해 김 전 대통령에게 직접적으로 책임을 묻기는 좀 그렇다. 노무현 정부와 이명박 정부 3년을 지내왔기 때문이다. 어찌됐든 이 같은 평가에 대해 어떻게 보나?

김성재 : 우리 사회 양극화 문제를 잘못 인식하는 것 같다. 우리 사회를 양극화 체제로 만들고 항존하는 빈민계급을 탄생시킨 것은 박정희 군사정권이다. 우리가 일반적으로 경제 발전은 박정희 대통령, 민주화는 김대중 대통령, 이렇게 얘기하는데, 절반만 맞는 잘못된 인식이다. 박정희 전 대통령이 물론 경제개발의 계기를 만들었다. 그러나 국가 정책으로 빈민을 의도적으로 양산한 불의한 독재 개발을 했다는 사실을 분명하게 인식해야 한다. 박정희 군사정권은 산업 기술 집약이 아니라 단순노동 집약 정책으로 수출 주도형의 경제개발을 하면서 저임금 노동자들의 생존을 위한 명분으로 저곡가 정책을 펼쳤다. 저곡가 정책은 농민을 빈민으로 만들었다. 빈민이 된 농민은 농토를 버리고 서울과 공업단지가 있는 도시로 이농해서 저임금 노동자와 도시 빈민이 되었다. 이미 저임금 노동인데도, 빈민 농민이 대거 몰려들자 노동자 공급과잉으로 저임금이 정당화되고 더 낮아졌다. 당시 노동자 임금으로는 살 수가 없어 잔업을 포함해서 16시간씩 코피 쏟으며 화장실도 못 가고 일해야 겨우 연명할 수 있었다. 군사정권은 철저한 언론 통제로 이런 비참한 살인적인 노동 현실을 국민들이 알지 못하게 했다. 전태일 열사는 이런 극한에 처한 노동자의 비인간적인 현실을 알리려고 "우리는 인간이지 기계가 아니다"라고 외치며 분신한 것이다.

박정희 군사정권은 경제성장을 빌미로 노동자, 농민, 빈민 들을 희생시켰다. 당시 노조 결성은 법적으로 인정되지 않았고, 민중들의 정당한 권리와 분배 요구는 무자비하게 탄압되었다. 심지어 빨갱이들의 짓이라고 반공법으로 처벌했다. 반면에 도리어 산업 기술과 경제가 일본에 절대적으로 예속당하는 산업 체제를 만들어 일본 경제를 살찌웠다. 이 결과 지금까지도 IT

분야 외의 기술은 거의 전적으로 일본에 의존하게 되었기 때문에 우리가 수출을 많이 하면 할수록 일본에 더 많은 로열티를 주어야 한다. 현재도 1년에 수백 억 달러의 로열티를 일본에 주고 있다.

또한 군사정권은 권력 유지와 부정한 특혜로 재벌과 대기업들을 갑자기 만들어 내었다. 현재 재벌들과 대기업 상당수는 이렇게 군사정권과 유착한 특례로 성장한 것이지 정당하게 땀 흘리고 노력해서 된 것이 아니다. 그럼에도 이들은 마치 자기들이 노력해서 된 것처럼 거짓 성공 신화를 만들어 국민을 속이고, 지금까지도 특혜, 탈법, 착취의 불의한 경영을 계속하고 있다.

이렇게 박정희 군사정권 때의 경제성장은 결코 정상적인 경제활동으로 이룩된 것이 아니다. 따라서 이때 우리나라 경제 기반을 만들고, 성장시켰다고 하는 것은 거짓말이다. 이것이 우리 사회가 빈부로 양극화된 근본 원인이다.

그리고 신자유주의는 김영삼 정부가 도입했다. 김영삼 정부의 최대 슬로건이 '세계화'였다. 1990년을 전후해서 구소련이 해체되고 동구 사회주의권이 붕괴되면서 세계는 국경 없는 단일 자본주의 시장 체제가 되었다. 이에 따른 새로운 세계시장 질서를 만든 것이 세계무역기구(WTO)였다. 미국은 이 WTO를 통한 신자유주의로 세계경제를 지배했다. 이렇게 변화된 세계경제 상황에서 김영삼 정부는 OECD에 가입하고 외화 자유 정책을 폈다. 준비를 제대로 하지 않고, 대책도 없이 정치적 과시용으로 성급하게 경제 개방함으로써 신자유주의적 세계 자본주의 시장에 무작정 편입이 돼 버린 것이다. 결국 외환 위기가 초래됐고, 국가 부도 사태에 직면한 것이다. 이때 양극화가 더욱 심화되었다.

프레시안 : 양극화 등 현재 드러나고 있는 여러 경제적 문제가 DJ의 잘못이 기보다는 YS의 성급한 개방에 더 큰 원인이 있다고 보는 것인가?

김성재 : 그렇다. 김영삼 정부가 어설픈 세계화를 통해 외환 위기를 초래하고 경제를 파탄 낸 것을 김대중 대통령이 조기에 극복하고 우리나라 경제를 세계 10위권으로 발전시킨 것은 국민 모두 다 아는 사실이다. 김대중 대통령은 이런 과정에서 신자유주의를 도입한 것이 아니라 도리어 신자유주의 병폐를 막으려 했다. 이미 세계화된 시장경제 체제에서, 특히 우리나라 경제가 80퍼센트 이상 해외에 의존하고 있기 때문에 시장경제를 도입하지 않을 수 없지만 신자유주의 폐해를 막기 위해 민주주의와 시장경제의 병행 발전을 추진했다. 민주적 시장경제 정책을 추진한 것이다. 그리고 무너진 국가를 바로 세우기 위해 공공, 기업, 금융, 노사 등 4대 개혁을 했다. 당시 이런 개혁적 구조조정을 서서히 단계적으로 할 수 있는 상황이 아니었기 때문에 비정규직이 많아진 것은 사실이다. 그러나 이것은 신자유주의를 받아들인 것이 아니라 박정희 군사정권의 독재 개발 이후 30여 년간 쌓여진 적폐를 청산하는 과정과 준비 없이 세계 자본주의 체제에 편입된 김영삼 정부의 실패를 해결하는 과정에서 어쩔 수 없이 발생한 것이다.

특히 김대중 대통령은 신자유주의 병폐를 예방하고, 구조조정 과정에서 발생한 실업 문제들을 해결하고, 국민의 존엄한 생존권을 보장하는 차원에서 생산적 복지정책을 함께 추진했다. 국민기초생활보장제와 중3 무상의무교육 완성, 의료, 연금, 고용, 실업 등 4대 사회보험을 실현했다. 미국의 오바마 대통령이 의료사회보험을 도입하려고 할 때, 이것은 미국 헌법 정신,

곧 자유민주주의 이념에 위배되는 것이라고 공화당은 물론 민주당의 일부 의원들이 반대한 것을 생각해 보면, 김대중 대통령은 결코 신자유주의를 도입한 것이 아니라는 것이 명백하게 드러난다. 그리고 김대중 대통령은 민노총과 전교조를 합법화시켰다. 신자유주의라면 김영삼 정부에서도 불법이었던 이것이 가능하겠는가?

특히 신자유주의는 정부가 시장 개입을 못하게 하는데, 김대중 대통령은 대통령 직속으로 중소기업특별위원회를 설치하고 직접 중소기업을 챙겼다. 재벌과 대기업의 문어발식 경영 체제를 개혁하고 중소기업과 소상공인들의 영역에는 진입하지 못하도록 했다. 이런 진입 규제를 노무현 정부 때 풀었고, 현 정부에서는 한걸음 더 나아가 재벌과 대기업이 중소기업과 소상공인들을 닥치는 대로 잡아먹는 판국이 되었다. 또한 김대중 대통령은 하청도, 납품도 다단계나 불공정하게 하지 않도록 공정거래위원회를 통해 엄격히 감시하고 수시로 보고 받았다. 그런데 현 이명박 정부에서는 재벌들과 대기업들이 권력의 비호와 우월적 지위를 가지고 중소기업으로부터 하청과 납품 과정에서 몇 배 이상의 이윤을 챙기고 있다. 이것은 결코 자유민주주의도 시장 경쟁 논리도 아니다. 재벌과 대기업들의 막대한 이익 실적은 정상적인 경영의 결과라기보다 상당액이 중소기업들의 희생을 통해 얻은 것이다. 더욱이 이들은 정상적으로 살 수 있는 중소기업인들과 소상공인들마저 빈민으로 전락시키고, 파렴치하게도 저들이 망하는 것은 무능하고 게으름의 부도덕한 결과라고 말한다.

프레시안 : 현재의 경제적 곤경에 DJ의 잘못이 있다고 보기는 힘들다?

김성재 : 현재 서민과 빈민들의 고통이 김대중 대통령의 잘못된 정책에 근거한다고 말하는 것은 정말 어불성설이다. 보수 정권과 보수 세력도 그렇게 말하지 못하는데, 일부 진보 진영에서 이런 말을 하는 것은 도저히 이해가 안 간다. 물론 김대중 대통령이 모두 다 잘했다고 말할 수는 없을 것이다. 그러나 당시 김대중 대통령의 정책은 분명히 옳았다고 생각한다. 다만 국내외 상황에서 한계가 있었다. 이렇게 말하면 책임 전가 같아서 조심스럽지만, 사실 정부 수립 50년 만에 자민련과 연합해서 첫 정권 교체를 한 상황, IMF 외환 위기 상황에서 제대로 할 수 없었던 정책들도 많았다. 국민과 시민단체들은 강하게 개혁을 요구하면서도 실업을 발생시키는 구조조정은 하지 말라고 했다. 개혁과 실업 문제를 동시에 해결하라는 요구를 했는데, 이런 요구들을 한꺼번에 해결하는 데는 한계가 있었다. 개혁에 대해 보수기득권 세력만 저항한 것이 아니다. 진보 개혁 세력들도 자신들의 기존 이익을 지키려고 했다. 그래서 개혁이 혁명보다 더 어렵다는 말도 나왔다.

노무현 정부가 뒤를 이어 출범했을 때 미진했던 개혁들을 지속적으로 추진하고 발전하기를 바라는 마음이 있었다. 개혁은 단기간에 끝날 문제가 아니기 때문이다. 그러나 노무현 정부는 나름대로의 정치적 입장에서 새판짜기를 하면서 김대중 정부가 이룩해 놓았던 근간을 흔들고 무너뜨렸다. 사실 노무현 정부를 김대중 정부보다 더 진보적이고 심지어 좌파라고 말하는데, 경제와 사회정책만이 아니라 남북 관계나, 한미, 한중, 한일 관계를 보면 원칙 없이 상황에 따라 상당히 좌우로 왔다 갔다 했다. 노무현 정부가 생각은 진보적으로 했지만 정책 추진 과정에서는 신자유주의 정책과 혼선을 빚었던 측면이 많다.

프레시안 : 그렇다면 김 관장이 보기에 김대중 리더십의 단점이나 아쉬운 점은 없나?

김성재 : 김대중 대통령도 사람인데 왜 없겠는가? 그러나 일반적으로 김대중 대통령께 너무 완벽한 것을 기대하고 요구하는 것 같다. 국가 정책은 어느 한 영역이 아니기에 국내외 정치, 경제, 사회 환경, 다양한 국민적 요구 등을 모두 고려해야 한다. 따라서 어느 특정한 영역 또는 관점에서 보면 비판할 것이 있다고 본다. 당시 개혁을 좀 더 시스템적으로 강하게 했으면 하는 아쉬움이 있다. 개혁 논쟁에서 수술 환자가 비유로 등장 했는데, '환자가 체력이 약하면 수술하다가 죽을 수도 있다. 기업도 마찬가지로 체력을 기르면서 개혁해야 한다. 아니면 기업이 죽는다'는 논리로 개혁을 약화시킨 측면이 있다. 평가는 열려 있다.

프레시안 : DJ에 대한 비판 중에 하나가 87년 대선 과정에서 YS와의 후보 단일화에 실패한 것이다. 민주화가 됐음에도 정권을 군부 세력에 내준 것은 물론이고 이후 민주화 세력 자체를 분열시킴으로써 우리 정치에 두고두고 해악을 끼쳤다는 비판이다. 어떻게 생각하나.

김성재 : 김대중 대통령은 후에 '그때 내가 단일화를 양보했어야 했다'는 후회를 했다. 그러나 김대중 대통령은 후보 단일화 논의 과정에 두 가지 불공정한 문제가 있다고 생각했다. 하나는 당시 후보 단일화를 위해 재야 모든 단체들은 고려대에서 두 후보를 초청해서 강연을 듣고 결정하기로 했다.

재야 단체는 강연 후 거의 절대적으로 김대중 후보를 지지했다. 그러나 소수 김영삼 후보 지지 재야 단체의 반대 때문에 후보 단일화가 성사되지 못했다. 다른 하나는 김대중 대통령은 후보 단일화 과정을 공개 경쟁으로 하기를 원했는데, 정치적으로 진행된 것에 대해 불공정하다고 생각했다. 김대중 후보가 대통령 병에 걸려 후보를 양보하지 않는다는 비판도 제기되었다. 그러나 대통령 병만으로 그 숱한 박해와 시련을 이기고 3전4기하며 대통령이 되었겠는가? 이런 의미에서 87년 후보 단일화 실패에 대한 객관적인 평가가 있어야 할 것이다. 김대중 대통령께서는 대통령이 된 후에, 그리고 퇴임 후에도 결코 권력으로 사리사욕을 취하려 하지 않았고 최선을 다해 국민과 국가를 위해 헌신했다. 우리가 87년 후보 단일화 실패 문제를 거론하는 것은 과거의 책임을 물으려는 것이 아니라, 미래를 위해 이런 실패를 반복하지 않도록 하기 위한 것이기에 이에 대한 평가는 공정해야 할 것이다. 김대중 대통령에게만 역사적 멍에를 씌우는 것은 불공평하다.

남북 관계를 중심으로 제기되는 비판들에 대해

프레시안 : 김대중 대통령은 우리나라 최초, 유일의 노벨상 수상자이다. 하지만 국내에서는 그 가치를 별로 높게 보는 것 같지 않다. 게다가 보수 일각에서는 로비를 통해 받은 상이라고 폄하하는 분위기도 있다. 실제 노벨상 수상을 위해 돈이나 뇌물을 건네는 불법적 로비를 했나.

김성재 : 전혀 사실이 아니다. 며칠 전에 노벨위원회 자문인 한영우 박사가

언론 인터뷰에서 밝히기도 했는데, "당시 김한정 부속실장이 와서 김대중 대통령이 노벨 평화상 받는 것을 도와달라고 한 사실이 있고, 서양의 오피니언 리더들에게 김 전 대통령이 어떤 사람인가를 알리기 위해 자료를 번역해서 설명을 하는 등의 활동은 했다. 그러나 이것은 누구나 다 당연히 하는 것이고 로비가 아니다. 도리어 돈이나 뇌물을 건네서 노벨 평화상을 받을 수 있다고 생각하는 것 자체가 노벨위원회를 모독하는 것이고 이 노벨상 제도를 폄하하는 것이다"라는 취지의 말을 했다. 비판도 정도와 품격이 있고, 금기가 있는데, 시장 모리배 같은 사고로 계속 떠드는 것은 국제사회에서 웃음거리가 될 뿐 아니라 다른 숨겨진 불순한 의도가 있기 때문이라고 생각할 수밖에 없다. 국제사회에서는 노벨 평화상을 받은 김대중 대통령을 정말 존경하고 있다.

프레시안 : 또 6·15 정상회담도 김정일에게 돈을 갖다 바치고 한 것 아니냐는 비아냥이 있는데.

김성재 : 이것 역시 마찬가지이다. 이런 비아냥은 김대중 대통령에 대한 비판을 넘어서 민족의 미래를 위해서도 불행한 일이다. 동서독의 관계에서 교훈을 얻어야 한다. 독일이 통일된 것을 구서독의 흡수통일이라고 하는데, 그것은 사실이 아니다. 구서독과의 협상으로 구소련의 군대가 구동독 지역에서 철수하자 구동독에서 촛불시민혁명이 일어났다. 이 결과로 민주적인 선거가 실시되고 압승을 거둔 기독교민주당 의회가 구서독의 통일 절차에 따른 통합을 하기로 결의한 것이다. 구서독이 흡수한 것이 아니라 구동독

주민들이 원해서 통일이 되었다. 구동독 주민들이 구서독과 통일하도록 마음을 갖게 한 중요한 원인은 구서독 정부의 동방 정책 때문이었다. 구서독은 동방 정책으로 매년 20억 달러씩 20여 년간 구동독에 지원했다.

통일은 우리 민족의 소원인데 북한 주민의 마음을 얻지 않고 어떻게 통일을 할 수 있나? 물리적 흡수통일은 진정한 통일을 이룰 수 없을 뿐 아니라 더 큰 민족의 비극을 가져온다. 따라서 남북화해와 협력을 주창한 김대중 대통령이 1억 달러를 지원한 것은 동족에 대한 인도적 차원이었다. 당시 김대중 대통령은 1억 달러 보내는 것을 야당과 협의하려고 생각했다. 그러나 참모들이 이것으로 논란을 하게 되면 정상회담도 불가능하게 되고, 앞으로 남북 관계가 더 어려워질 수 있다고 의견을 제시해서 통치적 차원에서 결정했다.

프레시안 : 인도주의적 지원이라고 했는데, 정상회담을 하기 직전에 5억 달러가 갔다는 것을 문제 삼는 사람들이 '대가성이 있는 것 아니냐'고 문제를 삼는다.

김성재 : 정상회담 전에 5억 달러 주었다고 하는 것은 사실이 아니다. 특검에서 문제된 것도 1억 달러였는데 5억 달러라고 하는 것은 현대아산의 남북 경제 협력 사업까지 뭉뚱그려 하는 말로 정략적인 것이다. 이런 논리로 말하자면 김영삼 정부 때에 북한에 지원한 돈은 이보다도 훨씬 더 많다.

프레시안 : 이런 비판도 있다. DJ의 남북화해가 이른바 보수 세력을 포함한

'전 국민적 컨센서스'를 이루지 않은 채 일방적으로 추진됐다는 것이다. 그래서 당시 마뜩찮게 생각했던 보수를 등에 업고 들어선 이명박 정부가 완전히 대북 정책을 거꾸로 돌리는 것 아니냐는 지적도 나오는데?

김성재 : 그런 주장이 아주 합리적이고 멋있는 것 같지만, 사실 비판을 위한 비판이라고 생각한다. 실제로 현재와 같은 갈등의 정치 상황에서 어떻게 여야가 남북 관계에서 컨센서스를 이룰 수 있나? 또 컨센서스 없는 남북정상회담 때문에 남남 갈등이 더 불거졌다고 하는데, 그것은 책임 전가와 핑계일 뿐이다. 사실 김대중 대통령은 정상회담 전에 야당대표와 대화하려고 했고, 정상회담하고 난 후에도 그 결과를 설명하려고 했지만 야당이 응하지 않았다. 그리고 무엇보다도 여론조사에서 우리 국민들은 항상 햇볕정책을 지지했다. 지금도 그렇다. 이것은 국민적 컨센서스가 분명히 있는 것 아닌가?

노무현 정부가 남북정상회담을 특검 하면서 내세운 명분이 상호주의와 공개주의인데, 이것 때문에 남북 관계가 더 발전하지 못했다. 후에 노무현 정부도 상호주의와 공개주의는 잘못된 것이라고 인정했다. 또 '컨센서스'를 말하는 사람들이 독일의 예를 드는데, 독일의 경우 구서독 사회민주당 정부의 동방 정책을 보수당인 기독교민주당이 보수당이지만 협력하고 자기들이 집권했을 때도 계속 추진한 것은 '하나의 독일' 정책을 국내 정치로 정략화하지 않는 정도가 있었기 때문이다. 또한 독일은 동서독 간에 전쟁을 하지 않았고, 구서독의 사회민주주의 체제와 구동독의 사회민주주의 체제는 우리처럼 극과 극이 아니었다. 그리고 나는 이런 비판을 보수 세력이 하면 모를까, 소위 진보적인 인사라는 사람들이 하는 것은 책임 전가 또는 사이비 진보의 자위 의식이라고밖에 생각되지 않는다.

프레시안 : 김대중에 대한 평가는 극단적으로 엇갈린다. 국내에서는 진보 세력과 보수 세력의 평가가 뚜렷이 대비되는 한편, 국내의 평가에 비해 외국에서의 평가가 훨씬 우호적인 것인 것 같다. 왜 그럴까?

김성재 : 김대중 대통령에 대한 애증과 오해가 많은 것은 무엇보다 박정희 군사정권이 정치적으로 그에게 덧씌운 부정적 이미지 때문이다. 호남 사람은 거짓말쟁이라는 호남 차별과 김대중은 빨갱이라는 천형 같은 조작 선동은 정말 사악한 짓이다. 그런데 군사정권이 30년 동안 줄기차게 주입시키고, 이에 편승한 보수 세력이 우리 사회를 지배하면서 이것이 마치 사실처럼 되어버렸다. 이에 반해 국제사회는 김대중 대통령에 대해 이해관계를 넘어 객관적 평가를 하기 때문에 세계적인 훌륭한 지도자로 존경한다. 내가 만난 일본과 중국의 지식인들은 김대중 대통령 같은 훌륭한 지도자가 없는 자기들은 부끄럽고, 한국이 부럽다고 했다.

프레시안 : 요약하면, 한국 국민들이 김대중 전 대통령에 대한 평가를 제대로 하지 못하고 있고, 그 이유는 김대중에 덧씌워진 군사독재 시절의 부정적 이미지 때문이라는 말인가?

김성재 : 그렇다. 예를 들어 해외에서 김대중 대통령을 국내처럼 부정적으로 평가했다면 김대중 대통령 생전에 노벨 평화상을 수여하고, 미국, 중국,

영국, 독일, 러시아, 일본 등 세계 주요 국가들의 유명한 대학들이 김대중 대통령께 명예박사학위나 명예교수직을 주지 않았을 것이다. 또한 김대중 대통령이 서거했을 때 『뉴스위크』는 세계와 사회를 변화시킨 11명의 트랜스포머 중 한 사람으로, 인류에게 영원히 기억될 36명의 인사 중 한 사람으로 추모했는데, 이것도 국내의 부정적 평가 기준으로 보면 『뉴스위크』가 잘못된 정보로 선정하고 추모했거나 거짓된 보도를 한 것이 된다.

다른 예를 들어 보자. 해외의 많은 학자와 전문가들은 용서와 화해에 바탕을 둔 김대중 대통령의 햇볕정책이 남북 관계는 물론이고 중동 문제 등 국제적 분쟁에 중요한 해결 모델이 될 수 있다고 높이 평가한다. 미국의 대북 특사인 보즈워스도 북핵 문제 해결에는 김대중 대통령의 햇볕정책밖에 없다고 단언했다. 그런데 우리 안에서 보수는 퍼 주기라고 비판하고 진보는 컨센서스가 부족했다고 비판한다.

그리고 박정희 군사정권의 부정한 조작 이미지만이 아니라 김대중 대통령에게 배 아픈 사람들이 만든 부정한 이미지도 있다고 본다. 상고 나온 주제에 잘난 척한다고 배 아파하는 사람도 있다. 김대중 대통령 재임 시에 한국의 빠른 발전 모습을 보고 전 주한미상공회의소 회장인 제프리 존스가 『나는 한국이 두렵다』라는 책을 썼다. 그는 이 책에서 한국이 이런 방향에서 이런 속도로 발전하면 30년 내에 미국을 앞지를 수도 있다고 했다. 그런데 그렇게 되려면 단 한 가지 조건을 해결해야 하는데, 사촌이 땅 사면 배 아픈 병을 고쳐야 한다고 했다. 너무도 뼈아픈 조언이 아닐 수 없다.

프레시안 : 지난해 발간된 『김대중 자서전』에 대해 일부에서 김대중 대통령

이 솔직하지 않다는 지적이 있다. 자신의 잘못에 대해서는 솔직히 인정하기보다는 너무 정당화만 해서 차라리 자서전을 안 쓰는 게 나았겠다고 말하는 학자도 있는데.

김성재 : 김대중 대통령께서 자서전을 준비하기 전에 저명인사 몇 분들이 김대중 대통령이 서거하기 전에 그분에 대한 누명과 오해를 풀어야 한다고 생각해서 약 30여 명 정도 글을 쓸 계획을 세우고 대통령께 의논한 적이 있다. 내가 간사 역할을 해서 김대중 대통령께 이런 의견을 전했더니 대통령께서 웃으며, "그런 것은 나 죽은 후에 해야지 내가 살아 있을 때 하면 나를 의식해서 좋은 말만 할 것 아니냐"고 했다. 그래서 이 계획은 추진되지 않았다. 또한 대통령께서는 자서전도 사후에 출판하도록 했다. 김대중 대통령은 국민과 역사가 자신에 대해 올바른 평가를 해 주기를 바랐다.

대통령께서 자서전을 준비하면서 두 가지 원칙을 말했다. 첫째는 신념과 철학이 담겨 있어야 한다는 것이다. 둘째는 솔직하고 정직하게 써야 한다는 것이다. 특히 대통령을 역임한 사람은 국민에게 솔직하게 자기 일생과 통치 기록을 남기는 것이 의무라고 했다. 자서전을 읽은 많은 사람들은 대통령께서 자서전을 진솔하게 써서 매우 감동적이라고 했다. 김대중 대통령은 본인이 서자라는 것도 밝혔다. 그러므로 이 자서전이 솔직하지 않다고 말하는 것은 정치적 편견이라고 생각한다.

노무현 정부와의 관계

프레시안 : 노무현 전 대통령이 서거했을 때 DJ가 권양숙 여사를 붙잡고 통곡한 장면을 많은 사람이 기억할 것이다. 또 노 대통령의 죽음에 대해 "내 몸의 절반이 무너지는 느낌"이라고 말하기도 했다. 해방 후 우리 국민이 가진 두 분의 진보 개혁 대통령 김대중과 노무현, 두 분은 어떤 관계였나?

김성재 : 2007년 대선에서 노무현 전 대통령이 당선됐을 때 김대중 대통령은 참으로 좋아했다. 나에게 "이제 내가 마음 편히 청와대를 떠날 수 있게 됐다"고, 기쁜 마음으로 퇴임을 했다. 그런데 노무현 대통령이 취임 직후 대북 송금 특검을 강행하자 크게 섭섭해했다. 민족의 평화통일을 위해 평생 헌신적으로 노력한 것이 물거품이 될 뿐 아니라, 보수 세력에게 빌미를 주어 국가와 민족에게 초래될 불행을 염려했다.

프레시안 : 당시 반응을 들은 것을 말해 줄 수 있나?

김성재 : 직접적이라기보다, 포괄적으로 얘기하겠다. 대북 특검은 정치적이었다. 노무현 정부는 DJ정부를 딛고 일어서야 된다는 정치적 생각이 있었다고 본다. 내부에서도 그런 논의가 있었다는 것도 들었다. 처음에는 (대북 송금 특검을) 안 할 것이라고 했다. 국무위원도 다 반대했고, 주변 참모들도 다 반대한 것으로 알고 있다. 그런데 느닷없이 특검을 하겠다고 발표를 했다. 김대중 대통령은 큰 충격을 받았다. 당시 노 대통령 최측근인 청와대 고위 인사가

내게 특검은 절대 하지 않을 것이라고 직접 말했다. 그래서 내가 김 대통령께 보고했다. 대통령께서 안심했는데, 뒤집어진 것이다.

그리고 민주당을 분당했을 때 김 대통령께서 정말 분노했다. 그러나 그 분노를 속으로 감추고 이렇게 말했다. "김 장관, 어쩌면 노 대통령이 이럴 수가 있습니까?" 그러나 (김 전 대통령은) 그렇게 분노를 했음에도 "김 장관, 그러나 우리가 참읍시다. 그래도 노무현 대통령이 큰 틀에서는 결국 우리와 같은 방향으로 갈 거요. 한나라당에서 대통령이 됐다면 돌이킬 수 없는 어려움이 있었을 거 아뇨. 그걸로 위안을 삼읍시다." 이것이 당시 대통령의 말씀이었다.

사실 노무현 전 대통령이 당선자 시절에 대통령께 찾아와서 대통령님의 정책을 계승할 것이라고 말했고, 대통령께서는 흡족해했다. 그러나 계승보다 판을 엎어 놓았다. 당시 한나라당은 대선 패배로 사분오열되고 분당으로 몰려가는 처지에 있었다. 그런데 대북 특검을 하자 상황이 돌변했다. 한나라당은 얼씨구나 하고 뭉쳐서 공격했고, 민주당과 개혁 세력은 분열됐다. 결국 이것이 분당으로까지 치달았고, 대선에서 패배한 한나라당을 승자로 만들어 주었다.

그러나 김대중 대통령께서는 노무현 전 대통령을 믿었다. 노무현 전 대통령에게 남북정상회담을 할 것을 권유했고, 정상회담 후에는 관계가 좋아졌다. 특히 이명박 정부가 민주주의, 남북 관계, 민생을 위기로 몰아가고 있을 때 노무현 전 대통령과 힘을 합쳐 이명박 대통령에게 강력한 메시지를 전달하려고 했다. 그런데 노무현 전 대통령이 검찰 압박으로 갑자기 자살했다는 소식에 충격을 받고, "내 몸의 절반이 무너지는 것 같다. 노무현 대통령은 아직 젊은데, 잘 이겨내리라고 생각했는데, 사실 나라도 검찰로부터 매일 모욕당하고 여론으로 압박당하는 처지에 있었다면 그런 생각을 했을 것이다"라고 말씀했다.

그리고 이 기회에 그동안 알려지지 않았던 비사, 김대중 대통령께서 얼마나 노무현 전 대통령을 높이 평가하고 아꼈는가를 말하려고 한다. 내가 정책기획 수석을 할 때 노무현 전 의원이 부산 총선에서 낙선한 후 나를 만나자고 했다. 나는 노무현 전 의원과 민주화운동과 노동운동을 같이 한 친숙한 관계였다. 인사동 음식점에서 만났는데, "김 수석 내가 대통령 후보로 나가려고 하는데 나를 좀 도와주소"라고 했다. 나는 "좋은 생각 같은데 어떻게 도와 드릴까요" 했더니, "대통령을 하려면 국정 수행 경험이 필요해요" 했다. 이후 대통령께 노무현 당시 전 의원을 만난 보고를 했다. 대통령께서 "노무현 의원은 참으로 정의롭고 소신 있는 유능한 정치인이요. 앞으로 기회를 봅시다"고 했다. 얼마 후에 노무현 전 의원은 해양수산부 장관에 임명되었다.

프레시안 : 요즘 복지가 정치판의 최대 화두가 됐다. 대체로 제대로 된 복지정책의 시작은 김대중 정부부터라고 얘기하는데, 노무현 정부가 김대중 정부의 복지정책을 확대 계승했다고 보나?

김성재 : 솔직하게 말하면 노무현 정부는 복지에 대한 철학이 부족했고, 따라서 김대중 정부의 복지정책을 제대로 이해하지 못했다고 본다.

프레시안 : 어떤 의미인가?

김성재 : 김대중 정부의 복지정책은, 복지를 인권에 의한 국민의 권리로 인식해서 시민권, 사회권으로서의 복지정책을 추진했다. 따라서 김대중 정부에서 복지는 분야별 복지와 함께 통합적인 경제 사회정책으로 추진되었다. 그런데 노무현 정부는 복지에 대한 분명한 철학을 가지고 있지 못했다. 복지를 국민의 권리와 국가의 의무로 생각하지 않고 지방정부로 이관했다. 국가의 책무를 방기했고 지역이 경제·사회·문화적 격차가 심하다는 것을 고려하지 않았다. 또한 지방정부의 3분의 2 정도가 한나라당 정부라는 것도 간과했다. 그리고 지방의 복지 재벌, 토호 세력들이 정치권과 결탁하고 정부 지원 예산을 거의 독식하고 있다는 현실도 외면했다.

그리고 노무현 정부가 복지 예산을 많이 증액했다고 했는데, 이것은 복지 예산 총액에 당시 건교부 서민 주택 예산을 포함시켰기 때문이다. 실제로 정부의 일반 예산에서 복지 예산은 줄었고, 기금 등의 특별 예산으로 일부 보충됐다. 특별 예산은 정치적 이해관계와 기금 운용에 따라 언제든지 가변적이 된다. 특히 장애인차별금지법을 제정할 때, 인권의 원칙에 근거하지 않고 재정의 한계선을 설정해 놓았기 때문에 장애인 차별에 대한 시정 권리가 축소되어 이 법이 제대로 효력을 발휘하지 못하고 있다. 그래서 장애인계는 노무현 정부를 비판하고, 이 법이 통과된 직후부터 개정 운동을 시작했다. 보육도 시장에 맡겼고, 의료민영화도 추진하려고 했다. 그래서 시민, 복지 단체와 장애인계로부터 노무현 정부는 복지를 도리어 후퇴시켰다고 많은 비판을 받았다. 한편 재벌과 대기업이 중소기업과 소상공인 업종에 진입하지 못하도록 한 규제를 풀었고, 한미 FTA도 강행하려 했다. 결국 안타깝게도 노무현 정부는 김대중 정부를 계승한 것이 아니라 이명박 정부의 길을 닦아 준 셈이 되었다.

프레시안 : 김 관장은 DJ정부 시절 복지와 관련해서 상당한 역할을 한 것으로 알고 있다. 지금 복지정책을 놓고 한나라당 박근혜 전 대표까지 들어와서 갑론을박하고 있는데, 거기에 대해 코멘트를 하신다면?

김성재 : 박근혜 전 대표가 복지에 관심을 가진 것은 참으로 다행한 일이다. 그러나 발표된 박근혜 전 대표의 복지정책은 안타깝게도 무늬만 복지이고, 속 빈 강정 같은 그야말로 포퓰리즘의 전형 같다. 진정성이 있었으면 하는 생각을 하게 된다. 무엇보다도 이제는 과거와 달리 변화된 시대와 우리 현실에서 복지를 말하려면 인권에 의한 복지를 말하지 않으면 안 된다. 그리고 특히 가난한 사람들과 함께 살려는 공동체 정신과 마음이 있어야 한다. 그리고 이미 복지는 소득 보장이라는 한 분야만이 아니라 의료, 교육, 주거, 일자리 등 통합적인 사회정책으로서의 복지가 되지 않으면 안 되는 상황이 되었다. 때문에 복지 인식에 대한 패러다임을 바꾸어야 한다. 그러나 박근혜 전 대표 정책팀이 발표한 것을 보면, 재원 문제는 둘째 치고 여전히 과거적이다. 특히 생애 주기별 복지라는 것은, 현재도 영유아 복지와 노인 복지가 서로 중요성과 재원 면에서 우선순위의 정치적 줄다리기를 하고 있는데, 이것은 사회 통합이 아니라 연령별, 세대별 갈등을 불러일으킬 수 있는 위험한 발상으로 복지보다 반사회정책으로 귀결될 우려를 갖게 한다. 박

근혜 전 대표가 국민과 국가를 위해 훌륭한 복지정책을 제시하면 좋겠다.

프레시안 : 김대중 전 대통령은 권위주의 시대를 산 정치인인 반면, 노무현 전 대통령은 민주화 시대에 정치를 시작했고 그 때문인지는 몰라도 보통 사람들과의 교감 능력이 탁월했다. 게다가 자살이라는 비극적 최후를 택하면서 일반인들의 정서 속에서 김대중보다는 노무현에 대한 감정이 울림이 훨씬 큰 것 같다. 어떻게 보나?

김성재 : 노무현 전 대통령의 죽음이 극적이고 비극적이어서 국민들이 안타까워하는 마음이 크다고 본다. 또한 소탈했던 인간미에 대한 향수가 있다. 탈권위는 노무현 전 대통령의 최대 업적이라고 할 수 있다. 정말 노무현 전 대통령이 죽음의 역사로 끝나서는 안 될 것이다.

프레시안 : 노무현 재단에서도 노무현 전 대통령을 기리고 연구하는 작업을 하고 있는 것으로 알고 있는데, 김대중 도서관과 상호 협동을 하나?

김성재 : 그렇다. 도서관에 자주 찾아오기도 한다. 여기서 정책 토론회도 한다. 한국미래발전연구원을 처음 만들 때도 같이했다. 나는 노무현 정부의 공과에 대해 좀 더 객관적인 평가를 하려고 했다. 잘못한 것은 극복하고 잘한 것은 더 발전시켜 가야 노무현 대통령의 역사가 산다. 김대중 대통령 경우도 마찬가지라고 생각한다. 무조건적인 찬양가도, 잘못된 비판도 삼가야 할 것이다.

프레시안 : 김 관장과 인터뷰하면서 느낀 느낌을 한마디로 요약한다면, '우리는 아직 김대중이라는 정치 지도자의 진가를 제대로 알지 못한다'가 될 것 같다. 아직도 박정희 시대라는 게 우리 사회를 지배하고 있고, 일부 민주화됐지만 박정희 시대를 완전히 극복한 것 같지는 않다. 그런 면에서 앞으로 김대중 도서관이 해야 할 역할이 많이 있을 것 같은데 앞으로 계획은 어떤 것인가?

김성재 : 사실 많은 사람들이 김대중 대통령의 진면목을 잘 모르면서 겉으로, 정치적으로 다 아는 것처럼 생각하는 경우가 많다. 김대중 대통령의 책도 제대로 보지 않고, 심지어 자서전도 정부 여당 사람들이 더 많이 본다는 말이 나올 정도이다. 김대중 대통령 서거 이후 김대중 도서관을 찾는 사람들이 한 달 평균 1500명 정도로 점점 늘어나고 있다. 자녀들과 함께 방문하는 사람들도 많다. 방문한 사람들의 상당수가 전시관을 둘러보고 김대중 대통령을 다시 알게 되었다고 말한다. 역사가는 한 인물에 대한 평가는 사후 10년이 지나야 한다고 말하는데, 시간이 지날수록 김대중 대통령의 진가는 더욱 드러날 것이라고 생각한다.

도서관의 특별 기획으로 올해 8월 김대중 대통령 서거 2주기 때 학술 심포지엄과 『김대중 연보』를 발간할 계획이다. 3년 동안 준비했는데, 항목으로는 약 2만 정도, 1000페이지가 넘는 방대한 분량의 연보이다. 김대중 대통령이 일생 동안 만난 중요한 사람들의 이름이 거의 수록되어 있다. 이 연보를 보면 대통령께서 언제 누구를 만나 무엇을 했는지를 일목요연하게 알 수 있다. 그리고 작년 말부터 준비를 했는데, 김대중 전집을 5개년 계획으로 발간할 예정이다. 그동안 나왔던 전집과 30여 권의 단행본 그리고 출판되지 않았던 국회 발언록, 강연 원고, 인터뷰 내용 등과 사진 자료들도 모두 포함시킬 계획이다. 또한 국내외적으로 교류 및 공동 연구 제안도 상당수 있어 적극적으로 수행할 계획이다. 김대중 도서관의 본래 목적 사업인 민주주의와 평화 그리고 빈곤 퇴치를 위한 김대중 평화아카데미 등의 제반 연구, 교육 사업들도 지속적으로 할 것이다.

프레시안 : 그런 사업을 하는 데 국고 지원은 있나?

김성재 : 전직 대통령에 대한 예우에 관한 법률에 의해 매칭 펀드 방식으로 일부 지원받고 있다. 김대중 대통령께서 재임 시 박정희 전 대통령과의 화해 차원에서 기념관 건립을 위해 200억을 지원했는데, 최근 다행하게 기념도서관이 건립되고 있다. 또한 김영삼 전 대통령의 기념관도 지어지고, 노무현 전 대통령 측도 기념관 건립을 준비하고 있다. 작년 11월 2일 개관 7주년을 기념해서 전직 대통령 기념관, 도서관의 역사적 필요성을 주제로 심포지엄을 개최했다. 많은 관심과 호응이 있었다. 전직 대통령 기념관들이 건립되면 대통령 정치 문화도 발전되고, 대통령을 하려는 사람들도 국민과 역사를 의식해서 더 잘 할 것이라고 생각한다.

김대중 도서관은 연세대 자율 운영 기관이기 때문에 대학본부에서 건물 유지 및 관리비만 지원해 주고 모든 프로그램과 사업은 후원금으로 이루어진다. 모든 일이 그렇지만 돈이 없어서 할 일을 못하는 경우도 있지만, 일을 제대로 하면 필요한 재원은 충당된다. 감사한 것은 자발적인 후원 회원들이 약 1000명 있고, 직원들도 적은 인원수이지만 김대중 대통령의 뜻을 이어서 펼쳐간다는 사명감으로 즐겁게 일하고 있다. 관심을 가져준 프레시안에도 감사한다.

프레시안 : 오랜 시간 좋은 말씀 감사하다.

정리 - 박세열 기자

정치인 김대중을 다시 보게 된
한 번의 연설

하승창 씽크카페 코디네이터

난 김대중 전 대통령을 사적으로는 전혀 알지 못한다. 가까이서 본 적이라곤 정확한 기억은 아니지만 1998년이던가, 그가 대통령으로 청와대에서 지내는 동안 단 한 번, 그것도 100여 명이 넘는 시민단체 인사들을 초청해서 국정과제를 설명하던 그때에 악수하느라 본 것밖에는 없다. 그때 악수하는 장면을 찍은 사진을 청와대에서 집으로 보내 주었는데, 아버님은 그 사진을 이리저리 이사하면서 사라지기 전까지 한동안 당신의 방에 두고 계셨다. 아버님으로서는 아들로 인해 고통 받던 시절, 학생운동으로 구속되어 있던 사람들의 문제를 거론한 정치인으로 기억하고 계시기 때문이기도 하다.

나와 김대중 전 대통령과의 인연을 굳이 꼽자면 직접적인 인연은 없지만 세 번의 간접적 인연이 있다고 할 수도 있겠다. 하나는 대학 시절 국가보안법과 집시법 위반으로 구속되었을 때이다. 독재 정권 시절에 더구나 자식이 국가보안법으로 구속되었으니 어느 곳에도 하소연할 곳도 없다고 여겼던 부모님들은 민가협을 찾았고, 민가협을 통해 야당의 두 지도자인 YS와 DJ

를 방문하게 되었다. 석방 이후에 들은 이야기지만 부모님은 늘 두 사람을 비교하며, 시원시원하게 약속을 한 사람은 YS였고, 그에 비해 DJ는 속 시원한 답을 주지는 않아서 조금 못미더웠다고 하신다. 근데 사실 돌아보면 그 시절 누가 양심수의 석방을 장담할 수 있겠는가? DJ의 태도가 옳은 것이긴 하나 애타는 부모 마음에 비추어 보면 썩 마음에 드는 태도는 아닐 것이다. 그러나 실제로는 난 선고 받았던 징역형을 한 달 정도만을 남겨 두고 나온 셈이니 DJ의 태도가 '현실적'이었던 셈이다.

두 번째는 김대중 정부가 들어서던 시절, DJ가 찾는 젊은 피 300인이라며 어느 월간지에 제멋대로 만든 명단이 내 이름이 올라간 일이다. 2000년 총선을 앞두고 소위 386세대는 새로운 정치 세력의 주력으로 주목받았고, 나이로는 그 세대의 앞머리쯤에 있던 필자도 제멋대로인 그 300인 명단에 올라 있었다. 어차피 정치권 진입에 관심 없던 사람으로서 그러려니 했고 실제로도 DJ가 내게 관심 줄 일은 없었던 터이지만 세상 사람들은 혹시나 DJ와 관련을 맺는 것은 아닌가 하는 눈으로 본 것도 사실이었다. 뭐 특별히 직접적 손해를 끼친 일은 없었으니 딱히 내게 나쁜 일로 기억될 일도 아니지만 그리 즐거운 기억도 아니다.

세 번째는 경실련에서 일하던 시절 경실련 창립 기념 행사에 당시 야당 총재로서는 처음이었던 것 같은데 시민단체 행사에 찾아와 축사를 한 일이다. 대통령 선거 전이었으니 1997년이었던 것으로 기억된다.

그날 DJ의 축사는 나를 놀라게 했다. 그 축사는 정치인 김대중에 대한 나의 인식을 바꾸어 놓은 연설이기도 했다. 내가 그의 연설을 그때까지 들어 본 적이 없는 것은 아니었다. 1985년 2·12 총선을 앞두고 YS와 DJ가 민추

협을 만들어 재야 운동 단체들과 함께 민주화운동을 하던 시절, 거리에 나설 수 없었던 그의 육성은 녹음테이프로 집회 장소에서 울려 나오는 것으로 들어야 했다. 물론 1987년의 대통령 선거 연설도 들은 바 있다. 그러나 그때는 연설의 내용이 중요했다기보다 갇혀 있던 DJ의 말을 듣는다는 것이 사람들에게는 더 의미 있게 다가오던 시절이었고, 대통령 선거 연설 역시 그 내용보다 후보 단일화에 실패한 그의 변명으로만 다가오던 때였다. 그러고 보면 내게는 경실련 창립 기념 행사에서의 그의 축사가 온전히 그의 연설 내용만으로 그의 모습을 바라보게 된 첫 번째 경우였다고도 할 수 있겠다.

일반적으로 이런 행사에서 정치인의 격려사나 축사는 대개 그렇듯이 그저 칭찬과 격려 일색으로 이루어져 있다. 어쩌면 딱히 그런 자리에서 다른 이야기를 하는 것도 그리 어울리는 일은 아니기도 할 것이라 칭찬과 격려 일색의 격려사나 축사가 그리 이상한 일도 아니라고 할 것이다. 마찬가지로 행사 진행자의 일원으로, 찾아오는 손님 안내하기에 여념이 없던 나로서는 별반 귀 기울여 들을 이유가 없었고 그리 관심을 두고 있지도 않았다.

그러나 나는 "시민운동이란 무엇인가? 첫째……" 이러는 순간 자연스레 귀를 열게 되었다. 무슨 이야기를 하려는지 궁금했기 때문이었다. "첫째……" 하는 순간, 시민운동에 대한 그의 견해가 이어질 것이라는 기대가 생겨났기 때문이었다. 정치인이 나름 자기의 논리적 생각을 펼쳐 보이는 순간이었고, 그 내용이 그저 그런 내용이라면 더 듣지 않으면 그만일 것이고, 혹 그리 올바르지 않은 것이라면 그나마 있던 정치인 김대중에 대한 기대를 접으면 되는 것이었기 때문이었다. 듣기 시작하면서 나는 그의 이야기를 끝까지 다 듣게 되었다. 그의 축사는 내내 시민운동에 대한 그의 철학과 구체적 견해가 잘 정돈된 내용으로 이어졌다. 그의 말은 시민운동에 대한 내 생각과 크게 다르지 않았다.

내가 처음으로 김대중이란 사람을 단순한 정치인으로 보지 않게 된 시작이었다. 전혀 기대치 않았던 말들이 그의 입에서 나왔기 때문이다. 그는 왜 우리 사회에서 시민운동이 중요한가, 시민운동은 무슨 일을 해야 하는가, 어떤 원칙을 지켜야 하는가를 조목조목 첫째, 둘째 하면서 이야기하고 있었다. 우리 사회를 공정하게 만들기 위해 노력하는 시민운동에 감사하다가 아니라, 세계의 변화와 우리 사회의 발전에 비추어 보면 시민운동이라는 영역이 정부가 할 수 없는 일들을 하고 있다는 점에서 중요하다거나 자발적인 시민들의 노력이 지금같이 복잡하고 다원화된 사회에서 민주주의의 발전에 얼마나 중요한가를 이야기하고 있었다.

그때까지 내가 김대중이라는 정치인에 대해 가졌던 생각은 그저 권력을 잡기 위해 대의나 명분으로만 대중경제론이나 남북 관계에 대해 발언하는 것이라고 생각했고, 여느 정치인들에 비해 참 영악하게 진보 진영의 목소리를 자기 것으로 잘 만들어 가는 정치인이라는 것이었다. 그만큼 그의 주장과 논리에 대해 구체적으로 들여다보지 않았다는 사실을 새삼스럽게 깨달은 날이기도 했다.

DJ가 대통령에서 퇴임하고 노무현 대통령이 취임한 지 얼마 안 되던 시기에 어느 비공식적인 자리에서 임동원 전 통일부 장관의 이야기를 들을 기회가 있었다. 비공식적인 자리라 남북 관계에 대한 소위 비사를 포함해 편하게 이야기를 나누는 자리였다. 이 자리에서 임 장관은 몇 가지 에피소드를 전해주었는데, 그중에 기억에 남는 것이 하나 있다.

김정일 위원장과의 남북정상회담을 위해 평양을 방문하기 전의 이야기인데, 천주교 신자이기도 한 DJ의 남북 관계의 개선을 바라는 기도에 대한 이야기였다. 두 사람이 함께 성경에 손을 얹고 기도를 했다는데, 정확한 내용은 이제 기억에 없지만 자신의 정치적 성공이나 일의 성과를 바라기보다 이 일을 통해 진정으로 남과 북이 가까워지기를 염원하고 당시로서는 알 수 없는 일의 미래에 대한 두려움과 고뇌가 담긴 것이었다. 임 장관이 전해주는 기도의 내용은 남북 관계에 대한 DJ의 진정성을 조금이나마 알게 해 준 것이었다.

묘하게도 지금의 이명박 정부를 견주어 보면 오히려 김대중 정부나 노무현 정부의 모습이 어떤 사회였나를 알게 해 준다. 현재의 이명박 정부가 펼치는 국정 운영이란 거의 상거래 과정의 모습이 오버랩되지, 정상적인 정치 과정으로 보이지는 않는다. 본래 의미의 정치도 정책 집행도 또 진정성 있는 소신도 아니라는 점에서 김대중 정부가 노정했던 여러 문제에도 불구하고 오히려 나름의 철학에 기초한 정치와 정책 집행을 시도한 것이라는 점이 새삼 느껴지게 만들고 있기 때문이다. 더구나 그 같은 정치와 정책 집행이라는 것이 그때그때의 대증적 처방이 아니라 일관되게 지녀온 자신의 철학과 정치에 대한 자신의 진정성이 바탕에 있었다는 것을 더욱 돋보이게 만드는 역설을 이명박 정부가 보여주고 있는 셈이다.

김대중, 그리 많이 들어 보지 않았던 그의 연설이지만 나는 그가 '분석적'이라고 느낀다. 그만큼 치밀하게 문제를 파고들고 정치한 정책을 만들려는 노력을 한 정치인이었기 때문에 시민운동에 대한 그의 견해 역시 그저 '좋은 일이죠'를 넘어서 시민운동이 갖는 정치적·사회적 의미를 확실히 이해하고 있었던 셈이다. 또한 그의 분석은 진보적 가치라는 지형 아래 놓여 있다.

그러나 물론 그의 정치는 보수적 지형 아래서 작동했다. DJP연합이라는 것도 알고 보면 그의 정치가 보수적 지형 아래서 작동하고 있었기 때문에 가능했다고 할 수 있을 것이다. 따지고 보면 그가 의도했든 그러지 않았든 지금의 연합 정치의 본격적 시동도 그가 건 셈이었다. 본격적 의미의 연합 정치였는가는 논란이 있는, 거대 정치 세력들의 수장들의 합의에 의한, 연합이 이루어지기까지 논의가 원천적으로 배제되고 그 결정을 수용할 것이냐 말 것이냐만을 선택적으로 수용하게 만드는 시민들의 참여가 원천적으로 봉쇄된 연합 정치였기 때문이다. 여기서는 그가 얼마나 정치적으로 숙련된 사람인가를 알 수 있다. 연합 정치를 담론화한 것은 아니지만 동물적으로 그것의 필요와 의미를 알고 있었던 것이라고 할까?

이런 점들이 내가 김대중이라는 정치인을 가깝게 여기지 못하게 만드는 요소이기는 하지만, 돌아보면 또한 그의 이런 태도들이 과거에 내가 생각해왔듯 단순하게 권력욕만을 위한 정치적 행보라고 생각하게 만드는 요소들이지만, 돌아보면 앞서 말한 여러 지점에서 그러나 그가 보여준 가치와 그에 대한 그의 진정성은 그의 정치적 결정과 태도들이 단지 권력을 위한 명분만은 아니었다고 생각하게 되었다.

지금에 와서 돌아보면 우리가 그와 같은 대통령을 가졌었다는 것은 나라의 축복이다. 단지 노벨 평화상을 받아서가 아니고, 대통령을 지낸 인물이기 때문만도 아니다. 그가 92년 대선에서 YS에게 패배하고 정계를 은퇴한다고 발표했을 때 『조선일보』를 비롯한 보수 진영의 신문들은 우리 정치의 거목이 정계를 은퇴했다며 추켜세웠다. 무엇보다 그로 하여금 다시 정치의 영역으로 돌아오지 못하게 확실히 못을 박아두고 싶은 마음들이 앞선 것이긴 하겠지만 그들의 평가가 틀린 것은 아니라 할 것이다.

우리 정치를 설명할 때 3김 이전과 이후로 나누는 것이 자연스러운 시대 구분일 정도로 김대중이라는 정치인의 위치는 우리 사회에서 뚜렷하다. 그러나 그런 구분과 구분에 따른 공과에 대한 논란은 학자들의 몫이라고 해야 할 것이다. 내가 기억하는 김대중이란 정치인은 권력을 놓고 다투는 전형적인 정치인들 속에서 뒤늦게 알게 된, 무엇보다 진심으로 자기의 정치에 대한 확신과 치열한 고뇌를 가진 정치인이었다는 사실이며, 그 사실 때문에 나는 시민단체들이 그의 장례식에서 마련한 추모 집회의 사회를 기쁘게 보았다.

본래 정치를 하려고 했던 목표와 이유는 팽개쳐 놓은 채 권력만을 위해 이합집산하고 삼국지 전략 짜듯, 혹은 장사치 장사하듯 정치를 하고 있는 전형적인 정치인들 속에서 국민들이 바라는 진정성 있는 정치인, 국민들의 고통과 고뇌를 이해하고 그 고통을 조금이라도 줄여 보려고 치열하게 고민하는 정치인이 나오기를 바라는 사람들에게 김대중이라는 정치인은 훌륭한 전범이 되는 사람이다. 그를 돌아보며 그를 넘어서는 정치인이 나오게 될 때 한국 사회는 한 걸음 더 전진하게 될 것이라는 점에서 김대중은 한국 정치의 새로운 목표이기도 하다.

길고 지루한 기다림, 그 끝은 전무후무한 진전: 김대중과 인권

오창익 인권연대 사무국장

1998년 2월 2일 오전이었다. 대통령 당선자 신분인 김대중과 제법 긴 시간을 두고 대화를 나눌 기회가 있었다. 나는 지금이나 그때나 인권 단체의 실무자였다. 그날은 지금은 고인이 된 김승훈 신부와 이명남 목사, 청화 스님, 최영도 변호사를 모시고 간 자리였다. 김대중 당선자에게는 한국인권단체협의회 대표들을 만나는 자리였다. 김중권 비서실장이 영접했지만, 당선자와의 대화는 배석자 없이 진행되었다. 당선자는 부지런히 메모하며, 인권 단체 대표들의 말을 경청했다. 이전에 만난 야당 지도자 김대중은 논리적으로 자신의 주장을 펴는 데 능한 사람이었지만, 이날은 달랐다. 대통령 당선 이전과 이후의 차이였을까. 막중한 책임감 때문이었을까. 그는 줄곧 경청했다. 면담은 점심시간을 조금 넘겨 끝났다.

50년 만의 정권 교체였으니, 인권 분야에서도 대통령 당선자에게 요구하거나 기대할 게 너무도 많았다. 국가인권기구의 설립이 절실했고, 안기부, 검찰, 경찰, 법원, 헌법재판소, 교도소 등 개혁이 필요한 기관이 한둘이 아니었다. 국가보안법 등 폐지해야 할 악법도 잔뜩 쌓여 있었다. 무엇보다 양심수 석방이 시급한 과제였다. 수감의 고초를 당하는 수백 명의 양심수를 그대로 두고 새로운 시대를 열 수는 없었다. 이날 만남을 통해 김수환 추기경은 대통령 당선자에게 서한을 전달하였다. 김 추기경은 서한을 통해 "양심수들이 사회에 헌신할 수 있는 기회를 제공함으로써 정권 교체의 의미를 실감할 수 있게 해달라"며 양심수 전원 석방을 요청했다.

김대중 대통령 당선자는 조심스러웠다. 일단 취임을 해야 양심수 문제를 제대로 다룰 수 있다고 했다. 취임과 동시에 양심수 석방을 하면 좋겠지만, 사면 관련 업무를 법무부가 진행하는 상황이라 쉽지 않을 것이라고 했다. 그는 과거의 동지들에게 말했다. "검찰이 어떤 사람들인지 알지 않습니까?"

시간은 좀 걸리겠지만, 양심수 문제만은 다 해결할 테니 믿어 달라고 했다. 그리곤 다른 자리에서도 몇 번 했던 특유의 운동론을 말했다. 종교인들처럼 진리를 탐구하는 일은 혼자서도 얼마든지 가능하지만, 운동은 철저하게 대중과 함께가야 한다. 운동가만 혼자서 앞으로 치고 나가선 곤란하다. 다만 반보쯤만 앞서서, 그래도 대중이 따라오지 않으면 기다리기도 해야 한다는 거였다. 그가 인권 문제를 바라보는 시각, 인권 문제를 푸는 방식은 그의 말처럼 반보쯤만 앞서서, 대중이 따라오기를 기다리는 방식이었다. 인권운동가 입장에서는 지루하기 짝이 없는 일이었지만, 결과적으로 그의 조심스러운, 그리고 현실주의적 태도가 옳았던 경우가 많았다.

김대중의 대통령 당선 직후 진행된 특별사면복권은 민주화실천가족운동협의회(민가협)가 집계한 양심수 478명 중에서 74명을 석방하는 데 그쳤다. 그나마 형기의 90퍼센트이상을 마친 사람들이 대부분이었다. 특별사면이 아니라도 가석방으로 진작 나왔어야 할 사람들이었다. 우용각 등 세계적 초장기수들과 조상록 등 군사정권 시기의 간첩 사건 관련자들, 박노해, 백태웅 같은 사노맹 사건 관련자들, 김성만, 황대권, 양동화, 강용주 등의 구미유학생 사건 관련자들, 김낙중, 손병선, 안재구 등의 조직 사건 관련자 등 대부분의 양심수들이 그대로 감옥에 남아 있게 되었다. 기껏해야 김영삼 정권 때 여러 차례 봐왔던 특별사면 수준이었다. 국민의 정부 법무부 장관 박상천은 "사면에서 제외된 사람은 재범의 우려가 있고, 국가 체제 전복 활동에 참여할 가능성이 있는 자들"이라고 했다. 실망스러웠다. 그건 새로운 정부의 정치인 출신 법무부 장관의 말이 아니라, 법무–검찰의 최고 책임자의 말이었다. 김영삼 정부도 출범하자마자 144명의 양심수를 석방했었다. 김대중 정부의 첫 사면은 딱 절반 수준이었다. 이해할 수 없었다. 인권 분야에서 김대중 정부가 보여준 첫 번째 성적은 이렇게 초라했다. 그게 시작이었다.

단박에 모든 게 바뀔 거라고 생각하진 않았다. 김종필의 자민련과 손잡고 출범한 연립정권이기에 그 한계는 분명했다. 하지만 대통령 스스로가 수감의 고초를 겪었던 양심수 출신이 아닌가. 다른 문제에 우선해서 양심수 문제를 풀어야 했다. 아쉬웠다.

김대중 정부가 양심수 문제를 전향적으로 풀기 시작한 것은 정권 출범 이후 첫 번째 맞은 8·15 때였다. 이때 정부는 '사상전향'이 양심의 자유를 침해한다는 지적이 많다며, '준법서약'을 받겠다고 했다. 이게 걸림돌이 되었다. 대부분의 인권 단체와 양심수들은 준법서약이 변형된 사상전향이라고 반발했다. 당시 나는 실용적 입장을 취했다. 준법서약이 사상전향과 다를 바 없는 건 맞지만, 밖에 있는 인권 단체들이 그 문제를 집중적으로 거론하면서 양심수들의 양심의 자유를 역으로 제한하는 일은 없어야 한다고 생각했다. 양심수들의 불필요한 고초를 하루 빨리 끝내야 한다고 생각했다. 법무부는 완고한 태도로 일관했다. 그래도 사노맹 사건의 박노해, 백태웅, 남진현, 중부지역당 사건의 김낙중, 손병선, 황인오, 황인욱, 구미유학생 사건의 김성만, 양동화, 황대권, 조작간첩 사건의 함주명이 석방되었다. 외국인 최초의 사형수였던 파키스탄 사람 무함마드 아자즈와 아미르 자밀은 무기징역으로 감형되었다. 그렇지만, 안재구, 정수일, 류낙진 등과 41년째 복역 중인 우용각 등의 비전향 장기수 17명, 그리고 구미유학생 사건의 강용주는 사면에서 제외되었다. 강용주 등은 준법서약서를 제출하지 않았다는 이유로 사면 대상에서 제외되었다. 같은 해 3월의 특별사면 때보다는 나아졌지만, 굴레와 고약한 제약은 여전했다.

우용각 등의 비전향 장기수 17명과 강용주가 석방된 건, 김대중 대통령 취임 1주년을 기념해 진행한 1999년 2월의 특별사면 때였다. 파키스탄 사형수들도 이때 석방되어 고국으로 돌아갔다. 준법서약 요구를 사실상 거둬들인 것이다. 그렇지만, 장기수들의 석방 기준은 복역기간 27년이었다. 20년, 30년 등 꺾어지는 햇수가 아니라, 27년이 기준이 된 것은 당시 남아프리카공화국 대통령 넬슨 만델라의 수감 기간이 26년이었기 때문이다. '만델라보다 더 오랜 구금'이란 비난을 피하려는 꼼수였다. 27년이 안 되는 사람들은 석방될 때까지 다시 6개월을 더 기다려야 했다.

1999년 8월 15일, 안재구, 류낙진, 최호경 등 조직 사건 관련자와 손성모 등의 장기수들이 모두 석방되었다. 이로써 양심수 석방 문제가 대체로 마무리되었다. 양심수 석방에 1년 6개월이 걸릴 만큼 김대중 대통령은 신중했고 조심스러웠다. 그러나 당선자 시절의 약속은 지켰다.

2001년 11월 한국에도 국가인권기구가 설립되었다. 국가인권위원회 설립은 오랜 민주화 운동이 거둔 중요한 결실이었다. 비록 이명박 정부 들어 거의 파산 지경에 이르긴 하였지만, 그동안의 활약은 주목할 만한 것이었다. 국가와 정부는 주로 인권 가해자의 역할을 수행했는데, 국가가 나서 인권을 보장하겠다는 발상 자체가 새로운 것이었다. 국가인권위원회는 유엔 차원의 국제적 인권 규준의 국내적 실효성을 담보하기 위한 다양한 활동을 진행해왔다. 인권의 지평을 넓히고, 구체적인 인권 피해자들을 찾아 실효성 있는 구제를 하기도 했다.

하지만 국가인권위원회 설립 과정은 길고 지루하기만 했다. 정부와 인권 단체의 이견은 쉽게 좁혀지지 않았다. 가장 큰 쟁점은 국가인권기구의 위상 문제였다. 법무부는 법무부 소속의 특수법인을 고집했고, 인권 단체는 입법·사법·행정 등 어디에도 속하는 않는 독립기구로 설립해야 한다고 주장했다. 인권기구의 감시 대상이 되어야 할 법무부는 끈질겼다. 인권 단체도 굽히지 않았다. 법무부와 인권 단체의 싸움은 3년이나 계속되었다. 상임위원 수를 몇 명으로 하고, 어떤 직급으로 할지, 인권기구의 규모는 어느 정도로 해야 할지, 권한은 어떻게 할지가 모두 쟁점이었다.

길고 지루한 싸움이 계속될 때도 김대중 대통령은 예의 신중한 태도로 일관했다. 김대중 대통령은 새로 출범하는 국가인권기구가 유엔 등 국제사회와 인권 단체가 인정할 만한 것이어야 한다는 원칙적 입장만 강조했다. 그리곤 법무부와 인권 단체의 견해 차이가 좁혀지길 기다렸다. 그는 기다리는 데 능했다. 인권 단체도 숱한 인권 당사자들도 기다려야 했다. 기다림의 결과 인권 단체들도 80점쯤은 된다고 평가하는 새로운 국가인권기구가 출범할 수 있었다.

1997년 12월 김대중의 대통령 당선은 많은 사람을 설레게 했다. 인권 단체들은 양심수 석방, 국가인권기구 설립은 물론, 국가보안법 폐지, 한총련 등 수배자 문제 해결, 전교조, 민주노총의 합법화, 과거 청산, 사회보장 제도의 실질화 등 사회권의 전면적 보장과 확대를 요구했다. 전자주민카드 추진 포기와 경찰, 검찰, 안기부, 교정 기관의 개혁도 빠질 수 없는 개혁 과제였다. 인권의 진전을 위해 챙겨야 할 일이 한둘이 아니었다. 그렇지만 기다려야 했다. 김영삼 정부의 '하나회 청산'처럼 단박에 해결된 숙제는 아무것도 없었다. 김대중 정부는 토론에 토론을 거듭했고, 이해 당사자들의 갈등을 조정하고 가급적 합의를 도출하려고 했다. 길고 지루한 시간이었지만, 김대중 대통령은 인권 개혁의 과제를 놓치지 않으려고 애썼다.

과거 청산 작업도 비슷했다. 민주화운동과 관련된 의문의 죽음을 추적하고, 진상을 규명하는 역할을 수행한 '대통령 소속 의문사진상규명위원회'(의문사위)는 2000년 10월 출범했다. 의문사위는 최종길 교수 의문사 사건 등의 진상을 밝혀냈다. 의문사위는 노무현 정부에서는 '진실과 화해를 위한 과거사정리위원회'로 이어졌다. 하지만 의문사위 설립도 쉬운 일은 아니었다. 의문사 진상규명을 위해 유족들은 여의도 국회 앞에서 무려 422일이나 농성을 진행했어야 했다. 쉬운 일은 없었다.

길고 지루한 과정이 필요했지만, 인권 분야에서의 확실한 변화가 하나둘씩 가시화되었다. 경찰은 어느 날 갑자기 최루탄 사용을 중단했다. 이전에도 '무석무탄(無石無彈)'이니 '무탄무석(無彈無石)'이니 하는 논쟁이 오갔지만, 1987년 이한열 열사의 희생에도 불구하고, 경찰의 최루탄 사용이 계속되던 터였다. 비록 2002년 서울지검 고문치사 사건으로 빛이 바래기는 했지만, 수사기관의 고문 관행도 크게 개선되었다. 노골적인 구타는 대부분 사라졌다. 교정 기관의 변화는 주목할 만한 것이었다. 김대중 대통령은 구제 금융 사태로 급증한 재소자 숫자를 줄여야 교정·교화가 가능하다고 주문했다. 한국 교정 시설의 가장 큰 문제가 과밀 수용에 있다는 것도 정확히 짚어냈다. 검사장 급의 검사가 임명되던 법무부 교정국장에는 처음으로 교도관 출신이 임명되었다. 수갑을 채우는 것도 모자라, 포승에 족쇄까지 채우던 관행도 개선했다. 최소한 발에 채우는 족쇄는 없어졌다. 신문과 텔레비전을 볼 수 있게 된 것은 재소자 입장에서는 혁명적인 변화였다. 머리도 자유롭게 기를 수 있게 되었다. 검열 제도는 남아 있었지만, 재소자들은 종이와 볼펜을 지닐 수 있게 되었다. 이전엔 특별한 허가를 받은 소수만 누리던 특권이었다.

김대중 정부는 인권 문제에 관한 한 전무후무한 진전을 이뤄냈다. '민주화운동 관련자 명예회복 및 보상에 관한 법률'이 제정되어 민주화운동에 대한 평가와 보상이 진행되었고, '제주 4·3사건 진상규명 및 희생자 명예회복에 관한 특별법'에 근거한 제주 4·3사건에 대한 진상규명과 명예회복 작업이 진행되었다. 여성부가 출범하고, '국민기초생활보장법'의 제정으로 복지가 보편적 인권으로 전환되는 중요한 계기를 마련하였다. 작은 지면에 일일이 담아내기 어려울 정도로 많은 성과가 이어졌다. 민주노총과 전교조가 합법화되었고, 집회와 시위의 자유도 예전보다 많이 개선되었다. 언론의 자유는 완벽에 가까울 정도로 보장받았다.

1998년 3월 법무부 업무 보고를 받는 자리에서 김대중 대통령은 자신은 경제대통령이나 통일대통령보다는 인권대통령으로 역사에 기억되고 싶다고 했다. 경제나 통일은 수단에 불과하지만, 인권은 수단이면서도 동시에 목적(가치)이기도 하다. 김대중 대통령의 인식은 정확했다. 다만 그가 현실 정치인이라는 점, 그가 속한 정당의 구성원들이 대통령에 한참 못 미칠 정도로 인권 의식이 부족했다는 점, 1961년의 군사 쿠데타 세력도 참여한 연립정권이라는 한계, 그리고 조·중·동 등 수구언론의 집요한 저항 등의 한계적 조건들은 내내 그의 발목을 잡았다. 그래서였을까, 김대중은 그가 평소 즐겨했던 말처럼 '서생적 문제의식과 상인적 현실감각'으로 잔뜩 쌓인 인권 문제를 하나씩 해결해나갔다. 여러 가지로 부족했지만, 적어도 현실에서는 김대중, 그가 인권대통령에 가장 가까운 모습이었다.

김대중 정권 당시에 활동했던 인권운동가 입장에서 돌아보면, 길고 지루한 싸움의 시간들이었다. 그렇지만 인간 김대중의 끈기와 거버넌스 형 갈등 해결 노력 때문에 한국은 인권 후진국에서 벗어나는 결정적 계기를 마련할 수 있었다. 김대중 대통령의 임기가 끝나고, 두 명의 대통령을 만난 지금에 와서 보면, 김대중 대통령이 인권 분야에서 이룬 성과가 얼마나 소중한 것인지 알 수 있다. 현실 정치의 한계 속에서 고군분투했던 그가 고맙다.

농민과 농촌을 사랑한 마지막 대통령 : 오늘의 농촌을 본다면……

김성훈 중앙대학교 명예교수 · 환경정의 이사장

지금은 경기도 고양 행주에 은퇴해 계신 우리나라 민주주의와 농권(農權)운동의 대부인 프랑스 오를레앙 출신 레나도 뒤퐁(한국명 두봉 杜峰, 가톨릭 전 안동교구장) 주교님이 김대중 전 대통령의 치적에 대해 어느 잡지 기자와의 인터뷰에서 다음과 같이 술회하였다.

"이 나라에 민주주의와 평화를 정착시킨 이유 하나만으로도 백년 후까지 그 이름이 교과서에 실려 길이 빛날 것이다."

세월이 흐를수록 두봉 주교님의 예언과 같은 평가는 우리들 앞에 꿈같은 사실로 아스라이 맴돌고 있다. 역주행만 거듭하는 민주주의, 인권과 민생의 파탄, 일촉즉발의 남북 관계, 극심한 경제 사회의 양극화, 차마 간지러운 허망한 정치적 구호와 말장난(修辭)들, 무참히 파헤쳐지는 조국의 산하를 바라보며 새삼 김대중 시대를 떠올리는 노스탤지어가 두봉 주교의 짧은 법어에 빠져 들지 않을 수 없다.

필자는 1994년 아태평화재단 창립 때부터 김대중 대통령을 가까이서 지켜 볼 수 있었다. 대체로 김대중 대통령의 업적을 말하라면 6·25에 버금가는 IMF환란을 극복한 것과 남북한 간 최초의 정상회담으로 남북화해의 물꼬를 튼 것을 꼽는다. 물론 이는 대단한 업적이다. 하지만 태산처럼 큰 치적에 가리어 우리 사회의 소외·취약 계층인 농어민, 노동자, 서민과 중소기업에 대한 그분의 정성 어린 배려가 잘 알려지지 않고 있음이 못내 아쉽고 안타깝다. 또한 인권, 교권, 노동자의 권리를 바로 세운 그분의 업적도, 4대 보험 확립, 민주주의와 시장경제의 공생 그리고 생산적 복지 정책의 성과도 제대로 알려지지 않고 있다. 뿐만 아니라 우리 사회에 민주주의와 자유정신이 확고히 뿌리 내리면 창조적인 문화 예술 활동이 활발해질 것이라는 확신에 찬 포괄적 예술 지원 활동이 오늘날 세계무대를 주름잡고 있는 한류 문화의 발전으로 승화한 배경도 소홀히 인식되고 있다.

아주 작은 것에서 큰 길을 찾고 아주 큰 것에서 작은 것을 놓치지 않는 김 대통령의 세심하고 통 큰 국정 운영 철학은 '국민의 정부' 첫 국무회의(1998년 3월 5일)에서부터 확인할 수 있었다.

"앞으로 대통령인 나를 각하(閣下)라고 호칭하지 말아 달라. 그냥 대통령님이라고 불러 달라"는 것이 대통령의 모두(冒頭)발언이었다. 그로 인해 광복 후 40년간 국민 위에 군림해 오던 공포와 아부의 대명사 '각하'라는 호칭이 이 땅에서 사라지게 되었다. 지금도 '대통령님'으로 불리고 있는데 다시 경화되고 있는 느낌을 지울 수 없다. 대통령도 Mr. President라고 불리는 미국식 남자 호칭 Mr.(미스터)의 한 사람에 불과하다는 김대중 대통령의 평민 의식이 아직 우리 사회와 관가에 살아 있는지 적이 의문이다.

그리고 이어진 국무회의에서 김 대통령은 앞장서 당면한 국무위원들의 국가적 소임을 IMF 국가 부도 위기의 극복과 실업 문제 해결 그리고 물가 안정이라고 분명히 밝혔다. 이 같은 국정 철학에 부응하여 소비자생활협동 조합(생협)법의 제정과 지원을 통한 친환경 농수산식품의 직거래 활성화가 시작되었고 전국의 숲 가꾸기 사업을 통한 노숙자등 1석2조의 창조적 실업 해결책 등이 확정되었다. 1998년 생협 활동의 합법화와 활성화 결과, 지난 해 9월 한 포기당 1만 6000원까지 치솟은 농협 하나로마트 등의 배추 파동 사태에 즈음하여서도 '한살림' 등 생협 매장에선 포기당 1500원대를 유지 하게 만들었다. 그리고 바야흐로 골프장 건설 등 난개발로 좀 먹어가는 우 리나라 산림 현장에서 그나마 선진국형 숲으로 트랜스폼(변환)하는 이 숲 가 꾸기 사업이 역설적으로 현 정부의 녹색 성장 정책에 절대적인 기여를 하게 된 계기와 기반을 만들었다.

그때나 지금이나 마찬가지이지만 농촌, 농업, 농민 문제는 도시 소비자 문제 또는 국민경제로 크게 파급되지 않는 한 세간의 주목을 받지 못한다. 만약 IMF 때나 2008년 세계 금융 위기 때 우리 국민들의 주식인 쌀 생산마 저 자급되어 있지 않았다면 인도네시아 등 아시아·아프리카와 같은 식량 소동과 사회 혼란이 일어나지 말란 법이 없었다. 그러나 IMF 환란 당시 도 시 기업들과 은행들의 줄도산에 이어 대량 실업 사태 발생에 가려 수많은 낙농, 축산, 채소 생산 농가와 쌀 농민들이 겪었던 비참한 피해 상황은 거의 세간의 주목을 받지 못하고 있었다. 그런데도 국민의 정부 상반기(1998~ 2000년) 중 국무회의에서, 그리고 직접 전화로 대통령으로부터 격려성 꾸중을 가장 많이 받은 사람이 아마도 농림부 장관으로 일했던 필자가 아니었나 생각된다.

"농림 장관, 젖소 송아지 값이 두당 5만 원대로 폭락하여 농민들이 오늘 새벽 국회의사당 앞에 50마리를 내다 버렸다는데 알고 있소?"

"예, 그제 새벽엔 과천 농림부 앞에도 50마리의 젖소 송아지가 버려졌습니다. 그리고 오늘 시세는 마리당 3만 원으로 더 떨어졌습니다."

"그러면, 수매를 하든지 뭔가 대책이 있어야 하지 않소?"

"네, 그러나 IMF 긴축예산으로 정부로서는 지금 자금 여력이 전혀 없습니다."

"축산발전기금이 있지 않소?"

"그것도 지난 정권으로부터 빈 깡통으로 넘겨 받았습니다. 다만 편법이지만 연리 18퍼센트의 농협 빚을 내서라도 수매, 해결하는 방법은 있습니다만……"

"그렇게 하시오!"

또 한번은 "농림 장관, 지금 경상도 진주 지방의 어느 마을에선 영농 자금에 대한 연대보증제 때문에 온 마을 주민들이 연쇄 도산하여 줄탈농 사태가 일어나고 있다는데 대책이 무엇이요?" 하고 물으셔서 "네, 진주뿐만 아니라 상주, 정읍, 나주 등 전국의 농촌에서 비슷한 줄도산 사태가 일어나기 직전입니다. 즉시 관계 장관 회의를 요청하여 대책을 내놓겠습니다"라고 답변하였다. 사실인즉, 그에 앞서 두 차례나 관계 장관 회의를 열었으나 농민들의 어깨보증제도를 국가신용보증제도로 전환하기 위한 특별예산 배정을 요구한 농림부 안이 부결되었었다. 다만, 대통령도 농림부 장관도 짐짓 모른 채 언급하지 않았을 뿐이다. 국무회의가 끝나자마자 청와대 복도에서 관계 장관들이 위 사안 둘 다 농림부 안대로 합의 결정하였음은 물론이다.

꾸중에도 나름대로 고마운 꾸중이 있다는 사실을 나에게 일깨워 준 사례는 계속 이어진다. 청와대에 농·축·인삼협 중앙회 통폐합과 농조 개혁에 의한 수세 폐지 안건 등을 독대로 보고하는 자리에서 보고가 끝날 무렵, 대통령이 묻는다.

"그런데 어제 관계 장관들이 나를 찾아와 김포매립지를 상공업 위락 용지로 용도 변경해 주어 ㈜동아건설이 IMF 환란 극복에 일조케 해야 한다고 건의하고 갔는데 주무 부서인 농림부 입장은 무엇이요?"

깊이 숨을 쉰 다음 말했다.

"아시다시피 김포매립지는 서산지구의 현대매립지와 함께 박정희 정권 때 특혜를 받아 간척한 절대 농지입니다. 일조 유사시의 식량 안보 기지로서의 중요성을 떠나서, 용도 변경을 해줄 경우 근 100조 원에 달하는 천문학적인 이권을 특정 기업에 몰아준다는 비난에 직면할 것이며 경제 정의에도 어긋납니다. 국가적 목적에 따라 용도 변경을 하더라도 그 이익 또는 손실은 국가에 귀속돼야 한다고 생각합니다.”

당시 여야 정치권은 물론이고 『한겨레신문』 등 일부 언론을 제외한 대부분의 신문과 방송들이 김포 매립지가 농업용으로는 부적합하니 용도를 변경해 주어야 한다고 로비가 극심했었다. 농림부에 대한 유혹성 로비도 절정에 달했을 때였다. 그러자 다 알고 있었는지 김대중 대통령은 정색을 하고 배석한 경제 수석과 농림 장관에게 “아무리 나라 경제가 어렵다고 해도 특정 기업에 특혜를 몰아주는 정책은 두고두고 후유증을 남길 것이고 당장 서산 간척지와 전국의 크고 작은 매립지들이 너도나도 용도 변경을 해달라고 할 것이 아닌가. 그러면 국기가 문란해져요. 누가 뭐라 하든 농림부 소신대로 하시오!”라고 확실히 쐐기를 박아 주셨다. 만일 그렇게 하지 않았더라면 아마도 수서 비리 사건 때보다 더 파괴력이 큰 국회 청문회 감이 되었지 않나 생각된다.

국민의 정부 초기 농림부는 박정희 정권 때 확정돼 1999년 착수하기로 된 영산강 4단계 간척 계획을 백지화할 것을 청와대에 건의하였다. 갯벌의 환경 가치와 국민 여가 활용 및 어민 소득 효과가 수전화(水田化)한 쌀농사 효과보다 훨씬 더 크다는 근거에서였다.

갑자기 경제 수석으로부터 농림 장관이 대통령을 독대, 직접 건의하라는 연락이 왔다. 새만금 크기의 영산강 4단계 계획 지역은 당시 우리나라에 남아 있는 가장 큰 갯벌로서 대통령의 고향 목포시와 신안, 무안, 함평, 영광 등 1개 시, 5개 군을 망라하고 있었다. 비장한 각오로 사표를 써 안주머니에 넣고 대통령님과 독대를 하였다.

지그시 눈을 감고 보고를 듣더니 묻는다. 주민들의 동의는 받았나, 시·군 의회와 시장·군수 그리고 도지사의 의견은 무엇인가를 물었다. 직접 장관이 현장에서 공청회까지 주재했고 시군 지도자와 도의회, 도지사의 동의를 받았노라고 답변했다. 김대중 대통령은 정색을 하고 다시 묻는다.

"(영산강 4단계) 이 지역은 정치인 나로 인해 개발이 억제되고 지연되고 각종 불이익을 받아온 지역인데 대안은 무엇이오?"

나는 당시 약 4조 원이 예상되는 이 사업을 백지화할 경우 그중 8000억 원으로 이들 낙후 지역에 꼭 필요한 농업용수를 영산강과 주변 호수들에서 끌어 들이고 필요한 관정을 개발할 수 있다고 답변했다. 그러자 대통령은 본심을 드러내시었다.

"우리나라는 말이여, 세계 제4위의 갯벌 자원 보유국인데 말이여, 최근 이상기후로 부쩍 그 중요성이 증대하는 환경 생태 가치로 볼 때 농림부 안은 아주 시의적절하고 타당하다고 생각해요. 농림부가 관계 시장 군수 입회 하에 공식적으로 백지화 계획을 발표하세요."

독대를 마치고 문 밖에 나선 나는 복도에서 혼자 만세 삼창을 크게 외쳤다. 그것도 양팔을 높이 쳐들고. 그리고 며칠 후 1998년 7월 16일 관련 시장군수 입회하에 농림부는 영산강 4단계 사업은 물론 앞으로 순천만 등 제5단계 영산강 개발계획 등 대형 간척사업을 착공하지 않겠다는 방침을 만천하에 공표하였다. 진행 중인 새만금개발사업도 일단 중단하고 환경·경제 타당성 조사 분석을 다시 할 것임도 밝혔다. 영산강 4단계사업 백지화 결단으로 환경운동연합은 현직 장관을 '올해의 환경인' 특별상을 수여하였다. 지금 신안, 무안, 함평 등은 갯벌체험관광으로 여름철에 북적대고 경제 붐을 이루고 있다.

어느 날 김대중 대통령은 회의 중에 뜬금없이 "어제, 가락동도매시장에서 깻잎과 채소류에 맹독성 농약이 검출됐다는데, 농림부 장관, 이제 우리 소비자 국민들은 무슨 농산물을 안심하고 먹을 수 있소?"라고 물었다. 그 사건을 계기로 1998년 11월 11일 대한민국 최초로 국무총리 주재로 '친환경 유기농 원년'을 선포하고 정부가 직접 친환경농업 직불제(直拂制)와 유기농 육성 시책을 펼 수 있게 되었다. 12년이 지난 현재 전국에서 생산된 농산물의 12퍼센트가 친환경 인증을 받았고 전라남도의 경우 52퍼센트가 친환경인증 생산물이다.

가장 민망했던 기억은 1999년 추석 무렵, 아주 사나운 태풍이 경상도 남해·하동 지방으로 상륙하고 있었을 때였다. 농림 장관은 추석 명절날인데도 미리 현장에 가서 대비하고 있었는데 이를 알지 못한 대통령께서 다급한 전화를 걸어왔다. 대뜸 "농림 장관, 지금 어디서 무얼 하고 있는 것이오?"라고 꾸짖지 않는가. "왜요?"라고 되묻자, "지금 큰 태풍이 예고돼 있는데 대비해야 할 것이 아니오?" 심술이 나서 어마지두에 "예, 지금 남해 섬에 와서 태풍을 마중하고 있는 중입니다"라고 버럭 소리를 높여 대꾸를 하였다. 이는 아랫사람으로서 예의를 갖춘 답변 태도가 분명 아니었다. 민망하셨는지 "그런데 말이여, 앞으로는 수해 등 어떤 자연재해건 복구를 지원할 때는 원상 복구에 그치지 말고, 다시 피해가 발생하지 않도록 아예 항구적인 복구 원칙을 세우도록 하시오"라고 말꼬리를 돌리셨다. 덕분에, 이듬해 강원도 고성-동해-삼척-울진에 큰 산불이 났을 때와 구제역 파동 때 영구 복구 개념이 도입되어 평상시의 근 두 배가 넘는 예산 지원이 해당 지역에 행해졌다.

구제역(Foot and Mouth Disease)이 대한민국에 공식적으로는 최초로 2000년 3월 경기도 파주에서 발생하였다. 새벽 2시경 국방부 장관에 전화하여 군 장병과 군 장비 지원을 요청, 새벽 4시부터 군 장병들이 앞장서 소각, 살 처분 매몰, 출입 교통 통제 조치를 취했다. 타 시군에서도 마찬가지였다. 그리하여 구제역 방역 조치를 초동에 효과적으로 시행하여 3개 도, 6개 시군에서 2216두의 살 처분 매몰에 그쳤다. 백신 조치도 군의 도움으로 조기에 실시했다. 그 결과 OIE(국제수역사무국) 본부로부터 가장 성공적인 초동 작전이었다고 우리 정부가 크게 칭찬을 받고 조기에 청정 국가 지위를 회복할 수 있었다.

357여만 두의 살 처분을 초래한 이 정권의 초동 작전 실패와는 너무나 큰 대조를 보여주는 사례이다. 그 배경에는 첫날 보고를 받은 김대중 대통령이 농림부 장관과 관련 각료들에게 내린 "방역은 국민의 재산과 생명을 지키는 제2의 국방이다. 방역은 규정에 얽매이지 말고 상상할 수 없을 만큼 강력하고 신속히 하고, 피해 농민에 대한 보상은 기대하는 수준 이상으로 파격적으로 행하라. 그래야 관련 부처와 민관이 적극 협력할 것이 아닌가"
라는 긴급 지시가 있었다.

이와 같이 대통령이 직간접으로 챙겼음에도 IMF 사태 이후 농촌 농민의
살림살이는 보편적인 농업의 자연적, 기술적, 경제적 제약성 때문에 2년이
지나서야 겨우 살아나기 시작했다. 아주 더디고 열악한 정부 재정 지원도
그 원인의 하나였다.

재임 1년 반쯤 지나 신병을 핑계로 첫 번째 사임 의사를 품신했을 때 김
대중 대통령은 노기 띤 언성으로 크게 나무랐다. "내가 생각하여 쉴 때가 되
었다 싶으면 쉬게 해줄 테니 추진하던 개혁 사업들을 마무리 하는 데 정진
하라"고 꾸짖으면서 1년을 더 장관직에 머물게 하였다. 불쑥 던진 말씀이
지금도 가슴속에 절절히 남아 있다.

"김 장관, 어렸을 때부터 나는 농어촌에 살아 누구보다도 농어민의 고통
과 서러움을 뼛속 깊이 느끼고 있소. 아마도 내가 농촌·농업·농민의 가치
를 이해하는 마지막 세대의 사람일지 모르오. 앞으로 정부는 도시 출신의
젊은 사람들이 이끌어 나갈지 모르오. 지금 내가 대통령일 때 우리나라 농
업 농민을 살릴 수 있는 정책일랑은 적극 추진하시오. 그래야 이 정부의 보
람이 아니겠소."

대저 농업이란 경제 이론만으로 풀 수 없는 경제 이상의 고려 대상이다.
하늘과 사람과 땅이 화목하여 생명과 환경·생태와 문화적 가치를 창조하는
생명 산업이다. 그래서 선진국일수록 농업은 국가와 민족 형성의 최소 필수

요인(National Minimum Requirement)이라고 정부와 국민들이 확고히 믿고 지원하고 있다. 평소 '선진국이란 도시나 농촌 어디에서 살던 국민들이 경제, 사회, 교육, 문화, 복지 면에서 차이가 없고 차별을 받지 않는 나라'라는 신념을 피력해 오시던 김대중 전 대통령이 살아 계셔 최근 날로 쇠퇴해가는 오늘의 농촌·농업·농민의 비참한 몰골을 본다면 무어라 말씀하실까 송구할 뿐이다.

"아마 천사라도 악마로 변해 있을 수밖에……"

이해동 목사·행동하는 양심 이사장

김대중 전 대통령은 20세기 후반과 21세기 초에 걸쳐 국내는 물론 전 세계인들의 관심이 집중되었던 인물이라고 하겠다. 한국과 동북아 그리고 세계 평화를 위한 그의 탁월한 식견과 논리, 끈질긴 노력과 활동, 그래서 이룩한 업적과 공헌에 대해 세계의 많은 지도자들이 공감하고 지지하고 찬사를 아끼지 않는 국제적 인물이다.

그럼에도 불구하고 국내에서 그분에 대한 이해와 평가는 아직도 미흡하기 짝이 없다. 아마 우리 현대사에서 김대중 대통령만큼 서로 엇갈리는 평가를 받는 인물은 없지 않을까 싶다. 그 평가의 편차는 극과 극이어서 좀처럼 접점을 찾기가 매우 어려운 지경이다.

김대중 대통령은 보수 측으로부터는 말할 것도 없고 진보 진영의 사람들로부터도 인색하게 혹평을 받거나 비난받는 경우가 많다. 왜 그럴까? 나는 그 이유를 두 가지로 본다.

하나는, 그는 그가 지향하는 이상과 원칙을 절대로 포기하지 않음과 동시에 그 이상과 원칙을 추구하는 방법에 있어서는 지극히 실현가능한 현실적 방법을 택하기 때문이다. 그래서 실리만을 탐하는 속물들로부터는 고집스런 원칙주의자로 타도의 대상이 되고, 이상주의자의 눈에는 현실과 타협하는 수정주의자로 오해되어 비난의 대상이 된다. 물론 여기에도 편견과 악의가 깃들어 있을 수 있는 것으로 보인다. 그러나 김대중의 역사적 소임은 원칙을 굽혀서도 안 되고, 무책임하게 말만으로 그쳐서도 안 되었으리라. 그래서 그는 평생 동안 이상과 현실의 괴리를 극복하는 데서 오는 고뇌를 안고 살았으리라.

또 하나는, 아예 의도적으로 김대중이라는 존재를 우리 사회와 역사에서 제거하기 위한 음모들이 오랜 세월 조직적으로 자행된 때문이다. 1980년대에 어떤 분이 김대중에 관한 세간의 악평에 대해 이렇게 말한 적이 있다.

"수십 년 간을 막대한 힘을 가진 국가권력이 김대중 하나를 없애려고 갖은 모략과 수단 방법을 다했는데, 아마 천사라도 악마로 변해 있을 수밖에 없지 않겠는가?"

나도 동감이다. 역사에서 악의와 편견은 벗겨져야 한다. 진실이 묻히고 정의가 무너진 사회와 역사는 망할 수밖에 없기 때문이다. 김대중 대통령의 진면목이 국민들 가운데 바르게 드러나게 만들어야 한다. 그것은 김대중 개인을 위한 문제가 아니다. 역사를 바로잡는 일이고, 나라가 바르게 되는 길이다.

내가 김대중 전 대통령과 인연을 맺게 된 것은 감옥살이를 함께하면서였다. 1976년의 ‘3·1민주구국선언사건’과 1980년의 ‘김대중내란음모사건’에 각각 연루되어 김대중 전 대통령과 공범으로 두 번의 감옥 생활을 함께 했다. 내가 김대중 전 대통령을 처음 대면하게 된 것도 감옥행의 도상이었다. 1976년 3월 10일로 기억한다. 그날 새벽 2시경 당시 서소문에 있었던 검찰청 대기실에서였다. ‘3·1민주구국선언사건’으로 구치소에 수감되는 과정에서였던 것이다. 그 후 김 전 대통령이 서거할 때까지 30년이 훨씬 넘도록 나는 그분과 동지적 삶을 살아왔다. 고락(苦樂)을 같이한 사이라는 말이 있다. 사람 사이를 가장 밀접하게 만들어 주는 것은 낙(樂)보다는 고(苦)인 것 같다. 나는 감옥을 함께 삶으로써 그분에 대한 이해의 폭을 한층 더 깊게 할 수 있었다. 김대중 전 대통령에 대한 나의 느낌은 대략 다음의 세 가지로 요약할 수 있겠다.

첫째, 매우 부드럽고 섬세한 인간미가 넘치는 분이었다.

마음이 고운 분이었다. 눈물도 많고 정감이 넘치는 분이었다. 모든 사람에게 선의로 대하며, 특히 약자에 대한 배려가 세심하고 따뜻한 분이었다. 유머 감각도 뛰어나서 좌중을 웃기고 편안하게 해 주는 분이었다.

둘째, 모든 부문에 대해 충분한 지식을 갖춘 분이었다.

‘3·1민주구국선언사건’ 관련자들 가운데는 석학들이 많았다. 그분들과 같이 나누는 김 전 대통령의 대화에는 거침이 없었다. 정치나 경제 문제는 말할 것도 없고 철학이나 신학에 있어서도, 특히 역사에 대한 해박한 그의 지식은 정말 놀라왔다. 그분의 지식은 단편적인 알팍한 지식이 아니라 매우 학구적이고 각 부면의 지식을 상호 연결 지어 분석하고 종합해낼 수 있는 산 지식의 소유자라고 판단되었다.

우리 민족이 이분만큼 국정 전반에 대해 종합적으로 판단할 수 있고, 올바르게 미래를 전망하고 설계하여 백성을 잘 섬길 수 있는 대통령을 다시 맞을 수 있을까 싶다.

셋째, 돈독한 신앙의 소유자였다.

학구적인 그의 지성과 직접 몸으로 겪은 체험이 농축되어 삶으로 나타난 행동하는 신앙인이라고 나는 판단한다. 다 알다시피 그분은 죽음의 고비를 여러 번 넘겼다. 특히 일본 납치 시의 생환 경험은 하느님의 직접적인 개입이었다고 고백하기에 충분한 사건이었다.

돌아가시던 해인 2009년 1월 15일자 일기에 그는 다음과 같이 쓰고 있다.

"긴 인생이었다. 나는 일생을 눌린 자들을 위해 헌신하라는 예수님의 교훈을 받들고 살아왔다. 납치, 사형 언도, 투옥, 감시, 도청 등 수없는 박해 속에서도 역사와 국민을 믿고 살아왔다. 앞으로 생이 있는 한 이 길을 갈 것이다."

그분의 인권과 정의에 대한 지극한 관심, 민주주의에 대한 확고한 신념, 민족 간의 화해협력과 평화통일에 대한 불굴의 집념, 그리고 이것들을 민족사에서 이루어내기 위해 온갖 박해와 위험을 무릅쓰고 끈질기게 살아낸 그 용기는 그분의 깊은 신앙에 뿌리하고 있음을 나는 확신한다.

김대중 대통령은 우리 민족과 역사의 큰 자산이다. 우리나라 역사에서 최초로 여야 간 평화적 정권 교체를 이루어냈다는 이 사실 하나만으로도 우리 역사에 끼친 그의 공적은 높게 평가받아 마땅하다. 우리나라가 근대 입헌 국가로 출범한 1948년에서부터 '국민의 정부'가 수립된 1998년에 이르기까지 장장 50여 년 동안 우리 국민은 독재의 사슬에서 신음했다. 정권 연장과 정권 탈취, 독재 강화와 영구 집권을 위해 변칙적인 불법과 폭력이 난무했고, 국민들은 그 초법적인 국가 폭력에 의한 탈법·무법·악법의 악순환 속에서 침묵을 강요당하고 시달려야만 했다. 정의롭게 살려는 젊은이들과 양심을 지키려는 지성인들이 감옥으로 끌려가야만 했고, 죽임을 당한 사람들도 적지 않다. 이 악순환의 매듭을 끊은 것이 김대중 대통령과 함께 우리가 쟁취한 1998년의 평화적 정권 교체인 것이다.

그러나 김대중 대통령의 진면목은 평화적 정권 교체라는 외형에만 머물지 않는다. 물론 그 외형 자체만으로도 우리 역사에서 엄청난 일이었지만 김 대통령으로 말미암아 수립된 국민의 정부는 명실 공히 민주 정부로서의 속살을 채워 넣었다. 구체적인 몇 가지만 생각해 보자.

첫째, 국민의 기본권이 보장되고 신장되었으며 역사에 진실을 세우려고 힘썼다.

헌법적 가치인 집회 결사의 자유가 김 대통령이 이끄는 국민의 정부로 말미암아 마침내 허용되고 확보되었다. 민주노총이 합법화되었고, 전교조도 합법화되었다. 거리에서 최루탄이 사라지고 시위가 자유로워짐으로써 합법적인 시위 문화가 향상되었다.

국제 기준에 맞는 국가인권위원회법이 제정되어 국가인권위원회가 독립적 기구로 설립됨으로써 우리나라는 세계와 국제 인권 단체들로부터 민주 인권 국가로 인정을 받게 되었다.

의문사진상규명특별법, 민주화운동 관련자 명예회복 및 보상에 관한 법률, 제주 4·3사건 진상규명 및 희생자 명예회복에 관한 특별법 등이 제정 시행되어 반세기에 걸친 독재 권력에 의해 억울하게 희생되고 고통 받은 많은 국민들의 한을 풀어 줌으로써 역사에 진실과 정의를 세우려고 노력하였다.

이렇듯 김대중 대통령으로 말미암아 국민의 기본권이 신장되고 감추어 졌던 역사의 진실이 드러남으로써 우리 국민들은 민주주의의 참맛을 비로소 맛볼 수 있었다.

둘째, 우리나라의 사회복지정책에 획기적인 변화를 가져왔다.

요즘 활발하게 거론되고 있는 보편적 복지의 기틀은 국민의 정부에 의해 이미 놓여졌다고 할 수 있다. 기초생활보장제 같은 것은 보편적 복지의 단초라 할 수 있을 것이다.

김 대통령은 사회복지를 결코 시혜로 보지 않았다. 복지는 곧 천부적 인권이라는 신앙적인 안목과 철학을 가지셨다. 먹고 입고 자는 것은 사람이면 누구나 보장받아야 할 일종의 천부적 권리다. 사람의 건강권 역시 마찬가지다. 어린이나 노약자는 마땅히 사회적 돌봄이 필요하고 장애를 가진 분들은 더 말할 것도 없다. 이런 철학과 신념으로 김 대통령은 국민연금, 건강보험, 고용보험, 산재보험 등 4대 사회보험을 완성하여 사회 안전망을 구축했다. 지금까지도 그 안전망이 국민들의 삶의 틀로 작용하고 있다.

셋째, 남북의 화해협력과 민족의 평화통일의 진전에 크게 이바지하였다.

이 점에 있어서는 달리 설명을 필요로 하지 않는다. 온 국민이 다 알고 있고, 전 세계가 공인하는 사안이기 때문이다.

김대중 대통령이 약관 20대에 정치를 시작하여 돌아가실 때까지 무려 60여 년 동안의 정치 생활에서 변하지 않고 초지일관 추구한 이상과 목표는 크게 두 가지라고 볼 수 있다. 하나는 온전한 민주주의의 실현이고, 또 하나는 분단된 민족의 화해협력과 평화통일이다. 이 두 가지는 어떠한 극한 상황에서도 결코 포기하거나 꺾인 적이 없다. 특히 평화통일에 관한 그의 주장은 줄곧 독재 권력과 극우 보수 세력에 의해 좌익분자로 매도당했고, 그만큼 집권에 저해 요인으로 작용했을 뿐만 아니라 목숨을 잃을 위험까지 겪어야만 했다. 한길사가 출판한 김 대통령의 강연집『나의 길, 나의 사상』서문에 보면 이 점에 관해 본인이 직접 다음과 같이 술회하고 있다.

"유신체제 하에서는 공산당에 대해서 멸공밖에 없었고 통일은 멸공통일밖에 없는 상황이었다. 그런 때에 북한과 평화공존하면서 평화통일을 하자는 나의 정책은 완전히 공산주의에 대한 하나의 협박으로 간주되고 매도되었다. 급기야 1980년에 나는 그러한 통일 정책을 이유로 해서 전두환 신군부에 의해 사형 언도까지 받게 되었던 것이다. 그러나 나는 민족에 대한 나의 소신을 굽히지 않았다. 1971년에도 그랬지만 1987년과 1992년 선거 때마다 나는 용공 시비로 시달렸고, 이로 인해 당락이 좌우될 만큼 막대한 피해를 입었다."

위에서 본 바와 같이 김대중 대통령께서는 이 땅에 평화를 만들고 지키기 위해서 자신의 목숨을 걸어야 하는 위험까지를 참고 이겨냈다.

김대중 대통령은 진정한 평화주의자였다. 그는 피범벅이 되어있는 우리의 민족사와 정치사에서 보복적 악순환의 매듭을 끊은 위대한 대통령이다. 그를 죽이려고 했던 사람들과 그에게 위해를 가한 모든 사람들을 다 용서했다. 어느 누구에게도 정치적 보복을 하신 일이 없다. 이 점에 있어서는 가히

성자 수준에 이른 분이라고 해도 무방하리라.

위에서 거론한 세 부분 외에도 나라 경제가 거덜 난 IMF 사태를 세계에서 그 유례를 찾아볼 수 없을 정도로 조기에 해결한 경제적 성과나, IT 산업을 집중적으로 육성하여 세계 선진국들과 어깨를 겨룰 수 있는 정보 강국으로 만드는 등 많은 일들을 이룩했다.

사람에 따라서는 김 대통령이 이룬 성과에 대해 비판적 시각도 있을 것이다. 얼키설키한 인간사에 완벽함이란 있을 수 없다. 미진함도 있을 것이고 부족함도 있기 마련이다. 본래 민주주의란 완성된 기성품으로 존재하지 않는다. 민주주의는 과정이요 무한히 발전해가야 할 미완성의 삶이다. 지금으로부터 13년 전 1998년이라는 역사적 상황에서 김 대통령은 최선을 다했다고 나는 본다. 따라서 그가 이룬 업적은 결코 과소평가되거나 무시돼서는 안 될 것이다. 그 업적을 오늘의 퇴행을 극복하고 내일을 바르게 가꾸는 자산으로 삼아야 할 일이다.

나는 김대중 대통령이 평생 동안 나라와 국민을 위해 그의 온 삶을 바쳐 치열하게 추구한 가치를 세 가지 개념으로 집약할 수 있다고 생각한다. 그것은 곧, 자유, 정의, 평화이다. 이것들은 성서적 가치의 핵심들로서 전 세계와 인류가 추구해야 할 궁극적 가치들이다. 그분이 실현하려고 평생을 바쳐 애썼던 올바른 민주주의, 복지국가, 국민과 남북 간의 화해협력과 평화통일 등은 결국 우리들의 삶 가운데 자유와 정의와 평화를 온전하게 실현하는 것이라고 할 것이다.

우리 국민들은 참으로 오랜만에 아니, 역사상 처음으로 자유 정의 평등 평화의 세상맛을 김대중 대통령으로 말미암아 경험할 수 있었다.

이렇듯 김대중 대통령이 이룬 업적들과 온 삶을 바쳐서 추구한 가치들은 우리 민족과 역사의 큰 자산이 아닐 수 없다. 이 가치들을 사장시켜서는 안 된다. 지금 이명박 정권이 역주행을 하고 있는데 우리 국민들은 각성해서 역주행을 막고, 김대중의 가치를 회복해야만 한다. 그래야만 나라와 민족이 살게 된다.

한 학자는 "역사를 망각한 사람은 치매에 걸린 것과 같다"라고 말했다. 사람이 치매에 걸리면 망각의 늪에 빠지게 된다. 사람과 사물에 대한 분별력이 없어져 남편이나 아내, 아들딸들도 알아보지 못하게 되고, 모든 일에 사리분별이 불가능해진다. 이것은 곧 자신이 누구인지도 모르게 된다는 것과 다름이 없다. 자기 상실, 이것이 치매의 심각성이고 비극성이다.

사람은 역사에 대한 올바른 인식과 기억을 가질 때 비로소 자신의 정체성이 확립될 수 있다. 개인이나 사회 공동체의 삶의 방향과 질은 그 구성원들이 공유하는 역사의식과 궤를 같이 할 수밖에 없다. 역사를 바르게 기억하고 회상함으로써 오늘을 고쳐 살고, 그 바른 삶을 내일에 이어주는 것이 개인과 세상을 바르게 만들고 지탱시키는 힘이다. 기억과 회상과 전수라는 삶의 틀이 우리들의 실생활에서 바르게 작동할 때 바른 삶과 바른 세상이 이루어지게 될 것이다.

김대중 대통령은 우리의 자랑스러운 역사다. 자유 정의 복지 즉 민주주의의 역사이고, 민족공생과 평화 즉, 민족평화통일의 역사다. 우리 민족이 결코 망각해서는 안 될 위대한 역사다.

DJ가 정치적 거목인 이유

정두언 국회의원

『프레시안』으로부터 '김대중을 생각한다' 원고 청탁을 받고 적잖이 망설였다. 김대중 전 대통령이 서거한 지 2년도 채 되지 않은 시점에서 공정한 평가가 쉽지 않다고 생각됐다. 여야가 마주 보고 대치하는 현실 정치에서 김 전 대통령의 정치적 유산은 아직도 그 영향력이 크다. 김 전 대통령의 공과에 대한 평가도 정치적 입장에 따라 엇갈릴 수밖에 없으므로 어떠한 평가를 하더라도 정치적 편견이 개재된 평가라는 부담을 감수해야 하기 때문이다.

그럼에도 불구하고 정치적으로 반대 입장에 있는 정치인으로서 김 전 대통령의 공과를 돌아보는 이 시리즈에 참여하기로 한 것은 서로 상대방에 대해 인정할 것은 인정하고 비판할 것은 비판하는 것이 우리나라 정치 문화의 발전에 기여하는 길이라고 판단했기 때문이다.

필자는 개인적으로 김 전 대통령과 직접적인 인연은 별로 없다. 그러나 민주주의가 억압당했던 유신체제 하에서 민주 투쟁의 선봉에 섰던 그의 강인한 이미지가 뇌리 속에는 뚜렷하게 남아 있다. 1970년대에 대학 생활을 보낸 동시대의 젊은 세대들이라면 민주화운동에는 심정적으로 공감하면서도 적극 동참하지 못한 것에 대한 마음의 빚이 남아 있을 것이다. 필자의 경우도 마찬가지다. 행정고시에 합격해 국가공무원 생활을 하면서도 한편으로는 편안한 삶을 살고 있는 것이 아닌가 하는 생각도 많았다.

김 전 대통령의 집권 마지막 해인 2002년 16대 총선에 출마하여 정치권에 발을 들여놓은 터라 개인적으로는 김 전 대통령과 대면할 기회를 갖지 못하였다. 굳이 김대중 전 대통령과의 인연을 찾자면 같은 호남 출신이라는 점과 개인적으로 큰아버지처럼 모셨던 광주 출신의 6선 국회의원 정성태 전 의원이 김대중 전 대통령과 함께 야당에서 정치 활동을 했다는 점이다. 정성태 전 의원은 구 민주당에서 세 차례나 원내총무와 사무총장을 역임하고 국회부의장까지 지낸 호남 출신의 야당 중진이었다.

김 전 대통령과는 정치적으로 대척점에 있는 신한국당에서 정치 활동을 시작한 필자의 입장에서 보면 김 전 대통령은 이후 보수 성향의 한나라당이 언제나 마주 보아야 하는 커다란 정치적 봉우리였다. 그동안 우리나라의 보수 세력은 국가 안보와 경제개발을 가장 큰 가치로 삼으면서도 민주주의와 인권 등에는 소극적인, 기득권층이라는 비판을 받아왔다. 반면 김 전 대통령은 민주주의와 서민 경제를 주창하고 한반도의 평화에 대한 구상을 제시하였다.

김 전 대통령이 강조한 정치적 가치는 기존의 틀에 안주하였던 보수 세력에 상당한 자극제가 되었고 보수 진영의 내부 혁신의 계기를 제공하였다. 국가 안보와 경제 발전이라는 틀에만 안주하였던 한국의 보수 세력에 민주주의, 서민 경제, 한반도 평화의 정책 구상은 국가 경영의 비전을 둘러싸고 서로 다른 정치적 패러다임이 경쟁하는 계기를 만든 것이다.

한나라당의 친서민 중도 노선도 그 근원을 따지자면 김 전 대통령의 중산층과 서민 중시 정책과 유사한 면이 있다. 현재는 천안함 폭침과 연평도 포격 사건 이후로 남북 관계의 경색이 계속되고 있지만 이명박 대통령이 취임 초에 구상한 비핵 개방 중심의 한반도 평화공존 구상도 크게 보면 김 전 대통령의 햇볕정책과 공통적인 면이 많다고 볼 수 있다.

김 전 대통령은 정치적 반대 세력으로부터 급진적이고 과격하다는 공격을 받았지만 실제로는 집권 이후 일부 보수 진영의 우려와 달리 온건하고 개혁적인 노선을 추구하였다. 우리나라 정치 사상 최초의 실질적인 집권 세력 교체가 평화적으로 이뤄질 수 있었던 것은 김 전 대통령의 온건하면서도 강력한 개혁적 리더십 때문이다.

집권 이후 김 전 대통령의 최대의 성과는 1997년 외환 위기를 성공적으로 극복한 일이다. 김 전 대통령은 단군 이래 최대의 국가적 위기라는 상황에서 탁월한 위기관리 리더십을 발휘하여 침체된 경제를 회생시키는 데 성공하였다. 특히 주목할 만한 것은 과감한 산업구조의 조정을 통하여 대기업의 과잉 중복 투자가 제거됨으로써 재기의 발판을 마련한 것이다. 물론 이 과정에서 수백조 원의 공적 자금이 투입되는 대가도 치러야 했다. 부작용이 작지 않았다. 그러나 이러한 구조조정을 통해 한국의 기업 경쟁력은 한 단계 더 강화됐다는 평가를 받고 있다.

그러나 김 전 대통령의 재임 기간 동안 사회적 양극화의 씨앗이 뿌려졌음을 지적하지 않을 수 없다. 외환 위기의 극복 과정에서 당시 정부는 IMF의 요구를 과도하게 수용하였고 무분별한 금융 개방 정책으로 우리 금융 시장은 무방비 상태로 해외 자본에 노출되는 결과를 가져왔다. 세계 10위권의 경제 선진국 중에서 우리나라만큼 국내 금융 기관을 해외 자본에 무더기로 매각한 국가는 없다고 한다. 알짜배기 기업의 무더기 해외 자본 매각, 경기 부양을 위해 실시된 과도한 카드론 정책의 부작용은 지금까지도 높은 가계 부채와 신용 불량자 양산이라는 짙은 그늘로 남아 있다.

구조조정이라는 미명하에 기업들은 종업원들을 마구잡이로 해고함으로써 대량 실업이 발생했고 한국 사회의 최대 문제점으로 지적되는 비정규직 문제도 김대중 정권에서 본격화되기 시작했다. 한국 사회의 안전판으로 불리는 중산층의 몰락은 이렇게 시작된 것이다.

이러한 상황에서 김 전 대통령이 사회 안전망 확대에 적지 않은 노력을 기울였던 것은 중산층 몰락의 위험성을 의식했기 때문이라고 생각된다. 국민의 정부가 '생산적 복지'를 표방하면서 국민기초생활보장제도의 도입, 4대 보험의 전 사업장 확대 적용 등과 같은 복지 정책을 시행한 것도 높이 평가할 만하다. 하지만 이러한 복지정책이 구조적 요인으로 발생하는 사회적 양극화의 흐름을 근본적으로 차단하는 데는 역부족이었다.

김 전 대통령의 국민 화합의 정치가 그가 남긴 또 하나의 커다란 유산이다. 김 전 대통령은 취임 이후 정적에 대한 보복을 칼날을 휘두르지 않았다. 그는 국민 화합을 제1의 국정 지표로 제시하고 반대파들에게 관용의 자세를 취했다. 물론 김 전 대통령의 화합 정치는 집권 이후 시간이 흐르면서 동교동계의 계파 정치로 변질되면서 측근 비리가 꼬리를 물고 일어나는 등 적지 않은 문제점이 있었다. 하지만 크게 봐서 그의 화해와 단합의 정치는 분열과 반목으로 얼룩진 한국 정치에 새로운 지평을 열었다.

군사정권으로부터 혹독한 정치적 탄압을 받았던 그는 권좌에 올랐을 때 자신을 핍박했던 사람들을 용서하고 그들과 화해했다. 그에게 정치적 이유로 사형을 선고하였던 전두환 전 대통령을 사면하였고, 자신을 탄압한 박정희 전 대통령에게도 화해의 손길을 내밀었다.

김 전 대통령이 영호남 간의 지역 갈등을 봉합하는 지역 통합의 정치를 시도한 것도 평가할 만하다. 노태우 정권 인사인 경북 출신의 김중권 씨를 청와대 비서실장에 임명한 것을 비롯해 영남 출신 인사들을 집권 초기에 많이 등용했던 것은 그 일환이었다. 그는 영남 출신 인사들을 영입하기 위해 많은 공을 들였지만 결과적으로 지역 통합은 성공하지 못했다. 몇몇 상징적인 자리는 영남 출신에게 돌아갔지만 검찰과 국정원 등 권력기관들의 요직은 대부분 호남 출신들이 독점하였고 공기업의 요직도 대부분 호남 출신들로 채워졌다. 과거 정권의 영남 편중에서 호남 편중으로 바뀐 것이다.

그 결과 영남의 차가운 민심은 전혀 변하지 않았다. 국민의 정부에서 치러진 16대 총선에서 집권 여당이었던 민주당은 영남 지역에서 한 석도 건지지 못하였다. 영남 지역에서는 그의 지역 통합 정치를 호남의 영남 공략이라고 인식하였고 김대중 정권은 결국 호남 정권이라는 부정적 인식을 불식하지 못한 것이다. 지역감정의 최대 피해자로서 역사상 최초의 호남 출신 대통령이었던 김 전 대통령이 지역 통합의 대의명분으로 실질적인 지역 탕평 인사 정책을 하였다면 영호남의 갈등의 골은 크게 해소됐을 것이다. 그의 지역 통합이 실패로 끝난 점은 두고두고 아쉬운 대목이다.

햇볕정책으로 상징되는 김 대통령의 한반도의 평화 체제 구상은 경직된 남북 관계의 개선에 극적인 돌파구를 열었다는 점에서 높이 평가할 만한 것이다. 다만 남북 관계의 개선이라는 큰 목표를 갖고 시작된 햇볕정책이 미숙한 추진 과정과 남쪽이 제공하는 실속만 챙기는 북한의 태도에 의해 변질되고 악용되어 그 취지가 크게 훼손된 것은 아쉬운 대목이다.

그렇다고 김 전 대통령의 햇볕정책의 구상 자체에 근본적인 결함이 있다고는 생각하지 않는다. 남북한의 체제 경쟁에서 장기적인 관점에서 볼 때 폐쇄적인 북한 사회를 개방으로 유도하고자 하는 구상이기 때문이다.

문제는 김 전 대통령이 햇볕정책을 추진하면서 당시 야당이었던 한나라당을 비롯한 보수 세력과 초당적 공감대를 형성하는 데 필요한 공론화 과정을 무시한 점이다. 보수 성향의 인물을 초대 통일부 장관에 임명했던 김 전 대통령이 보수 세력과 사전에 충분한 대화를 통해 공감대를 마련한 뒤에 본격적인 대북 화해 정책을 추진했다면 보수층의 반발은 많이 누그러졌을 것이다. 남북정상회담이 극비리에 진행된 데다 이면 거래의 논란도 있었고 총선 직전에 발표되어 남북 관계를 총선용 기획 행사로 이용하는 듯한 인상을 준 것은 햇볕정책의 순수성에 부정적 영향을 준 것도 사실이다.

남북 관계와 관련하여 평생을 민주주의와 인권을 위해 헌신해온 김 전 대통령이 북한의 인권 상황에 대해 침묵으로 일관한 것은 이해하기 힘든 대목이다. 아무리 남북정상회담을 의식한 것이라고 하더라도 5년의 재임 기간 내내 북한의 인권 문제에 대해 한마디도 하지 않음으로써 인권 대통령의 이미지가 적잖이 손상되었다. 국내적으로는 재임 기간 중 '국가인권위원회'를 신설해 인권 사각지대의 해소에 남다른 관심을 기울였던 김 전 대통령이 북한 인권 문제에 대해서도 일관된 목소리를 내면서 햇볕정책을 추진했다면 북한의 인권 상황도 어느 정도 개선됐을 것으로 짐작된다.

김대중 전 대통령의 성과 중에 정치 지도자로서의 국제 감각을 빼놓을 수 없다. 아마도 미국 프린스턴 대학 정치학 박사였던 이승만 초대 대통령을 제외하면 역대 대통령 가운데 가장 국제적 감각이 뛰어난 지도자였을 것이라고 생각한다. 특히 한국 정치에서 진보-보수를 가르는 대미 정책에서 김 전 대통령의 이른바 '용미론'(用美論)은 실용주의적 한미 동맹의 원칙을 펼치면서 진보 보수의 이분법적 사고의 틀을 넘어선 것으로 평가된다.

한반도의 평화 안정을 위해서는 미국을 적극 활용해야 한다는 용미론은 주한 미군의 역할을 동북아의 세력 균형추로 확대함으로써 남북 관계개선의 주요 걸림돌을 논리적으로 제거하는 효과를 거두었다. 그가 보수층의 강력한 반발 속에서 햇볕정책으로 상징되는 한반도 평화 체제 구상을 나름대로 추진할 수 있었던 것은 한미 동맹을 중시하는 현실주의적 대미 정책을 추진하는 균형 감각을 잃지 않았기 때문이며 그 결과 한미 간에 불필요한 외교적 마찰을 피할 수 있었다.

그림자가 어둡다고 해서 빛의 가치가 없어지는 것은 아니다. 혹독한 탄압에도 굴하지 않고 한국 민주주의 실현에 헌신했던 김대중 전 대통령의 위대한 발자취는 한국 정치사에 영원히 남을 것이다. 국민 화합의 정치와 한반도 평화 체제 구축, 민주주의와 시장경제의 공존은 그가 한국 정치에 남긴 귀중한 유산임에 틀림없다. 그는 자서전에서 다시 태어나도 정치가의 길을 걸을 것이라고 하였다. 아마도 매순간 최선을 다해 살았기 때문일 것이다. 김 전 대통령이 평생의 가치로 삼았던 민주주의와 시장경제의 이상은 여당인 한나라당에게도 가장 중요한 가치이다. 정치적으로 김 전 대통령과 대척점에 있는 한나라당의 입장에서도 김 전 대통령이 단순한 정치적 맞수의 차원을 넘어서 정치적 거목이라고 평가할 수밖에 없는 이유가 여기에 있다.

피스키핑에서 피스메이킹으로: 그의 외교 철학을 다시 본다

문정인 연세대학교 교수

　김대중 대통령은 재임 중 민주주의와 인권의 신장, 경제 위기의 극복, 햇볕정책과 남북 관계의 개선, 그리고 생산적 복지의 추진 등 많은 업적을 남겼다. 그중에서도 김 대통령의 외교적 업적은 탁월하다 하겠다. 김 대통령의 이러한 업적을 국제정치사상사적 측면에서 어떻게 자리매김할 수 있을까. 가령 미국의 우드로 윌슨 대통령 하면 자유주의 외교정책의 상징적 인물로 분류되는 반면, 로널드 레이건은 현실주의 외교정책을 성공적으로 이끈 대통령으로 평가되고 있다. 김대중 대통령은 어느 한 사상사적 조류에 국한되지 않고 정교하고 복합적인 외교 철학과 리더십을 통해 국익과 본인의 가치를 구현했다.

김대중 대통령은 자유주의자

　김대중 대통령은 본질적으로 자유주의자다. 그는 국제 체제를 약육강식의 무정부 상태로 보지 않았다. 일련의 규범, 원칙, 규칙, 그리고 공동의 이익과 연계망 등이 국제사회에 존재하고 있기 때문에 국가 간 협력과 조화는 얼마든지 가능하다고 보았던 것이다. 토마스 홉스가 주장했던 '만인의 만인에 대한 투쟁', 또는 '적자생존'의 사회적 다윈주의(Social Darwinism)가 국제정치의 기본 질서가 되어서는 안 된다는 신념을 보여 주었다. 쉽게 말해 김 대통령은 인간이 기본적으로 선하기 때문에 진실한 자세로 교류와 협력을 해 나가면 신뢰를 구축하고 평화를 가져 올 수 있다고 믿었다.

김 대통령의 자유주의 철학은 평화공존, 평화교류, 평화통일의 '평화 3원칙'을 기초로 하는 햇볕정책에서 잘 나타나고 있다. 전쟁을 거부하는 평화 우선주의, 흡수통일과 무력통일을 공히 배제하는 점진적 합의통일론, 그리고 평화통일의 수단으로서의 교류 협력 극대화 등이 그 주요 골자이다. 특히 김 대통령은 군사적 억지력을 통해 평화를 유지(peace-keeping)하는 것도 중요하다고 보았지만, 한반도의 불안정한 평화를 남북한 신뢰 구축, 군비 통제 그리고 평화 체제를 통해 안정적으로 관리해 나가는 피스-메이킹(peace-making) 과정에도 역점을 두었다. 그리고 시장경제와 민주주의 확산을 통해 통일과 안보 공동체를 형성해나가는 평화 구축(peace-building)을 장기적·대승적 목표로 두었다.

김대중 대통령은 독일식 통일 방안인 흡수통일에 대해 반대 입장을 취해 왔다. 고질화된 남북한의 이질화 현상, 높은 비용과 불안정성 그리고 이러한 정책 추진 시 예상되는 남북 간의 불신 증폭 등을 감안할 때 흡수통일론이 현실적 대안이 될 수 없고 베트남식의 무력통일은 더더욱 수용할 수 없다는 입장을 취했다. 통일은 한민족의 평화와 공동 번영을 위한 수단이지 그 자체가 목적이 될 수 없기 때문에 평화와 번영을 파괴하는 전쟁을 통해 민족통일을 달성하겠다는 것은 빗나간 통일지상주의와 다를 바 없다고 보았던 것이다.

김 대통령은 교류·협력의 확대와 사실상의 통일을 모색해 왔다. 그러기 위해서는 1992년 남북기본합의서의 실천을 통해 경제, 사회 문화, 정치 분야에 있어서의 교류·협력을 강화시켜 나가고 남북한 간의 군사적 신뢰 구축을 모색해야 한다고 믿었던 것이다.

이 과정에서 김 대통령은 독특한 양태의 상호주의를 적용했다. 즉, "먼저 베풀고 나중에 득을 취하고(先供後得)", "쉬운 것부터 먼저 하고 어려운 것은 서서히 하며(先易後難)", "경제 교류 먼저하고, 정치 교류는 나중에 하는(先經後政)" 그리고 "관이 어려우면 민을 먼저 활용하는(先民後官)" 방식을 취했던 것이다. 이러한 유연성 있는 대북 정책 때문에 지난 정부에서는 정치적·군사적 긴장 관계에도 불구하고 남북 교류·협력이 지속될 수 있었던 것이다. 서해가 '전쟁의 바다'가 되어 군사적 긴장이 고조되어 있을 때에도 동해에서는 남측의 관광객들이 금강산 방문을 계속하는 등 '평화의 바다'가 조성된 바 있다.

김대중 대통령은 남북 관계뿐 아니라 동아시아 지역에 있어서도 협력과 통합의 질서를 강조해 왔다. 동아시아 공동체 구상이 그 대표적 사례다. 그는 동아시아 비전 그룹을 제창하고 ASEAN +3의 제도화를 주도하는 동시에 동아시아 자유무역 지대를 기초로 한 동아시아 공동체 구상을 마하티르 당시 말레이시아 수상과 더불어 구체화시킨 바 있다. 이뿐만 아니라 안보 면에서도 '공동 안보, 포괄 안보, 협력 안보'를 기초로 한 동북아 다자 안보

협력 구상에 적극적 자세를 보인 바 있다.

그리고 일부 진보 세력의 비판이 있기도 했지만 김 대통령은 세계화의 흐름을 거부하지 않고 오히려 정면에서 수용하여 무한 경쟁의 새로운 패러다임에 전향적으로 적응해 나갔다. 또한 세계화가 야기하는 숱한 도전들을 일방주의나 양자주의로 해결하는 것이 아니라 다자주의 협력을 통해 해결하려고 노력했던 것이다. 특히 민주주의와 인권, 디지털 디바이드, 개발 협력은 김대중 대통령이 재임 중 열정적으로 추진했던 글로벌 어젠다였다.

김 대통령은 영토와 주권의 보존, 번영과 복지의 추구, 그리고 국격(國格)의 신장이라는 국익을 소중히 여겼다. 그러나 이러한 국익의 추구가 지역의 이익, 세계적 이익과 상치되는 것을 바라지 않았다. 이들 사이의 상호보완성을 인정하고 공통분모가 있다는 전제하에 외교정책을 전개해 왔다. 따라서 배타적 민족주의, 중상주의, 그리고 패권주의를 배격했던 반면, 국가, 지역, 세계 수준에서의 '윈-윈'의 상생과 공영이 가능하다고 믿었던 것이다. 아마 이런 점에서 김 대통령은 아시아를 대표하는 탁월한 자유주의 지도자로 오래 기억될 것이다.

역지사지의 외교 리더십-구성주의의 새 얼굴

김대중 대통령은 자유주의자이지만 그 저변에는 강력한 구성주의적 정서가 있었다. 국제정치사상의 최근 사조인 구성주의는 국제관계에서의 조화와 협력은 상대방의 정체성을 인정하고 존중할 때 가능하다는 것을 이론적 기초로 삼고 있다. 사실 2차 대전 후 발생한 전 세계 전쟁의 90퍼센트가 세력 다툼이나 국가 이익의 충돌 때문이 아니라 민족, 종족 정체성의 충돌에서 유래한 것으로 집계되고 있다. 상대방의 정체성을 부인하면 상대방 역시 나의 정체성을 부인하기 마련이다. 그리고 상대방을 위협으로 간주하면, 상대방 역시 나를 위협으로 간주할 수밖에 없는 것이다. 때문에 역지사지(易地思之)를 조화와 협력의 국제관계에 주요한 작동 원리로 간주해 왔다.

아마 김대중 대통령처럼 구성주의에 투철한 지도자도 드물 것이다. 그의 자서전(『김대중 자서전』, 삼인)에서 인용해 보자.

"나는 각국의 정상들과 대화를 할 때 나름의 몇 가지 원칙이 있었다. 첫째는 어떤 경우에도 상대방에게 '아니다(No)'라고 하지 않는 것이다. 둘째는 되도록 상대방 말을 많이 들어주는 것이다. 셋째, 상대방과 의견이 같은 대목에서는 꼭 '내 의견과 같다'고 말해 주는 것이다. 넷째, 할 말은 모아 두었다가 대화 사이사이에 집어넣고, 그러면서도 꼭 해야 할 말은 빠뜨리지 않는 것이다. 다섯째, 회담 성공은 상대의 덕이라는 인상을 주도록 하는 것이다. 여섯째가 가장 중요한데, 상대를 진심으로 대하는 것이다."

아마 이런 자세가 김 대통령을 존경받는 국제적 지도자로 만들었던 것 아닌가 생각된다. 그러나 이런 태도가 정치적인 부담으로 작용하기도 했다. 북한 인권 문제가 그것이다. 김 대통령이 평소 강조했던 보편적 가치와 자유주의 시각에서 보면 북한 인권은 즉각적인 비판과 규탄의 대상이 되어야 했다. 그러나 그는 미얀마의 민주주의와 인권 문제에서는 목청을 높이면서도 정작 북한 인권 문제에 대해서는 소극적 자세를 취해 왔다. 보수 진영에

서는 이를 두고 김 대통령을 '위선적인 자유주의자' 또는 '이중가치론자'로
폄하해 왔다.

이러한 비판에도 불구하고 김 대통령이 신중한 자세를 취할 수밖에 없었
던 것은 북을 역지사지의 입장에서 배려하는 구성주의 경향 때문이었다. 국
민의 정부가 북의 인권과 민주주의 문제를 정면에서 제기할 경우, 북은 이
를 자신의 체제를 압살하기 위한 내정 간섭으로 인식하고 교류 협력을 단절
하고 적대적으로 돌아설 것이 분명했기 때문이다. 상대를 정면에서 비판하
면서 대화하자고 제의하면 그 대화가 성사되기 어렵다. 더구나 인권 문제
제기가 북한 내부의 실질적 인권 개선으로 연결되지 않고 오히려 북측 주민
들에 대한 인도적 지원마저 위태롭게 할 수 있기 때문이었다.

국익 우선의 현실주의자로서의 김대중

김 대통령의 외교정책을 자세히 들여다보면 국익 중시의 현실주의적 면
모도 강하게 나타난다. 원래 현실주의는 무정부적 국제관계에서 살아남기
위해서는 국력, 특히 군사력의 증강을 통해 자력갱생해야 한다고 처방하고
있다. 그리고 어떤 국가도 완벽한 국력을 확보할 수 없기 때문에 동맹을 추
구해야 하며, 동맹은 곧바로 세력 균형의 논리와 연결되는 것이다.

햇볕정책의 제1원칙은 '북한의 어떠한 무력 도발도 용납하지 않겠다'이
다. 이는 두 가지 함의를 내포한다. 그 하나는 어떠한 수단을 써서라도 한반
도에 전쟁이 발발하는 것을 막아야 한다는 의지의 표명이며, 다른 하나는
만에 하나 북한이 무력 도발을 해올 경우, 이를 강력히 응징하겠다는 것이

다. 서해 교전 사태에서 볼 수 있듯이 북한의 군사 도발에는 강력 응징했다. 그리고 김 대통령은 전쟁 발발을 예방하고 평화를 유지하기 위해 한미 동맹의 강화를 일관되게 강조해 왔다.

그의 자서전에 나온 한 대목을 보자.

"주변 강국들이 패권 싸움을 하면 우리 민족에게 고통을 주게 되지만, 미군이 있음으로써 세력 균형을 유지하게 되면 우리 민족의 안전도 보장 받을 수 있습니다."

2000년 남북정상회담 시 김 대통령이 김정일 위원장에게 했던 말이다. 김정일 위원장도 이에 화답을 했다.

"김 대통령께서는 '통일이 되어도 미군이 있어야 한다'고 말씀하셨는데, 그것은 제 생각과도 일치합니다."

두 정상이 공유했던 현실주의의 모습이다.

김 대통령의 현실주의는 그의 '4대국 보장론'에서도 잘 나타나고 있다. 1971년 대선에 야당 후보로 출마한 김 대통령은 당시 반공 일변도의 냉전 구조 하에서 감히 엄두도 낼 수 없던 '4대국 보장론'을 들고 나왔다. 이 구상은 "4대국이 한반도를 차지하고자 청일·러일 전쟁 같은 위험한 도발을 하지 않고, 또 남과 북을 부추겨서 전쟁을 일으키지 않겠다는 약속을 받아 내겠다는 것"으로 '4대국에 일종의 불가침 조약'을 요구한 것과 다를 바 없었다. 당시 박정희 후보는 이 제안을 "조국의 국방을 외국에 맡기려는 사대주의적 발상이며 미치광이 짓"이라고까지 폄하했다. 역사를 보는 김 대통령의 혜안과 통찰력을 볼 수 있는 대목이다. 김 대통령 스스로 자서전에서 지적하고 있듯이 6자 회담은 '4대국 보장론'의 진화론적 변형이라 볼 수 있기 때문이다.

이렇게 보면 김대중 대통령은 다양한 외교 철학을 동시에 추구하고 있었던 것이다. 모순적으로 보일 수 있으나 자신의 가치와 국익 추구를 절묘하게 조화시킨 것이라 하겠다. 그분이 즐겨 이야기하던 '선비의 양심과 상인의 지혜'가 그의 외교 철학에도 잘 녹아 있는 것이다. 자유주의와 구성주의는 선비의 양심에서, 그리고 현실주의는 상인의 지혜에서 나오는 것 아닌가 하는 느낌이 든다. 김 대통령이 노벨 평화상을 수상하고 국제사회의 존경을 받는 것은 이러한 철학적 성찰, 역사적 안목, 냉철한 실천력에 기초한 글로벌 리더십의 결과라 할 수 있을 것이다. 그가 떠나고 없는 자리가 그리 크게 보이는 까닭이 여기에 있다.

마침내 봉황새가 된 그 장닭:
노년에 얻은 대의

청화 스님

한국 사회에서 '정치인' 김대중을 바라보는 시각은 그야말로 각양각색일 것이다. 어떤 사람은 긍정적으로, 어떤 사람은 부정적으로, 그런가 하면 어떤 사람은 세계적인 주목을 받는 인물로, 또 어떤 사람은 단순히 지역주의의 시혜자로 보는 이도 있을 것이다. 이것이 대중적인 관점이라면 정계나 학계 또는 재야나 보수, 진보 등의 눈길도 여러 가지로 상이할 수 있다.

그러나 이런 관점들은 다 장님이 코끼리 만지는 식밖에 안 된다. 사랑의 눈이건 미움의 눈이건 간에 한 인물의 인격적 실상을 여실히 본다는 것은 있을 수 없다. 예를 들면 사람의 모양을 볼 때 앞에서 보는 사람은 뒤를 못 보고, 뒤에서 보는 사람은 앞을 보지 못하고 우측에서 보는 사람은 좌측을 보지 못하고, 좌측에서 보는 사람은 우측을 보지 못한다. 그러므로 정치인 김대중에 대한 사람마다의 견해는 그 나름에서 본 일부분이지, 전체는 아니다. 인물을 평하는 데 정답은 없다. 그저 여러 관점이 있을 뿐이다.

나는 김대중 전 대통령을 정면에서 보고 싶다는 생각을 한 번도 해 본 적이 없다. 그럴 필요가 나에게는 없었기 때문이다. 항시 측면에서 건너다보았다. 그것도 가까이에서가 아니라 어느 정도 거리를 두고 말이다.

내가 김대중 전 대통령을 처음 만난 것은 1980년대 외교구락부에서였다. 그때 박종철 군의 죽음이 언론에 보도된 직후라서 그에 대한 재야의 대책을 모색키 위한 모임이 외교구락부에서 있었다. 그 무렵 나는 민주화운동을 하기 위해 창립된 정토구현전국승가회 의장 소임을 맡고 있었기 때문에 불교 대표로 그 모임에 참석하게 되었다. 시작한 지 얼마나 되었는지 모르지만 김대중 전 대통령은 어느 외국 TV 기자와 녹화 중이었다. 어떤 내용인지는 잘 모르겠으나 기자의 질문에 더듬지도 않고 영어로 척척 답변하는 것을 보며 '영어회화 실력이 대단하구나'라고 혼자 감탄했다.

얼마 후 회의가 시작되고 맨 먼저 김대중 전 대통령, 이어서 김영삼 전 대통령 순으로 인사말이 있었다. 김대중 전 대통령은 진지하고 심각하게 당시의 시국을 진단했다. 그 내용을 듣는 것만으로도 무언가 결단하지 않으면 안 될 그런 절박한 시기에 서 있음이 실감났다. 약 십여 분 동안의 짧은 시간이었다. 일목요연하게 정리를 잘하는 말솜씨에 다시 한 번 감탄했다. 뒤이어 김영삼 전 대통령은 "내가 하고 싶었던 말을 앞에서 김대중 의원이 다 했기 때문에 생략하겠다"고 하면서 간단히 마무리했다. 수고할 것도 없이 앞에서 말한 사람의 내용을 자기 것으로 만드는 김영삼 전 대통령의 기지 또한 보통이 아니었다. 나는 그날 그것만으로도 김대중 대통령에 대한 인격적인 신뢰를 보내는 데 부족할 것이 없었다.

그 후 어느 해 여름, 나와 지선 스님에게 점심을 함께 하자고 연락이 왔었다. 지선 스님과 나는 모 의원의 안내를 받아 여의도에 있는 음식점으로 갔다. 복집이었다. "두 스님이 계시는 절에 유독 빈대가 많다고 하기에 오늘 제가 고기 맛을 좀 보여 주기 위해 이렇게 모시게 되었습니다." 인사를 하고 앉자마자 김 전 대통령은 그 특유의 유머가 반짝이는 한마디를 웃으며 했다. 동석한 네 분의 의원들도 함께 웃었다.

유머 하면 지선 스님도 어디가나 지지 않는다. "절의 빈대를 씨를 말리게 하려면 복어탕 한 그릇 정도로는 어림도 없을 것인디요." 지선 스님의 한마디에 좌중은 또 한 번 웃었다. 한 의원은 나를 건너보며 아주 조심스럽게 물었다. "스님들께서는 순 채식만 하시는 걸로 알고 있는데, 그렇지 않습니까?" "본래 수행자들의 식생활의 전통은 걸식이에요. 얻어먹는 거죠. 얻어먹는 주제에 찬 밥, 더운 밥 가리게 되면 주는 사람에게 부담이 되지 않겠습니까? 그래서 주는 대로 받는 것입니다."

이때 직원이 주문을 받으러 왔다. 김대중 전 대통령은 좌중을 둘러보고 말했다. "조금 전 청화 스님이 하신 말 잘들 들었지. 오늘은 모두 나한테 걸식을 온 것이니까 내가 주는 대로 먹어야 해." 그러고는 무슨 탕인가를 통일해서 주문했다. 일반인과 함께 모여 식사하는 자리에서 유머를 발휘하여 스님들이 편안하게 먹도록 배려하는 김 전 대통령의 마음 씀씀이가 느껴지는 자리였다.

몇 년도쯤인가는 분명하게 기억되지 않지만 어느 날 종단의 중진 스님들이 십여 명 자리를 함께한 적이 있었다. 무슨 이야기 끝에 그리되었는지 알 수 없으나 화제는 김영삼과 김대중 두 인물에게로 옮겨가 희다느니, 검다느니 또는 길다느니, 짧다느니 각자의 소견들을 토로하게 되었다. 어느 스님은 일반적인 관점에서, 어느 스님은 우호적인 관점에서 그런가 하면 어떤 스님은 비판적인 관점에서 두 분에 대한 평소의 소회들을 적나라하게 말했다. 그중 교계 한 신문의 사장으로 있는 스님은 다음과 같은 이야기를 했다.

"지난 대선 때 작가 이○○ 씨가 ○○신문의 부탁으로 김대중, 김영삼, 이 두 분의 취재를 위해 일정 기간 동안 수행을 했다는 거야. 그때 처음으로 두 분을 가까이에서 보게 되었는데 두 분은 너무나 대조적인 면을 가지고 있더라는 거야.

먼저 김영삼 후보를 수행했는데 그분의 약점은 아는 것이 별로 없다는 것이라더군. 그러다보니까 항상 측근들에게 무언가를 묻게 되는데 그때마다 측근들은 묻는 것에 대한 말을 하며 자긍심을 갖더라는 거야. 곧 자기는 김영삼 후보로부터 인정을 받고 있다고 생각을 한다는 거야. 그리고 그로 인해서 그는 더욱더 그분에게 가까이 다가가는 계기가 된다는 거야. 따라서 그것이 김영삼 후보가 사람을 끌어들이는 흡인력이 되더라는 거야. 결과적으로 김영삼 후보의 아는 것이 없는 약점이 오히려 강점으로 작용되더라는 거지.

그에 반해 김대중 후보는 아는 것이 너무 많더라는 거야. 곧 측근들이 무슨 말을 꺼내면 김대중 후보는 해박한 식견과 명석한 논리로 그것은 이러이러하고 또 저것은 저러저러하다고 다 회통을 쳐버린다는 거지. 그러면 측근들은 주눅이 들어 입을 열지 못하더라는 거야. 책깨나 읽었다고 자부해온 이 작가도 김대중 후보 앞에서는 한없이 쪼그라들어 기를 펴지 못했다는 거야. 그러니 다른 사람들이야 불문가지지. 그러니까 측근들은 김대중 후보 앞에 스스로 왜소해지면서 무용지물이라는 자괴감을 갖게 된다는 거야. 그로 미뤄 김대중 후보의 높은 식견은 대단히 돋보이는 장점이지만, 사람을 질리게 하므로 오히려 단점으로 보였다는 거야.”

그때 그 스님의 말이 내 의식 속에 각인되어선지 모르지만 그 이후 김대중 전 대통령을 만날 때마다 그 말이 공감되었다. 주로 김대중 전 대통령의 말을 들을 뿐 동석한 다른 사람들은 별로 말이 없었다. 아마 역대 대통령들 중에서 김대중 전 대통령만큼 독서를 많이 하고 지적인 노력을 부단히 하신 분은 없지 않을까 생각된다.

1997년 12월 어느 날이었다. 대통령 선거일을 며칠 앞두고 여의도에서 모임이 있었다. 재야인사 10여 인과 함께였다. 바쁜 일정 중에 당시 대통령 후보였던 김대중 전 대통령은 잠시 시간을 내어 자리를 마련했던 것이다. 인사말에서 고난의 정치 여정을 술회하고 마침내 국민들이 염원하는 정권 교체가 이루어질 것 같다고 예감하면서 “다음에는 청와대에서 만납시다”라고 했다. 그 말을 하는 얼굴에는 도장이 하나 선명하게 찍혀 있었다. 믿어도 된다는 의미였다. 마침내 천지개벽이 되었다. 헌정 이후, 계속되는 독재자들의 행군 앞에 패배자로만 만신창이가 된 민주주의가 드디어 승리한 것이다. 김대중 대통령의 당선은 그런 점에서 다른 대통령들과 동등한 선상에 놓을 수 없다.

대통령이 된 얼마 후 약속한 대로 청와대에서 만났다. 만찬이었다. 그런데 그때 내가 먹을 음식은 특별히 주문한 것 같았다. 다른 인사들 앞에는 육류가 나오는데 나에게는 끝까지 채식만 나오는 것이었다. 스님의 신분을 고려하여 식단을 따로 준비하게 한 것을 생각하니 한편으론 고맙기도 하고, 1인분만을 따로 준비했을 요리사들의 노고를 생각하니 미안하기도 했다. 그 후로도 몇 차례 오찬이나 만찬이 있었지만, 그때마다 음식은 따로 준비되었다. 이처럼 김대중 전 대통령은 스님들에게 사적인 자리에서는 넉넉한 인심이나 유머로 편안하게 공양하도록 배려해 주면서도, 공적인 자리에서는 예의를 도외시하지 않았다.

앞에서 술회한 이런 것들은 나만이 가지고 있는 김대중 전 대통령에 대한 잊을 수 없는 모습이다. 사실 나는 정치인도 아니고 그분과 어떤 이해관계에 놓인 입장도 아니므로 김대중 전 대통령을 바라보는 나의 눈길은 정서적으로 순수하다. 이것이 다른 사람과 비교가 되는 나의 상이점일 것이다.

그런 가운데 나는 가끔 이런 생각을 해 본 적이 있었다. 만일 김대중 전 대통령이 박정희 전 대통령과 첫 대결에서 대통령이 되었더라면 어땠을까? 아마 그분은 독재가 정치에 있어서 얼마나 큰 독인가를 제대로 깨닫지 못했을지도 모른다. 그리고 안하무인으로 교만했을지도 모른다.

또 만일 전두환 정부 때 사형선고를 받지 않았다면 어땠을까? 모르긴 해도 그분은 민주주의의 열망이 생명에까지 깊이 점화되지 못했을 것이다. 뿐만 아니라 힘을 가진 자 앞에 힘없는 자가 얼마나 작은 것인가도 실감하지 못했을 것이다.

다시 만일, 노태우 전 대통령과 맞선 선거에서 승리했더라면 어땠을까? 그랬었다면 그분은 보다 더 거시적이고 높은 정치적 안목을 갖지 못했을 것이다. 또한 어떻게 하면 국민들에게 좀 더 가까이 다가갈 수 있을까, 그런 진지한 고민도 없었을 것이다.

만일, 만일 김영삼 전 대통령과의 대결에서 대통령 당선이 되었었더라면 어땠을까? 어쩌면 그분은 대통령의 권한을 누리는 데에 자족하고 국가의 관리 능력은 부실했을지도 모른다. 그리고 민의에 분노만 안겨 준 대통령이 되었을지도 모른다.

그러나 다행히 그렇게 되지를 않았다. 그분들에게 고배를 마시는 패배자가 되었다. 그렇다고 절망의 나락으로 떨어지는 패배자는 아니었다. 아주 가치 있고 유익한 패배였다. 곧 그분은 박정희, 전두환, 노태우, 김영삼 전 대통령에게 패배를 당하면서 그분들의 미숙하고 모자라고 부정적인 면들을 충분히 보완하는 인물이 되었기 때문이다. 다시 말해서 그분들을 반면교사로 삼은 것이다. 그로 인해 그분은 훨씬 유연하고 지혜롭고 원숙한 인격자로 다듬어진 것이다. 그런 다음 마침내 대통령이 되었다. 그것도 국가가 부도 상태의 위기에서 국민들은 김대중을 대통령으로 부른 것이다.

'준비된 대통령', 그것은 빈말이 아니었다. 정책의 시행착오나 실기가 없었다. 그야말로 미리 다 알고 준비한 물건을 하나하나 때 맞춰 꺼내듯, 시의에 맞는 시책과 결단은 참으로 노련했다. 적어도 나는 그렇게 보았다.

특히 내가 눈여겨본 것은 대통령이 되어서도 민주주의의 기조 위에서 국정 운영의 방향을 모색한 점이다. 경제를 비롯한 모든 국가의 발전은 민주주의의 토대 위에서 이루어져야 한다는 원칙이 확고했다. 그러면서 보수와 진보의 상거된 거리를 어느 정도 좁히는 정책 결정으로 정치적 퇴행과 급진 사이의 조화의 묘를 살리는 것도 나의 눈길을 끄는 대목이었다. 예컨대 집회결사의 자유, 민주노총의 합법화, 전교조의 합법화는 역대 어느 정부에서도 완강하게 거부했었지만 김 대통령은 그것도 민주주의의 요소로 존중한 것이다. 이외에도 6·15 선언을 통한 남북 평화공존, 인권의 법적 장치 등등 김대중 대통령이 아니면 언감생심일 치적들이 많다.

헌정 사상 최초의 정권 교체를 성취한 대통령, 그리고 세계의 지도자들로부터 인정받은 대통령, 이런 대통령이 된 것은 모든 지식과 경륜과 야심이 푹 익는 노년에 대의(大意)를 얻었기 때문이다. 드디어 그 길고 지루한 고난과 시련이 군더더기나 풋기나 만용 같은 흠결들을 말끔히 제거시킨 김대중 대통령을 만든 것이다.

새벽을 크게 울던 그 장닭.
검은 부리와 발톱에
쪼이고 할퀴고, 쪼이고 할퀴어
털이 다 빠지고
벼슬은 피투성이인 그 장닭.
그러나 죽지 않고 눈부신 날이 왔다
고난의 세월이 심은 벽오동에 올라
마침내 봉황새가 된 그 장닭.

2012 정권 교체, DJ가 있었다면……

김근태 전 국회의원

처음에는 민주당과 가까운 거리에 있는 분들이 얘기하기 시작했다. 그러나 지금은 여기저기서 그런 말씀을 하는 분들이 많다. "지금처럼 어수선한 상황에서는 김대중 대통령처럼 리더십이 있는 사람이 꼭 필요한데……." 말씀들이 너무나 간절하다.

김대중 대통령이 돌아가시기 전 우리 사회의 앞날을 걱정하시던 모습, 모두 힘을 합쳐야 한다고 강조하시면서 마치 제2민주화운동의 시작을 알리는 듯했던 말씀과 행동들이 우리의 가슴에 깊게 남아 있기 때문이다.

그러나 그 무엇보다도 김대중 리더십이 다시 언급되는 것은 특권 부자들의 정당인 한나라당 정권과 조·중·동 연합 세력의 이른바 부자 프렌들리 정치와 정책은 이제 끝나야한다는 절박한 민심 때문이다. 민심은 돌아섰다. 돌아선 민심이 결집되고, 열정이 조직될 수 있도록 정치인들이 뭔가를 보여 달라는 간곡한 바람이 거기에 쟁여 있는 것이다.

1997년 말의 정권 교체는 한국과 한반도 역사에서 중요한 전환점이다.

기대하는 만큼의 발전이 이뤄지지 못했을지는 모른다. 하지만 더 이상 구역질나는 후퇴 같은 것은 없을 것이라는 믿음이 널리 자리 잡게 된 것은 분명하다. 정권 교체를 통해 우리 민주주의가 발전했다. 그러나 민심을 잃게 되면 정체와 역주행에 직면하게 된다는 사실을 지금 뼈아프게 확인하고 있다.

1997년 정권 교체와 2002년의 정권 재창출은 자랑스러운 역사다. 김대중이라는 지도자가 있어 중요한 역할을 했다. 하지만 IMF 위기가 오지 않았다면 정권 교체가 가능했을까? (그렇다고 IMF 위기가 온 것이 잘됐다고 할 수는 없는 일이고……) 1997년 외환 위기 당시 YS와 이회창 총재를 중심으로 한 기득권 지배 세력이 이미 국가 경영 능력을 상실해 버린 점을 적극적으로 널리 알렸고 국민들께서 결단을 내려주셔서 최초의 수평적 정권 교체를 할 수 있었다.

우리 국민 모두 IMF 위기라고 한다. 그 이유는 IMF가(아니 미국이 배후에서 주도해서) 병 주고 약 준 것을 다 알기 때문이다. 1997년 동남아시아 태국에서 시작된 금융 위기의 전염으로 직격탄을 맞았던 우리 한국 국민은 참담했다. 이른바 워싱턴 컨센서스라는 초긴축, 초고금리, 노동자 대량 해고, 금융 기관 해외 매각 등의 조치는 가혹했다. 그러나 1997년 외환 위기 바로 직전까지 IMF 총재였던 캉드쉬를 비롯한 IMF 임직원들이 "한국 경제의 '펀더멘탈'이 좋다, 튼튼하다" 하면서 국제시장에서 투자와 차입을 권유했던 일들은 편리하게도 깨끗이 잊혀버렸다. 1997년엔 마치 국제 채권 은행들의 대리인처럼 행동했던 그 IMF가 2008년 미국발 금융 위기에서는 정반대로 움직였다. 미국과 IMF는 자기들이 만들어서 강제했던 이른바 워싱턴 컨센서스와는 정반대로 유동성 최대 공급, 초저금리 등을 감행했다. 지난날 한국과 동남아시아, 라틴아메리카에 IMF가 처방했던 초긴축 정책으로 말미암은 민중들의 쓰라림과 고통에 대해서 그 누구 하나 사과한 적도 없고 누구도 책임지지 않고 있다.

불의에 외환 위기를 맞아 IMF 관리 체제 아래에 놓인 한국 국민은 우선 정권 교체를 통해 대응에 나서기 시작한 것이다. 김대중 정부는 '금 모으기 운동'을 통해 각 개인들이 손해 보지 않도록 하면서도, 가혹한 IMF 관리 체제를 극복하는 데 함께 직접 참여하고 있다는 자부심을 갖도록 만들었다. 또한 IMF 요구를 받아들인 이상 구조조정이라는 이름으로 노동자의 대량 해고가 불가피하다는 점을 설득하기 위해서 노사정위를 설치했다. 거기서 협의와 합의를 이끌어 낼 수 있도록 정성을 쏟았다. 최빈곤층을 보호하기 위해서 생활보호수급법을 제정했다. 먹고 치료받고 교육받고 살 수 있는 최소한의 사회 안전망을 정비했다. 어떤 노벨경제학상 수상자(스티글리츠)는 이것이 대도시에서 식량의 부족으로 인한 빈곤층의 폭동을 사전에 막을 수 있는 장치였다고 높이 평가했다. 그 토대 위에서 기업들의 수출 드라이브를 촉구했다. 그 결과 약속했던 시기보다 일찍 한국 정부가 IMF로부터 빌려 왔던 돈을 모두 갚게 된 것이었다.

그러나 깊이 생각해 볼 것이 많다. 먼저 IMF의 고압적 자세에 대해 정책적으로는 물론 이론적으로라도 다른 선택이 있을 수 있는지, 또 무엇이 그게 될 수 있는지 우리는 알지 못했다. 문제의식은 다소 있었지만 정치적 의지가 모이지 않았다. 또 구제 금융의 조건이 너무 가혹하다고 하면서 IMF와 재협상해야 한다고 DJ후보가 주장했다가 그만 낙선할 뻔 했다. 결국 DJ도 IMF와 맺은 합의를 꼭 지키겠다고 서명했는데, 그것이 취임 후에 적잖은 영향을 미쳤다고 나는 생각한다.

그런데 그것만이 아니다. 이른바 DJP 연합 또한 김대중 정부에 상당한 제약을 가하는 요인이 되었다. 이른바 재경부 라인 결국 경제 쪽 책임은 JP와 철학이 같거나 정서적 공감을 함께하는 경제 관료 출신 인사들이 다시 차지하게 되었다. 그것은 IMF 위기에 제대로 대처하지 못해 풍전등화의 운명같이 되어버렸다. 기존 관료들의 특권과 신념이 다시 살아나게 되었음을 상징하는 것이었다.

1998년 나는 김대중 대통령 취임사 준비위에 배치되었다. 거기서 민주주의와 시장경제의 '두 수레바퀴론'이 합의되었다. 나는 보다 진전된 시스템을 세워야 한다고 주장했다. 그러나 소수로 몰리고 말았다. 시장경제의 불공정성과 폭력성을 두 수레바퀴론만으로는 제대로 대처할 수 없다고 확신하고 있었다. 71년 DJ가 대선 후보로 나왔을 때 '대중경제'라는 일종의 담론을 주장했다. 그것은 중요한 문제의식이었다. 그런데 이번에는 거기까지 나아가지 못한 것이었다. 민주주의 강조를 통해서 시장경제의 폭력성을 일부 완화할 수 있다고 기대했는지 모르지만, 그것은 한국적 상황에서 현실이 될 수 있는 것이 아니었다.

미국의 '돈'인 달러가 세계 기축통화로 통용되고 있다. 미국이 필요하다고 생각하면 언제든지 마구 찍어 낼 수 있는 '달러' 체제가 지금 우리가 살고 있는 이 세계이다. 문턱을 만들거나 문턱을 높여서 돈 놓고 돈 먹는 데에 지장을 주는 경제 정책은 '망하는 길'이라고 선전하고 교육해 온 결과 이것은 도전받을 수 없는 일종의 이데올로기가 되었다. 그런 미국 주도의 금융 시장 만능주의로 구성된 신자유주의 최전성기라는 시대적 한계가 IMF 처방과 다른 대안을 선택하는 것을 불가능하게 만들었을 것이다. 김대중 대통령도 정면으로 문제를 내걸기가 쉽지 않았을 것이다. 그러나 IMF 관리 체제를 벗어난 이후에도 '대중경제'라는 담론 속에 있는 용감한 '문제의식'을 공개적으로 주장하지 않음으로써, 못함으로써 시장 근본주의의 폐해인 심각한 양극화, 급격한 비정규직 확대, 절박한 민생의 만연 등 그야말로 위험한 사회로의 진입에 대해서 효과적인 대처 수단을 마련하는 게 쉽지 않았다.

내년, 2012년에는 총선이 있고, 대선이 있다. 야권이 다수당이 되고, 대선에서 야권 후보가 승리할 수 있는 가능성이 높아지고 있다. 민심이반은 대대적이다. 기득권 지배 세력인 한나라당과 조·중·동 연합 세력은 불신과 비난의 대상으로 전락되어 버렸다. 그러나 주체적 조건은 아직 낙관할 수 없다. 범야권 연대를 잘 이뤄냈고, '무상 급식' 이슈를 내세웠던 2010년 6·2 지방선거는 국민의 큰 승리였다. 지난 4·27 재보궐선거도 정치적으로는 승리했다. 특히 민주당에게 정치적 이목이 집중되었다. 반면에 정치 공학적인 야권 후보 단일화를 했던 2010년 10월 재보궐선거에서는 참패하고 말았다.

지금 범야권 연대를 이뤄 내자는 데에는 누구나 만장일치인 셈이다. 그러나 어떻게 이뤄 낼 것인가에 대해서는 의견이 분분하다. 우선 민주당 내 진보/개혁적인 정치인들의 다수는 범야권 세력의 대통합 이른바 제2차 민주대연합만이 활로라고 주장한다. 대다수의 현 민주당 최고위원들도 그렇다. 하지만 현역 의원의 다수 또는 현재로서 공천이 유력한 인사들은 아마도 선거 연합을 선호할 것으로 추측된다. 우선 서로 정치 노선이 다르다고 생각하고 있다. 혈액형이 다른 피가 한 몸에서 살 수 없다는 주장이 그를 잘 보여 주고 있는 것이다. 혈액형이 다른 부부가 결혼해서 서로 혈액형이 또 다를 수 있는 아이들을 낳아서 잘 기를 수 있다는 사실에 눈을 감고 있는 사람은 진보 정치 세력 쪽에도 상당수 있다. 그리고 대통합 하는 것은 일종의 투항이고 또 미래에 대한 배반이라고 생각하는 분위기가 있는 것을 우리는 알고 있다.

김대중 총재는 재야 민주화운동 세력과 따로 또 함께 반군사독재 투쟁을 해왔다. 자신이 정치적 곤경이나 위기에 처할 때마다 새로운 정치 세력과 통합을 이뤄냈다. 특히 재야 민주화운동 세력이 그 상대방이 된 적이 많았다.

6월 민주대항쟁 직후 재야인사들에게 현실 정치에 즉시 참여하여 대선 후보 선출 과정부터 역할을 해달라고 촉구하셨다. 그러나 재야 세력은 아직 준비가 되어 있지 않았다. 정세가 어떻게 될지 불분명한 상황이어서 더구나 결단할 수가 없었다. 당시 재야 세력이 할 수 있었던 것은 대선 후보 선출에 영향력을 행사하는 것이었다. DJ를 비판적으로 지지한다는 캠페인을 벌여 DJ가 후보가 되도록 노력했다. 88년 총선에서는 평민련, 92년 총선에서는 신민련, 96년 총선에서는 통일시대 국민회의 멤버들 그리고 그 후 전대협세대들이 참여했다.

1997년에 있었던 이른바 DJ-JP연합은 수긍하기가 어려운 일이었다. 만일 그렇게 하고도 대선을 이기지 못한다면, 그 후 민주 세력의 향배는 어떻게 되는 것인지 참으로 걱정이었다. 90년 노태우, YS, JP의 3자 야합을 통한 호남 대 비호남 지역 구도의 인위적 조성은 호남과 DJ에게 비극이었다. 또한 그것은 대한민국에도 큰 비극이었다. 이러한 구도를 깬다는 의미에서 또한 지역 균형 발전의 관점에서 지역등권론을 주장할 수 있었다. 그러나 뭐니 뭐니 해도 DJ에겐 충청도 표가 필요했다. YS로부터 정치적 박해를 받아 무력화되고 있었던 JP로서는 YS의 라이벌인 DJ와 동맹을 맺음으로써 자신의 정치적 입지를 강화할 수 있다고 본 것이다. 유신(박정희 세력)의 '본당'이라고 자처했던 JP와 민주 야당 세력의 지도자인 DJ가 정치적으로 영합하는 것은 아무래도 어색한 일이었다. 이것은 분명히 권력 정치의 측면이 영향을 미친 것이었다. 여러 가지가 작용하여 97년에 최초의 수평적 정권교체가 이뤄졌다. 하늘은 스스로 돕는 자를 돕는다는 격언이 생각난다. 권력에 대한 집착, 권력에 대한 의지가 그것이 아닐까 생각해 본다. DJ의 권력에 대한 의지는 강력했다. 박정희, 전두환 두 권력자들이 DJ를 살해하려고 했던 것은, 그것도 여러 차례 시도했던 것은 어떤 변명으로도 용납될 수 없다. 그러나 DJ에게 그런 강한 의지가 있었기 때문에 한국에서 최초의 '정권교체'를 실현할 수 있는 계기가 결실을 맺게 되었다고 생각된다.

거의 모든 정치인은 권력 정치를 한다. 지금 자신의 위치에서 이해관계에 도움이 되는 일은 하고 그렇지 않은 경우에는 외면하거나 배척한다. 그런데 그런 권력 정치가 대의명분이 작은 경우에는 혐오감을 자아내게 만든다. 보통 이런 자신의 이해관계를 중심으로 하는 권력 정치를 오래하다 보면 스스로 대의명분을 소홀히 여기게 된다. 그것이 반복되면 정치인으로서 신뢰를 잃게 된다.

DJ도 권력 정치를 했다. 그러나 명분을 놓치지 않았다. 더구나 그런 명분이 대개의 경우 진보적이거나 개혁적이었다. 민주 세력 내부에 강력한 동조자를 상당히 만들 수 있었다. 적대적이기까지 했던 한국 정치 현장에서 DJ가 살아남기 위해서는 권력 정치를 하는 것이 불가피했다. 그러면서도 방향을 잃지 않고 비전을 모색하고 공부하고 연구한 정치인이었다. 색깔론과 국가보안법으로 위협을 받으면서도 실현하고자 했던 남북의 평화 공존, 교류·협력을 통한 공동 발전을 이뤄낸 햇볕정책, 동아시아판 헬싱키 체제가 되기를 바랐던 6자 회담 등은 역사적으로도 올바르고 정당한 것이었다. 71년도 후보 시절 미-일-중-러의 남북 교차 승인을 주장했던 것에서 보듯이 강력한 문제 해결 방안이 냉전 해체 훨씬 전에 이미 DJ에 의해 공개적으로 제시되었다.

김대중 대통령의 두 가지 말씀이 생각난다. 첫째로 "김구 선생을 존경한다. 그런데 남한 단독 정권을 세우려고 작정하고 나섰던 이승만 박사와 주로 친일파들로 구성되었던 한민당 세력과 선거에서 싸워서 승리해야 했다. 그렇게 했으면 승리했을 것이다. 그게 지금도 참으로 아쉽고 안타깝다."

둘째로 2009년 돌아가시기 전에 "우리는 행동하는 양심이어야 한다. 그런데 정 할 일이 없으면 담장에 대고 고함이라도 질러라"라고 했다. 이 말씀이 귓전을 떠나지 않는다.

우리는 내년, 2012년이 새로운 전환점이 되게 해야 한다. 우리는 그것을 해낼 수 있다. 우리는 97년 한 번도 해보지 못했던 최초의 수평적 정권 교체를 해냈다. 그런데 이번 세 번째 정권 교체는 그것보다는 쉽지 않을까? 아무리 정치적 이해관계가 상충하는 측면이 있다하더라도 우리 서민과 중산층의 정성과 마음이 촛불처럼 모여만 든다면!

서자 김대중, 민주주의의 적통을 열다

한홍구 성공회대학교 교수

참으로 파란만장한 일생을 살았던 김대중 전 대통령의 자서전이 나왔다. 대통령 후보로만 27년, 그의 삶은 그 자체가 한국 현대 정치사였다. 그처럼 역사의 중심에서 일생을 보낸 사람은 격동의 한국 현대사에서 다시 찾기 어려울 것이다. 그는 자서전(『김대중 자서전』, 삼인) 서문에서 이렇게 썼다.

"돌아보면 파란만장한 일생이었다. 정계에 입문하여 국회의사당에 앉는 데까지 9년, 1970년 대통령 후보로 선출된 후 대통령이 되기까지는 무려 27년이 걸렸다. 다섯 번의 죽을 고비를 넘겼고, 6년간 감옥에 있었고, 수십 년 동안 망명과 연금 생활을 했다. 대통령 후보, 야당 총재, 국가 반란의 수괴, 망명객, 용공분자 등 나의 호칭이 달라질 때마다 이 땅에는 큰 일이 있었다. 그 한가운데 서 있었다."

이 말은 조금도 과장이 아니다. 워낙 겪은 일이 많은 분인지라, 책의 분량이 만만치 않다. 1권과 2권을 합하여 근 1400여 쪽에 달하는 방대한 분량이다. 김대중 대통령 자신의 구술을 바탕으로 경향신문 김택근 논설위원이 대표 집필했고, 김대중 대통령 자신의 검토와 수많은 관련 인사들의 자문과 감수를 받았다고 한다. 가히 '정본 자서전'이라 하기에 손색이 없다.

김대중 대통령은 이 자서전을 통해 처음으로 당신의 어머니가 작은댁이었음을 고백했다. 어린 시절은 물론이고 정치인이 된 뒤에도 그는 이 문제 때문에 "많은 공격과 시달림을 받았지만 침묵"했었다고 말했다. 김대중은 이 이야기를 길게 하지 않고 다만 "하늘에 계신 어머니는 당신이 이 세상에서 맺었던 모든 인연과 화해하셨을 것"이라는 표현으로 말할 수 없는 아픔을 감싸 안았다.

그가 태어난 해는 1924년. 일제는 1944년부터 조선 청년들에 대한 징병을 실시했다. "묻지마라 갑자생"이라는 말은 일제 때는 징병 1기로, 한국전쟁 때는 국민 방위군으로 이리저리 끌려 다녀야 했던 1924년 갑자년 생들의 고단한 삶을 상징하는 표현이다. 김대중이 바로 그 갑자생이다. 일제하에서 전쟁터에 끌려갈까봐 걱정하던 평범한 청년이던 김대중은 호적을 고쳐 징병을 모면했고, 그러던 사이 해방을 맞았다. 해방 후 목포에서 사업을 하며 건국준비위원회와 진보적인 신민당에 잠시 몸담았던 김대중은 이 경력 때문에 평생 '용공 분자'라는 비난과 의심을 수구진영으로부터 받아야 했다.

"김구, '좌우합작'에 뛰어들었어야……조봉암, 난국 돌파하는 요령 부족"

이 책에서 눈길을 끄는 것은 김대중이 살아오면서 직간접으로 접했던 수

많은 지도자들에 대한 평가이다. 특히 백범 김구와 조봉암에 대한 평가에서는 김대중의 삶의 자세가 묻어난다. 김대중은 '정치인' 김구에 대해 이렇게 말했다.

"김구 선생을 감히 평한다면 길이 빛난 독립투사였으며 절세의 애국자였지만 정치인으로는 아쉬운 점이 있었다고 생각한다. '좌우합작' 논의가 있을 때 선생은 그 속으로 뛰어들었어야 했다. 분단을 막아야 한다면 처음부터 적극적으로 행동에 나서야 했다. 그리고 …… 신탁통치를 받아들여 3년이나 5년 후에 독립을 모색했어야 했다. 때를 놓쳐 남쪽만의 단독 정부를 수립한다고 결정되었다면 총선에 참여했어야 옳다고 본다. 김구 선생이 전면에 나서 총선에 참여했다면 소속 정당은 과반 의석을 확보했을 것이다. 그렇게 됐다면 이승만과 한민당은 궁지에 몰렸을 것으로 본다. 이것은 나만의 추측이 아니라 다시 민심의 도도한 흐름이었다." (1권 67쪽)

김대중은 "역사에 가정법을 동원하는 것처럼 어리석은 일은 없지만"이란 단서를 달고 만약 김구가 5·10선거에 참여했더라면 이승만은 대통령이 되지 못했을 것이고, 이 땅에 반공을 빙자한 친일파에 의한 독재가 발붙이지 못했을 것이라고 아쉬워했다. '정치인' 김대중은 "정치인은 최선이 아니면 차선을 선택해야 한다. 상황이 나쁘면 최악을 피하고 차악을 택해야 할 때도 있는 것이다. 정치인이란 현실을 살펴 미래를 향한 진리를 구하는 것이지 진리만 붙들고 현실을 도외시하면 안 된다는 것이 정치인으로서의 내 생각이다"라고 밝혔다.

김대중은 또 자신이 조봉암에게 과거 공산당의 핵심 간부였다가 전향한 조봉암이야말로 "국민에게 왜 공산당이 나쁜지를 알리는 적임자"라며 왜 공산당을 그만두었는지에 대해 이야기할 것을 권유했던 사실을 고백했다. 이에 대해 조봉암은 "김 동지 말이 맞긴 한데, 그럴 경우에 지지층이 이탈할 수도 있다고 우려하는 사람도 있습니다"라고 답했다고 했다. 김대중은 이렇게 썼다.

"나는 실망했다. 지도자라면, 적어도 조봉암 같은 큰 정치인이라면 국민을 위해 결단할 때 결단해야 한다고 생각했다. 자신에게 집결되는 표도 중요하지만 그 표에 대해서 할 말을 하는 그런 용기가 필요하다고 생각했다. 설사 그 표가 떨어져 나가더라도 그렇게 했어야 했다. 그런데 그는 망설이고 있었다. 그 후 선생이 간첩 혐의로 사형을 당했기에 더욱 아쉬웠다. 내가 아는 조봉암 선생은 인간미가 넘치는 매력적인 인물이었다. 단지 난국을 돌파하는 요령이 부족했다."(1권 98~99쪽)

김구와 조봉암에 대한 평가를 보면 김대중이 어떻게 살아왔고 살아남았는지가 분명해진다. 김대중은 이 험난했던 한국 현대사에서 숱한 죽을 고비를 넘겨가며 살아남았고, 마침내 평생의 소원인 대통령까지 되었다. 그는 "상황이 나쁘면 최악을 피하고 차악을 택"하는 인내와 "난국을 돌파하는 요령"을 김구와 조봉암의 좌절이라는 역사적 비극으로부터 배웠다. 정말 그는 친일파가 득세하여 반공을 내세워 독재를 일삼던 이 땅에서 김구와 조봉암처럼 죽임을 당하지 않고 '살아남아' 자신의 꿈을 정책으로 집행해 볼 기회를 가진 정치인이었다. 그 자신의 표현에 따르면 그는 "원칙을 고수하면서도 방법에서는 유연한 실사구시"를 추구했다.

'87년 대선, 나라도 양보했어야……"

1970년대와 1980년대 청년 학생들은 김대중이 진보적이지 못하다고, 정치 노선이 선명하지 못하다고 비난하거나 낮게 평가했던 적이 있다. 그 자신이 "나라도 양보를 했어야 했다. 지난 일이지만 너무도 후회스럽다"라고 이 자서전에서 고백한 1987년의 대통령 선거에서 보인 분열과 패배의 책임은 그에게 결코 벗겨지지 않는 멍에로 남아있다. 한때 열심히 운동하던 사람들 중에도 김대중이 싫다고 신한국당이나 한나라당으로 가버린 자도 한둘이 아니다. 특히 1997년 대통령 선거를 앞두고 김대중이 5·16 군사 반란의 '원흉' 김종필과 손잡았을 때, 진보 진영의 많은 사람들은 '대통령병 환자' 김대중에게 손가락질을 해댔다.

한 사람의 삶에서는 겉으로 보이는 어떻게 살아왔나보다 어떻게 죽었나가 그의 삶의 색깔을 보다 분명히 보여주는 경우가 있다. 수없이 타협하고 돌아가야 했던 김대중의 삶은 어쩌면 2009년 8월의 그의 '전사'가 아니었으면 대통령이 되기 위해 수단과 방법을 가리지 않고 원칙을 져버린 권모술수에 능한 한 정치인의 삶으로 저평가되었을지도 모른다. 그러나 이명박 정권의 등장 이후 민주주의 위기, 남북 관계의 위기, 서민 경제의 위기 등 3대 위기가 닥치고, 급기야 노무현 대통령이 서거하는 절박한 상황에서 늙고 병든 김대중은 뜬구름 잡는 우아한 얘기만 하지 않았다. "나는 그렇게 살아오지 않았다!"(2권 585쪽)라는 한마디는 참으로 무게가 있었다. 노무현 대통령의 서거 이후 입원하기 전까지 두 달 동안 이 땅에서 90세를 바라보는 노인 김대중만큼 열심히 민주주의를 위협하는 세력과 맞장을 뜬 사람은 없다. '행동하는 양심'이었던 그는 '행동하지 않는 양심'은 결국 악의 편이라며, 하다못해 바람벽에 대고 욕이라도 하라며 자신보다 젊은 모든 사람들을 독려하다가 지쳐 쓰러졌다. 김구와 조봉암과는 또 다른 의미에서 민주주의 전선에서 쓰러진 것이다.

눈물 많은 정치인 김대중

김대중은 눈물이 많은 정치인이었다. 1987년 10월 대통령 선거 과정에서 처음으로 망월동 묘지를 방문하여 광주 유가족들과 부둥켜안고 통곡했고, 1994년 1월 문익환 목사의 빈소에서 오열했고, 2009년 5월 노무현 대통령의 장례식에서 권양숙 여사의 손을 잡고 울음을 터트린 것은 필자의 기억에 또렷이 남아있다. 이 자서전을 보니 그때 이외에도 김대중은 여러 번 눈물을 흘렸다. 1971년 의문의 교통사고를 당해 간신히 목숨을 건졌을 때, 함께 사고를 당한 택시기사가 사망했다는 소식을 듣고 펑펑 울었고, 납치 사건에서 살아 돌아와 기자회견을 하며 눈물을 흘렸고, 1980년 신군부에 의해 투옥되었을 때, 대전 교도소에 있던 큰아들 홍일이 보낸 편지를 받고 눈물이 앞을 가려 몇 시간 동안 봉투를 어루만지기도 했다. 어디 김대중만 울었었나, 그는 지지자들의 눈물을 타고 대통령이 되었다. 그가 대통령 선거에서 떨어졌을 때, 특히 1992년 대통령 선거에서 떨어졌을 때 그의 지지자들은 슬픔을 넘어 절망의 눈물을 흘렸고, 1997년 대통령 선거에서 당선되었을 때 기쁨의 눈물을 흘렸다.

"한여름 밤, 나는 초인종을 눌렀다. 막 퇴근한 가장처럼"

김대중 자서전은 모두 2권으로 이루어져 있는데, 1권은 대통령이 되기까지, 2권은 대통령 취임 이후 서거까지의 기간을 담았다. 김대중이라는 인물이 워낙 오랜 기간 한국 현대사의 한복판에 있었다보니 1400페이지라는 적잖은 분량도 그가 겪은 일을 담기에는 턱없이 부족해 보였다. 김대중은 대통령 후보로만 27년을 보냈는데, 27년이란 우리 독립운동사에서 역사가 가장 긴 단체인 임시정부의 활동기간과 일치한다. 1924년 출생부터 1997년 말의 대통령 선거까지 70년이 넘는 기간을 담은 1권은 호흡이 대단히 빠른 반면, 대통령 재임 기간 5년을 500여 쪽 이상 할애한 2권의 호흡은 1권과는 전혀 다른 책이라 할 만큼 좀 쳐지는 느낌이 든다. 2권에 서술 된 사건이나 내용은 '일지'라 할 만큼 여러 가지 일을 빠짐없이 담다 보니 너무 번잡해져버렸다. 집중과 선택의 아쉬움이 남는다. 1권의 경우 김대중만이 증언해 줄 수 있는 흥미로운 사건들이 대단히 많은데, 너무 호흡이 빠르게 처리된 점이 아쉽다. 이것은 어쩌면 현대사학도의 욕심일지도 모른다. 일반 독자들이 책을 읽기에는 1권은 아주 잘 쓰였다. 한국 현대 정치사의 큰 흐름의 여운을 남기면서 빠르게 전개된다. 특히 1973년 납치 사건에서 살아 돌아와 귀가하는 과정을 한 단락으로 묘사한 부분은 참으로 압권이다. "대한민국, 한여름 밤. 나는 초인종을 눌렀다. 막 퇴근한 가장처럼."

모든 자서전에서 똑같이 마주하게 되는 문제이지만, 당사자가 말하고 싶어 하는 문제와 독자나 연구자들이 알고 싶어 하는 문제가 일치하는 법은 없다. 아무리 솔직하고 자세한 자서전도 감추거나 빠트린 것이 있다. 여기에는 의도적으로 감춘 것도 있을 것이고, 당사자가 중요하게 여기지 않아서 언급하지 않은 것도 있을 것이다. 자서전의 집필자인 김택근 논설위원은 언론과의 인터뷰에서 "집에서 청소하는 사람이나 밥하는 사람이나 모두 20년 이상 DJ 곁을 머물던 이들이다. 사람을 내치지 않더라"라고 썼지만, 늘 감시와 회유와 공작의 대상이 되었던 김대중의 정치적 동지들 중에는 김대중에 의해서 내쳐진 사람들도 적지 않았다. 그런 갈등의 이야기에 대해서는 권노갑의 경우를 제외하고는 전혀 언급하지 않았다. 1997년 말 외환 위기가 닥쳤을 때, 외환 위기를 불러온 책임을 물어 재벌 개혁과 관료 개혁을 해야 한다고 역설했던 당선자가 대통령에 취임한 뒤 왜 원래 구상했던 재벌개혁과 관료개혁에서 멀어졌는지, 1971년 대통령 선거에서 돌풍을 일으킬 때 대중들의 가장 적극적인 호응을 끌어낸 예비군 폐지 문제를 왜 대통령이 된 뒤 안보 환경이 1971년과는 비교가 되지 않게 좋아졌음에도 불구하고 거론조차 안 했는지 아쉽게도 아무런 설명이 보이지 않는다.

'서자'로 태어나 민주주의 '적통'을 세운 거인의 삶

나는 인권 대통령 김대중의 주요 업적 중의 하나로 그가 2001년 8월의 한국-베트남 정상회담에서 한국의 월남전 참전과 관련, 불행한 전쟁에 참여해 본의 아니게 베트남인들에게 고통을 준데 대해 미안하게 생각한다며 사과한 것을 주저 없이 꼽는다. 그런데 자서전에는 1998년 정상회담 당시 불행한 과거사를 한국 대통령으로서 처음 언급한 사실만 기록돼 있을 뿐, 한국군에 의한 베트남 민간인 학살 사건이 크게 여론화된 뒤 김대중 대통령이 베트남에 정식으로 사과한 일이나, ODA의 자금으로 민간인 학살 지역 40여 곳에 학교를 지어준 일은 빠져있다. 또 2002년 10월 양심에 따른 병역 거부 문제가 불거졌을 때 노벨평화상을 수상한 인권 대통령으로서는 뜻밖에도 양심적 병역 거부는 절대 용납할 수 없다는 태도를 취한 일도 전혀 나오지 않는다. 이런 사안들은 자서전이 아니라 평전이 쓰일 때 중요한 쟁점이 될 수 있는 대목인데, 당사자의 입장을 들을 수 없는 점이 아쉽다.

김대중은 참으로 파란만장한 인생을 산 거인이었다. 민주주의는 그의 일생을 관통한 신념이요 가치였다. 그가 동구 사회주의 체제가 붕괴한 원인을 사회주의가 잘못 돼서가 아니라 민주주의를 하지 않았기 때문이라고 본 것은 참으로 김대중다운 탁견이라 할 수 있다. 김영삼에게 민주주의란 대통령이 되기 위한 수단에 불과했다면, 김대중은 "민주주의가 후퇴한다면 나의 삶은 아무 의미가 없다"라는 말을 삶과 죽음을 통해 보여주었다. 한국의 민주주의는 이제 김대중이 남긴 역사와 유지를 떠나서는 이야기 할 수 없다. 한국의 민주화 운동이란 분단과 친일파의 득세로 이지러진 민주주의를 바로 잡아 나가는 과정이었다고 할 수 있다. '서자'로 태어난 김대중은 이 힘겨운 여정에서 민주주의의 '적통'을 확립했다.

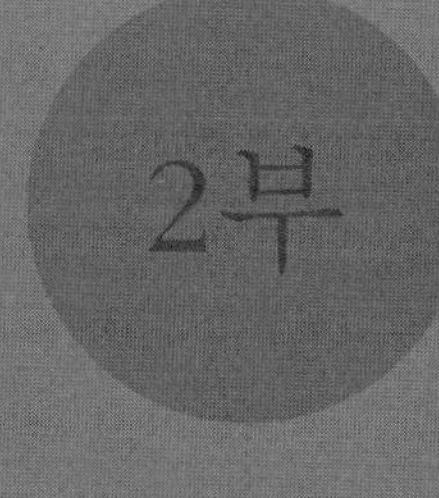
2부

"DJ는 이미 1987년에 강력한 노벨 평화상 후보였다"

박경서 이화여자대학교 석좌교수 · 전 인권 대사

내가 김대중 대통령을 처음 뵌 것은 1967년 서울 수유리 크리스찬 아카데미에서였다.

돌아가신 강원룡 목사가 한국을 처음 방문한 (후에 독일 대통령이 된) 리하르트 폰 바이츠제커 박사를 초대해 당시 소장 국회의원으로 정계의 주목을 받고 있던 김대중 의원과의 만남을 주선한 것이다. 이보다 3년 전인 1964년, 김대중 의원은 김준연 의원에 대한 구속 동의안 상정을 지연시키기 위해 무려 5시간 19분 동안이나 의사 진행 발언을 해 장안의 화제가 됐었다. 당시 아카데미에서 일하고 있던 나는 바이츠제커 박사를 안내하면서, 젊은 나이에 이 거물들의 역사적인 회동에 배석할 수 있었다.

많은 대화 내용 중 지금도 기억나는 것은, 북한의 도발에 서울 시민이 한강을 건너지 못해 갖은 고생을 했던 1950년 한국전쟁의 전철을 밟지 않도록 한강에 다리를 더 많이 건설해야 한다는 김대중 의원의 말씀이었다. 상당한 신사 국회의원이었던 그가 당시에는 보기 드문 파란색의 미제 승용차

를 타고 아카데미 하우스에 매끄럽게 도착하던 장면이 지금도 눈에 선하다.

이날의 만남이 1994년 가을 독일 본의 대통령 관저에서, 당시 야인이었던 김대중 선생과 독일 대통령이었던 바이츠제커 박사의 면담을 주선하는 계기가 되었다. 그리고 이런 인연이 이어져 퇴임한 바이츠제커 박사는 1998년 2월 김대중 대통령의 취임식에 나와 함께 참석하게 된다.

김대중 대통령과 나와의 인연은 내가 세계교회협의회(WCC) 아시아 국장으로 일하던 1983년 미국에서 다시 이어졌다. 당시 그는 미국 워싱턴 D.C.에 망명 중이었고, 내가 미국에 출장을 갈 때면 그가 머물고 있는 작은 아파트에서 만나 많은 대화를 나눴다. 나의 최근 저서인 『WCC 창으로 본 70년대 한국 민주화 인식』에도 편지 사본이 공개되었듯이, WCC의 인권 자금이 당시 곤궁했던 김대중, 문익환, 문동환, 이문영, 이우정 선생 등의 생계에 보탬이 되면서 WCC와 김대중 대통령은 더욱 긴밀한 협력을 하게 되었다. 많은 얘기들이 있지만 지면 관계로 몇 가지만 추려서 기술하겠다.

첫째, 노벨 평화상 수상에 관한 사실이다. 내가 스위스 제네바의 WCC에 근무를 시작한 게 1982년 2월부터이다. 나는 그때부터 김대중은 한국 민주주의와 인권 신장을 위해 헌신한 공로로 노벨 평화상 후보 자격이 충분하며, 잘하면 수상도 가능하다고 생각했다. 1985년 그가 귀국하고 나서, 내가 동북아 지역에 출장을 올 때면 서울의 동교동 자택을 늘 찾아갔다. 많은 경우 가택 연금의 시기로 기억된다. 그때, 그의 저서 중 하나인 『김대중 옥중서신』 등을 읽게 되고 몇몇의 번역본은 제네바로 갖고 갔으며 그곳의 동료들에게 일독을 권하기도 하였다.

당시 내가 근무하던 스위스 제네바의 에큐메니컬 센터에는 루터교 세계

연합체 사무총장이었던 노르웨이 출신 주교 구나 스탈셋 목사가 나와 함께 근무하면서 절친한 사이가 되었다. 그는 1983년 이미 노벨 평화상 최종 심사위원회의 다섯 명 중 한 사람이었고 심사위원회 부의장으로 수고하고 있어서 그 책들은 자연히 그에게 전달되었고 우리는 본격적으로 이 일을 추진하게 되었다. 나는 작년 오슬로의 그의 자택에 초대받아 오랜 시간 당시를 회상하였다. 스탈셋 목사는 오슬로의 대주교를 마지막으로 은퇴해 지금은 동티모르의 민주화 정착에 기여하고 있다. 나 이외에도 많은 국내외 인사들도 김 대통령을 추천했음을 여기서 밝혀둔다.

이러한 일련의 노력의 결과로 김대중 전 대통령은 1987년 8월 최종 3인의 후보자 중 한 명으로 올라 수상자가 될 가능성 매우 커졌다. 그런데 노벨 평화상은 정치적으로 이용되어서는 안 된다는 원칙이 있다. 이에 따라 노벨상 심사위원회는 '김대중 전 대통령이 한국의 대통령 선거에 출마한다는 설이 있는데 그렇다면 수상자로서는 안 된다'는 조건으로 그를 수상 후보(short list) 3인에 넣었고 나는 이 문제를 밝혀야 했었다.

한국에 출장을 왔다. 동교동 조찬에서 김대중 전 대통령은 나에게 오랜 숙고 끝에 대통령에 더 뜻이 있어서 평화상은 뒤로 미룬다는 당신의 뜻을 전했고 나는 이를 서울에서 스탈셋 목사를 통해 최종 심사위원회에 통보하였다. 이날이 1987년 8월 14일이었다. 그래서 1987년 노벨 평화상 수상자는 남미 코스타리카의 정치가 아리아스 산체스가 수상하였다. 산체스는 2006년 대통령이 됐으며 오스카르 플랜을 제창하여 남미의 평화 민주주의에 공헌하였다.

이런 사실을 알리는 이유는 아직도 '김대중은 노벨상을 수상하기 위해 김정일을 만났으며, 금전이 영향을 주었다'는 억측이 남아 있어서다. 노벨상은 로비를 할수록 수상이 멀어지며 금전의 개입은 어불성설로 이러한 근거 없는 억측들은 우리의 얼굴에 스스로 먹칠을 하는 꼴이다. 다시 말하지만 김대중 전 대통령은 이미 1987년에 강력한 노벨 평화상 후보였다. 그러나 그는 자신의 꿈인 대통령이 되기 위해 이를 스스로 포기한 것이다. 그는 그 후 2000년의 노벨 평화상을 수상하였다.

두 번째 얘기는 체코슬로바키아 하벨 대통령과의 관계이다. 내가 이끌고 있는 WCC 아시아국은 대통령 선거에 낙선하고 영국의 캠브리지에 와 있는 김대중 전 대통령 일행을 스위스 제네바의 WCC 본부에 3박4일 일정으로 초청하였다. 그때가 1993년 6월로 기억된다. 많은 얘기가 오갔는데 특히 김 전 대통령은 바츨라프 하벨 체코 대통령과의 만남을 원하셨다. 그래서 나는 WCC 유럽국의 마이라 부라이스 국장을 통해서 하벨 대통령과의 만남을 주선했다. 두 분은 그 후 의기가 잘 투합이 되어 민주주의, 평화, 인권 등의 세계적인 프로그램에서 많은 협력을 했다. 특히 두 분이 각각 체코와 한국이라는 무대에서 겪은 고초들이 너무나 비슷하며 노벨 평화상 수상자, 민주주의와 인권 신장의 세계적인 지도자로 존경받고 있음은 우리 모두가 잘 아는 사실이다.

당시 나는 영국에서 김대중 전 대통령과 이희호 여사를 모시고 있던 박금옥 총무 비서관(현재 우석대학교 초빙교수)과 긴밀하게 협조하면서 사흘간의 제네바 방문 계획을 짰다. 당연히 알프스 몽블랑 산을 가보시는 게 좋다고 생각했다. 그런데 도착 후 다음 날 프로그램을 말씀드렸더니 '박 박사는 내가 고소 공포증이 있다는 사실도 모르십니까? 나는 비행기는 타지만 산은 오르지 못 합니다" 하시는 게 아닌가. 그래서 몽블랑 대신 제네바의 레만 호수 150킬로미터를 돌아보면서 스위스와 프랑스의 전원 도시들을 구경하는 것으로 대치했던 기억이 난다.

유럽 현대사를 전공한 내 아내가 김대중 전 대통령과 여사를 모신 차에 동승했었다. 김 전 대통령에게는 구경이 아니라 공부 시간이었다고 내 아내는 지금도 얘기한다. 스위스의 정치, 사회, 문화 전반을 물어보시면서 하나하나를 당신의 수첩에 기록, 본인이 소화하신 일 등은 지금도 즐거운 회상으로 우리 부부에게 남아 있다.

또 한 가지가 있다. 둘째 날엔 WCC의 사무총장 이하 간부들과 2시간 동안 간담회를 가졌다. 사무총장 초청 오찬 후였던 것으로 기억한다. 김대중 전 대통령은 왼쪽에 당시 보좌관으로 수행한 김상우 박사를 앉게 하고 오른쪽에는 나더러 앉아 혹 당신이 귀가 약하셔서 잘못 알아들으면 도와달라고 하셨고 나에게 통역을 부탁하셨다. 그런데 처음 서두를 영어로 시작하더니 이후 1시간 동안 정확하고 군더더기 없는 깨끗한 영어로 강연하시는 게 아닌가! 모든 간부들이 놀라워했던 기억이 난다.

모임이 끝나고 "선생님은 어디에서 영어를 배우셨습니까?" 하는 나의 물음에 긴 감옥살이 하시면서 영어 공부도 게을리 하지 않았다고 답하셔 나는 놀랐다. 많은 곳에서 인동초(忍冬草)를 좋아하신다고 말씀하시는 이유를 알 것 같았다. 노력하는 분, 늘 공부하시는 분, 그리고 한순간도 헛되게 주어진 시간들을 허비하지 않으시는 분이다.

세 번째 얘기는 민주주의와 인권에 관한 투철한 신념이다. 나아가 참된 민주주의와 인권의 신장은 경제 발전에 크게 기여한다는 신념이다. 이러한 신념과 행동은 인권이나 민주주의의 발전이 경제 발전에 걸림돌이 될 수 있다는 몇몇 정치 지도자들에 대한 정면 승부를 마다하지 않은, 참으로 값지고 위대한 도전이었다. 미국의 권위 있는 외교 전문지『포린어페어스』1994년 3~4월호에 실린 인터뷰 기사에서(109~126쪽) 당시 싱가포르 수상이었던 리콴유 박사는 "서구에 뿌리를 둔 인권을 미국 등 서방 국가들은 무차별적으로 적용하려 들지 말라. 왜냐하면 유교의 전통을 가진 아시아의 가치는 서구식 인권 민주주의를 적용할 수 없으며 그보다 더 뜻이 깊다"고 주장했다. 이는 그 이전에도 국제사회에서는 늘 있어 왔던 주장이었다. 특히 1993년 6월 유엔 인권이사회가 주최한 오스트리아 비엔나 세계 인권 특별 총회에서 당시 말레이시아 수상이었던 마하티르 박사가 리콴유 박사와 비슷한 연설을 하여 후진국과 권위주의 지도자들의 박수를 받은 바 있었다.

그러나 김대중 전 대통령은『포린어페어스』1994년 11~12월 호의 인터뷰에서 이러한 주장을 정면으로 반박했다. 선생은 리콴유 박사 등이 유교의 가르침을 잘못 해석했음을 지적하면서 유교의 가르침을 오용하여 인권의 위대한 가치를 경제 발전과 대치시킬 수 있다는 착각을 교정하였다. 개인의 자유를 제약하는 말레이시아, 싱가포르의 경제 발전 모델의 한계를 지적하고 자유와 인권을 바탕으로 하는 민주주의에 입각한 경제 발전이 정답임을 명확하게 밝힌 것이다. 이는 한국의 경제 발전이 웅변으로 말하고 있지 않는가! 김 전 대통령의 이런 주장으로 전 세계 민주 활동가와 인권운동가들의 찬사를 받게 되었고 그를 세계적인 지도자로 재도약시키는 중요한 계기가 되었다.

네 번째 얘기는 버마와의 인연이다. 선생은 버마 아웅산 수지 여사의 민주주의를 위한 비폭력 평화운동에 대한 전폭적 지지를 아주 중요한 우선순위로 실천했다. 잘 알려진 대로 수지 여사는 1991년 노벨 평화상 수상자이다. 1988년 가족을 영국의 옥스퍼드에 두고 단신 귀국하여 22년을 비폭력 평화 민주주의 운동을 이끌어 오면서 4000만 버마 국민에게 희망을 주고 있다. 그는 작년 11월 18년간의 긴 가택 연금에서 풀려나 제한적 민주주의 운동을 실천하고 있다. 위에서 언급한 대로 김대중 전 대통령은 그의 자유 민주주의에 대한 철저한 확신과 실천을 수지 여사의 고난에 접합시켰다.

예를 하나 들어보자. 돌아가시기 전 해인 2008년 12월, 김대중 전 대통령은 여의도 63빌딩 국제회의장에서 노벨 평화상 수상 기념 행사를 열면서 한국에 와서 이주 노동자로 일하며 조국의 민주화를 위해 노력하고 있는 수지 여사의 동지들을 전원 초청했다. 이날 밤 그는 버마의 민주주의를 위해 외롭게 투쟁하고 있는 수지 여사 그리고 그녀의 동지들을 격려하시면서 그 날 밤의 모금액 전부를 전달했다.

대통령 재직 중에는 전 세계 지도자가 참가하는 '굿 거버넌스(Good Governance)' 국제회의를 개최하면서. 개회 벽두에 수지 여사의 화상 메시지를 보여줘 참석자 전원의 기립박수를 받았다. 또 김대중 전 대통령 취임 이후 오늘까지 한국 정부는 근 10년 이상 유엔 인권이사회의 '버마 민주화와 인권 신장을 위한 결의안'의 공동 제안국 중 하나로 활동하고 있다. 이는 4000만 버마인들의 민주화 염원에 우리 모두가 동참하고 있다는 사실을 세계에 선포한 것이다. 중국, 일본, 그리고 아시아 그 어느 나라도 못하는 일이다.

나 역시 인권 대사 재직 중 수지 여사의 '민주주의를 위한 국민 연맹(NLD: National League for Democracy)' 당원들이면서 당시에는 학생 신분으로

1988~1989년의 버마 민주화 운동에 적극적으로 참여하여 군부의 검거를 피해 지금 한국에서 이주 노동자로 일하고 있는 버마인 중 열한 사람을 우선 유엔이 인정하는 정치적 난민 지위를 획득하도록 도와주었던 적이 있다. 그 경험을 지금도 난 자랑으로 여기고 있다. 제네바에서 근무하던 1995년과 1996년 가택 연금 중이던 수지 여사를 두 번이나 만난 사실을 나는 지금도 귀하게 간직한다. 그래서 나는 지금도 직간접으로 그들의 민주화 운동을 돕고 있다. 1970~1980년대에 지금의 버마인들처럼 암울한 시대를 살았던 우리 모두는 버마의 민주화가 하루 빨리 이루어지기를 간절히 바라는 마음이고 그들을 우리는 도와주어야 할 것이다.

마지막으로 우리 한국은 국가 과제로 한반도의 평화 정착, 그리고 한 걸음 나아가 평화통일, 동북아시아 평화 공동체 탄생에 주도적 역할을 해야 하는 책무를 지고 있다. 또 한편으로는 선진국으로 도약해야 하는 과제를 안고 있다. 선진국으로의 도약은 경제성장 하나만으로는 한계가 있음을 우리 모두는 깨달아야 한다. 돈 이외에 자유, 평화, 인권, 환경 그리고 지속가능한 발전을 대내외에 실천함으로써 선진화는 가능해질 것이다.

국내의 여러 가지 갈등으로 인해 김대중 전 대통령의 업적은 국내보다는 국외에서 훨씬 높이 평가되고 있는 실정이다. 남아프리카공화국에는 만델라가 있고, 버마에는 앞서 언급한 수지가 있으며, 스위스에는 앙리 뒤낭, 미국에는 링컨이 세계인의 인구에 회자되듯이 한국에는 김대중이 외국 사람들로부터 많은 존경을 받고 있음은 과장이 아니다.

우리는 그가 남긴 업적을 앞서 말한 선진국 도약의 밑거름으로 삼아야 할 것이다. 일본도 중국도 이루지 못한 우리가 만들어 낸 민주주의가 하루하루

뿌리를 내리는 데에 그는 분명 커다란 족적을 남긴 분이다. 이제는 우리 곁을 떠나 저세상으로 가셨지만 그가 평소에 꿈꾸었던 한반도 전체의 민주주의, 평화통일, 자유, 인권의 발전을 위해 지구상에서 아직도 고생하고 애쓰고 있는 많은 개발도상국들의 고뇌에 동참하고 그들을 도와주고 우리의 성공 스토리를 전파하면서 지도급 개인들의 노블레스 오블리주(Noblesse Oblige)가 중요하듯이 국가의 노블레스 오블리주를 실천해야 할 것이다.

"40대 이상이 결정한 전쟁, 왜 20대가 나가야 하죠?"

박태균 서울대학교 국제대학원 교수

2006년 10월 서울대학교 통일연구소 초청으로 서울대에서 김대중 전 대통령의 특별 강연이 있었다. 혹 퇴임한 대통령의 강연회가 썰렁하지 않을까 하는 우려와 달리 이 초청 강연은 대만원을 이루었다. 400석이 넘는 강당이 꽉 찼고, 그것도 모자라 강연장 밖에까지 많은 학생들이 몰려들었다. 일반인이 많이 올 것이라는 예상을 뒤엎은 것이었다. 학생들은 마치 스타를 보러 온 듯 강연단 앞에까지 몰려들었다.

고령의 연세와 건강이 좋지 않으셨음에도 불구하고, 그의 연설은 인상적이었다. 역시 연설의 '달인'이구나 하고 생각하지 않을 수 없었다. 1987년 여의도에서 연설을 들은 후 20년 만이었다. 대부분의 연설 내용이 햇볕정책의 성공적인 시행과 그 결과에 대해 할애되었지만, 정작 연설에서 가장 인상적인 부분은 김 전 대통령의 농담으로부터 나왔다.

"전쟁이 나면 왜 20대가 전쟁터에 나가야 하나요? 전쟁 결정은 40대 이상이 내려놓고, 막상 전쟁에 나가는 것은 20대 젊은이들이에요. 전쟁을 결정한 40대 이상을 전쟁터에 내보내야 하는 것 아닙니까?"

의무 복무 제도에 민감한 학생들 앞에서 재치 있으면서도 뼈 있는 농담은 좌중을 휘어잡기 충분했다. 그리고 어쩌면 이 한마디에 그의 인생 전부가 녹아 있는 것이 아닐까 하는 생각이 들었다. 그의 인생을 아는 사람들에게 그가 지칭한 '40대'는 말 그대로의 '40대'가 아니었다. 그가 언급한 그 '40대'는 지난 50여 년간 정치인 김대중에 대해 끊임없이 반대했던, 그의 햇볕정책을 허물어트리기 위해 모든 노력을 기울였던 이 땅의 보수 세력, 또는 소위 '주류'로 불리는 사람들이었다.

그만큼 김대중 전 대통령은 한국 현대사에서 한편으로 많은 사랑을 받았던 반면, 다른 한편으로 많은 미움을 받았다. 1960년대부터 1980년대까지 김대중은 국내외에서 한국 민주화의 상징이었다. 그래서 민주화를 열망하던 사람들은 호불호를 떠나 대통령 선거가 있을 때마다 그에게 표를 보냈다. 동시에 그는 지역주의의 상징이었고, 정치 9단의 칭호를 받았던 3김 중의 하나였다. 1987년 대선에서 야당의 단일화 실패에 대해 실망하면서도 그에 대한 지지를 선언할 수밖에 없었던 민주화 진영의 고민은 여기에 있지 않았을까?

박정희가 개발 시대의 산물이었다면, 김대중 역시 민주화 시대의 산물이었다. 단지 그 혼자서 만들어진 것이 아니라 한국의 보수 야당, 한국의 민주화운동이 갖고 있었던 성격과 고민이 그를 통해 나타났다.

그러나 김대중 전 대통령의 상징성은 단지 상황이나 외부에 의해 만들어진 것만은 아니었다. 바로 이 점이 그의 회고록을 통해 잘 드러나고 있다. 인간 김대중의 출생에서부터 전 대통령의 서거에 이르기까지 85년에 이르는 그의 인생 역정은 한국 근현대사 그 자체였다. 일제 강점기 식민지형 도시였던 목포에서 성장한 그의 초년 시절은 그 시기를 증오하면서도 자신을 둘러싸고 있었던 일본인 교사들에 대한 향수를 갖고 있는 여느 지식인의 회고록과 크게 다르지 않았다. 식민지 조선의 천재 중 하나였던 최남선이 건너가 있었던 만주 건국 대학으로의 진학을 꿈꾸고 있었던 그는 만주에서 성공을 꿈꾸고 있었던 식민지 조선의 청년 중 하나였다.

건국준비위원회에 참여했다가 공산주의자들의 전횡에 실망했고 한국전쟁 속에서 죽음에 휘말렸던 만화 '한강'의 주인공으로부터 또 다른 김대중을 발견할 수 있었다. 영화 〈하류인생〉에 나오는 막장 정치인들이 판치는 세상에서 민주주의와 새로운 정치에 꿈을 품었던 정치 초년생 김대중을 볼 수 있다. 민주주의를 꿈꾸고 있었던 그에게 5·16 쿠데타가 시련을 예고하는 것이었음은 당연한 것이었다. 그리고 초기 김대중의 정치 활동은 민주당에 몸담고 있었던 다른 정치인들과 마찬가지로 1950년대 한국 사회 민주화의 또 다른 걸림돌이었던 민주당 내 신구파 갈등으로부터 자유롭지 못했다. 윤보선과 장면에 대한 그의 평가는 이 점을 잘 보여준다.

상황은 1970년부터 크게 변화한다. 탁월한 정치력을 갖춘 김대중은 많은 정치인, 많은 민주화운동가들 중 하나가 아니라 그들 중 맨 앞에 있는 '상징'이 되며, 한국 현대사를 앞에서 끌어가는 선두 주자 중 하나가 되었다. 그리고 그의 활동은 시련의 시대에 더 빛을 발하였으며, 이제 그 자체가 한국 현대사가 된다. 1971년 대통령 선거에서부터 2003년 대통령직 퇴임에 이르기까지 그의 자서전의 내용은 여느 한국 현대사 책보다도 더 훌륭한 자료와 내용을 갖추고 있다. 그의 자서전만으로도 한국 현대사의 정치, 사회, 경제의 모든 흐름을 한눈에 파악할 수 있는 것이다.

그러나 김대중이 그냥 역사의 중심에 있었다는 사실만으로 그를 평가할 수는 없다. 현대사의 중심에 서 있었던 사람은 김대중 말고도 많은 사람들이 있다. 그가 중요한 것은 한국 사회의 가장 중요한 과제 중 하나인 '민주화'의 중심에 서 있었기 때문이다. 수많은 역정도 그를 민주화의 중심으로부터 밀어내지 못했다. 그의 정치적 라이벌이자 그의 전임 대통령이었던 김영삼이 보수적인 여당과 '야합'함으로써 정치적 목표를 달성할 수 있었다면, 그는 끝까지 야당으로서의 외길을 걸었다. 그만큼 그는 강한 의지를 가진 정치인이었고, 무엇이 그가 정치인으로서 생명력을 가질 수 있는 길인가를 알고 있었던 것 같다.

수차례 죽음의 위기를 넘기면서 대통령에 당선된 김대중은 한국 역사상에서 가장 중요한 시기에 대통령에 취임하였다. 수십 년간의 개발독재가 곪아터진 시점, 민주화 이후 민주주의를 정착시켜야 하는 시기, 탈냉전 이후 남북 관계의 전환점, 그리고 기회이자 위기로 다가왔던 밀레니엄의 시기에 그는 대통령에 취임하였다. 수많은 난제들이 그와 그의 민주화운동 동지들 앞에 놓여 있었고, 그렇기 때문에 그는 특별한 대통령이 될 수밖에 없었다. 소위 '잘해야 본전'이라는 말이 바로 '국민의 정부'에 적절한 말이라고 할까? 그만큼 국민들의 희망이 컸다는 것이다.

그의 재임 기간 동안 한국 사회는 큰 변화를 겪었다. 6·15 공동선언만 하더라도 한반도에 큰 변화를 가져왔지만, 무엇보다도 국민의 정부 시기 결정적인 변화는 우리의 삶 속에서 감지되었다. 인터넷과 핸드폰이 우리 생활의 일상사가 되었다는 것이다. 의약 분업 역시 큰 변화를 주었다. 이해관계에 따라 진통이 없었던 것은 아니지만, 이제 의사의 처방 없이는 항생제를 이용할 수 없게 되었다.

개개인의 인권에도 변화가 생겼다. 여성부가 등장하면서 한국 사회에서 여성의 지위가 상승하는 획기적인 계기가 마련되었다. 부작용이 없는 것은 아니었지만, 여성만을 위한 교수직 공채가 나왔고, 국회에서 여성이 차지하는 비율도 높아졌다. 다수결의 민주주의 원칙 속에서 받는 피해가 당연시되었던 소수자들을 지키기 위한 국가인권위원회의 발족 역시 국민 개개인의 권리를 신장하는 계기가 되었다. 그리고 수년간 논란을 일으켰던 전교조가 합법화되었다. 이제 모든 개개인들이 자기 스스로의 권리를 찾기 위한 조건들이 조금씩 마련되기 시작한 것이다. 민주화가 개개인의 생활에 스며들기 시작한 것이다. 그리고 수많은 NGO들이 우리의 일상이 되어 있다.

그러나 이러한 엄청난 '공'이 있다고 해서 '과'를 가릴 수는 없다. 그는 지역주의의 피해자이면서 동시에 수혜자였다. 아마도 이 점이 김대중 전 대통령 개인에게도 가장 뼈아프게 다가오는 사실이었을 것이다. 또한 그는 민주화 과정에서 씻을 수 없는 큰 오점을 남겼다. 1987년 단일화 실패가 바로 그것이다. 그는 자서전을 통해 단일화가 실패했던 이유에 대해 언급했다. 그러나 그것만으로 충분하다는 느낌을 받을 수 없다. 만약 우리가 그 변명을 수용한다면, 1946년 좌우합작에 성공하지 못했던 정치인들에게서도 비슷한 변명을 들어야 할 것이다.

1987년 단일화 실패는 단지 한국의 민주주의를 몇 년 후퇴시키는 것 이상으로 한국 사회에 엄청난 충격으로 다가왔다. 야당이나 민주화운동 진영에 대한 공격과 비판은 '분열', '파벌투쟁', 그리고 '권력욕'이 그 중심에 있으며, 1987년의 경험은 그 중심적 사례가 되고 있다. 또한 1987년의 실패는 우리 사회가 해결했어야 할 문제들을 미룸으로써 그 과제들이 제대로 해결되지 못하는 결과를 가져왔다. 예컨대 과거사 문제가 정치적 문제가 아님에도 불구하고, 정치적 문제로 해석되고 정치적으로 이용되는 것 역시 1987년의 단일화 실패가 가져온 중요한 부작용이라고 한다면 너무 무리한 해석일까? 모든 일이 시기를 놓치면 항상 무리수를 두게 되거나 부작용이 나타날 수밖에 없다. 그만큼 1987년 6월 항쟁 직후의 시기는 너무나 중요한 시기였다.

그리고 대통령 김대중의 국민의 정부는 진보 진영의 분열에 결정적 영향을 미쳤다. 1987년의 '비판적 지지'를 굳이 언급하지 않는다고 하더라도 국민의 정부 시기 정리해고를 비롯한 노동 문제와 양극화의 심화는 진보 진영으로 하여금 야당으로부터 등을 돌리도록 했다. '왼쪽 방향등을 켜고 오른쪽으로 가는' 현상은 참여 정부에서도 계속되었다. 어쩌면 그의 독특한 대중경제론과 시장경제론이 현재의 좌우 기준으로는 해석할 수 없는 현대적 내용일지도 모르기 때문에 그럴 수도 있겠지만. 1992년의 대통령 선거를 통한 정권 재창출이 김대중 대통령에 대한 국민적 신뢰를 보여주는 것이라고 할 수도 있겠지만, 이것만으로 국민의 정부 시기 내내 있었던 사회적 비판을 덮을 수는 없다.

남북 관계의 진전은 그의 가장 큰 업적이고, 노벨 평화상 수상이라는 큰 영광을 그 개인뿐만 아니라 한국 사회 전체에 안긴 것이었지만, 남남 갈등을 심화시킨 측면 역시 고려되어야 한다. 즉, 합리적 보수 세력을 껴안지 않은 상황에서 진행된 남북 관계의 진전은 대북 송금 특검으로 이어졌다.

여기에 더하여 그의 무리한 인사나 그의 아들이 관련된 비리 사건들은 사회적으로 큰 반향을 불러일으켰다. 독재 세력들의 인사 전횡과 부정부패에 식상해 있었던 국민들은 민주화 운동의 리더와 그 그룹에 많은 기대를 했다. 그러나 드러난 실상은 이들 역시 크게 다르지 않다는 것이었다. 물론 이러한 부정적 인식은 보수 언론의 공세 때문이기도 했지만, 그 원인은 국민의 정부로부터 제공된 것이었다. 모든 책임을 그와 국민의 정부에만 돌릴 수는 없지만, 10년 진보 정권에 진보 세력이 등을 돌렸던 책임으로부터 국민의 정부 역시 자유롭지 못하다.

물론 이러한 '과'의 문제를 그 개인만의 문제로 돌리는 것은 비역사적 평가다. 수십 년 동안 정보부로부터 감시와 탄압을 받아온 그에게 믿을 수 있는 '측근'은 매우 소중한 존재였을 것이다. 이 점은 김영삼 전 대통령의 정치역정 속에서도 잘 드러난다. 독재의 유산은 독재의 계승자뿐만 아니라 그를 반대했던 사람들에게도 많은 부정적 영향을 미쳤을 것이다.

그의 경제 정책이나 대미, 대일 정책에 대한 비판 역시 김대중 개인의 한계로만 보아서는 안 될 것이다. 김대중 개인이 초인적인 힘을 갖고 있다고 하더라도 분단 이후 50년이 넘는 냉전 기간을 통해 고착된 구조를 벗어나는 것은 불가능했을 것이다. 이 점에 있어서는 참여정부 역시 다르지 않았다. 그래서 성급한 '진보'들은 그들로부터 등을 돌렸고, 그 결과가 2007년의 대통령 선거 결과로 나타났다. 오히려 김대중 전 대통령은 주어진 한계 안에서 최대한도로 많은 변화를 가져오고자 노력했던 것은 아니었을까?

자서전을 통해 보인 김대중 전 대통령은 솔직한 사람이다. 그가 한국 사회와 역사에 사과를 해야 할 부분에 대해서는 사과를 하고 있다. 다른 자서전에서 보듯 지루하게 변명만을 늘어놓지는 않았다. 그의 변명이 충분하지 못하다고 느낄지라도 그나마 자서전을 통해 자신의 잘못에 대해 이 정도의 사과라도 한 예를 찾기는 결코 쉽지 않다. 그래서 자서전 속에는 그의 인간미가 흐른다. 충분하지 않기 때문에 좀 아쉽기는 하지만.

자서전의 말미에 그는 정조를 그린 드라마 '이산'을 보았다고 했다. 마치 김대중과 노무현의 시대를 보면서 마치 영조와 정조 시대를 보는 듯한 착각을 느낀다. 국민의 정부와 참여 정부 시기는 민주주의가 발전했던 시기였고, 평화스러운 시기였다. 영조와 정조의 시기는 조선 후기의 르네상스 시대로 평가되고 있다. 중앙 무대에는 '진보'만이 있는 것이 아니고 많은 '보수'들이 함께 있었다. 영조와 정조는 탕평을 외쳤다. 그러나 그러한 노력이 결코 성공적이지는 못했다. 영정조의 노력이 19세기 세도정치로 이어졌듯이 말이다. 왜 그랬을까?

어쩌면 우리가 너무 많은 욕심을 내고 있는지도 모르겠다. 영조와 정조의 노력이 100년이 넘는 노론의 힘을 깨기에는 역부족이었듯이 김대중의 민주주의와 개혁이 단 한 번에 분단 한국의 장벽과 구조를 넘어서는 것 역시 쉽지 않았을 것이다. 그래도 희망은 있다. 너무나도 어려운 과정을 거쳐 민주주의를 이룰 수 있었다는 사실을 많은 국민들이 기억하고 있으며, 그의 자서전을 통해 다시 한 번 느낄 수 있으니 말이다. 하루아침에 무너뜨리기에는 너무나 아까운 성과들이다. 그렇게 되지 않기를 바라지만, 만약 19세기의 역사가 되풀이된다고 하더라도, 이는 그의 잘못이 아니라 한국 사회를 구성하고 있는 구성원 모두의 잘못일 것이다. 19세기 망국의 책임을 영조와 정조에게만 돌릴 수 없는 것처럼.

한일국교정상화를 지지한 그 용기의 비밀은: 시간이 지날수록 빛이 나는 삶

박승 중앙대학교 명예교수

내가 김대중을 훌륭한 지도자로 주목하기 시작한 것은 1971년 4·27대통령 선거 때였다. 당시 박정희 대통령은 중임을 마치고 1969년에 3선 개헌을 하여 여당의 대통령 후보가 되었는데 야당인 신민당의 김대중 후보와 치열한 접전을 벌이고 있었다. 선거일 열흘 전쯤인 4월 18일 장충단 공원에서 약 백만 명의 청중이 모인 가운데 김대중 후보의 유세가 있었다. 그때 그는 두 가지를 특히 강조하였다. 하나는 이번에 정권 교체가 되지 않으면 선거조차 없는 영구 집권의 총통 시대가 온다는 것이고 다른 하나는 한반도의 안정과 통일은 남북 대결을 통해서가 아니라 미·중·일·소 등 4대국 보장에 의해 평화적으로 이루어져야 한다는 것이었다.

이틀 뒤인 4월20일에는 같은 장소에서 같은 규모의 군중이 모인 가운데 박정희 후보의 유세가 있어 거기에도 가 보았다. 그는 총통제 운운은 정치적 흑색선전이라고 일축했다. 그리고 이번만 당선시켜주면 "다시는 국민들에게 표를 달라고 하는 일이 없을 것"이라고 눈물로 호소하면서 이번이 대통령으로서는 마지막 봉사임을 강조했다.

그런데 박정희 대통령은 3선에 성공한 다음 해인 1972년 10월에 유신헌법으로의 개헌을 강행하였다. 이 유신헌법에 의해 대통령 직선제가 폐지되고 대통령은 사실상 관선이나 다름없는 선거인단에 의한 간선제로 선임토록 했다. 이렇게 선임된 대통령은 임기 6년에 연임할 수 있고 국회의원 3분의 1과 모든 법관을 임명하고 국회해산권과 긴급조치권을 갖도록 하여 입법, 행정, 사법 등 3권을 장악하는 영구 독재 체제를 구축했다. 김대중의 말이 그대로 적중했으며 특히 그때의 4대국 안전보장론은 남북 당사자를 합한 오늘의 6자회담과 같은 것이어서 그의 선견지명이 놀라웠다.

그 후 미국 유학 중에 1973년 8월 8일 김대중 도쿄 납치 사건을 접했다. 그때 미국의 언론 매체들은 연일 이 사건을 톱뉴스로 보도하였다. 내게는 한국에 민주화가 왜 필요한가를 절실하게 되새겨보는 계기였다. 그 뒤 1979년의 12·12쿠데타와 다음 해의 광주 민주화 의거, 그리고 김대중에 대한 사형선고 등을 지켜보면서 나는 반독재 민주화운동의 열렬한 지지자가 되었다. 당시 중앙대 정경대학장으로서 학생들의 반정부 데모를 지지하고 데모에 참여한 학생들의 처벌에 끝까지 반대했던 것도 이러한 맥락에서였다.

그러나 그때까지 나는 김대중을 한 번도 만난 일이 없었다. 김대중 대통령을 처음 만난 것은 국민의 정부가 출범한 뒤 그로부터 한국은행 총재 임명장을 받을 때였다. 그리고 내가 한은 총재직에서 물러난 뒤 그분을 만날 기회가 몇 번 있었지만 그에 대해서는 단편적으로만 알고 있었다. 김대중에 대한 전체 모습, 특히 그의 인간적인 면면을 알게 된 것은 그의 자서전을 통해서였다. 그의 자서전을 읽고 느낀 바를 여기 간추려 보고자 한다.

김대중이 살아온 1924년부터 2009년까지의 시기는 한국의 반만년 역사에서 가장 역동적인 변혁과 발전의 시대였다. 일제 식민 지배에서 나라를 찾았고 해방 후의 독재 정권에 항거하여 민주주의를 실현했으며 경제는 절대 빈곤에서 선진화 단계로 이끌어 올렸다. 그러나 그 과정은 매우 험난한 길이었다. 이 과정에서 김대중은 모진 탄압과 박해 그리고 생명의 위험을 수없이 겪으면서 민주화와 인권, 평화와 남북통일 그리고 복지국가 건설을 위해 일생을 바쳤다. 그래서 그가 겪은 파란만장한 경험과 비화를 담은 그의 자서전은 지나온 우리나라 격동기의 현대사이며 우리들에게 어떻게 살아야 한다는 것을 가르쳐 주는 지침서이기도 하다.

나는 이 자서전을 읽고 하나의 자연인이 도대체 이렇게 모진 박해 속에서 살 수도 있는가, 그런 속에서도 어떻게 희망을 잃지 않고 그렇게 끝까지 뜻을 지킬 수 있는가 하는 생각을 했다. 그리고 그의 투철한 역사의식과 따뜻하고 인간적인 성품에 깊은 감명을 받았다.

사람이 죽음이라는 극한상황에 당면하게 되면 마음과 몸은 어떻게 되는 것일까. 김대중은 1980년 내란음모사건으로 사형선고를 받았을 때 죽음이 정말 두려웠으며 그래서 사형선고를 받기 전에 체중이 10킬로그램이나 빠졌다고 했다. 그런데 사형선고를 받고 나서 어느 날 보안사의 이학봉 대령이 와서 "협력하면 형 집행 면제뿐 아니라 대통령 빼놓고는 무엇이든 줄 수 있다"고 하였다는데 이를 거절하고 그대로 죽겠다고 했다고 한다. 얼마나 고민했을까. 이런저런 생각을 많이 했을 것이다. 그런데 죽음을 선택하기로 결정할 수 있었던 것은 하느님과 역사에 대한 믿음 때문이라고 했다.

그의 자서전을 읽으면서 어두웠던 시절 김대중과 뜻을 같이했던 수많은 국내외 지식인과 종교인 학생과 노동자 그리고 그를 옆에서 지킨 사람들이 김대중과 함께 모진 박해와 고난을 겪었다는 사실을 다시 상기하게 되었다. 많은 분들이 이미 세상을 떠났지만 이분들이 우리나라의 민주화 발전을 위해 바친 희생과 헌신을 잊어서는 안 될 것이다.

김대중은 6·25전쟁 당시 목포 형무소에 수감되어 있었다. 그때 공산군이 퇴각하면서 우익 수감자들을 총살하려고 집합시켜 차를 기다리고 있었는데 마침 자동차가 고장 나서 다시 감방으로 되돌아가 살게 되었다고 한다. 1973년 납치 살해 미수 때는 몸을 세 군데로 묶고 두 팔에 쇳덩이 같은 것을 달아 물에 던지기 직전 예수님이 나타나고 납치범들의 상부로부터 어떤 지시가 내려와 살아났다고 했다. 차가 고장 나지 않았더라면, 또는 상부의 지시가 몇 분만 늦었더라면, 어떻게 되었을까를 생각하면 김대중은 엄청난 박해를 받았지만 운도 따랐고 하느님의 가호도 있었던 것 같다.

이러한 박해를 받고도 김대중은 집권하고 나서 이에 보복하기는커녕 용서와 화해를 몸소 실천하였는데 이것은 그가 얼마나 큰 그릇인가를 보여 주는 대목이다. 자기를 그렇게 모질게 박해하고 탄압했던 박정희 대통령의 산업화 공로를 인정하고 기념관 건립에 자금을 지원했을 뿐 아니라 스스로 건립추진명예위원장을 맡았다. 그리고 자기를 구속하고 사형을 선고했던 전두환 대통령 등 신군부에 대해서도 화해와 용서로 다가갔다.

김대중은 6년 동안 감옥 생활을 했다. 감옥 생활에서 한 가지 좋은 것은 책을 많이 읽을 수 있다는 것이라고 했다. 이희호 여사는 약 600권의 책을 넣어 주었다고 한다. 토인비와 러셀의 역사, 칸트와 데카르트의 철학, 논어 맹자의 윤리, 톨스토이와 도스토옙스키의 문학 등 안 읽은 고전이 없을 정도이다. 나는 지금까지 이름만 듣고 읽어 보지는 못한 책들이다. 김대중의 연설과 글을 접할 때마다 어쩌면 이렇게 지식과 경륜이 넓고 해박할 수 있는가 하고 감탄한 바 있는데 아이러니하게도 그것이 모두 감옥의 덕이었고 탄압과 박해의 덕이었으니 세상은 정말 알 수 없는 것이다. 위기와 불행을 자기 발전의 기회로 역이용한 그의 슬기를 높이 평가하지 않을 수 없다.

1964년 한일국교정상화를 반대한 6·3사태 때 겪은 김대중의 고난은 정치인으로서 그의 애국정신과 용기를 말해준다. 야당과 학생 그리고 시민들이 모두 들고 일어나 한일회담을 반대하고 있었다. 그런데 당시 촉망받는 야당 국회의원이었던 김대중은 그가 소속한 정당의 당론에 반하여 이를 지지하고 나선 것이다. 국가 간의 관계는 지나치게 과거에 얽매어서는 안 되고 미래지향적이라야 한다는 것, 그리고 대일관계의 정상화가 한국의 발전에 도움이 될 뿐 아니라 한미 관계 등 한국의 대외 관계에도 필요하다는 것이 그의 주장이었다. 이 때문에 군사정부의 앞잡이라는 몰매를 맞으며 따돌림을 당했고 심지어 자녀들까지도 학교에서 놀림을 받았다고 한다. 지나고 보니 역사의 앞을 보는 혜안과 당리보다 국익을 앞세운 용기를 가진 사람만이 할 수 있는 행동이었다.

김대중은 평생 탄압받고 여기에 저항해온 정치 지도자여서 감정이 메마르고 성품이 강한 사람이라고 생각하기 쉽다. 그러나 그렇지 않다. 인간미 넘치고 따뜻한 성품의 평범한 아버지이고 남편이었다. 밤에는 도깨비가 무서워 밖에도 나가지 못할 만큼 마음이 여렸다고 한다. 초등학교 6학년 때 첫사랑을 느낀 여학생을 만나려고 그 학생이 다니는 먼 길로 돌아서 학교에 다니면서도 수줍어서 오랫동안 말을 못했다고 썼다. 1972년 돌아가신 어머님에 대한 지극한 사랑과 흠모를 여기저기서 읽을 수 있다. 1981년 김 대통령이 청주 감옥에서 무기징역으로 감형되었을 때 대전 교도소에서 복역하고 있던 큰아들 홍일로부터 축하 편지를 받고 가슴이 떨리고 회한이 벅차 몇 시간 동안이나 편지를 펴지도 못하고 눈물을 흘렸다고 했다.

이희호 여사에 대한 깊은 신뢰와 사랑은 이 자서전의 구석구석에 사무친다. 이 여사는 겨울에도 남편을 생각하며 냉방에서 살았다. 그리고 감옥의 남편에게 털옷과 털장갑을 손수 짜서 속옷과 함께 사랑의 향수를 뿌려 넣어 주었다. 김대중은 그 향이 달아나지 않도록 가슴에 품고 잠자리에 들었다. 그런데 이 여사가 털장갑을 짤 때 장갑을 낀 채 책장을 넘길 수 있도록 검지에 구멍을 내준 것을 보고 김대중은 감격했다고 한다. 김대중은 자서전을 마치면서 "아내 없는 삶이란 상상만 해도 끔찍하다. 아내가 나보다 먼저 세상을 뜨지 않았으면 좋겠다"라고 썼다.

1997년 12월 선거에서 대통령에 당선되어 그다음 날 아침 일산 자택 앞에 모인 군중들 앞에 나타나 환하게 웃는 모습으로 답례하는 김 대통령 내외분의 사진은 그 동안의 모든 고난과 박해를 모두 녹여 주는 것이었다. 그러나 그가 해야 할 일은 너무나 많고 무거운 것이었다.

IMF 외환 위기를 맞아 나라 경제는 국가 부도 사태에 직면하고 있었다. 그는 대통령에 당선되어 대통령에 취임하기 전부터 이러한 경제 위기를 극복하기 위해 뼈아픈 구조조정을 진두지휘해야만 했다. 30대 재벌 중 14개, 33개 은행 중 20개만 살아남고 은행원의 42퍼센트를 해고하는 뼈아픈 경제 수술을 통해 그는 1년 만에 경제를 살려낸 것이다. 이를 계기로 우리 기업과 은행들은 빚을 털어내고 튼튼한 체질을 갖추게 되었으며 그 뒤 많은 세계적 경제 위기에서도 우리 경제가 크게 흔들리지 않았던 것은 바로 이 때문이었다.

세계 어디를 가도 한국처럼 인터넷이 고속화되고 널리 보급된 나라가 없다. 이렇게 한국을 IT 강국으로 만든 것도, 기초생활자 보호 등 복지의 기틀을 마련한 것도 그리고 그렇게 어려움이 많았던 의약분업을 밀어붙인 것도 모두 김대중 정부에서 해낸 일이다. 특히 남북 관계를 대결 관계에서 평화 협력 관계로 바꾸어 놓은 것은 김대중 정부의 큰 업적으로 꼽힌다. 2000년 남북정상회담을 성사시켜 막혔던 남북 간에 사람과 기차와 자동차가 왕래하도록 했다. 금강산과 개성관광이 시작되고 경의선과 동해안의 철도가 반세기가 넘어 다시 연결되었으며 개성에는 지뢰가 제거되고 남북협력 사업으로 개성공단이 문을 열었다. 분단 한국사에 큰 전환점을 그은 것이다. 특히 남북정상회담을 전후한 비화는 어디서도 들을 수 없는 미스터리를 읽는 것 같았다.

노르웨이 노벨위원회는 이러한 그의 업적을 높이 평가하여 2000년 그에게 노벨 평화상을 수여했으며 2009년 9월 『뉴스위크』지는 그를 중국의 덩샤오핑, 남아공의 넬슨 만델라 등과 같이 세계의 위대한 지도자 열한 사람 중 하나로 선정한 바 있다.

나는 그의 자서전을 읽으면서 불우한 시대에 섬마을에서 서자로 태어난 그가 이러한 역사의 거인으로 성장한 비장의 힘이 무엇인가를 생각해 보았다. 투철한 역사관과 소명 의식, 확고한 애국 애족 정신, 깊은 신앙심 그리고 그칠 줄 모르는 정렬, 이런 것들이 모두 그를 거인으로 성장시킨 힘이 되었을 것이다. 김 대통령이 퇴임한 뒤 나는 여러 차례 그를 만난 일이 있었다.

나는 그가 서거하기 직전까지도 국가와 민족의 장래를 걱정하는 그의 불길 같은 정열을 보고 놀라지 않을 수 없었다. 그리고 내가 경제 현안에 대해 설명을 할 때면 마치 초등학교 학생처럼 진지하게 듣고 메모하고 캐묻는 탐구욕은 그 나이에 그가 아니고는 볼 수 없는 것이었다.

김대중처럼 사는 것은 너무 어렵고 힘들어서 따라 할 수 없는 일이다. 그러나 그렇게 살 수만 있다면 이것은 가장 값진 삶일 것이다. 모든 것을 타고난 사람만이 가질 수 있는 삶이다. 그래서 그러한 삶은 백 년에 한 사람 있을까 말까 한 것이다. 그리고 그러한 삶은 살아서보다는 죽어서, 그리고 죽어서는 시간이 지날수록 인정을 받고 빛이 나는 삶일 것이다.

전교조 넘었으나 보안법은 넘지 못한
…… : 보수적 자유주의의 성취와 한계

박노자 노르웨이 오슬로 대학 교수

자유민주주의와 한반도의 관계를 한마디로 정리한다면, '어려운 인연'이라는 표현이 가장 적절할 것이다. '자유'라든가 '입헌'(立憲: 헌정)과 같은 단어들이 『서유견문』(1895년)이나 『독립신문』과 같은 계몽주의 매체, 서적에 의해 일찌감치 유입돼 1900년대 후반에 유행하기까지 했지만, 그 의미는 우리가 생각하는 자유민주주의와는 사뭇 달랐다.

열강 침략의 상황에서 '자유'는 일차적으로 '국권 유지' 내지 '국권 회복', 즉 국가/국민/민족의 자유를 의미했으며, 이차적으로는 체벌, 고문이라든가 연좌제 그리고 화석화된 성리학 등 '고인(古人)의 구(舊) 사상'으로부터의 자유였다. '인권'이라는 신조어가 소개되고, '국민 단결'이라든가 '폐습 타파' 차원에서 노비제 유습의 철폐와 같은 문제들이 '자유'의 맥락에서 간혹 언급되긴 했지만, 기본적으로 자유는 개인이나 계급보다 국가/국민/민족의 문제였다. 1907년에 조직된 신민회(新民會)는 이례적으로 공화제의 이상까지 품고 있었지만, 대다수 계몽주의자들의 '입헌' 역시 권력과의 투쟁을 통한 권리의 쟁취라기보다는 '국민 단결'을 목적으로 한 제한적 참정권의 청원에 머물렀다.

일제시대에 접어들어 당연하게도 자유민주주의적 지식인에게는 '민족의 독립'부터 '민족의 실력 양성'까지, 개인의 권리나 계급적 권익보다는 거대한 '민족적' 프로젝트들이 훨씬 더 중요했다. 1920년대의 『동아일보』는 자유민주주의를 사시(社是)로 내걸고 학교의 과도한 체벌부터 경찰에 의한 고문까지 개개인의 권리 침해에 항의했지만, 관심의 중심 역시 '물산 장려'와 같은 토착 지배 계급 위주의 거대한 '민족적 프로젝트'였다. 그런 의미에서, 1930년대 중반 이후에 『동아일보』류의 매체들이 너무나 쉽게 일제 군국주의 자장(磁場)으로 흡입돼 그 선전 기관이 된 것은 별로 놀라운 일이 아니다. 인권보다 국권을 우위에 두는 그 기본적인 세계관에, 그렇게 큰 차이가 있었던 것은 아니었다.

해방 이후에 남북한 양쪽은 각각 '자유민주주의'와 '사회주의적 민주주의'를 표어로 내걸었지만, 양쪽 모두 '민주주의'는 표피에 지나지 않았다. 강약과 구체적 성향, 외부적 환경의 차이가 있긴 했지만, 남북 모두 강력한 중앙 집권적인 동원 국가를 지향했던 것이다.

요즘 이승만을 한국 자유민주주의의 원조쯤으로 보려는 사람들이 간혹 보이는데, 작년에 나온 『김대중 자서전』(삼인)만 봐도 그 당시 '자유민주주의'의 수준이 대체로 어느 정도였는지 가늠해볼 수 있다. 노동당과 협력하려 했던 신민당에 잠시 입당한 적이 있었다고 해서 지역에서 영향력이 있는 젊은 사업가 김대중을 납치하다시피 하여 죽도록 팬 우익 단체부터(1권, 63~64쪽), 선거 때에 자유당만 무조건 지지하라고 지역 노동조합 간부들을 체포하고 감시하는 경찰까지(1권, 92~93쪽), 자유민주주의를 지켰다기보다는 대다수 피(被)통치자들의 동의를 얻을 수 없었던, 외세에 무조건 기대야 했던 부패한 기득권 피라미드를 뒷받침하고 있었을 뿐이다.

이승만을 정점으로 했던 과두(寡頭) 독재는 그나마 허약하기라도 했지만(1권, 114~115쪽), 박정희가 1970년대 초반에 들어 구상한 병영 체제는 일제 말기의 총동원 체제 이상으로 공고했다. 1971년 대선에 대해서 당사자였던 김대중 자신이 "선거에서 이기고 투·개표에서 졌다"(1권, 250쪽)고 평가할 만큼, 정보 정치와 지역감정 조장의 시대에 형식적 선거, 제도적 "자유민주주의"는 거의 의미를 잃었다시피 했다. 그 의미를 복원한 것은, 김대중 자신이 선두에 나서서 온갖 희생을 치르며 주도해온 민주화 투쟁이었다.

그 투쟁의 성과가 컸다는 것을 김대중을 비판해온 좌파도 인정한다. 최초의 진정한 정권 교체와 함께 그때까지 추상적 원칙 수준에 머물렀던 민주주의가 그나마 내실화된 것을 최고의 성과로 꼽을 수 있을 것이다. 나아가 이미 100여 년 전에 『독립신문』 지면에서 처음에 요구된 고문이나 연좌제의 근절이 비로소 이뤄진 것도 한국 근대사 전개의 일대 경사라 할 수 있겠다. 또한 1950년대에 조봉암(1898~1959년)이 외쳤다가 법살(法殺)을 당하고 만 '평화통일'을 위한 첫걸음으로서 햇볕정책이 실시돼 북한이 '반국가단체'에서 졸지에 협력 대상자로 바뀐 것도, 지난 반세기 동안 조봉암, 최근우(1897~1961년) 등 억압 받아 비명에 돌아가신 수많은 지사들의 꿈이 부분적으로나마 현실화된 것이다.

이외에 1997~1999년간, 즉 김대중 통치 시기에 이루어진 전국교직원노동조합의 합법화(2권, 68쪽)를 커다란 업적으로 꼽아야 할 듯하다. 합법화된 전교조의 장기적 노력의 결과로 결국 진보적 성향의 교육감들이 선출될 수 있는 기반이 다져진 것이고, 체벌 등에 대한 여론이 점차 바뀌어서 최근 일부 지역에서 이루어진 체벌 금지 등 학생들의 인권 확립이 가능해졌다. 사망이나 부상으로 이어지는 식민지 학교 체벌들을 이미 1920년대의『동아일보』등이 반대한 점을 상기하면, 김대중 집권이 계기가 되어서 자유, 인권 차원의 하나의 해묵은 과제가 풀릴 수 있는 기반이 조성되었다고 볼 수 있을 것이다.

즉, 여러 측면에서 김대중의 집권은 자유민주주의 차원에서 한국적 근대의 누적된 과제들의 해결을 시도한 것이고, 그렇게 한 만큼 분명히 일정한 평가를 받아야 한다. 그러면 과연 김대중의 집권으로 1980년대 말까지 거의 내실을 갖추지 못한 한국의 자유민주주의는 완성을 봤다고 볼 수 있는가?

김대중 집권기에 자유민주주의는 상당한 진척을 봤다고 보는 편이 맞겠지만, '완성'은커녕 과거 족쇄들의 상당 부분을 거의 벗어나지 못했다는 것이 필자의 평가다. 하나의 실례를 들자면, '개인 권리냐 국권이냐'의 문제에 있어서 매우 기본적인 척도는 신념, 사상, 양심 자유의 폭이 제한돼 있는가, 하는 부분이다. 파시즘, 인종주의 등 역사적으로 '반(反)사회적'이라고 확고히 단죄된 일부 신념/사상에 대한 법적인 제한을 가하는 것까지 자유민주주의 질서 차원에서는 가능하겠지만, 원칙상 자유민주주의란 개인에 의한 신념/사상의 자유 선택을 의미한다. 그 어떤 '국가적 이유'도 그 선택의 폭을 제한시켜서는 안 된다.

바로 이와 같은 이유로 유럽 국가마다 그 강령에 '무장 혁명'까지 제시하는 급진 좌파 정당들이 거의 모든 경우에 합법적인 활동을 할 수 있다. 필자가 한국 국적자임에도 불구하고 당원으로 활동하고 있는 노르웨이의 (공산당 격인) 적색당의 강령만 봐도 '혁명'은 명기돼 있다. 그럼에도 불구하고 노르웨이에서 적색당은 합법적 활동의 권리가 보장돼 있고, 전국적으로 평균 약 2~3퍼센트의 지지를 받고 있는 공공 정당이다.

김대중 정권에 의해서 많이 개선됐지만, 과연 김대중, 노무현의 10년 집권 이후에 한국에서 이와 같은 강령을 갖고 있는 정당이 합법적 활동을 할 수 있을까? 김대중 자신도 그 자서전에서 국가보안법 철폐 실패를 자신의 큰 패배로 인정했지만(2권, 428~429쪽), 사실 이 실패는 그가 실행할 수 있었던 '자유민주주의'의 한계를 정확하게 보여준다. 김대중도 노무현도 철폐시키지 못한 국가보안법에 의해서 현재도 오세철(연세대학교 명예교수) 등 사노련(사회주의노동자연합) 활동가들이 한국에 국제적 망신을 가져다주는 '사상 재판'을 받고 있는 것이다.

이명박의 극우적 정권 하에서야 일어날 수 있는 민주주의 후퇴라고 보는 이들이 많겠지만, 사실 (북한과 완전히 무관한) 사회주의자 등 '이단 분자'에 대한 야만스러운 마녀 재판들은 김대중 치하에서도 벌어지곤 했다. 한 예를 들자면 『마르크스의 혁명적 사상』 등 일련의 '이적 표현물'들을 번역, 출판한 출판사 책갈피의 대표 홍교선이 1999년에 국가보안법으로 실형을 받아 옥살이를 한 적이 있었다. 해당 '이적 표현물'의 원저자인 영국 요크 대학 알렉스 캘리니코스가 서울대학교, 고려대학교 등 전국 유명 대학에서 초청 강의를 하고 있었을 때에 그 강의 교재인 『마르크스의 혁명적 사상』을 출판한 국내인은 옥고를 치르고 있어야 했다.

필자의 노르웨이 학생들에게 이야기하면 아무도 믿지 못할 이 희대의 희

비극은, 국가보안법 사형수 출신의 김대중이 한국을 통치하고 있었을 때에 일어났다. 보안 기관의 판단 기준이 '급진 사회주의 사상이 국가를 위협한다'는 저들의 통념이었는데, '위협'의 진위 여부를 떠나서 '국가를 위협한다'는 이유로 개개인의 사상을 탄압, 통제해도 된다는 사고를 국가가 아직도 공인하고 있다는 점은 우리 '자유민주주의'의 현주소를 그대로 보여준다.

단지 하나의 사건만 가지고 김대중 정권의 성격을 논하기가 어렵다는 반론이 제기될지도 모르지만, 김대중 치하에 국가보안법으로 옥중에서 허송세월(虛送歲月)해야 했던 피해자들이 수두룩했다. 1998~2000년만 해도 국가보안법 사건 관련 구속자들은 약 870명에 달했다. 물론 이와 동시에 전두환, 노태우 등 자유민주주의를 짓밟아온 살인자들이 사면으로 감옥에서 풀려 나왔다. 그들이 상징했던 권위주의 시대의 잔재는, 김대중의 국가를 위협하지 않았다고 봐야 되지 않나 싶다.

1971년에 피지배층의 표를 성공적으로 모아 박정희를 실제로 압도했다가 선거 조작의 벽에 부딪치고 만 김대중은, 원래 제한적이긴 하지만 적극적 재분배 정책을 지지해온 '친(親)노동자적' 정치인의 면모를 지녔다. 대중을 오로지 동원 대상으로만 봤던 개화기, 일제 시절의 '자유민주주의자'들이나 윤보선(1897~1990년), 장면(1899~1966년) 등 주류 '재야'의 원로와 구별되는, 김대중의 인기를 보장하는 전향적 입장이었다. 김대중은 박정희 시절의 '기적과 같은 고성장'이 단순히 임금 착취, 20세기 역사에서 거의 전례 없는 장시간, 고강도 노동에 기반하고 있었다는 점을 간파했으며(1권, 240~241쪽), 이에 대한 대안으로서 '대중(大衆)경제'를 제시했다. 박현채 (1934~1995년) 등 좌파적 성향의 학자들의 자문을 받아 만들어진 이 이론은, 적당한 국가적 복지부터 산업 민주주의, 사원지주제 등 지금으로서도 '진보적'이라고 할 수 있는 여러 대안들을 포함했다.

그런데 과연 이와 같은 1970년대 초기 김대중의 '진보적 민주주의', 즉 사회민주주의적 측면이 있는 민주주의 담론의 흔적이라도 대통령으로서 김대중의 통치 행위에서 찾아볼 수 있는가? 국제통화기금(IMF)의 불가항력(不可抗力)의 강제가 있었다고 변명하기도 하지만, 대량의 외자(外資) 유입에 의한 민영화와 같은, '대중경제' 정신과 전혀 어울리지 않는 정책을 김대중 정부는 IMF의 요구 이상으로 열정적으로 추진했다. 한국통신, 한국중공업 등 11개의 초대형 공영 기업들이 팔려나갔으며, 4만 2000명 정도의 공영 부문의 종사자들이 그 일자리를 잃었다.

민영화된 기업들의 수익성이 높아졌다고 하지만, 그 비결 중의 핵심은 김대중 자신도 1970년대 초반에 그토록 비판했던 임금 착취의 극대화였다. 한국통신 등 민영화된 기업들은 정규직을 감축시켜나가며 비정규직을 양산해내기만 했는데, 살인적 착취에 노출된 비정규직들의 투쟁을 김대중 정권이 무시하거나 철권으로 짓밟곤 했다. 정부 중재의 노력은 전무하고, 점거 등 급진 투쟁에 정부가 초강경 진압으로만 대응하곤 했던 한국통신 비정규직의 2000~2002년 장기간 파업 투쟁 등은 김대중 시절에 가장 취약한 노동자들이 직면한 현실을 극명하게 보여준다.

'대중경제' 대신 한국 노동계를 급습한 것은 초강경 신자유주의 정책과 경찰국가식 탄압뿐이었다. 기초생활보호급여 제도의 신설 등 일부 복지 정책은 실시되긴 했지만, 한국은 여전히 '복지 꼴지'의 악명을 피하지 못했다. 즉, 1995년에 국민총생산의 3.2퍼센트에 머물렀던 공공 사회 지출은 김대중 통치 시기를 거쳐 2005년에 6.4퍼센트의 수준에 올랐지만, 이는 멕시코의 수준(6.8퍼센트)에도 미달한다. 스웨덴(29.1퍼센트)은 물론, 미국(15.8퍼센트)과의 비교마저도 아직 불가능하다.

복지 등의 장밋빛 색깔의 공약은 물거품이 되고 한국은 여전히 사회적 민주주의를 논의할 수 없는 초과 착취의 '반(反) 노동적 국가'로 남아 있다. 하나의 계급으로서 노동자는 종합적으로 그 위치가 하락하고 정규직, 비정규직으로 양분돼 무력화되는 반면, '부동산 경기를 활성화하겠다'는 정부의 정책에 의해 과열된 부동산 경기를 잘 탄 거액 부동산 소유자와 투기 세력, 건설 업체들이 엄청난 이득을 챙기면서 지배층 안에서의 핵심적 그룹으로 그 위치를 굳혔다. 토지 공개념의 사실상의 폐지, 각종 건설 관련 규제 완화, 분양가 자유화 허용 등의 김대중 정부 시절 '친(親) 건설 정책'으로 인해 치솟은 땅값과 아파트 값을, 그 뒤에 노무현 정부 시절에도 제대로 잡지 못했다. 사실, 부동산 관련 정책으로 본다면 김대중 정부와 현재 이명박 정부는 생각보다 많은 공통점을 갖고 있다.

요약하자면, 햇볕정책이나 사형 집행 중지, 전교조 합법화 등을 위시한 일부의, 물론 큰 의미를 지니는 진척에도 불구하고 '자유민주주의적' 정치인으로서의 김대중은 크게 봐서 반(半) 이상 실패했다. 김대중과 그의 후계자 노무현의 통치 시기를 지나간 한국은, 여전히 '이단 분자'를 감옥에 집어넣는 경찰국가로, 비정규직 노동자들의 초과 착취로 기업의 이윤을 보장해주는 '반(反) 노동적 국가', 거액 부동산 소유주와 집 한 채 없는 서민으로 양분된 '양극화 국가'로 남아 있다. 여전히 개개인의 사상, 양심의 자유도, 노동계급 전체의 권익도 국가와 기업들은 각각 무참히 짓밟고 있는 형국이다.

이는 김대중 개인의 실패라기보다는, 그가 대표하는 보수 자유주의 야당의 구조적 실패다. 아무리 친(親) 민중적 공약을 내놓아도, 실제로는 극소수 재벌과 관벌의 이해관계만을 대표하는 보수 야당 정치인들은, 대한민국을 진정한 자유민주주의 국가 내지 사회민주주의 국가로 만들 이유도 없고 만들 수도 없다. 한국 자유민주주의의 완성을, 오로지 노동자, 농민, 영세민을 대표하는 진보 정당만이 해낼 만한 잠재적 힘을 보유할 수 있다. 단, 그들이 심하게 분열돼 있고 그들 중의 상당 부분은 아직도 보수적 야당 세력의 '도우미' 역할에 스스로 만족하려 하는 점, 즉 그들의 실질적 정치력이 아직도 그들의 사명만큼 크지 못한 점은 큰 문제가 아닐 수 없다.

망명, 그 고난의 불길 속에서

김민웅 성공회대학교 교수

훌륭한 인간, 뛰어난 지도자

김대중 대통령, 그는 무엇보다도 '훌륭한 인간'이자 '존경스러운 지도자'였다. 시간이 흐르면 흐를수록 이러한 평가는 역사 속에서 더욱 확신 있게 받아들여질 것이다. 많은 고난과 생사의 갈림길을 거쳐 오면서 물러서거나 무너지지 않고, 도리어 단단히 다져진 의지와 용기는 후세에 반드시 귀감이 될 것이다. 절망스러운 현실 앞에서 쉽사리 좌절하고 흔들리는 이들 모두에게 이는 소중한 배움의 터다. 그건 그에 대한 정치적 평가의 여러 엇갈림을 한참이나 뛰어넘는 위대함이다.

듣기에 따라 묘한 이야기가 될 수 있겠지만, 그가 살아 있지 않아 이것이 아부나 용비어천가가 되지 않은 것이 천만다행이다. 논의와 평가의 대상이 현실 권력이 아니라는 점에서, 객관성을 나름으로 지켜낼 수 있는 조건이 마련된 것이 마음을 편하게 해준다는 뜻이다.

김대중, 그는 생각할수록 경이로운 인간이다. 내 자신 어느새 오십 중반의 고비를 넘느라 살아가는 세월이 두 어깨에 무겁게 쌓이면서 더욱 절감되는 면모이다. ‘내가 그 자리에 서 있다면 나는?’이라는 질문이 멈추지 않는다. 그를 모르는 젊은 세대라도 인생을 사는 데 꼭 알아야 할 모델이다. 어찌 그가 누구에게나 있는 것처럼 결점이나 한계가 없는 인간이겠는가? 그러나 그걸 비판하기에는 그보다 너무도 많은 장점을 지닌 존재다.

그의 자서전 마지막은 이렇게 맺고 있다.

“한순간이라도 정신을 놓으면 목숨을 잃는 칼날 위에 섰고 (……) 파란만장한 일생이었다. (……) 살아온 길에 미흡한 점은 있으나 후회는 없다. 나에게 가장 두려운 것은 역사의 심판이다. 우리들은 한때 세상 사람들을 속일 수는 있지만 역사를 속일 수는 없다. 역사는 정의의 편이다. 나는 마지막까지 역사와 국민을 믿었다.”

1권은 700쪽, 2권은 600쪽을 넘는 『김대중 자서전』을 모두 읽고 그 마지막 장을 덮는 순간, 가슴이 도저히 이길 수 없는 주먹으로 단숨에 꽉 잡힌 듯 저려 오고 주체할 수 없이 눈물이 난다. 이미 잘 알고 있는 이야기들이면서도 책을 읽는 내내 꾹꾹 참아 왔던 아픔이 더는 견디기 어려웠던 것이다. 죽음의 화살이 심장을 예리하게 겨누고, 고난의 불길이 활활 타오르고 있는 외중에 던져진 그가 다시 살아나 혼신의 힘으로 이 나라의 운명을 감당하리라고 누가 과연 예견할 수 있었을까? 자기 목숨 하나 부지하기 어렵고 정치적 운명은 벼랑 끝에 몰려 티끌이 되려는 판에 그는 어떻게 해서 ‘행동하는 양심'이라는 깃발 하나 들고 우뚝 일어설 수 있었던 것일까?

맹자는 하늘이 큰 인물을 낼 때 일부러 고통을 준다면서 다음과 같이 말하고 있다.

"하늘이 장차 어떤 사람에게 큰 임무를 부여하려고 할 때 먼저 그의 마음을 괴롭게 만들고 그의 뼈를 수고롭게 만들며 그의 피부를 굶주리게 만들고 그의 신체를 궁핍하게 만들어 그가 행하는 것을 어렵게 만든다. 이는 이 사람의 마음을 분발하게 하고 성질을 참게 하여 그가 할 수 없는 일을 더욱 잘할 수 있게 해주려는 것이다.(故天將降大任於是人也 必先苦其心之 勞其筋骨 餓其體膚 空乏其身 行拂亂其所爲 所爲動心忍性 增益其所不能)"

역사와 신앙, 김대중의 두 기둥

그러나 누구나 다 이렇게 고통을 겪으면서 큰 인물이 되는 것은 아니다. 그 과정에서 넘어지고 짓밟혀 아예 다시는 일어서지도 못하고 마는 이가 적지 않다. 김대중, 그에게는 신앙을 갖지 않은 이들은 좀체 이해하기 어려운 믿음의 힘이 또한 존재했다. 고난이 도리어 축복이라는 이 신앙의 역설은 그의 존재 내면에 깊숙이 박혀 있는 흔들리지 않는 원칙이었다.

야만의 광풍이 불었던 유신체제에 항거해서 일어난 1976년 삼일절 구국선언 사건으로 체포된 이후, 법정에서 펼친 그의 최후진술 한 대목은 이렇게 기록되어 있다.

"하느님께서 저를 감옥에 보내 주신 데 대해서 감사하고 있습니다. 나는 내 경험과 양심으로 보아 마땅히 올 장소에 와 있습니다. 지금도 병에 시달리고 있습니다. 요새도 밤이 되면 서너 차례 일어나서 약을 먹습니다. 그러나 나는 해방된 기쁨에 넘치고 있습니다. 이 3·1 민주구국 선언에 참가하지 않았더라면, 또 불구속의 몸으로 이 법정에 서 있었다고 한다면 제 마음이 얼마나 괴로웠겠습니까. 옥중에 있게 된 것이 정말 감사합니다."

옥에 갇혀 있으면서도 도리어 그로 말미암아 예수의 복음이 전파되고 있다며 감사하고 기뻐한 사도 바울의 편지를 읽는 느낌을 준다. 전두환 정권이 그를 다시 감옥(청주교도소)에 밀어 넣어 사형수로 지내게 했던 시절, 대전 교도소에 갇혀 있던 그의 아들 홍일에게서 편지가 날아온다. 아무런 죄도 없는 아버지와 아들을 한꺼번에 옥에 가둔 기막힌 시절이었다.
다음은 편지의 한 구절이다.

"하느님께서 아버지와 같이 하시며 「이사야」 48장 10절의 '보라, 내가 너를 연단하였으나 은처럼 하지 아니하고 너를 고난의 풀무 불에서 택하였노라' 하신 말씀과 같이 보다 더 귀하게 쓰려고 이 어려운 시련을 주시는 것으로 믿고 있으면서도. 저 자신 미약한 인간인 탓인지 얼마나 가슴을 졸이던 시간이었던가 생각하니 지금도 온몸이 오싹하는 것 같습니다."

김대중은 자신의 삶을 바로 이 아들이 인용한 이사야의 표현에서 나온 것처럼 풀무 불에 던져졌으나 결국 하늘이 그를 택해 역사에 세울 것이라는 믿음으로 살아온 셈이다. 김대중을 이해하는 데 있어서 '역사와 신앙'이라는 이 두 개의 축을 아는 것은 핵심이다. 그는 역사 앞에서 당당하고 믿음 안에서 굳건해졌다. 그리고 무수한 오해와 비난 그리고 야비한 음해를 겪으면서도 결국 올바른 선택을 할 국민의 지혜에 기대어 한 걸음 한 걸음 앞으로 나아갔다. 그건 결코 쉬운 길이 아니었으며, 그의 말대로 매 순간 칼날 위를 걷는 위태로운 모험이었다.

세 번의 망명

1972년 박정희의 유신체제가 긴급조치를 발동하고 마구잡이 폭력을 휘두르면서 이 나라의 민주주의는 질식사의 지경에 이르렀다. 이와 맞서는 이는 모두 죽음을 각오해야 하는 시절이었다. 이런 상황에서 김대중이 그 표적에서 벗어날 수 없었다. 아니 표적 1호였다. 따지고 보면 이는 이미 예견되었던 바였다. 그 전 해인 대통령 선거에서 박정희는 간담이 서늘해진다. 김대중에게 사실상 패배하는 상황을 겪으면서 그는 나쁜 방향으로 독해진다. 이는 그 자신과 이 나라 전체에 비극의 시작이었다.

납치와 투옥 그리고 망명이라는 김대중의 고난사는 이렇게 출발한다. 그러나 그 고난의 역정은 '김대중을 김대중이게 하는', 하늘의 연단이 이루어지는 바탕이었다.

그에게 망명은 모두 합쳐 세 차례였다. 두 번은 강제적이었고, 마지막 한 번은 스스로 택한 길이었다. 첫 번째는 1972년 10월 유신 이후 1973년 8월 박정희 정권에 의한 납치까지의 1년에 가까운 일본에서의 세월과 두 번째는 1982년 12월에서 1985년 2월까지 2년 2개월의 미국 망명, 그리고 마지막은 14대 대선에서 낙선한 이후 정계 은퇴를 선언하고 영국에서 지낸 1993년의 시기다.

두 번의 망명은 그의 목숨이 어떻게 될지 모르는 상황과 관련이 있고, 세 번째는 그의 정치 생명이 끝났다고 여긴 현실과 이어져 있다. 엄밀히 말해서 세 번째는 망명이라기보다는 영국 수학이라고 표현하는 것이 옳을 수 있지만, 대선 낙선 이후 그에게 가해진 여론의 채찍과 정치 생활 종식이라는 상황을 주목해보자면 자신의 뿌리와 단절된 채 이루어진 유배 생활이라는 점에서 망명과 다를 바 없었다.

정치 지도자에게 망명은 그가 동원할 수 있는 현실적 영향력이 박탈되고 봉쇄되는 것을 의미한다. 그의 이름이 잊히고 그의 존재는 기억 속에서 사라지는 시간이다. 중심에 있던 존재가 변두리에 몰리고, 그가 지금까지 지탱해왔던 인연의 끈은 거의 모두 단절된다. 단절을 막으려는 이는 위험에 처한다. 그를 망명의 처지에 몰아넣은 세력은 승자이며, 망명은 패자의 운명이다. 망명은 미래를 보장할 수없는 낭인(浪人)의 슬픔이며, 귀향(歸鄕)의 시각은 기약이 없다. 그건 망망한 바다 위에 떠 있는 쓸쓸하고 무력한 돛 단배 한 척의 우울한 숙명과 다를 바 없다.

망명의 역설

그러나 놀랍게도 역사의 무수한 지점에서 망명은 새로운 시대를 여는 역동적 사건이 된다. 바빌론 제국에 끌려간 고대 이스라엘은 강제된 망명이라고 할 수 있는 유배의 현장에서 고난의 시기에 대한 하늘의 뜻을 묻고 성서를 태어나게 한다. 더 거슬러 올라가보면 아브라함도 메소포타미아 문명의 중심에서 떠나와 망명자로서 유랑의 길을 떠났다. 그가 내딛은 발걸음 하나가 이스라엘의 역사에 첫 씨를 뿌렸다. 트로이 전쟁에서 패한 에니드는 이탈리아 반도 라비니움에 망명처를 선택해서 로마의 역사, 그 뿌리가 된다. 오빠의 정치적 박해를 피해 망명객의 신세가 되었던 페니키아의 공주 디도는 훗날 지중해의 강국이 되는 카르타고를 세운다.

볼테르는 영국에서 망명의 세월을 지냈고, 빅토르 위고의 20여 년 망명 생활은 『레미제라블』을 만들어낸다. 마르크스와 레닌 역시 망명객이었으며, 손문 또한 마찬가지였다. 프로이트와 헤르만 헤세, 한나 아렌트와 에리히 프롬, 트로츠키와 찰리 채플린, 우루과이 출신의 지식인 에두아르노 갈레노, 『백년 동안의 고독』의 작가 가브리엘 가르시아 마르케스, 그리스 출신의 코스타 가브라스 감독 등도 모두 망명의 시간을 보내면서 세계사적 인물이 되었고 역사의 획을 그었다.

따라서 김대중 대통령이 노벨 평화상을 받은 것은 단지 한반도 평화의 축을 세운 것만으로 설명이 되지 않는다. 그건 그의 삶이 인류 문명사의 거대한 조류와 일치하기 때문이다. 핍박과 고난, 그리고 죽음의 위기와 망명의 시간 속에서 그가 인류사적 성취의 한 모범을 보였기 때문이다. 평화는 바로 그렇게 짓밟히고 억눌리고 소멸되는 운명을 뚫고 나오는 생명의 힘으로 이루어진다. 김대중은 그런 망명의 역설이 체화된 존재였다.

일본에서의 망명은 김대중을 국제적 인물로 만들어내는 첫 시작이었다. 아무것도 없는 허허벌판에서 무엇이든 필요한 행동을 용기 있게 개시할 수

있게 하는 훈련을 한 현장이었다. 살해 기도와 납치로 그 망명의 물리적 시
각은 끝나지만 역사의 진로를 선택하는 일이 목숨을 거는 일과 다르지 않다
는 것을 그로 하여금 뼈저리도록 배우게 한 공간이었고, '세계'라는 기댈 언
덕을 터득하게 한 축복이었다.

미국에서의 망명은 이 나라의 운명에 절대적 영향력을 가진 제국의 심장
부에서 할 수 있는 일과 할 수 없는 일을 학습할 수 있었던 시간이었다. 뿐만
아니라 그는 여기서 이전에는 생각할 수 없었던 위치의 동지들을 얻는다.
망명은 그에게 손실이 아니라 이득이었고, 기회의 박탈이 아니라 기회의 풍
부화를 결과했다. 그건 결과론적으로 보자면 그에게 대통령 학습을 위한 최
선의 학습에 이바지했으며 이 나라 정치지도자들 가운데 가장 포괄적인 안
목을 가진 존재로 서게 하는 기초가 되었다. 이건 지금까지 누구도 넘어서
지 못하고 있다.

이 시기 이루어진 미국 지도자들과의 대화와 인연은 훗날 그에게 한계로
작용하기도 했겠지만, 위기의 국면마다 그에게 힘이 되는 요소로 작용한 바
가 더욱 크다. 가령 대결적 냉전주의자였던 미 중앙정보국 출신의 도널드
그레그가 한반도 평화 정책에 지지를 보내고 그를 위해 미국 정치의 온도를
바꾸어나갈 수 있었던 것도 모두 미국 망명의 시간 속에서 축적되어 간 열
매의 한 보기다.

이렇게 보자면, 김대중은 망명의 고난과 고독을 자신의 미래적 자산으로
탁월하게 전환시킬 줄 아는 인물이었다. 달리 말해서 그는 어떤 조건 아래
놓여 있어도 상황에 압도당하는 것이 아니라, 그 자신의 존재 가치로 상황
을 자기의 역량으로 바꿔 낼 수 있는 믿음과 지혜를 지닌 셈이었다. 그런 인

간에게는 어떤 위기와 도전도 재난이 아니라 축복이 될 수밖에 없다.

그런 까닭에 박정희가 국가적 도전과 과제를 위압적인 태도와 폭력으로 대응하고 해결하려 했다면, 김대중은 대화를 통해 성찰적인 깊이로 성심 성의껏 인간에게 다가가 진심으로 문제를 풀기 위해 애를 썼다. 권력의 힘을 앞세우는 인간과 존재의 존엄성에 무게를 두는 인간 사이의 차이였다. 이 차이는 아직도 우리 사회에서 그 진정한 의미가 깨달아지지 않고 있어서 박정희의 유산이 칭송되는 야만이 일부에서 지속되고 있는 중이다.

망명 아닌 망명의 축복

그런데 김대중의 망명은 밖에서 떠돈 세월만이 아니다. 그가 감옥에 갇히고, 그가 부당한 권력과 맞선 그 모든 것이 다 망명이었다. 망명은 기득권의 유혹에 넘어가지 않은 것이며, 도리어 그에 저항하는 것이며 그로 인해 벌어지는 일체의 핍박과 고난을 기꺼이 받아들이는 것도 모두 포함되는 것이다.

제국주의 문명을 비판하고 팔레스타인의 현실을 고발하고 지식인의 양심을 끊임없이 격타한 에드워드 사이드는 진정한 지식인은 망명자이어야 한다고 강조했다. 이때의 망명자란 현실의 권력과 적대적 관계를 맺는 것을 두려워하지 않는 용기 있는 존재와 다르지 않다. 그런 점에서 김대중은 망명을 가기 전에나 이후에나 언제나 이 나라 역사에서 망명자였다. 대통령의 자리에서 물러나고 나서도 그는 망명자의 시선을 포기하지 않았다. 기득권에 안주하지 않았고, 권력의 선심에 기대지 않았다.

"이명박 당선인의 국정 운영이 걱정되었다. 과거 건설회사에 재직할 때의 안하무인식 태도를 드러냈다. 정부 조직 개편안을 봐도 토건업식 밀어붙이기 기운이 농후했다. (……) 지난 10년의 민주정부를 생각하면 오늘의 현실이 참으로 기가 막힌다. 믿을 수 없다. (……) 예수님, 이 나라의 민주주의와 민생 경제와 남북 관계가 모두 위기입니다. 이제 저도 늙었습니다. 힘이 없습니다. 능력도 없습니다. 걱정이 많지만 어찌해야 할지를 모르겠습니다. 예수님께서 저희 부부에게 마지막 힘을 주십시오. 마지막 지혜를 주십시오. 나라와 민족을 살펴 주십시오. (……) 나는 죽을 때까지 불의와 싸울 것이다. 어찌 나 혼자 원로라고 대접받으며 고고한 척할 수 있단 말인가. 눈물을 닦고 다시 호통칠 것이다."

그는 어쩌면 영원한 망명객이었는지 모른다. 권력을 쥔 것은 단 5년이었다. 그 5년의 시간도 그는 권력자가 아니라, 백성을 섬기는 자의 모습으로 일관했다. 때로 그의 본심과는 달리 현실이 뒤틀려 버린 곡절이 중간에 있긴 했어도 그의 평생은 망명자의 고뇌와 진실 그리고 양심으로 점철되어 있었다. 종교인이나 지식인, 또는 운동가가 아닌 현실 정치인으로서 그렇게 할 수 있는 경우란 거의 생각하기 어렵다.

김대중은 순교자가 아닌 정치인이다. 그럼에도 불구하고 그는 이렇게 고백하고 있다.

"바른 신앙은 목숨을 걸어야 하고, 바르게 산다는 것은 어떤 어려움이 닥쳐도 약자의 편에 서는 것이다. 나는 김철규 신부님이 토머스 모어라는 세례

명을 주면서 '순교할 생각으로 정치를 해야 한다'는 말을 잊지 않고 살았다."

토머스 모어는 유토피아를 꿈꾸었고 권력의 명령에 따르지 않아 헨리 8세의 손에 처형당한다. 김대중은 그런 처형의 순간을 고비 고비 넘기면서 이 땅의 유토피아를 위해 신명을 다한 토머스 모어였다.

김대중, 그에 대한 기억

1970년대를 청춘의 계절로 보낸 우리에게 김대중이라는 이름은 민주주의와 일치하는 이름 가운데 단연 우뚝 선 하나였다. 하지만 그의 이름은 당시의 현실에서 상당히 불온한 단어였다. 그런 한편 1971년 장충단 공원 대통령 선거 유세는 이미 신화로 기억되고 있었고, 김구 선생, 함석헌 선생처럼 그의 이름 뒤에는 선생이 붙는 유일한 정치인이었다. 이후 김대중은 일본과 미국에서 망명객으로 지내면서 그가 있는 현장마다 소용돌이를 몰아치게 했다. 억압적인 언론 환경에서 간간히 들려오는 그런 소식은 우리를 흥분하게 했다.

그런 그를 언제쯤 마주 대할 수 있을까 했던 차에 참으로 시간이 오래 흘러 1994년, 마침내 기회가 온다. 정계 은퇴를 선언하고 영국에 체류했다가 귀국했던 김대중은 유니온 신학대에 유니온 메달 수여 강연을 하러 왔다. 나는 당시 그곳에서 박사과정에 유학 중이었다. 지팡이를 짚고 나타난 그는 중간 중간에 막히면 통역이 도왔으나 최선을 다해 영어로 말했다. 발음은 다소 서툴렀으나 민주주의와 인권에 대한 진심이 담긴 진지한 강연이었다.

그런데 질문 시간에 그의 답변이 통역으로도 충분하게 전달되지 않자 그는 다소 답답해하는 표정을 지었다. 통역의 영어를 그는 충분히 알아듣고 있었던 것이다.

그 순간 나는 발언권을 얻어 그의 답변 요지를 좌중에게 영어로 다시 전달했다. 그의 진정한 마음이 최대한 정확하게 전달되었으면 하는 생각이었다. 강연이 끝나고 그와 인사를 나누자 아무 말 없이 조용히 웃으며 고개만 끄덕였고, 이희호 여사가 고맙다면서 특별히 관심을 보여주었다. 내가 재미교포 2세인 줄 알고 한국말은 어디서 배워 그리 잘하느냐고 묻는다. 그러자 주변에 모여 있던 유학생들이 모두 포복졸도할 듯이 웃어 젖혔다. 괜스레 영어 실력이나 과시하려는 게 아닌가 하는 오해를 무릅쓰고 이 말을 하는 것은, 어려웠던 시절의 김대중, 이희호 두 분과의 짧고 소박하지만 돌이켜 생각하면 즐거운 개인사적 기억담을 여기에 남기고 싶어서이다.

두 번째 만남은 대통령 퇴임 이후인 2004년, 동교동 자택에서였다. 2003년 노무현 정부 출범 이후 일어났던 대북 송금 특검에 대해 나는 매우 신랄한 비판을 했고, 김대중 대통령의 햇볕정책을 변호하고 향후 한반도 정책의 안정적 관리를 위해 대북 관련 비밀 사안에 대한 30년 후 공개를 주장했던 이후였다. 사실 대통령 재임 시절에 나는 그의 한반도 정책은 열렬한 지지를 표했지만 경제 정책에 대해서만큼은 신자유주의적 폐해가 있다는 이유로 냉정하게 비판했고, 이에 대한 청와대의 불편한 심기가 여러 경로로 나에게 전해지기도 했던 터였다.

몸이 많이 불편했던 김대중 대통령은 퇴임 이후 투석 치료를 받고 있었고, 자택에서 마주한 그는 무척 쇠약해진 상태에서 예의 서생의 문제의식과 상인의 현실감각이 조화를 이루어야 하는 현실 정치의 논리를 역설했다. 그러나 어느새 많이 늙은 모습이었다. 마음이 아팠다. 대통령이 되기 전에 우군이었던 진보 세력의 날선 비판을 겪으면서 힘들었던 마음과 현실에서 대통령으로서 감당할 수 있는 한계에 대한 고뇌가 담긴 이야기였다.

그러면서도 내가 그토록 비판했던 것에 대해서는 한마디도 섭섭했다는 기색을 보이지 않았고, 이희호 여사는 대북 송금 특검에 대한 비판을 해준 것에 고맙다는 뜻을 표했다. 그와 관련해서 내가 썼던 글들이 크게 위로와 격려가 되었다는 요지였다. 나는 그걸 이 두 분이 다 챙겨서 읽었다는 사실에 놀랐고, 자신의 햇볕정책에 대한 자부심과 그것이 상처가 난 현실에 얼마나 괴로워했는가를 느낄 수 있었다.

돌아보면······

김대중 대통령 살아생전 이건 아니지 않느냐고 할 말도 많았고, 대들 일도 적지 않았고 정색을 하고 가로막고 나서고 싶은 일도 없는 것이 아니었다. 하지만 지나고 보니 그만 한 대통령이 있겠나 싶은 생각이 더욱 깊어진다. 돌아보면, 나는 애초엔 유학으로 떠났지만 미국에서 관여했던 민주화-통일 운동으로 말미암아 국가보안법 처벌 대상으로 찍혀 17년간 돌아오지 못했던 신세였다가 김대중 정부가 들어서면서 귀국의 감격을 맛보았다. 김대중 시대의 은덕을 입은 셈이었다.

김성재 김대중 도서관 관장의 말에 나는 아무런 토를 달지 않고 동의한다. 우리는 아직도 김대중의 진가를 잘 모른다고.

개인적으로 보자면 벌써 20년이 넘는 오래전 세상을 뜬 바로 밑 아우의 장례식에 성의를 다해 참석해준 그를 생각하면 그의 정치 노선이나 정책에 대해 뭐라 이야기를 비판적으로 꺼낼 처지는 아니었다. 하지만 생각이 다르고 시선이 차이가 나는데 그대로 침묵하고 있기는 힘들었다. 다만 남북 관계에 있어서만큼은 완벽한 지지를 표했다.

그런데 세월이 흐르고 그가 이미 고인이 된 현실에서 생각은 참 많이 달라진다. 그는 어느 모로 보나 용감하고 진지했으며 견고한 믿음을 가지고 이 나라의 위기를 온몸으로 겪고 돌파해낸 지도자였다. 대통령 자리에 물러나서도 이 나라의 현실에 책임감을 느끼고 주저함 없이 발언했다. 안락한 노후와 말년의 안식을 누려도 되었던 그는 정의롭지 못한 현실에서 결코 침묵하지 않았다. 그래서 참으로 존경스럽다.

인간이 진정으로 타자에게 이해된다는 것이 얼마나 어려운가? 우리의 현대사에서 김대중만큼 오해와 모략으로 오랫동안 상처받은 정치 지도자가 있을까? 그래도 그에 굴하지 않고 자신의 임무를 최선을 다해 마친 그는 훌륭하다. 이런 이야기가 나오는 것이 다름 아닌 그가 역사와 국민을 굳게 믿은 대가일 것이다.

저 혹독한 시절의 '망명의 계곡'에서 우리는 '김대중'이라는 역사의 희망을 얻었다. 이건 이제 결코 사라지지 않을 우리 모두의 영원히 빛나는 자산이다. 김대중은 우리 현대사의 감격 그 자체이다. 그 감격은 언제나 우리에게 현실을 이기는 능력이 된다.

"DJ는 국가 지도자라기보다는 정치 지도자였던 편"

윤여준 한국지방발전연구원 이사장

"한나라당 국회의원 하면서 김대중 정부와 하도 싸워서 좋은 기억이 별로 없네요."

"전 DJ를 스테이츠맨(Statesman)이기보다는 폴리티션(Politician)으로 봅니다."

'보수의 브레인'으로 불리는 윤여준 한국지방발전연구원 이사장의 이 두 마디가 어쩌면 보수파의 김대중에 대한 시각을 단적으로 보여 주는 것인지도 모르겠다.

김대중 정부 당시 한나라당 국회의원이자 이회창 총재의 측근이었던 윤 이사장은 당시 김대중 정부의 야당 탄압이 이전 독재 정권과 별반 차이가 없었다고 증언한다. 그러면서 대통령이 되기 이전 DJ가 한국 민주화에 기여한 것은 사실이지만, 그의 대통령 취임 이후 한국의 민주화는 지체됐다고 주장한다. 적어도 민주화의 화신이라고 얘기되던 김대중이 이끄는 정부라면 야당에 대해 그런 식으로 접근해선 안 됐다는 게 그의 지적이다. 진보 개혁파를 자처하는 이들로선 의외의 평가이자 선뜻 받아들이기 어려운 지적일 수 있다. 하지만 김대중 집권 당시 야당의 입장에 섰던 윤여준 이사장의 평가는 야박할 정도로 짜다.

윤 이사장이 민주화의 지체를 주장하는 이유는 또 하나 있다. IMF 위기 이후 사회 경제적 민주화를 통해 한국 사회의 새 판을 짤 수 있는 기회를 놓쳐 버렸다는 것이다. 취임 초기 DJ가 '민주주의와 시장경제의 병행 발전'을 얘기한 데 대해 그는 경제 민주화를 통해 민주주의를 심화시키겠다는 뜻으로 받아들였다면서 '과연 DJ로구나' 감탄했다고 한다. DJ가 IMF 위기를 한국 사회 재구조화의 계기로 삼을 것으로 기대했다는 것이다. 그러나 지나고 보니 DJ가 이 문제에 대해 과연 제대로 고민이나 했는지 의심스럽다고 그는 말한다. 한마디로 김대중 정부에서 한국 민주주의가 발전했다고 보기는 어렵다는 게 그의 평가인 듯했다.

DJ를 경세가(Statesman)로 볼 것인지 정치인(Politician)으로 볼 것인지의 문제는 다분히 주관적 평가의 영역에 속한다고 할 수 있다. "DJ가 남북화해에 앞장선 것은 경세가다운 모습 아니냐"는 질문에 대해 윤 이사장은 "총선 사흘 전에 남북정상회담 사실을 발표한 것은 정치꾼다운 태도"라고 대답했다. 'DJ는 못 믿을 사람'이라는 보수파 일반의 회의적 태도는 바로 이런 인식에 바탕 한 것은 아닐까.

윤 이사장은 김대중 대통령의 업적으로 남북 관계 개선과 사회 안전망 마련을 꼽으면서도 그의 정략적 자세로 인해 남북 관계 개선이라는 성과의 빛이 바랬다고 평가했다. 반북적 태도로 일관했던 보수 세력과 어떻게 타협이나 합의가 가능했겠느냐는 진보 개혁파의 입장과는 사뭇 결이 다른 주장이다.

한편 그는 박정희 이후 역대 대통령들이 자신이 새 시대를 여는 창시자가 되겠다는 이른바 '국부(國父) 신드롬' 때문에 이전 행정부의 행적을 모두 지워버리려는 경향이 있었다면서, 앞으로는 전임 행정부에 대한 객관적 평가의 바탕 위에서 이어받을 것은 이어받고, 극복할 것은 극복해야 보다 견실한 민주주의 발전을 기대할 수 있을 것이라고 지적했다.

다음은 지난 14일 서울 마포구 한국지방발전연구원에서 행한 인터뷰 전문이다. 인터뷰 진행은 박인규 프레시안 대표가 맡았다. 〈기획자〉

DJ에 대한 기억

프레시안 : 김대중 전 대통령에 대한 기억이 많을 것 같다.

윤여준 : 저는 김대중 전 대통령을 지지했던 사람은 아니다. 사물이건, 사람이건 객관적으로 봐야 한다는 생각을 갖고 있었지만, 한나라당 국회의원(16대, 2000~2004년)으로 활동하는 동안에 김대중 정부와 하도 싸워서 좋은 기억도 별로 없다.(웃음)

1998년 2월에 DJ가 대통령으로 취임했고, 그해 8월 말 한나라당 임시 전당대회에서 이회창 대표(현 자유선진당 대표)가 총재가 됐다. 김대중 정부 출범 6개월 만에 강력한 야당 지도자가 등장한 것이다. 그때 벌어진 일이 이른바 '세풍(97년 대선 당시 국세청 직원의 불법 선거 자금 모금 사건)', '총풍(97년 대선 당시 한나라당이 북한에 '무력시위'를 요청했다는 사건)'이다. 그리고 2000년 총선에서 DJ가 졌다. 어쨌든 저는 DJ와 치열한 싸움이 계속되는 2001년경까지 이 총재를 가장 가까이에서 보좌했던 사람이니까, 유쾌하지 않은 일이 많죠.(웃음)

프레시안 : 당시 야당의 입장에서는 김대중 정부의 야당 탄압이 혹독했다는 얘기인가.

윤여준 : 그때 DJ가 그야말로 혹독하게 탄압을 하니까 이 총재가 저에게 그런 말도 하더라.

"아니, DJ는 나와 한번 겨뤄서 자기가 이겼지 않나. 그래서 대통령 됐고, 재선을 할 것도 아니고 단임인데, 야당을 했던 사람이 어떻게 이렇게 야당을 못살게 구나. 왜 그러나"

그래서 저도 사실 잘 모르겠는데, 논리적으로 추리한다면 두 가지 중 하나일 수 있겠다. 하나는 DJ가 퇴임한 후에 이회창 야당 총재가 대통령이 되는 것은 곤란하다. 그러니 지금부터 그 싹을 잘라야겠다. 또 하나는 DJ가 아니라 포스트 DJ를 노리는 여당 내 실력자들이 DJ의 힘과 권위를 빌려서 이 총재를 죽이려고 하는 것일 수 있다. DJ 의지가 아니고. 저는 둘 중에 어느 것인지는 잘 모르겠다고 (이 총재에게) 말씀 드린 적이 있다.

프레시안 : '야당 죽이기'가 '세풍', '총풍'이라는 형태로 나타났다는 말인가? 구체적으로 어떤 '탄압'을 했나?

윤여준 : '세풍', '총풍'도 그렇지만, 아주 혹독하게 했다. 야당에게, 그리고 이 총재라든지, 이 총재 주변 사람들에게 그랬다.

프레시안 : 조금 더 구체적으로 말한다면?

윤여준 : 심지어는 저런 것까지 했다. 김대업(2002년 대선 당시 이회창 후보 아들들의 병역 비리 의혹을 제기한 인물)이니 하는 사람을 내세워 허위 사실을 막 만들어서 발표하고 그랬지 않나. 특히 설훈 의원의 '20만 불 수수' 같은 허위 사실 발표는 청와대 비서관이 개입됐다는 사실이 재판 과정에서 드러나기도 했다. '민주화의 화신'이라는 분이 대통령으로 재임하는 중에 그런 일이 나타난다는 게 상식적으로 납득이 되나.

프레시안 : 정당하지 못한 방식으로 야당을 괴롭혔다?

윤여준 : 그렇다고 본다. 물론 저쪽(동교동계 등 민주당 전신)은 그렇게 말한다. "너희가 과거 야당을 탄압할 때는 더 심하게 했다." 이렇게 얘기하는 사람도 있었다. 그러나 '내가 과거 집권 세력으로부터 더 모진 탄압을 받았으니, 우리도 너희를 탄압한들 어떠랴.' 이렇게 생각하는 것은 말이 안 된다. 그렇다면 민주주의 얘기를 말아야지.

DJ가 성취한 업적, 그리고 한계

프레시안 : 많은 사람들이 첫 번째 수평적 정권 교체를 들어 민주화를 DJ의 주요 업적으로 꼽는데, 당시 야당의 입장에서는 받아들이기가 어려운 모양이다.

윤여준 : 수평적 정권 교체, 그것 자체는 대단히 의미가 크다. 그러나 다른 사람이면 몰라도, 독재 정권 아래에서 생명의 위협을 느끼고 또 극복하면서 민주화운동에 헌신했던 사람이 대통령이 됐는데, 야, 어떻게 야당을 이렇게까지 (탄압을) 할 수 있나. 정말 납득이 안 가는 일이었다. 제가 그 외중에 있어서 그런지 모르겠지만, 지금 기록을 놓고 봐도 그 당시 김대중 정부의 야당 탄압은 이해하기 어렵다. 얘기가 다른 곳으로 새 버렸다(웃음).

프레시안 : 해방 후 이명박 대통령까지 열 분의 대통령이 있었다. 물론 정치적 입장에 따라 호오가 갈리겠지만, 각 대통령의 성과와 한계에 대한 최소한의 사회적 합의도 없는 것 같다. 그래서 초보적이나마 역대 정치 지도자의 공과에 대한 정리를 해보자는 생각에서 이런 기획을 했다.

윤여준 : 기획 자체는 의미 있는 기획이라고 생각한다.

프레시안 : 약간 거친 질문이지만 대통령 DJ의 성취와 한계는 무엇인가?

윤여준 : 성취와 한계는 물론 따로 얘기해야겠지만, 한마디로 DJ에 대해 가지고 있는 제 인식이랄까, 이미지는 이런 것이다. 영어를 써서 미안한데 보통 '스테이츠맨(Statesman, 정파를 뛰어넘어 국가의 미래를 고민하는 경세가)'과 '폴리티션(Politician, 정파의 파벌적 이익을 우선하는 정치인)'을 구분하지 않나. 즉 저는 DJ는 국가 지도자라기보다는 정치 지도자였던 편이라고 생각하는 사람이다. 총평하자면 그렇다.

프레시안 : 성취를 먼저 말해보자.

윤여준 : 성취라면, 한나라당 국회의원 할 때도 그런 얘기를 했는데, 남북의 화해다. 수십 년간 대결 구도로 이어져온 남북 관계를 화해협력의 구도로 바꾼 전환점을 마련한 것은 분명 업적이다.

그리고 IMF 위기 이후에 사회 안전망을 만든 것도 업적으로 볼 수 있겠다. 당시 IMF의 신자유주의적 요구들을 수용할 수밖에 없었으므로 이 때문에 생존경쟁에서 탈락하는 사람들을 위해 기초생활보장제도를 만들었다. 제도를 급히 만드느라 미비점이 많아서 운영상의 문제점은 많이 생겼으나 어찌 됐든 이것을 빨리 만들 생각을 한 것은 DJ의 식견이다.

그래서 저는 늘 이 두 가지를 DJ의 업적이라고 평가를 했었다. 남북화해는 결국 심각한 남남 갈등을 일으키면서 많이 퇴색하긴 했지만 어찌됐든 그런 전기를 만들었다는 것은 업적이 될 것이다.

프레시안 : 어떤 것이 그의 한계였나?

윤여준 : 야당 지도자로서 민주화에 기여한 점은 높이 평가해야 마땅하나 한계는 그가 대통령이 되고 나서 한국 민주주의의 심화 발전에 기여하지 못했다는 것이다. 한국의 민주화를 위해 일생을 헌신해온 민주화의 상징이자 화신으로 평가받은 그가 대통령으로 취임한 후에 민주주의가 어떻게 됐나. 저는 오히려 지체됐다고 본다.

그다음 IMF 위기를 한국 사회 재구조화의 계기로 삼을 것으로 기대했는데 그렇지가 못했다는 것이다. IMF 위기라는 것이 왜 왔나. 흔히들 유동성의 위기라고 하지만, 사실은 한국 사회가 산업화를 거쳐 오면서 그동안 누적된 총체적인 모순이 드러났다는 견해가 많았다. 그렇게 보면 IMF 위기는 한국 사회를 재구조화 할 수 있는 굉장히 좋은 기회라고 볼 수 있지 않았겠나. 물론 쉽진 않은 일이고, 또 DJ가 5년 동안 할 수 있는 일도 아니었다.

그러나 DJ가 IMF 위기 극복 과정을 관리하면서 이것이 한국 사회를 총체적으로 바꿀 수 있는 절호의 기회라는 문제의식을 가졌는가, 여기에 대해 저는 의심스럽다. 고도성장에 매진했던 권위주의 시절을 겪으면서 생긴 문제들, 권력 남용과 부패 같은 것을 바로 잡고 소외되거나 배제되었던 영역을 체제 내로 끌어들여 국민의 폭넓은 참여와 합의를 바탕으로 사회적·경제적 개혁을 했어야 했다. 저는 DJ가 강조했던 '준비된 대통령'이라는 말을 그렇게 받아들이고 큰 기대를 가졌었다. DJ가 그렇게 했더라면 한국의 보수 세력이 자기 성찰과 혁신을 통해 건강한 모습으로 거듭 태어나는 계기가 됐을 것 아닌가? 이 점을 생각하면 두고두고 아쉽다. 1만 권의 책을 가진 지식인인 DJ가 대통령이 됐는데, 참 이런 것은 아쉽다, 한계다, 저는 평소에 그렇게 생각하고 있었다. 너무 좀 거시적인 얘기인지는 모르겠지만.

프레시안 : DJ를 지지하는 사람들 입장에서는 김대중 정부에서 민주주의가 지체됐다는 지적은 받아들이기가 어려울 것 같은데.

윤여준 : 제가 말하는 것은 정치적 민주주의보다는 일종의 사회 경제적 민주주의에 관한 것이다. 물론 정치적 민주주의의 경우에도 집권하고 나서 그가 보여준 여러 가지 정치적 태도를 보면, 지역주의를 지속시켰다든지, 권위주의적 통치 방식을 보였다든지, 또는 의회, 정당, 언론을 대하는 태도가 민주적이지 않았다든지, 많이 있다.

그것도 그것이지만, 더 중요한 것은 이런 것이다. 기억하실지 모르겠지만, DJ가 취임 직후 국정 지표를 발표하면서 '민주주의와 시장경제의 병행 발전'을 얘기했었다. 그것을 보고 저는 깜짝 놀랐다. '역시 DJ는 다르구나' 하는 생각이 들었다.

나는 이렇게 해석했다. 우리가 정치적 기본권이 보장되지 않은 시대를 오랫동안 살아왔으니까 민주주의를 정치적 민주주의로 봤고 이게 시급하다고 봐 왔다. 이른바 '절차적 민주주의'다. 그런데 수평적 정권 교체가 일어나 절차적 민주주의는 어느 정도 확보가 됐다. 그런데 정치적 민주주의, 즉 절차적 민주주의를 자연스럽게 발전시키면서 이것을 경제적 민주주의로 확산을 시켜야만 민주주의가 심화하는 것이다.

즉 민주주의와 시장경제는, 표현을 바꿨을 뿐이지 일종의 경제적 민주주의를 의미하는 것으로 해석했다. 즉, DJ는 일찍이 '대중경제'를 제창한 적도 있었는데, '정치적 민주주의가 사회경제적 민주주의로 옮겨 가야만 온전한 민주주의가 된다, 성숙한다'는 것을 DJ는 알고 있구나. 그러나 그렇게 내걸었다가는 기득권 세력의 상당한 반발이 있을 것이 걱정되니까, 표현을 조금 바꿨던 것 아닌가, 이렇게 받아들였다.

당시 한나라당의 많은 분들이 그것을 몰랐다. 민주주의와 시장경제의 병행 발전, 이게 도대체 뭐냐. '민주주의와 시장경제, 둘이 같은 것 아니냐'고 하는 사람까지도 있었다. 그러나 저는 그때 DJ가 탁월한 식견을 보인 것이라고 봤다. 정말 바람직한 문제의식이다. DJ는 참 합리적이다. 이런 생각을 했다.

그러나 어려움도 많았겠지만 어찌됐든 자기가 내걸은 민주주의와 시장경제의 병행 발전에 대해 얼마나 진지하게 고민하고 노력했는가. 여기에 대해서는 저는 별로 평가하지 않는 편이다.

프레시안 : IMF위기를 계기로 우리 사회 구조를 제대로 뜯어고칠 수 있는 절호의 기회를 지나쳤다는 비판으로 들리는데.

윤여준 : 그렇다.

프레시안 : 실제로 그 당시 많은 분들이 "차제에 한국 사회의 구조를 제대로 고쳐보자"고 말했던 것으로 기억한다. 그런데 실제로는 잘 안됐고 오히려 사회 양극화가 심화, 악화되고 있다. 진보 쪽에서는 DJ가 신자유주의에 굴복해 사회 양극화를 심화시켰다고 비판하고 있다. IMF 위기를 전화위복의 계기로 만들어내지 못한 것은 무엇 때문인가? DJ 개인의 잘못일까, 아니면 관료, 정치권 등 우리 사회 전체의 역량 부족 때문인가?

윤여준 : 원인을 따지자면 여러 가지가 있겠지만, 그것은 절대 쉬운 과제가 아니다. 한 사회를 재구조화한다는 것은 굉장히 힘든 일이다. 아주 정확한 문제의식만이 아니라 그 프로그램을 다 갖고 있어도 현실적으로 완강한 저항이 있을 수밖에 없기 때문에 쉽지 않은 것이다. 평상시에는 엄두를 못 내는 것인데, IMF 위기가 왔으니까, 그런 기회를 찾을 수 있지 않았을까 하는 생각 때문에 아쉽다는 것이다.

DJ가 시도를 했다 하더라도, 저항을 물리치고 5년 만에 완성할 수도 없는 일이었다. 다만 제가 하고 싶은 말은, DJ 정도의 식견이 있는, 1만 권의 장서를 가진 지식인이라면 그런 문제의식이 있었어야 하고, 그런 문제의식 속에 뭔가 시도를 했어야 했는데 그게 안 보인 것이다. 그게 쉽다는 뜻은 아니고 기대가 컸던 만큼 아쉬움도 크다는 것이다.

DJ, 그리고 YS, MB

프레시안 : 아마 DJ를 지지하는 사람들 입장에서는 이런 반론이 나올 수도 있을 것 같다. DJ가 민주화를 지체시켰다면 YS는 어땠나? YS도 민주화 이후에 민주주의 발전에 기여한 것은 없지 않은가? 3당 합당에 응한 YS보다는 자기 원칙을 지킨 DJ가 그래도 민주화에 기여한 것으로 봐야 하지 않은가.

윤여준 : 관점에 따라 여러 얘기가 나올 수 있을 텐데, 김영삼 전 대통령은 DJ와 집권한 과정이 전혀 다르다. 그분도 취임하고 나서 한국 민주주의를 어떻게 해야 심화 발전시키느냐, 하는 체계적인 문제의식은 약했던 것으로

보이지만, 한국 사회를 민주화시키겠다는 일념으로 노력한 것은 사실이다. 하나회를 청산했다든지, 금융실명제를 시행했다든지. 그것은 빼놓을 수 없는 것이다.

프레시안 : 이명박 정부 이후 요즘 '민주주의 후퇴' 얘기가 많이 나온다. 요즘 상황은 민주화의 지체가 아니라 후퇴요 역전이라고 말하는 사람들도 많다. 현 정부와 비교하면 그래도 김대중 정부 때의 민주주의가 나았다는 지적이 나올 수도 있겠다.

윤여준 : 이명박 정부 들어서서 (민주주의가) 후퇴했다. 저는 동의한다. 동의 안 할 도리가 있나. 우리 눈에 보이는 현실이다. MB도 무능한 사람이 아니다. 젊었을 시절 한국 사회의 신화적인 존재 아닌가. 대통령이 되고 나서 재임 중에 나라를 발전시키고, 역사에 남고 싶은 생각이 왜 없겠나. 밤잠 안 자고 노력하는 게 사실이다. 그런데 뭐가 문제냐. 이게 바로 CEO 리더십의 한계라는 것이다. MB가 지금 비판 받고 있는 게 뭐냐. 우리가 그나마 확보했던 절차적 민주주의마저도 후퇴한다, 그런 것 아닌가.

그다음에 경제 대통령이 되겠다고 했고 경제 위기를 가장 빨리 극복한 나라라고 자랑은 하지만 사실 지금 와서 경제 성적표를 보자. 취임하면서 소위 '적하 효과' 이론 트리클다운 이론을 갖고 대기업 부자의 돈이 넘쳐야 서민에게 간다고 해서 비즈니스 프렌들리를 내놓고 시작했던 것 아닌가. 그래서 대기업 위주로 (정책을) 해 왔는데, 서민이 대기업과 부자들의 돈이 흘러넘쳐 자기들에게 오기를 기다렸는데, 안 왔다. 민생과 완전히 격리된 상태로 대기업만 계속 커지지 않았나. 서민들에게 온 것은 뭐냐. 가계 부채, 전월세 대란, 물가 폭등, 이런 것이다.

프레시안 : 이 대통령의 리더십을 어떻게 평가하나?

윤여준 : 이명박 대통령이 애를 썼지만, 정치적으로도 소위 민주주의의 정치 과정, 공론화 과정이라는 것을 번번이 생략하고 자기 결정으로 밀어붙이는 식으로 갔기 때문에 완전히 과거 권위주의 방식의 리더십이라는 평가를 받는 것 아닌가. 그게 바로 CEO 리더십이다. CEO는 임원들과 결정을 하고 나면 사원들의 동의를 받을 필요가 없다. 성과로 말하면 되는 것이니까. 반면 정치 지도자의 리더십은 여러 세력의 이해 갈등을 조정하고 국민들의 동의를 구하는 것이 핵심이다. CEO 리더십과 정치 지도자의 리더십은 전혀 다르다. 그런데 이 대통령은 기업과 국가를 전혀 구분하지 못한다. 국가라는 게 뭔지에 대한 기본 인식이 잘 안 돼 있다는 것이다.

이 대통령이 '나는 대한민국이라는 기업의 CEO'라고 한 적이 있다. 저는 아주 경악을 했다. 대통령이 국가와 기업의 차이를 모른다는 것 아닌가. 아마 조금만 더 있으면 경제 대통령이라는 소리 하기도 어려울 것이라고 본다. 그래도 우리가 김대중, 노무현 두 정부를 10년 동안 거쳤다. 그동안 시대는 많이 변했고 국민 의식도 많이 변했다. 지금 나오는 얘기가 뭔가, 우리가 근대로부터 탈근대로, 그리고 지금 탈탈근대까지 나오지 않나. 비동시성의 동시성을 얘기하는 마당인데, 그 흐름을 완전히 무시하고 다시 옛날로 돌아가는 식의 리더십을 보이는 것, 그러니 갈등이 안 생길 수가 없는 것 아니겠나.

프레시안 : 그간 조금씩 화해 무드로 진전돼 왔던 남북 관계도 후퇴했다는 비판이 나온다.

윤여준 : 이명박 대통령은 취임하고 난 뒤에 대북 제재와 압박으로 일관해왔다. 한미가 함께 경제적 압박 등을 하면 북한이 굴복할 것이라고 확신을 했을 것이다. 그렇지 않고서야 그렇게(제제와 압박 기조 유지) 했을 리가 없다. 그런데 중간 결산해보면 어떤가. 북한은 굴복하지도 않고 체제가 붕괴되지도 않았으며 결과적으로 핵 능력만 키워주고, 핵 운반 수단을 개발하는 시간만 줬다.

그리고 중국이 2009년 가을에 대한반도 정책을 근본적으로 바꿨다. 북핵 폐기보다는 북한 정권의 안정이 우선이라는 게 골자다. 중국이 미국과 한국, 기타 다른 나라와 손을 잡고 북한 핵 폐기를 노력을 해왔는데, 하다 보니 북한 정권이 흔들리는 사태가 왔다. 그러자 '중국의 안보에는 북한의 핵 폐기보다 한반도의 안정이 중요하다'고 했다. 한반도의 안정이라는 것은 북한 정권의 안정이다, 그렇게 공개적으로 선언을 했다. 그렇다면 금방 알아차렸어야 했다. 아무리 한미가 손을 잡고 압박을 해도 중국이 저렇게 정책을 바꾸면 북한도 바뀌지 않는다. 그렇게 알았어야 하는데, 계속 제재와 압박으로만 일관되게 갔지 않나. 그러니 지금 와서 얻은 것은 아무것도 없다.

프레시안 : 미국의 대북 정책도 일관성은 모르겠지만 어떤 '전략'이 잘 보이지 않는다는 비판도 있다.

윤여준 : 제가 듣기로 오바마 참모들의 말에 의하면 오바마가 워낙 국내 문제로 심각했지 않나. 의료 개혁으로 정신이 없었고, 대외 문제도 이란, 아프가니스탄, 팔레스타인, 이런 문제로 정신이 없어서 오바마 책상 위에 한반도 문제가 올라갈 수가 없었다는 것 아닌가. 그래서 뭐냐. 고상한 무시, 전략적 인내, 이런 말로 포장하면서 그냥저냥 왔던 것 아닌가. 특별한 의지가 있었던 것은 아닌 것이다. 민족 문제는, 한국이 잘 주도해서 미국을 설득해 보조를 맞춰 뭔가 풀어 갔어야 하는데, 지금 미·중 간에는 서로 협의해서 6자회담으로 가려고 노골적으로 보이고 있다. 미국은 한국의 입장을 존중해야 하니까, 한국 정부가 남북 대화를 해서 분위기도 만들고 명분도 만들어 주기를 바라는데, 한국 정부는 계속 천안함과 연평도 사태에 대한 적절한 조치를 안 한다고 그러는 것 같다.

그런데 한때는 그게 대화의 전제 조건이 아니라고 그러더니 또다시 강경으로 돌아갔다. 어디까지 갈지는 모르겠다. 그러나 미·중은 가능한 한국 정부가 돌아서길 기다리겠지만, 끝내 한국 정부가 그것(강경책)을 고집할 경우 그들이 언제까지 기다릴 수 있을까? 그들은 계속 움직일 것이다. MB정부도 오래 가지 않고 대북 정책을 선회했어야 했는데, 쉽게 선회하기 어려울 만큼 너무 멀리 나갔다.

프레시안 : 'CEO 리더십' 얘기가 나왔는데, 역대 한국 대통령에 대해서는 '제왕적 리더십'이라는 비판이 있다. 또 앞선 사람의 것 중 좋은 것은 계승하고 나쁜 것은 극복해야 하는데 우리는 그렇지가 않은 것 같다. 말하자면 계승과 극복의 전통이 확립되지 않은 것 같다. 이런 것을 한국 정치 체제의

취약성이라고 해야 할지, 어떻게 설명할 수 있을까?

윤여준 : 우리는 대통령이 (새로) 들어서면 꼭 (과거 정부를) 지우려고 하는 경향이 있다.

프레시안 : 일종의 '청산주의' 같은 게 있는 것 같다.

윤여준 : 우리만 그런 게 아니고 미국에도 ABC(Anything But Clinton, 클린턴이 한 것만 빼고 다 한다) 이런 농담까지 있지 않나. 그렇게 깊이 생각한 것은 아니지만 저는 이렇게 표현한다. '국부(國父) 신드롬' 때문이 아닐까. 즉, 나라의 아버지, '파운더(Founder, 설립자, 창시자)'라는 것에 집착하는 것이다. 뭐냐면 들어선 대통령마다 자기가 새 시대를 여는 창업자랄까, '파운더'로 자기를 자리매김하려고 하는 것 같다. 전임자까지는 구시대고 내가 새 시대를 여는 창시자다. 혹은 창시자가 돼야 한다. 그런 생각이 강한 것 아닌가. 그래서 자꾸 전임자의 좋은 것은 계승할 생각을 안 하고 다 지워가는 것이다.

이명박 대통령이 인수위를 구성하고 나서 하는 것을 보고 굉장히 실망했었다. 이명박 대통령이 후보 시절 지난 10년을 '잃어버린 10년'이라고 규정했다. 그렇다면 인수위를 구성해서 5년, 혹은 10년의 국정을 전체적인 분야별로 리뷰를 했어야 했다. 그렇게 해서 어째서 잃어버린 10년인지를 국민들에게 구체적으로 설명하고 동의를 구했어야 했다. 그리고 '잃어버린 10년'이었지만 이런 잘된 점도 있었기 때문에 이것은 계승하고 이런 잘못된 점은 바꾼다고 했어야 했다. 이것이 인수위가 할 일이다. 그런 것을 전혀 안하는 것을 보고 저는 실망을 했다.

국부 신드롬을 얘기했지만, 박정희 콤플렉스라고도 얘기할 수 있다. 그런데 박 전 대통령은 18년을 재임했다. 5년 단임 대통령이 무슨 수로 18년 재임이 이룬 업적을 흉내 낼 수 있나. 그 욕심을 버려야 하는데, 자꾸 그런 것을 의식하는 것 아닌가, 하는 생각을 했다. 대개 대통령이 임기 말이 되면 측근의 비리가 터지고 국정 실패가 있어서 민심이 극도로 이반하는 일들이 번번이 생겼다. DJ 때도 그랬고, 노무현 정부 때도 그랬다. 그래서 '묻지 마' 투표로 이어지지 않나. 그래서 묻지 마 투표로 당선된 사람이 전임자 계승할 생각을 안 하는 것 같다. 그런 생각도 든다.

프레시안 : '국부 신드롬', '박정희 콤플렉스', 적확한 해석인 것 같다. 노무현 전 대통령의 경우 자신은 '구시대의 막내'라고 했었는데 지금 같은 한국 사회에서 대통령에게 '국부 신드롬'이 있으면 곤란할 것 같다.

윤여준 : 있으면 안 된다. 국민들도 이제 겪어 볼 만큼 겪어봤다. 보수 권력도 오래 겪어 봤고, 진보 권력도 10년 겪어 봤고, 다시 또 보수로 돌아간 것도 겪어 봤다. 그래서 이제는 국민들도 옛날 방식을 좋아하지 않을 때가 됐다. 그래서 지식인들은 국민들에게 평상시에 그런 것을(국부 신드롬으로 가면 안 된다고) 많이 호소할 필요가 있다. 국가를 맡은 사람이 어떻게 다 잘못할 수 있나. MB에 대한 비판이 많은데, MB가 10가지를 다 잘못했겠나. MB가 한 것 중에 잘됐다고 생각하는 것은 계승도 해야 전통이 생기고 축적이 생긴다.

'정치인' DJ의 궤적에 대해

프레시안: 이른바 진보 개혁 진영에서는 87년 대선 당시 후보 단일화 실패와 관련해 DJ를 가장 크게 비난한다. DJ 측은 '왜 우리만 비난 받느냐'고 반박하기도 한다. YS 측에도 책임이 있지 않느냐는 얘기다. 시간이 상당히 흐른 뒤지만, 어떻게 보나?

윤여준 : 그때 내가 청와대에 있었다. 비서관 할 때였는데, 기억이 난다. YS, DJ 두 분이 갈라선 것을 놓고 전적으로 어느 한쪽의 잘못이라고 하기는 어려울 것이다. 양쪽에 다 책임이 있을 것이다. 그런데 당시 김대중 전 대통령이 4자 구도 필승론(김대중, 김영삼, 김종필, 노태우 4명의 후보가 모두 나서면 호남의 확실한 고정표가 있는 자신이 이긴다는)을 만들어서 그것을 명분으로 나가서 당을 새로 만들었다. 그래서 어느 쪽에 책임이 더 있느냐고 굳이 따진다면, 저는 DJ가 책임이 더 있다는 평가를 면하지 못할 것이라고 본다. 4자 구도 필승론으로 자신이 이긴다고 주장했지 않나. 그런데 그게 사실이 아니었다. 결국 DJ에게 책임이 더 무겁다고 사람들이 생각해도 어쩔 수 없는 것 아닌가 한다.

프레시안 : DJ를 옹호하는 사람들 측에서는 박정희 정부, 전두환 정부 등 군사독재 정권 측의 조직적인 비난 공작 때문에 DJ의 이미지가 국민들에게 나쁘게 각인됐다. DJ는 그런 '이미지 공작'의 희생양이었다, 하는 식의 얘기를 많이 한다.

윤여준 : 그런 측면이 있다. 10·26(박정희 전 대통령 시해) 이후는 물론이고 박정희 전 대통령 집권 때도 얼마나 많은 고초를 겪었나. 납치도 되고 죽다 살아나기도 했지 않나. 그리고 10·26 이후에 다시 군부가 정치 일선에 나섰다. 그분들은 DJ에 대해서 상당히 공포심 같은 게 있더라.

프레시안 : 이른바 '빨갱이'로 보는 것인가?

윤여준 : 그런 차원보다도, 정치인으로서 강고한 호남 지역 기반이 있고, 호남 사람들에게는 신앙의 대상으로 영향력이 매우 컸다는 것, 그래서 지역 감정의 폭발 가능성 때문에 DJ에 대해서는 굉장히 공포감이 있었다.

반면 YS에 대해서는 실체보다 굉장히 무시하는 태도가 있었다. 3당 합당할 때 제가 청와대 정무비서관이었다. 합당 작업을 했는데, 그때 노태우 전 대통령 주변 참모들이 "YS는 야당 할 때나 YS지, 여당으로 오면 딱 석 달 안에 정치적으로 완전히 죽일 수 있다"는 자신감이 있었다. 그때 내가 당시 정무수석에게 "나는 출입 기자로 YS, DJ를 겪어 본 사람이다. 그런데 당신들은 겪어 본 적이 없다. 내가 보기에 정말 경계해야 할 사람은 YS다. 왜냐하면 YS는 특유의 승부사 기질이 있어서 한 번에 판돈을 다 건다. 이른바 '올 오어 나씽(All Or Nothing)'이다. 이 사람은 일을 저지르는 타입이다. 그런데 DJ는 매우 신중한 사람이고 안전 위주로 게임을 하는 사람이라서 노름을 할 때 판돈을 여러 곳에 나누어 거는 사람이다. 여기에서 잃으면 다른 곳에서 따서 보충하는, 안전하고 신중한 그런 사람이라서 DJ는 막상 큰일을 못 저지른다"고 했다.

그런데 그 얘기를 안 듣더라. 나중에 YS가 3당 합당을 하고 나서 얼마나 세게 몸부림을 쳤나. (내각제 밀약이 폭로되고 나서) 당무 거부하고 마산 가고, 청와대가 난리가 나고, 그런 풍파가 여러 번 있었다. 그런 것을 이 사람들은 예상을 제대로 못했던 것이다. DJ는 어쨌든 (군부 출신 정치인들에게는) 워낙 두려운 존재였기 때문에 중상모략을 많이 받은 게 사실이다. 그래서 희생자인 측면이 있다. 또 하나 집중적인 권력의 타깃이 됐기 때문에 오히려 정치적으로 성장한 측면이 없지 않다. 양면이 다 있다고 본다. 마치 지역주의 희생자이면서 수혜자인 것처럼.

프레시안 : YS, DJ 두 분의 정치 스타일에는 어떤 차이가 있었나?

윤여준 : 인물 중심의 당 운영이라는 점에서는 똑같다. 각각 강고한 지역 기반을 기초로 했다. 우리나라 정당이 다 그렇지 않나. 정당이 만들어지고 후보나 총재가 등장하는 게 아니라 사람이 하나 있고 그 사람이 당을 만드는 형식이었다. 그래서 김영삼이나 김대중이나 정도의 차이는 있으나 당 운영 방식은 수직적이었다. 민주적인 방식은 아니다. 아무래도 '권위주의 권력의 탄압을 이겨내려면, 우리도 일사불란한 체제가 필요하다'는 명분도 있었다.

제가 출입 기자로서 겪어본 바에 의하면 상도동(김영삼)은 그래도 리버럴(자유주의적인)한 게 있었다. 그런데 동교동(김대중)은 선생님 말씀이 법이고, 선생님 말씀에 토를 달거나 하는 것도 용납이 안 되는 분위기였다. 제가 볼 때 두 분 다 태어난 세대, 성장한 세대가 전혀 민주적이지 않은 세대인 것이다. 그리고 정치 생활을 하면서도 명분이 어찌됐든 늘 비민주적인 방식으로

당을 운영하고 통제했다. 그러다 보니 민주주의 훈련을 할 겨를이 없었다.(웃음)

프레시안 : 여론조사 등을 통해 전직 대통령 평가를 해보면 부동의 1등이 박정희 전 대통령이고, 2등이 대개 김대중 전 대통령이다. 두 사람은 각각 우리나라의 산업화, 그리고 민주화를 상징한다. 정치 스타일로 비교한다면 두 사람을 어떻게 평가할 수 있을까?

윤여준 : 글쎄, 제가 볼 때는 두 분 다 권위주의적인 통치 스타일이었다는 공통점이 있고, 또 하나 두 분 다 만기친람(萬機親覽, 군주가 모든 정사를 다 살핌)형이다. 꼼꼼한 메모와 지식을 바탕으로 정국을 운영했다. 박정희 전 대통령도 꼼꼼하게 메모했던 분이다. DJ는 그보다 더 했다.

프레시안 : 당시 윤 이사장이 기자 생활을 할 때 겪었던 것을 토대로 한 평가인가?

윤여준 : 그렇다. 두 사람의 차이점이라면, 박정희 전 대통령은 정통성 부분에서 큰 결함이 있었지 않나. 대개 권력의 정통성은 도덕성과 효율성, 두 개의 기둥으로 이뤄진다고 보는데 도덕성 측면에서 결함이 많이 있었기 때문에 효율성, 즉 국정의 성과를 가지고 정통성을 보완하려는 그런 노력을 많이 했다. '조국 근대화'의 신념이 굉장히 강해서 국민의 호응을 얻어서 짧은 기간에 산업화를 한 것 아닌가. 그렇게 보면 DJ의 경우는 물론 본인의 정

치적 신념도 전혀 다르고 시대도 전혀 달랐다. 박정희 전 대통령은 빈곤으로부터 해방, 조국 근대화, 이런 게 워낙 절실한 과제였으니까, 정치적으로 문제가 있어도 눈감아 주고 호응을 했다.

그런데 김대중 대통령이 등장한 시기는 정권이 수평적으로 바뀌는 등 새로운 대한민국에 대한 새로운 동기부여가 필요한 상황이었다. 김대중 전 대통령은 뭐라고 해야 하나. 적당한 말을 찾기가 참 어려운데, 국가 지도자라기보다 정치 지도자의 성격이 더 강하지 않았느냐 생각한다. 어쨌든 김대중 전 대통령이 국가라는, 대한민국이라는 거대한 정치 공동체가 지향해야 할 가치가 뭔가 이런 쪽에 고심했다기보다, 아마도 자신이 가지고 있는 도덕적 권위를 너무 의식해서 그런 점도 있다고 보는데, 자신의 위상과 관련해서 인기를 의식했던 것 같다. 당시 저는 그렇게 느꼈다. DJ가 국정을 너무 정략적으로 접근한다. 이미 자기는 대한민국 국가의 대통령인데 왜 자꾸 정파적으로 접근하고 정략적으로 생각하나. 이게 DJ의 한계다. 그런 생각을 했다.

프레시안 : DJ가 남북 관계를 푼 것은 국가 지도자로서 평가받을 수 있는 부분이 아닐까?

윤여준 : 구상이나 취지는 누구도 흠잡을 수 없다고 생각한다. 그러나 현실성 여부도 그렇거니와 추진했던 방식을 생각해 보라. 남북정상회담을 한다는 발표를 총선 3일 전에 발표했다. 그런데, 누가 봐도 너무나 드러나게 된 정략적 목적 때문에 사실 선거에서 재미를 전혀 못 봤다. 실제로 패배하지 않았나.

그 후에 대북 정책을 추진하는 과정에서도 어쨌든 국론이 분열하면 안 된다고 본인도 얘기를 했었다. 민족 문제, 경제 문제 푸는 데 초당적 협력이 필요하다고 얘기를 했었다. 그러나 본인이 실천한 게 별로 없었다. 그러니 결국 여야가 정치적으로 격돌하는 상황이 계속 벌어지는데 어떻게 통일 문제, 대북 정책만 여야가 오순도순 얘기하는 상황이 생기겠나. 결국 국론이 둘로 쫙 갈라지는 바람에 통일에 대한 국민들의 열기가 많이 냉각이 됐다. 물론 북한이 변함없는 태도를 보였고, 핵실험을 해 그런 측면도 있지만, 결국 DJ의 남북화해 기여도가 퇴색한 것은 사실 아닌가.

프레시안 : 김대중 도서관 김성재 관장에게 "남북화해에 관한 남한 내 컨센서스를 이루지 못한 것은 미흡한 점 아닌가" 하고 질문을 했더니, 그쪽의 대답은 "아니 보수는 그야말로 대놓고 반북적인데 어떻게 설득을 할 수 있었겠는가"라는 취지로 반박을 하던데.

윤여준 : 저 (그 반박에) 수긍하지 않는다. 반북적인 태도가 문제라고 하면 국민을 설득하면 되지 않았을까. 그러고 나서 야당을 설득할 수 있지 않았겠나.

프레시안 : 결국 '남북 관계 개선의 공을 본인만 가지려고 했다'고 보는 것인가.

윤여준 : 글쎄, 노벨상 탄 것을 보고 사람들이 그렇게 생각하기도 하는 것

같은데, 저는 꼭 그렇게 생각하고 싶진 않다.

프레시안 : 김대중 전 대통령은 해방 후 처음으로 민주적 방식에 의한 정권 재창출에 성공했다. 이미 말한 대로 우리 정치가 제대로 발전하려면 계승과 극복의 전통이 만들어져야 하는데, 노무현 전 대통령이 과연 김대중 정부를 제대로 계승하고 극복했느냐, 여기에 대해 여러 말이 있다. 어떻게 보나?

윤여준 : 남북 관계 같은 경우는 노무현 전 대통령이 나름대로 계승하려고 노력한 게 사실 아닌가. 이런 것은 좀 있겠다. 노무현 전 대통령은 나름대로 정치적 이상주의자인 면이 있었다. 자기 꿈이 있었고, 그래서 늘 얘기한 게 권위주의 타파, 지역주의 극복, 이 얘기를 많이 했다. 저는 그 진정성은 인정한다. 방식이 서툴러서 그렇지 진정성은 있었다.

말하자면 DJ도 권위주의적 방식으로 통치한 것이 사실이니까, (노무현 전 대통령이) 권위주의를 타파하겠다는 모습을 보인 것으로 본다. 또 하나는 지역주의 극복을 내걸었다. 본인의 소신이었던 것 같은데, 그것을 극복하려다 보니 DJ를 지지했던 분, 호남 분들에게는 배신이라는 감정적인 반응을 불러일으킨 것이 아닌가 생각한다. (김대중 전 대통령도) 섭섭했을 것이다. (2002년 민주당 대통령 후보 지역 경선 당시) 노무현 후보에 대한 지지 바람이 광주에서부터 일어나기 시작했는데, 당시를 생각해보면 광주 분들이 (노무현 정부의 통치 스타일에 대해) 더 섭섭할 것 아닌가. 그래서 그렇게 (국정 운영이) 어려워지지 않았겠나. 꼭 DJ를 나쁘게 생각해서 DJ를 지워버리겠다는 생각으로 한 게 아니라, 자신의 정치적 이상, 정치적 신념을 실천하려고 하다 보니 그런 일이 벌어진 게 아닌가, 그렇게 생각한다.

프레시안 : DJ 측에서는 노무현 측이 정치적으로 미숙했다고 봤던 것 같고, 특히 노무현 정부의 대북 송금 특검에 대해서는 굉장히 유감스럽게 생각하는 것 같다.

윤여준 : 그쪽(DJ 쪽)에서는 당연히 그렇게 생각했을 것이다. 그러나 모르겠다. 당시 노무현 전 대통령 입장으로 돌아가 보면 그렇게 쉽게 생각하기는 어려운 상황이 있었을 것이다. 여론의 압력도 대단했지 않나.

DJ를 넘어서

프레시안 : 박정희에 대한 평가도 많이 엇갈리지만 김대중에 대해서는 더욱 엇갈리는 것 같다. 아직 우리는 역대 대통령에 대해서 사회적 합의가 가능한 평가를 내리지 못하고 있는 것 같다.

윤여준 : 사회적 합의라, 그것(대통령에 대한 평가)만 사회적 합의가 안 이뤄지는 게 아니다. 지금 우리가 겪고 있는 극심한 정치 사회적 갈등, 오죽하면 공동체가 해체되는 것 아니냐 하는 우려가 나올 정도로 심각한 갈등을 겪고 있는 것도 당면 문제들에 대한 사회적 합의를 이루지 못해서 그런 것 아닌가.

이명박 대통령이 등장할 때, 말하자면 '작은 정부, 큰 시장'을 주장했다. 국가와 시장의 영역을 어떻게 선 그을 것인가 하는, 영역의 문제가 있었던 것이다. 그러면 이것도 대통령이 자기 구상을 이야기했어야 한다. '내가 볼 때는 국가와 시장의 영역은 여기에서 선을 긋는 것이 이상적이다.' 이렇게 제안하고 사회적 합의를 얻었어야 한다. 그러나 이명박 대통령은 그런 노력을 하지 않았다. '작은 정부, 큰 시장'이라는 것을 물리적 규모로 받아들인 면이 있다고 생각한다. 그래서 청와대 비서진도 전임 정권보다 한 사람이라도 적게 한다든지, 그런 물리적 규모의 대소를 의식한 것 아닌가 하는 느낌이 든다.

지금 벌어지는 복지 논쟁도 결국 국가가 어디까지 복지를 책임질 것이냐 하는 논쟁이다. 이것도 사회적 합의를 구해야 한다. 여러 가지 경제적 여건이나 이런 것으로 봐서 보편적 복지로 가더라도 현재 시점에서는 국가의 능력이 어디까지냐 하는 논쟁이 있을 수 있다. 그것도 많은 논쟁을 해서 사회적 합의를 구해야 한다.

내년에 새 대통령이 선출된다. 인수위도 만들어질 것 아닌가. 그러면 인수위는 먼저(이명박 정부)처럼 하지 말고 전임 정부를 객관적으로 제대로 평가해야 한다. 그래서 국민에게 보고해야 한다. 계승과 극복의 과제를 함께 얘기하고 국민적 합의를 구해야 한다. 그렇게 해야 성숙한 사회로 나아갈 수 있다.

프레시안 : 노무현 이후의 정치를 보면서 3김 이후의 한국 정치, 과연 발전했는가 하는 의문이 든다. 우리 '정치의 수준'이나 '정치인의 자질'이 3김 시대보다 오히려 후퇴한 것 같다는 지적들도 많은데, 어떻게 보나?

윤여준 : '시대는 점점 진화된 리더십을 요구하는데, 실제로는 옛날보다 오히려 못한 것 아니냐'는 생각이 드는 것은, 결국 정치인의 자질이 높아지지 않고 시대가 가 버리는 것 아닌가. 그래서 이전보다 못한 것으로 보이는 것 아닌가' 하는 생각이 든다. 어찌 됐든 저는 그런 생각을 골똘히 한다.

2013년에 새 대통령이 취임하고 내년 총선 때 국회의원이 새로 뽑힌다. 그분들의 임기 중에 일어날 일들을 예상해야 한다. 먼저 한반도 질서에 혁명적인 변화가 있을 수 있다고 본다. 그런 변화를 내다보면서 국민의 신뢰를 얻어서 현명하게 위기를 대처해 나가는 그런 리더십이 등장하지 않으면 우리나라는 굉장한 위기에 들어갈 것이라고 본다.

그래서 이제는 정당들이 더 이상 자기들 내부에서만 대통령 후보를 골라내서는 안 된다고 본다. 그런 막중한 책임을 지울 수 있는 자질을 가진 사람을 후보로 세워야지, 당내(여당) 다수파니까 표를 많이 얻어서 후보가 된다? 저쪽 정당(야당)도 마찬가지로 (후보를) 낸다? 이런 일이 되풀이되는 것은 우리 정치 발전을 저해하는 것이기 때문에 국민이 용납하지 말아야 한다.

그래서 지금부터 그런 캠페인을 하고 싶은 생각도 있다. '우리가 늘 습관적으로 이 당 아니면 저 당에서 사람을 고르는데, 그 과정에서 사적인 연고가 많이 작용한 게 사실 아닙니까. 그러나 주권자가 나라 운영을 하려고 하는데 사적 인연으로 사람을 뽑으면 됩니까. 국민이 그런 것을 용납하지 맙시다' 하는 식의 캠페인을 하고 싶다. 그래서 정당에 '자질이 있는 후보를 내놓아라. 그렇지 않으면 안 찍을 것이다' 라고 말하는 것이다.

프레시안 : 정치 지도자 김대중, 그로부터 우리가 계승할 것은 무엇이고 극

복할 것은 무엇일까?

윤여준 : DJ는 독서량이 많은 분이다. 그리고 굉장히 근면한 분이었다고 본다. 그래서 그런 근면성, 그리고 탐구 정신, 뭔가 배우려고 하고 알려고 하는 탐구 정신, 그런 것은 정말 본받아야 한다. 보통 '식견', '경륜'이라는 말을 한다. 저는 이것을 '지식＋경험'이라고 얘기한다. 사람이 지식만으로 되는 것은 아니고 경험이 있어야 한다. 하지만 지식이 없이 경험만 하면 체계화하지 못하게 된다. 지식과 경험이 어우러져야 식견이 되고 경륜이 된다고 본다. (DJ의 식견, 경륜과 함께) 아울러서 근면성, 탐구 정신은 기본적으로 지도자가 가져야 하는 것이다. 그래서 이런 것은 반드시 본받아야 한다고 생각한다. 우리가 흔히 YS나 DJ 이런 분들을 전업 정치인이라고 얘기를 한다. MB의 경우는 정치가 아닌 다른 전문성을 가지고 일가를 이룬 '전문 정치인'이라고 한다. 앞으로는 '전업 정치인'은 국가 지도자가 되기 쉽지 않을 것이라고 본다. 이제는 프로페셔널한 사람들이 등장하게 되는데, 특히 그렇다면 독서, 지적인 욕구가 강해야 한다. 그것은 본받아야 한다고 생각한다.

프레시안 : DJ에 대해 비판적인 것은 가급적 말씀을 안 하려는 것 같다. 그래도 굳이 묻겠다. 버려야 할 것은?

윤여준 : DJ나 YS 같은 전업 정치인 같은 모습은 버려야 한다. 요새 흔히 헌법적 가치를 주장하는 분들이 많다. 우리 헌법적 가치 중에 저는 가장 중요한 게 민주주의와 공화주의라고 생각한다. 이런 공공성을 살리는, 그래서

헌법 정신에 충실한 지도자가 중요하다. 그런데 말로는 헌법 정신을 얘기하지만 실제로는 헌법을 별로 안 읽어 봤거나, 헌법에 담겨 있는 정신과 가치가 뭔지 별로 인식이 안 돼 있거나 한다. 그러면 안 된다는 것이다. MB 얘기도 했지만 저는 MB가 집권하고 나서 큰 문제가 되는 것이 공공성의 파괴라고 본다. 아주 심각하다.

그런데, 김대중 대통령에 대해 잘못 말했다가 몰매 맞는 것 아닌가.(웃음)

프레시안 : 오랜 시간 솔직한 말씀 감사하다. 인터뷰를 마치겠다.

1970년의 김대중을 만나다: 그가 '준비된 대통령'인 이유

박선숙 국회의원

김대중 전 대통령을 생각할 때, 떠오르는 몇 장면이 있다. 1971년 대통령 선거, 1997년 대통령 선거, 그리고 2000년 6월의 남북정상회담과 그로부터 9년 뒤인 2009년 6월의 마지막 연설이다. 물론 다른 이들이 기억하는 많은 장면들이 있겠지만, 그중 이런 장면들을 들춰낸 것은 순전히 필자의 주관적인 기억에서 비롯된 것이다.

다음은 질문이다. 그가 1971년의 대통령 선거에서 꺼낸 '남북한의 평화적 통일'과 '대중경제'는 무슨 의미였는가? 1997년 대통령 선거 당선 뒤에 왜 첫 발언으로 '민주주의와 시장경제의 병행 발전'을 내놓았는가? 평양에서 서울로 돌아오자 온갖 정치적 공격의 대상이 된 6·15 정상회담은 어떤 의미였는가? 그가 스스로 말했듯 "간곡히 피맺힌 마음으로" 토해 낸 마지막 연설, "행동하지 않는 양심은 악의 편입니다"는 우리에게 무엇을 말하는가? 이런 질문들이다. 거기엔 그로 하여금 포기하지 않게 만든 힘은 무엇인가와 같은 질문들이 얽혀 있다. 그리고 이런 질문들은 반세기에 걸친 공적인 삶에서 정치인 김대중은 무슨 생각을 했는지, 그가 진정 원하는 것은 무엇이었는지에 관한 근본적 물음으로 이어진다.

야당 총재 시절 부대변인으로, 대통령 재임 중엔 대변인이자 수석 비서관으로 늘 가까운 거리에 있었던 이유로, 필자의 기억이나 생각은 어찌할 수 없이 주관적이며 대부분 상당한 공감이나 감정이입에서 벗어나지 못할 것이다. 그런 제약 때문에 글을 쓰는 일이 참 쉽지 않았다는 걸 미리 고백한다. 이 글은 필자에게 특별한 의미를 갖는 장면과 질문을 중심으로 그의 시대를 재해석해 보려는 시도이다.

1971년의 대통령 선거를 앞둔, 1970년 10월 16일의 출마 기자 회견문을 다시 찾아 읽은 것은 청와대에서 일하던 2000년 봄이었다. 6·15 정상회담을 앞둔 그때, "저는 정치에 입문한 이래 30년간, 일관되게 남북한의 화해협력을 통한 평화적 통일을 주장해왔습니다"라는 김 대통령의 말이 사실인지, 30년이 아니라 10년이나 20년은 아닌지 의문이 들었기 때문이다. 1996년 발간된 『김대중의 3단계 통일론』이 있었지만, '30년'이라는 말의 증거가 필요했다. 그래서 찾아낸 기록이 1970년의 대통령 출마 기자 회견문이었다.

말 잘하는 정치인을 꼽으라면 늘 앞서 있던 김 대통령은 바로 그 말 때문에, '말 바꾸기를 잘 한다'는 정치적 공격에 시달려 왔다. 가까이서 본 김 대통령은 정치인의 말의 엄밀성을 누구보다 중시하는 분이지만, 세계가 주목하고 역사의 기록이 될 남북정상회담의 일거수일투족은 다른 어느 때보다 더 엄밀해야 했다. 한 달 넘게 그 기록을 찾았던 이유다.

햇볕정책을 세상에 내놓다

그 기자회견에서 그는 햇볕정책 구상을 처음 꺼냈다. 미·중·소·일 4대 국의 한반도 전쟁 억제 보장(4대국 안전보장론), 남북한 화해와 교류 및 평화 통일론, 공산권 국가들과의 관계 개선과 교역 추진, 향토예비군 폐지, 대중 경제노선 추진, 초중등학교의 육성회비 징수 폐지, 사치세 신설, 학벌주의 타파, 이중곡가제(二重穀價制) 실시, 전국 도로의 포장 등이 1970년 김대중 후보의 대선 공약이었다.

한국전쟁 뒤 20년, 아직 전쟁의 기억이 선명한 그때, '북진통일' 구호가 지배하던 그 시기에 김대중 후보의 '남북한 화해협력과 평화통일' 공약이 가져온 충격을 상상하기는 어렵지 않다. 그 2년 뒤 닉슨 대통령의 데탕트가 시작되었다. 닉슨은 1972년 미국 대통령으로는 처음으로 '죽의 장막'을 넘어 중국을 전격 방문해 미·중 국교 정상화의 첫걸음을 떼고 소련과 핵무기 개발 제한을 위한 전략무기제한협정(SALT) 체결에 추진하면서 화해의 시대, 데탕트를 열었다.

흔히 정치적 주장이나 언어에는 저작권이 없다고들 이야기한다. 좋은 주장에 대해 더 많은 사람이 공명하여 같은 목소리를 낸다면, 내 주장을 베낀 것이라고 탓할 수 없다는 뜻이기도 하거니와, 세상을 더 나은 방향으로 바꾸고자 하는 희망이나 문제의식은 어느 누군가의 독창적인 창작물이나 발명품이 아니라, 많은 이들이 같은 결론에 도달하게 되어 있다는 이치를 이르는 것이기도 하다. 그래서 정치에서 누가 먼저 주장했는가를 따지는 건 큰 의미가 없는 일이겠지만, 냉전적 대립과 핵무기 경쟁을 끝내려는 '화해'

의 시작, 데탕트가 세상에 모습을 드러내기 두 해 전인 1970년에 냉전 대결의 최전선인 한반도에서 '남북한 화해협력과 평화통일, 공산 국가와의 관계개선'을 들고 나온 40대 야당 대통령 후보 김대중에게는 적어도 '화해협력정책'에 관해서는 조금 할 말이 있을 법하다.

"서로 장사하고 거래하다 보면, 싸울 수가 없게 된다. 왜냐하면 서로 장사하는 상대끼리 싸우면 피차 손해를 보기 때문이다"고 그는 30년간 거듭 주장해 왔다. 적대적 관계에서도 경제적인 상호의존이 생겨나면 화해하려는 경향이 커진다는 그의 해석은 사업가로서 시장을 경험한 데 힘입은 것이었을 터이며, 동족 간의 전쟁을 넘어 어떻게 화해와 통일의 길로 갈지 궁극의 질문에 대한 나름의 답이었을 것이다. 그로부터 10년 뒤 서구 국제정치 학계에서 폴라첵(Polachek, 『갈등과 교역(Conflict and Trade)』, 1980) 이래 많은 학자들이 설명한 상업적 평화론(Commercial Peace)과 그의 화해협력 정책은 맥락을 같이하며, 이에 대해서도 저작권까지는 아니어도 제법 할 말이 있을 듯하다.

왜 예비군 폐지인가

71년 대선의 공약 중엔 많은 이들이 기억하는 '예비군 폐지'도 들어 있다. 1968년 1월, 무장간첩 김신조 등 북한 민족보위성 정찰국 소속 124군 부대 소속 31명의 무장게릴라가 서울 한복판 청와대를 습격하려 한 이른바 1·21 사건이 일어났다. 10월에는 울진, 삼척 지역에 130명의 '무장공비'들이 공격해와 민간인 사상자가 수십 명 나왔다. 이를 빌미삼아 박정희 대통령은 예비군을 조직하면서, 이른바 병영국가 체제로 몰고 갔다. 그런데 불과 2년 뒤인 1970년에 야당 대통령 후보가 감히 이를 폐지하자고 주장한 것이다.

지금도 이 공약에 대해서는 '너무 파격적이다', '현실성이 없다'는 이야기 종종 듣는다. 그러나 정치인 김대중의 논리 정합성 혹은 용기가 바로 이 공약으로 드러난다고 필자는 생각한다. 당시로선 획기적이었던 그 공약의 뿌리는 한반도 평화에 관한 그의 철학과 소신이었다. 유엔 가입, 4강 교차 승인을 통해 남북이 군사적으로 대치하지 않고 한반도에 평화가 이뤄지면, 우리에게 지금과 같은 군대와 예비군은 더 이상 필요하지 않다는 논리적 귀결이기도 했다.

예비군 폐지는 남북한 화해협력, 공산 국가와의 국교 정상화만큼이나 '진검승부' 이슈였다. '반공'을 '국시'로 내세우는 냉전 세력에 대해 그는 '남북 화해협력과 평화통일', 그리고 '예비군 폐지'라는 공약을 통해 정면으로 도전한 셈이다. 그의 공약은 상당히 전략적이며, 이념적이다. 남북 간 군사적 충돌이 계속되고 있는 상황이었다는 점에서 그러하고, 또 표현은 다르지만 '평화통일과 사회적 민주주의'라는 같은 맥락의 정치 노선을 표방했던 진보당의 조봉암이 '간첩죄'로 사형당한 지 겨우 10여 년이 지난 시점이라는 점에서도 김대중 후보의 공약은 이념적이고 도전적이다.

공약들을 보면, 그가 이 시점에 '빨갱이'라는 색깔론의 굴레로 스스로 걸어 들어가기로 작정한 게 아닌가 여겨지기까지 한다. "국민들보다 반걸음만 앞서 가야 한다"는 '상인적 현실인식'에 투철한 정치인 김대중은 그 시대에 자신의 주장이 어떤 파장을 불러올지 충분히 짐작했을 것이다. 그로 하여금 이념 과잉의 그 시대에 가장 이념적인 이의신립(異議申立)을 감당케 한 건 무엇이었을까?

그의 말을 빌려 보자.

"타인이 하는 일을 비판한다는 것은 쉬운 일이다. 그러나 자신이 어떤 식으로 책임을 지고 현실을 개혁할 것인가 하는 등 국민이 납득할 수 있는 정책을 제시한다는 것은 어려운 일이다. 야당은 단순히 비판세력으로서 존재하는 것만이 아니라 정권을 교체하는 세력으로서 의의를 지니고 있어야 하며, 그러기 위해서는 무엇보다도 먼저 자신의 정책을 국민에게 제시할 필요성과 의무가 있다."(김대중, 『행동하는 양심으로』, 121쪽)

70년대 그의 기록 곳곳에는 '희망', '비전'이란 단어가 나온다. 그 역시 당대의 젊은이들 모두가 겪었듯이 식민치하와 전쟁 속에서 수차례 사선을 넘어야 했다. 후대의 많은 이들이 기록한 것처럼, 그 시대는 손전등의 밝은 빛 뒤에 자신을 감추고, "너는 어느 쪽이냐? 남쪽이냐, 북쪽이냐?"를 다그치던 잔인한 시대였다. 그 잔인함이란, 말 한마디에 목숨을 잃을지 모르는 백척간두의 자백을 끊임없이 강요하는 것이었다. 36년의 식민 통치를 거쳐, 동족 간에, 동료와 이웃에게 서로 총을 겨누고, 이념의 이름으로 서로를 죽이는 우리 민족에게 과연 희망은 있는가? 과연 어떤 미래가 있는가?

그러나 절망적인 상황 그 자체가 오히려 '희망'의 근거가 아니었을까? 적어도 가까운 거리에서 정치인 김대중을 10년 넘게 관찰한 필자의 결론은 그러하다. 그는 결코 포기하지 않는, 굴하지 않는 근원의 무엇을 갖고 있다. 때론 그가 지닌 대단한 낙관의 힘은 "문제가 있다는 걸 알게 되면 반드시 답을 찾을 수 있다"는 귀에 익은 구절을 떠오르게 하는 단순함으로 나타나고, 때론 "다 뜻이 있어 예비하고, 역사(役事)하신다"는 신앙으로 표현된다. "정치인은 국민에게 영향을 미치는 모든 문제에 대해 답을 갖고 있어야 한다"고 말해 왔듯, 그러기 위해 공부하고, 통찰하기를 그치지 않았던 그에게는 절망스러운 민족과 국민의 처지가 바로 포기할 수 없는 이유였으며, 그에 대해 답을 찾고자 하는 근원적 고민이 근본 문제를 제기하게 만들고, '정면 돌파'를 감행케 한 힘이 아니었을까 짐작해 본다.

잔인한 역사를 딛고 민족이 나아갈 길은 오로지 평화통일뿐이라고 그는 확신했다. "우수한 자질과 개발된 두뇌와 근면한 개성을 가진 우리 민족은 올바른 전진의 방향만 잡는다면 틀림없이 위대한 행복을 차지할 자격을 가진 민족이다. ……통일 없이는 절대로 진정한 평화도 번영도 없다." 그리고 통일된 평화의 세상에 예비군은 없다.

대중민주체제와 대중참여경제−경제의 민주화 구상

또 다른 그의 비전은 '대중민주체제'와 '대중참여경제'이다.

"정치, 경제, 사회 전반에 걸친 부조리와 종말적인 현상을 단절하고 분노와 좌절감 속에 사로잡혀 있는 국민 대중에게 희망과 삶의 보람을 줄 수 있는 '이슈'로서 나는 70년의 비전으로 '대중민주체제'를 제창하는 바이다."
(「민족의 '에너지'에 방향을」, 『내가 걷는 70년대』, 85~86쪽)

그의 '대중민주체제'는 어떤 형태의 독재도 배격하며 자유롭고 책임 있는 국민이 지배하는 대중정치체제와 소득의 증대나 분배의 공정을 똑같이 중시하며 중산계층의 육성 확대가 근간이 되는 대중경제체제, 다수인의 이익이 우선하며 정직하고 부지런한 자가 성공하는 대중사회체제로 요약된다.

그가 주창한 '대중참여경제론'은 "한마디로 말해서 성장과 안정과 분배 사이의 합리적인 조정을 통한 경제의 민주화 구상이다. ……대중참여경제는 기업인, 근로자, 소비자 이 3자 간의 권리균형을 유지해야 하며, 경제건설의 궁극적 목적을 대중의 이익 증진에 두어야 한다"는 것이다.(「70년대의 비젼」, 『사상계』, 1970년 1월, 110쪽)

남북한 화해협력을 통한 평화통일로부터, 대중참여경제와 대중민주체제에 이르기까지, 그의 말 그대로 '30년 동안 일관되게 추구할' 김대중의 정치는 이미 1970년에 완성된 형태로 드러난다. 그리고 경제체제에서의 민주주의 문제는 정치인 김대중의 전 시기를 관통하는 화두였다. 스스로 한마디로 '경제 민주화'란 과제로 정리했던 경제에서의 민주주의 문제는 식민지 근대화론이나 지금까지 남아 있는 박정희식의 개발독재 불가피론에 대한 근본적인 반론이다.

박정희식의 개발독재 때문에 경제성장을 이룰 수 있었다는 '개발독재 불가피론'은 모두 그 길밖에 없었다는 식의 숙명론을 강요한다. 동시에 그런 논리는 현실의 정치적 억압과 경제적 착취를 정당화한다. 식민지 근대화론이 일제 강점기의 정치적 억압, 경제적 착취, 문화적 말살을 외면하고 근대화만을 강조하듯, 개발독재 불가피론 역시 박정희 시대의 헌정질서 파괴, 저임금의 가혹한 노동, 그리고 군사주의적 강압 통치를 애써 외면하거나,

이를 개발과 성장을 위한 필요악으로 인정하고 있다.

양자의 논리에 따르면 우리나라의 근대화는 필연적으로 타율적·강제적·폭력적 과정으로 진행될 수밖에 없었으며, 근·현대화 과정에서 민주주의는 포기하거나 희생해야 할 무엇이 되고야 만다. 정치인 김대중이 「70년대의 비전」과 71년 대선 공약에서 내세운 '대중민주주의'와 '대중경제'는 그에 대한 정면에서의 이의제기이며, 대안이다. 그는 묻는다. 과연 그 길밖에 없는가? 그리고 국민에게 호소했다. '그 길 말고 다른 길이 있다'고.

역사의 기술에서 한 시대의 선택이 정당화되려면, 과연 다른 대안은 없었는지를 확인하는 것은 반드시 필요하다. 김대중의 '대중민주주의'와 '대중경제'가 왜 불가능한지를 설명하지 못한다면 총칼을 앞세운 그 시대는 결코 정당화될 수 없다. 우리 민족이 선택할 수 있는 길이 과연 적대와 대립밖에 없는지, 우리 국민이 선택할 수 있는 것이 군사정권의 개발독재밖에 없었는지에 대한 김대중의 근본 질문에 국민들은 1971년 대선에서 그에 대한 지지로 화답했다. 반공 이데올로기에 뿌리를 둔 관료와 자본이 철저히 손잡은 시대에 그에 정면으로 도전하는 정치인 김대중에 대한 국민의 지지가 집권 세력에 얼마나 위협적이었을까를 짐작하기는 어렵지 않다.

대통령 당선자 김대중의 일성(一聲) - "민주주의와 시장경제의 병행 발전"

김대중에게 정치적·경제적 민주체제의 문제는 20여년 뒤인 1994년 『포린 어페어스』 11, 12월호에 기고한 「문화란 운명인가」란 글로 이어진다. 서구식 민주주의는 동아시아에 부적합하다는 리콴유(이광요) 전 싱가포르 총리의 주장에 대해 김대중은 단호하게 반대한다. "아시아에서도 민주주의는 필연이다."

"아시아는 민주주의를 수용하는 방법 외에 현실적 대안이 없다. 민주주의는 이제 치열한 경쟁의 시대로 접어든 세계 경제질서에서 살아남기 위한 조건이기 때문이다. 또 한편 세계 경제체제가 정보와 기술 위주로 변해 가고 있다는 사실은 정보의 흐름이 그만큼 커졌고 쉬워졌다는 것을 의미하며, 그것이 또한 아시아의 민주화 과정을 크게 도와주고 있다는 사실을 지적하지 않을 수 없다."

1970년 이후 그의 희망이고 비전이었던 대중민주체제와 대중경제론은 30년 만에 비로소 정치적 주장으로서가 아니라, 국정 목표로 세상에 모습을 드러냈다. 1997년 12월 18일, 대통령 당선자 김대중의 일성, "민주주의와 시장경제의 병행 발전"으로.

민주주의 없는 개발독재는 그 내부에 이미 종말을 예고한다는 그의 예측대로 박정희 시대는 폭력적으로 끝났고, 그 이후까지 연장되었던 개발독재의 시대는 IMF 외환 위기라는 극단적인 파국을 가져왔다. 그러나 종말과 파국을 경고해 온 정치인 김대중에게 바로 그 위기와 파국의 때에 비로소 자신의 생각을 펼칠 유일한 기회가 주어진 것은 역사의 아이러니다.

개발독재의 모순과 파국을 김대중 대통령이 수습하게 된 것은 30년 고난 끝에 만난 필생의 기회였으나, 동시에 잔인한 운명이었다. 국가 부도 사태 속에 대량 실업이 가져올 국민의 고통 앞에 눈물을 훔치는 대통령 취임사는 그를 상징한다. 김대중 대통령은 '서생적 문제의식과 상인적 현실감각'을 늘 강조해 왔다. 그러나 IMF 체제 아래서 출발한 소수파 정권의 대통령 김대중에게는 평생 지켜온 서생적 문제의식, 곧 1971년의 공약, 남북화해협력과 평화통일, 경제민주화와 대중경제, 대중민주주의라는 필생의 숙제를 상인적 현실감각을 갖고 정책으로 하나씩 풀어내기에는 1997년 대한민국이 처한 위기와 파국의 현실은 참으로 가혹했다. 재임 중 그가 스스로 평생 꿈꾸었던 소신과 철학을 어떻게, 얼마나 지켜 냈는가를 논하기엔 이 지면은 너무 짧다. 다만 결코 굴하지 않고, 포기하지 않으려 임기 5년 내내 진력을 다했다는 것은, 그 5년 동안 지근거리에서 그의 한숨과 눈물을 지켜본 필자로서 감히 증언할 수 있다.

아이작 뉴턴은 말했다. "남들보다 조금 더 멀리 보고 있다면 그것은 내가 거인의 어깨 위에 올라서 있기 때문이다"고. 2001년 평양에 가서 김정일 국방위원장과 면담을 마친 뒤 청와대에 온 매들린 올브라이트 미 국무장관은 아이작 뉴턴의 말로 말문을 열었다. 뉴턴이 그리 말했듯, 자신은 "김 대통령이라는 거인의 어깨 위에서 조금 더 멀리 볼 수 있었다"고. 클린턴 대통령과 미국 정부를 몇 년간 설득해서 북한과 대화토록 한 김 대통령의 통찰력과 끈기에 대한 헌사였다. 올브라이트 장관에 이어 평양 방문을 준비 중이던 클린턴 미 대통령의 방북은 조시 부시 대통령 당선자의 요청으로 중단되었다. 역사에 "그때 이랬더라면?"이란 가정은 끼어들 틈이 없지만, 김 대통령은 그때 클린턴 대통령의 방북이 이뤄졌다면 한반도의 역사가 어찌 바뀌었을까 하는 아쉬움을 떨치지 못했다.

분단국가 대한민국에서 평생 빨갱이 소리를 들어가면서도 민주주의와 민생, 평화에 관한 굴하지 않는 소신을 지킬 수 있었던 그 힘은 어디에서

왔는가?

"사람은, 정치인은 당장의 비난이나 어려움을 두려워해서는 안 된다. 그것이 옳은 일이라면 어려움을 감수해 낼 수 있어야 한다. 만인에게 모든 사람에게 좋은 소리를 들을 수는 없다. 그것이 높은 책임을 지는 정치인의 운명이다"고 말해 온 그가 재임 중 정치적·정책적 선택에 두려움 없이, 굴하지 않고 최선을 다하려 했다는 점도 나는 증언할 수 있다. 그는 용기의 사람이다.

행동하는 양심으로

정치철학자 한나 아렌트는 전체주의는, 묵인하는 대중들 속에서 자리 잡는다고 지적했다. 또 "(소수의 부조리를 다수가 묵인한다면) 그저 방관하는 다수는 사실상 이미 소수의 보이지 않는 동맹자이다"라고 설파했다. 정치인 김대중은 독재가 국민의 두려움과 침묵 속에 그 수명을 연장하는 현실에서, 끊임없이 국민의 선택과 행동을 요구해 왔다.

그의 마지막 강연은 이를 압축한다.

"여러분께 간곡히 피맺힌 마음으로 말씀드립니다. '행동하는 양심'이 됩시다. 행동하지 않는 양심은 악의 편입니다. 독재 정권이 과거에 얼마나 많은 사람들을 죽였습니까? 그분들의 죽음에 보답하기 위해, 우리 국민이 피땀으로 이룬 민주주의를 지키기 위해서, 우리가 할 일을 다 해야 합니다. …… 자유로운 나라가 되려면 양심을 지키십시오. 진정 평화롭고 정의롭게 사는 나라가 되려면 행동하는 양심이 되어야 합니다. 방관하는 것도 악의 편입니다. 독재자에게 고개 숙이고, 아부하고, 벼슬하고, 이런 것은 말할 필요도 없습니다.

우리나라가 자유로운 민주주의, 정의로운 경제, 남북 간 화해협력을 이룩하는 모든 조건은 우리의 마음에 있는 양심의 소리에 순종해서 표현하고 행동해야 합니다. 선거 때는 나쁜 정당 말고 좋은 정당에 투표해야 하고, 여론조사도 그렇게 해야 합니다. 그래서 4700만 국민이 모두 양심을 갖고 서로 충고하고 비판하고 격려한다면 어떻게 이 땅에 독재가 다시 일어나고, 소수 사람들만 영화를 누리고, 다수 사람들이 힘든 이런 사회가 되겠습니까?"(2009년 6월 11일, 6·15 정상회담 9주년 기념사)

일생의 숙제를 내려놓고 동작동 산기슭에 몸을 누이신 그분은 영면의 자유를 얻었으나, 남겨진 우리는 그가 지고 왔던 숙제들을 고스란히 안고 있다. 그의 시대와 그의 생각을 재해석하는 데 좀 더 꼼꼼해야 하는 이유이다.

신의 고마움을 모르는……

브루스 커밍스 시카고 대학 석좌교수

2011년 상반기 최대 뉴스는 '아랍의 봄'이었다. 대부분 젊은이들로 구성된 시위대는 튀니지와 이집트의 독재 정권을 무너뜨렸고, 리비아, 시리아, 예멘, 바레인과 심지어 사우디아라비아에서까지(사우디 시위대는 겨우 한 줌이었고, 신속히 진압되긴 했지만) 민주주의를 위해 싸웠다. 이를 지켜보면서 한국인들은 자연스럽게 군사독재를 끝장내기 위해 수십 년에 걸쳐 펼쳐온, 1987년 6월 항쟁에서 정점에 이르렀던, 한국의 민주화 투쟁을 생각할 것이다. 그리고 또한 1945년 이후 진정한 야당 출신의 최초의 대통령인 김대중을 기억할 것이다.

1997년 김대중의 당선으로 정점에 도달한 민주주의로의 이행, 그리고 그의 재임 기간 동안 이룩한 개혁 조치들로 오늘날의 대한민국은 안정적이고 약동적이며 광범위한 기반을 갖춘 민주주의를 누리고 있다. 1995년 독재자 전두환과 그의 후계자 노태우에게 내려진 엄중한 처벌, 그리고 (특히 한국의 '진실화해위원회'에 의해 수행된) 한국 현대사에 대한 다양하고 심도 깊

은 조사들을 종합해보면, 지난 30년간 세계에서 독재로부터 민주주의로의
이행을 대한민국처럼 성공적으로 이룬 경우는 없다고 말할 수 있을 것이다.

그러나 '아랍의 봄'을 다룬 미국의 뉴스와 논평에서 한국의 경험을 언급
한 경우는 거의 없었다. 한국의 독재 종식 또한 베를린 장벽 붕괴 이후 일어
난 민주 정권들의 부상과 동일선상에서 이루어졌는데도, '아랍의 봄'의 역
사적 선례로 인용되는 것은 언제나 동유럽이었다. 이는 부분적으로, 공화
당, 민주당을 막론하고 대다수 미국 전문가들과 정책 결정자들이 김대중과
그의 계승자 노무현을 신뢰하지 않았고, 나아가 옛 독재자들과 그 현재의
후계자 이명박 대통령을 더 선호하는 것처럼 보였기 때문이다.

이는(미국이 김대중과 노무현을 신뢰하지 않는다는 것) 놀라운 일이다. 왜냐하
면 김대중은 언제나 매우 친미적이었고, 망명도 미국으로 갔으며, 자신의
명분을 지키기 위해 관심 있는 미국인들의 도움을 구했기 때문이다. 노무현
전 대통령은 김대중과 비교하면 국내에서 성장한 민주주의자였다. 그의 경
우, 한국의 거리가 반미주의로 가득했던 1980년대 변호사로서 반정부 인사
들을 변호하며 활동했던 경험이 아마도 미국과의 관계에서 좀 더 거리를 두
는 방향으로 기울게 하지 않았나 싶다. 하지만 1945년 이후 한국에서 언제
나 민주주의를 옹호하고 방어해 온 미국이, 막상 진짜 민주주의자들이 선거
에서 승리하자 양면적인 모습을 보였다는 것은 여전히 이상한 일이다.

이 글에서 필자는 한국과 미국의 민주주의의 관계에 대해 토론하고, 김
대중 대통령의 가장 중요한 성과 두 개에 대해 논하고자 한다. 이번 기회를
통해 필자와 그가 쌓은 개인적 친분 관계에 대해서도 이야기할 것이다.

소란스러운 한국인들과 불평쟁이 미국인들

필자가 40년도 더 전에 서울의 한 다방에 앉아 곧바로 깨닫게 된 한국의 신기한 점 중 하나는, 과시적으로까지 보이는 비판적 정치 문화다. 한국에서는 1960년대 후반까지만 해도, 박정희가 얼마나 멍청한지 떠들고도 감옥에 끌려가지 않을 수 있었다―만약 조용히 말했다면 말이다. 사람들이 또 멍청이라고 불렀던 윤보선 전 대통령은 뻔뻔한 대지주이며 자기 혼자 떠들기를 좋아한다는 것이나, 백두진 전 국회의장은 워커힐 호텔에 올라가는 길에 보이는 그의 저택을 보면 알 수 있듯 탐욕스럽고 부패한 인물이라는 이야기도 있었다.

이런 정치적 가십은 끝도 없이 쓸 수 있다. 한국인들은 마치 미국인들이 영화배우에 열광하는 것만큼의 열정을 가지고 정치인들을 지켜보고 있었다. 1990년대 내내 '3김'은 신문 1면의 단골이었다. 마치 안젤리나 졸리의 얼굴이 미국 슈퍼마켓에서 파는 잡지의 표지를 장식하는 것과 비슷할 만큼 자주 있는 일이었다. 이처럼 과잉 활성화된 정치 문화와 5년 단임제라는 대통령 임기가 합쳐지면, 한국의 대통령이 취임 후 청와대에 첫 발을 디디는 순간 이미 인기를 잃기 시작한다는 것은 피할 수 없는 일이다.

반면 미국은 지난 2세기 동안 안정적인 민주주의 시스템을 유지해 왔다. 미국 정치는 보통 미국의 일반 국민들과는 상관없는 문제처럼 보인다. 평균적으로 지난 50년 동안 겨우 반을 조금 넘기는 유권자들만이 대선 투표에 참여했다. 지난 10년 동안 떠오른 인터넷 블로그 문화는 생생한 토론으로 미국 정치에 활력을 불어넣긴 했지만, 대부분의 토론은 좁은 범위 안에서만 이뤄졌다. 예를 들면 공화당은 감세를 바라고, 민주당은 정부의 더 많은 규제와 재정 지출을 원한다는 것 등이다.

한편 버락 오바마가 대통령에 당선된 이후 미국 정치의 많은 부분은 정신이상자들과 아무것도 모르는 자들에 의해 지배되는 것처럼 보인다. 오바마가 케냐에서 태어났다고 주장하는 자들이나, 오바마가 미국을 '사회주의'로 몰아간다고 생각하는 뉴트 깅리치, 새러 페일린 같은 대선 후보들 말이다. 대부분 중년 이상의 백인들인 '티파티' 지지자들은 그들의 무식함을 드러내는 데 양심의 가책을 느끼지 않으며, 심지어 때로는 자부심을 느낀다. 그들에게 미국 이외의 다른 세계는 도저히 알 수 없는 추상의 영역일 뿐이다. 하지만 그들은 유엔이 세계 정부를 수립하려는 비밀 계획을 갖고 있다는 점만큼은 굳게 믿고 있다.

한국에 공식 파견된 미국 사절단(대사관 직원이나 주한 미군 등)들은 물론 좀 더 유식하긴 하다. 하지만 필자는 1967년 평화봉사단의 일원으로 한국에 처음 와서 살기 시작했을 때 한국에 파견된 미국인들로부터 지울 수 없는 인상을 받았다. 그 인상이란, 그들이 한국인들을 얼마나 낮춰 보고 있는지, 한국인들이 민주주의에 준비돼 있지 않다고 얼마나 자주 말하고 있는지, 박정희에 대해 얼마나 많은 찬사를 보내는지 하는 것들이었다. 리처드 스나이더 전 미국 대사는 필자에게 "박정희는 터프해. 정말로 터프하단 말이야"라면서, 자신이 박 대통령과의 골프를 얼마나 즐겼는지 이야기했다.

필자는 서울에 주재한 미국 관리들과의 첫 만남에서 받은 인상을 진정 떨칠 수 없다. 이 미국인들은 우락부락한 군 관계자들로부터 신경질적인 외교 관계자들, 국제개발처(USAID) 관계자들에 이르기까지 다양했고, 언제나 북한의 공격에 대해 경고하는 완고한 반공주의자들에서 박정희 정권의 권위주의를 한탄하는 민간인 자유주의자들까지를 포괄하고 있었다. 하지만 이들 거의 대부분은 이태원 근처 용산 기지 안에 살았고, 자유주의자들까지 포함해 모두가 한국인들에 대해 불평하면서 생색을 내거나, 노골적인 인종주의를 드러내는 태도를 보였다.

이는 한국인들과 함께 살고 한국인들이 먹는 음식을 먹었던 필자와 같은 사람들에게 엄청난 충격이었다. 그들 중 누구도 한국인들이(미국의 감독이 없는 한) 어떤 옳은 일을 할 수 있다고 믿지 않았으며, 감히 한국인들의 삶의 현장으로 나가려고(ventured out into 'the economy') 하지 않았다. 그들은 기지 밖으로 나갈 때면 관용차를 타거나, 운전수가 기지 정문에서 신분증을 보여 줘야 기지 안으로 승객을 태우러 들어올 수 있는, 일명 '김치 캡'이라고 불리던 한국 택시를 탔다. 하지만 그 몇 년 후와 비교하면, 서울은 당시에 정치적으로 훨씬 더 유쾌한 장소였다.

현재 한국 정책에 관여하는 많은 미국인들은 1980년대를 충분히 경험했을 나이다. 당시 서울은 완전히 무장한 병영이었다. 철창 덮인 창문이 달린 버스 수백 대는 폭동 진압 경찰로 채워져 있었고, 탱크 같은 검은 마리아(페퍼포그)는 측면에 뚫린 무수한 구멍으로 최루가스를 발사할 준비를 하고 있었다.(한동안 한국에서 가장 많은 세금을 낸 사람은 최루가스를 독점적으로 생산한 여성 기업인이었다.) 전두환은 준(準)군사 조직인 폭동 진압 경찰(전투경찰)을 크게 늘렸고, 1980년대 중반 전경은 15만 명에 달했다.

전경들은 시위 진압의 선봉에 섰으며, 기괴한 보호 장구를 착용했다. 얼굴 전체를 꽉 조이는 검은 헬멧과 목 뒷부분을 보호하는 가죽 보호대, 누빈

옷, 두꺼운 팔꿈치·무릎·정강이 보호대, 무거운 전투화, 왼손에 든 긴 금속
제 방패, 오른손에 든 폭동 진압용 곤봉, 철망으로 된 마스크 등이다. 그들이
전경 버스에 앉아 다음 교전을 기다리는 모습은 서울 중심부 어디서나 볼
수 있었다.

노무현 정부 시절 미국의 정책 결정자들이 가장 걱정했던 것은 그의 이
른바 '반미주의'였다. 그들은 용산 기지의 서울 밖 이전과 한국군의 작전 통
제권 반환이라는 노무현 정부의 요구를 공공연히 비난했다. 하지만 노무현
정부 시기의 한국인들이 1980년대에 비해 미국에 대해 더 비판적이 된 것
인가? 아니면 단지 그들의 지도자들조차 비판 여론의 눈치를 보게 하는, 시
끌벅적하고 서로 잘난 체하는 민주주의의 분위기 속에서 그들의 관점을 좀
더 자유롭게 드러낼 수 있게 된 것일 뿐인가?

수십 년 동안의 군사 독재 기간에는 공공연히 미군 철수를 주장하기만
해도 곧바로 감옥행이었다. 그러나 1997년 이후에는 그 불행하고 억압받던
과거가 업보가 되어 돌아왔다. 최근 수십 년간 한국의 대통령과 재벌 총수,
대학 교수, 군사 독재자들이 한국 보통 사람들의 술자리 안주감이 된 것처
럼 미국인들도 같은 운명을 맞게 된 것이다.

1985년 2월, 이런 와중에 김대중은 귀국했다. 필자는 망명지인 미국에서
서울로 돌아가는 그와 동행한 미국 대표단의 일원이었다. 대표단의 동행은
2년 전 필리핀으로 돌아오려다 귀국 즉시 마닐라 공항의 활주로에서 살해
된 베니그노 아키노의 경우와 같은 일을 방지하려는 것이었다. 전두환 정권
은 그런 짓을 저지르지 않을 만큼은 영리했지만, 김포공항에서 대규모의 난
리판을 벌일 만큼은 충분히 멍청했다. 갈색 잠바를 입은 한국 정보부 깡패

들의 무리가 저명한 미국 인사들을 두들겨 패고 바닥에 집어 던진 것이다. (대표단 중에는 두 명의 미 의원도 포함돼 있었다.)

그들은 김대중과 그의 아내를 거칠게 낚아채 대기하고 있던 차에 태우고 출발해 버렸다. 우리를 서울로 데려다 줄 버스를 탔을 때, 남루한 겨울옷을 입은 수백 명의 전라도 사람들이 주변을 서성거리면서 김대중에 대해 자신들의 '선생님'이라고 외쳤다. 서울로 가는 길의 왼쪽 편에는 수천 명의 전경들이 있었고, 오른쪽에는 어마어마한 수의 보통 서울 사람들이 있었다. 청바지 차림의 노동자들, 검은 교복을 입은 학생들, 긴 치마를 입은 어머니들, 찬바람을 막으려 꽁꽁 싸맨 어린아이들, 한복을 입은 할아버지 할머니들이 김대중의 귀국을 환영하는 플래카드를 들고 있었다. 마치 모든 인구가 전경과 시위대로 나뉜 것처럼 보였다.

대표단은 곧 주한 미 대사관으로 가 미 대사의 브리핑을 들었다. 리처드 '딕시' 워커 당시 주한 미 대사는 브리핑 내용을 적은 종이를 주머니에서 꺼내더니, 손을 흔들어 가며 한국의 급속한 경제성장을 찬양했다. 그러나 10분이 지나도록 김대중이나 공항에서의 폭력 사태에 대해서는 한마디도 하지 않았다.

결국 대표단에 속해 있었던 로버트 화이트 전 엘살바도르 대사가 그의 말을 가로막고 질문을 퍼부었다. 워커는 매우 당황한 것처럼 보였지만, 어떻게든 여전히 김대중의 귀국은 별로 중요한 일이 아니며, 공항에서 실제로 무슨 일이 일어났건 그것은 미국 대표단의 잘못이라는 인상을 심어 주려고 했다.(사실 한국어를 할 줄 아는 대사관 직원 케네스 퀴노네스는 공항에서 대표단과 만나 전두환 정권의 행태에 대해 대신 사과했다. 그는 그곳에서 무슨 일이 일어났는지 자세히 알고 있었다.)

워커는 주한 대사 임기 동안 한 번도 김대중을 대사관에 초대하지 않았다. 워커는 내게도 노골적인 경멸을 표시했고(그 이유를 정확히는 모르지만 추측은 할 수 있다.) 악수조차도 거부했다.(미국의 대사라는 사람이 그렇게 무능하고 동시에 무례할 수 있다는 사실이 그저 놀라울 뿐이었다.)

서울에서의 첫 날, 대표단은 김대중이 보안 당국에 잡혀간 후 무슨 일이 일어났는지 알 수 없었다. 다음 날 대표단은 그가 완곡히 말해 '가택연금'이라 불리는 상태에 놓여 있다는 것을 알게 됐다. 전경은 김대중의 집 주변을 둘러싸고 그의 집 바로 옆집을 점유했으며, 대중 앞에서 연설하는 것도 허락되지 않았다. 이처럼 촘촘한 그물과도 같은 보안 당국의 통제선을 지나, 대표단은 그의 집에 모여 저녁 식사를 했다. 김대중은 자리에서 일어나 건배를 제의하면서, 대표단의 방문에 감사를 표하며 감동적인 연설을 했고 많은 사람들이 눈물을 흘렸다. 그는 2년 이상이나 이 숨 막히는 가택연금에 처해 있었다.

대표단이 미국으로 떠난 한 달 뒤, 필자는 혼자 한국으로 돌아와 김대중의 집에서 개인적인 저녁 식사 자리를 가졌다. 김대중은 동교동에서 오랫동안 살아 왔다. 필자는 평화봉사단 교사였을 때, 바로 근처인 서교동에 살았었다. 김대중의 수수한 집이 과거 필자가 살았던 중학교 교사 가족의 집과 거의 다를 것이 없었다는 사실은 매우 놀라웠다. 우리는 몇 시간에 걸쳐 단둘이 이야기를 나누었다. 그는 언젠가 자신이 대한민국의 대통령이 될 것이라고 확신하고 있었다. 그는 김영삼을 매우 좋아하지 않았고, 대화 중 많은 시간을 김영삼에 대한 비판에 할애했다. 그리고 그가 나의 첫 저서(『한국전쟁의 기원』 1권)를, 전부는 아니지만 적어도 일부를 읽었다는 사실이 무척 놀라웠다.

우리는 또한 광주항쟁에 대해 이야기했다. 광주항쟁은 1980년대 반정부 시위의 출발점이 됐던 '한국의 천안문 사태'이며, 1980년대에 독재에 대한 광범위한 저항을 조직했고 1990년대 민주화의 길을 열었다. 광주의 무고한 시민들을 학살한 범죄자들은(전두환과 노태우) 반란죄와 내란죄로 유죄 판결을 받았다.

나간채 전남대 교수와 같은 학자들이 주장했듯이, 전두환·노태우에 대한 재판과 1997년 김대중의 대선 당선은 광주·전남 주민들에게는 명백한 '승리'를 의미했다. 비록 그들이 겪어야 했던 엄청난 고통으로부터 15년 후에 왔지만 말이다. 이것이 이 지역 민중들에게 얼마나 큰 의미를 갖는가 하는 것은 정성들여 가꿔진 희생자 묘역을 보면 알 수 있다. 또 1980년 광주에서 무슨 일이 일어났는지 밝히고 있는, 노무현 정부 시절 새로 지은 기념관을 보아도 알 수 있다.

광주항쟁에 대한 미국의 반응, 그것은 내게는 한국전쟁 이후 현재에 이르는 기간 동안 가장 구역질나는 위선과 기회주의와 인종주의의 표현이었으며 미국이 표방해 왔던 민주주의 이상에 대한 최대의 배신이었다. 미국인들, 특히 미국의 중국 전문가들은 1989년 6월 천안문 사태 진압 과정에서 중국 지도자들이 보인 배반 행위에 대해서는 끝없는 비판을 제기했다. 미국이 천안문 사태에는 어떤 책임도 없기 때문이다. 그러나 미국이 직접 진압에 관여했던 광주항쟁에 대해서는 대부분 침묵을 지키고 있다.

『저널 오브 커머스』 기자였던 팀 셔록이 1996년 정보공개법에 의해 획득

한 광주항쟁 관련 비밀 해제 문건에 따르면, 미국은 최고위 정책 결정 과정에서 명백히 전두환과 그 일당을 지지하기로 했다. 이는 한반도의 '안보와 안정'이라는 미국의 이익을 위한 것이었다. 미국은 전두환 정권에 대한 도전이 될 만큼 심각한 인권과 민주주의를 위한 일은 아무것도 하지 않았다.

실제로 이 문건을 읽어 보면, 지미 카터 당시 대통령이나 그가 서울에 파견한 대사인 윌리엄 글라이스틴, 안보 보좌관이었던 즈비그뉴 브레진스키, 특히 국무부 동아시아태평양 차관보였던 리처드 홀브룩 등의 '자유주의자'들이 1980년에 자신들의 손에 피를 묻혔다는 것이 명확해진다. 광주에서 살해되거나 고문당한 젊은이들 수백 명의 피 말이다.

1980년 5월 22일 백악관에서 열린 중요한 회의에서 브레진스키는 미 정책검토위원회의 결론을 이렇게 요약했다.

"단기적으로는 (독재자를) 지원하고, 장기적으로는 정치적 발전을 위한 압력을 가한다."

광주항쟁에 대한 그 위원회의 태도는 "우리는 온건책을 권고했으나, 한국인들이 질서 회복을 위해 필요로 할 경우 무력 사용을 배제하지는 않았다"는 것이었다. 위원회는 만약 광주 시민들에 대한 진압이 "많은 인명 손실을 수반"할 경우에는 위원회를 다시 소집해 대책을 논의하기로 했다.

하지만 실제로 이런 '많은 인명 손실'이 발생했을 때, 홀브룩과 브레진스키는 또다시 독재자에 대해서는 참아야 하고 북한을 우려해야 한다고 조언했다. 며칠 후 미 항공모함 미드웨이 호가 이끄는 해군 태스크포스 전단이 한국 영해에 진입했고, 홀브룩은 기자들에게 한국 안보에 대한 '폭넓은 고려' 없이 "광주사태에 대해 (지나치게 많은) 주의를 기울이고 있다"고 말했다.

한국인들은 미국의 대(對)한국 정책이 미국의 일반 국민들이 아니라 바로 이런 엘리트들에 의해 좌우되고 있다는 사실을 알아야 한다. 그 엘리트들은 미국에서 대통령이 바뀌어도 초당적인 기반 위에서 일하며 북한을 봉쇄하고, 남한 내에 있는 다루기 힘든 사람들을 억누르는 일에 거의 모든 에너지를 쏟으며, 한국의 엘리트 그룹 밖에 있는 이들의 의지는 존중하지 않는다.

미국 내 한반도 정책 엘리트들의 일반적으로 가지고 있는 인식과 영구적인 영향력은 지난 20년간 북한 핵 프로그램 문제에서 나타났던 미국의 대응을 보면 가장 명확히 알 수 있다.(빌 클린턴과 조지 W. 부시 모두 북한에 대한 선제공격을 심각하게 검토했다는 사실이 하나의 본보기다.) 한반도 정책 엘리트들의 의식은 또한 워싱턴의 김대중에 대한 불신, 노무현에 대한 전반적인 혐오감도 설명해 준다. 광주항쟁이 진압된 후 있었던 일들도 그러한 패턴을 분명히 보여줬다.

광주항쟁이 끝나고 약 1주일 후, 그토록 인권을 존중한다는 지미 카터 대통령은 미국 수출입은행장을 서울로 보내 신군부에 대한 경제적 지원을 약속했다. 카터는 6억 달러의 대한(對韓) 차관을 즉시 승인하기도 했다. 그는 『뉴욕타임스』에 "한국인들은 민주주의를 할 준비가 되어 있지 않다. ……한국인들 자신이 그렇게 이야기한다"고 말했다.

그럼에도 불구하고 카터는 (광주항쟁과 천안문 사태에 대한 미국인들의 이중적 태도 덕택에) 큰 도움을 받았다. 천안문 사태 후 중국정부 및 아버지 부시 행정부에 대해 비판적 태도를 가졌던 사람들은 브렌트 스코크로프트, 리처드 닉슨, 헨리 키신저 등 미국 측 인사들의 공식 비공식 베이징 방문을 모조리 비판하면서 커다란 정치적 이슈로 만들었다. 반면 한국에서의 (광주) 살육 이후 숱한 미국 인사들이 한국을 방문했지만, 이를 문제 삼은 미국인은 거의 없었다. 그들은 한결같이 "한국 내부의 혼란은 북한을 자극할 뿐이며 한국의 안보(그리고 당연히 기업 활동 환경까지)를 위태롭게 할 뿐"이라는 주문(呪文) 같은 말만 되뇌었을 뿐이다.

광주항쟁 후 새롭게 등장한 독재자와 이야기를 나누고 미국의 지지 의사를 밝히기 위해 청와대를 방문한 첫 미국인은 '딕시' 워커였다.(1980년 6월 6일) 그는 광주 시민들이 "도시 테러와 폭동을 일으켰다"고 비난했다. 언론들은 공화당의 로널드 레이건이 대통령에 당선될 경우 그가 주한 미국 대사에 임명될 것이라고 보도했다.(정확한 예측이었다) 그 뒤로는 제퍼슨 쿨리지(T. Jefferson Coolidge, Jr.)가 한국에 왔다.(6월 10일) 기업가인 그는 1970년대 중반 하버드대학에 한국학 프로그램을 설치하는 데 필요한 기금을 조성하기 위해 한국 정부와 협상했던 인물이다. 우파 안보 전문가인 프랭크 트래거(Frank N. Trager)는 8월 5일 들어갔고, 잠시 뒤에는 세계적인 은행가 데이비드 록펠러(David Rockefeller)가 한국을 방문했다.(9월 18일) 그에 앞서 버클리대학의 로버트 스칼라피노 교수는 (광주항쟁이 있기 전인) 4월 다른 누구보다 빨리 한국을 방문, 소련이 김일성의 무력 통일 정책을 "강력히 승인했다"는 말을 모든 사람들에게 (수없이 많이) 했고, 같은 해 10월 한국에 다시 가서도 똑같은 말을 했다.

리처드 스틸웰은 과거 미 중앙정보국(CIA)에서 중요한 일을 했던 인물로 평생 한국과 관련된 일을 하면서 1961년 이후 독재자들을 전면적으로 옹호

했던 사람이었다. 그는 광주항쟁 직전 한국에 가서 전두환에 대해 미 민주당이 어떤 생각을 하건 공화당은 그를 지지한다는 의사를 전달했다. 요컨대, 카터, 홀브룩, 브레진스키에서부터 새로 대통령이 된 레이건까지 민주당과 공화당의 지도부는 한결같이 전두환의 권력 찬탈을 지지했다. 레이건은 1981년 (자신의 대통령 취임 이후 외국 국가원수로는) 처음 백악관을 방문한 전두환을 맞이하며 그가 '새 시대'를 개척했다며 축하의 말을 전했다. 그때까지 최소한 1만 5000명의 반체제 인사들이 '재교육' 캠프〔삼청교육대〕에 억류됐다.

전두환의 부상을 지지했던 일부 미국인들은 상당한 보답을 받았다. 1984년 한국 언론들은 스칼라피노 교수가 대우 그룹의 자문역을 맡게 됐다고 보도했는데, 연봉은 5만 달러였다. 미국의 부통령이었다가 불명예스럽게 퇴진한 스피로 애그뉴, 리처드 홀브룩(현대 그룹 자문역), 전두환의 백악관 방문 당시 국무장관이었던 알렉산더 헤이그 등은 한국 기업의 고위 고문이 됐다. 리처드 스틸웰은 1986년 한국의 재벌 한일 그룹의 자문역이 되었으며 액수 미상의 급여를 받았다. 광주항쟁을 거치면서 한국의 젊은이들은 민주화는, 보수적인 구세대들이 생각하듯 미국의 지지에 의해 진전되는 것이 아니라, 한국 민중의 정치적 열망을 탄압하는 독재자들에 대한 미국의 지지에도 불구하고, 아니 그 지지에 맞서 쟁취하는 것이라고 확신하게 됐다.

한국인들은 스스로 움직였고, 과거 반체제 활동을 했던 김대중과 노무현을 이후 대통령으로 선출함으로써 1945년 이후 기나긴 독재와 군사주의의 세월에 종지부를 찍었다. 1998년 8월 김대중은 한국의 대통령으로서는 처음으로 광주 망월동 묘역을 찾아 경의를 표했다. 광주 희생자들의 유가족들을 만난 김대중은 기자들에게 광주항쟁에 대해 "김대중 정부 탄생의 밑바탕"이라며 독재자들에 항거했던 자신의 용기에서 중요한 뿌리였다고 말했다. "나는 광주 시민들과 5·18 영령들을 배신할 수 없었기 때문에 독재자들의 살해 협박에도 결코 굴할 수 없었다." 광주항쟁이 준 또 하나의 교훈은 나에게는 참으로 부끄러운 것이었다. 그 교훈은 한국 학생들이 옳았고, 한국인들은 미국의 지도자들이 한국의 민주주의를 지지할 것이라고 믿어서는 안 되며, 자신들의 손으로 민주주의를 건설해야 한다는 것이다.

노련하고 평화로운 개혁

김대중을 결코 좋아하지도 믿지도 않았던 미국인들은 1998년 그가 한국의 대통령이 된 것에 무릎을 꿇고 하늘에 감사해야 한다. 당시 김대중은 첫째, 파산한 한국 경제를 물려받았고 둘째, 북한의 플루토늄 프로그램을 동결시킨 대북 포용정책(engagement policy)을 진전시키는 데 있어 1994년 10월 이후 거의 아무것도 하지 못한 클린턴 행정부를 상대해야 했다는 점을 기억해 두자.

김대중이 대통령에 취임하던 1998년 2월 한국을 방문한 나는 놀랐다. 김포공항에서 서울로 가는 길에 교통 체증도 없었고, 거리에는 차들이 별로 눈에 띄지 않았다. 국수집에서는 1달러도 안 되는 'IMF 점심'을 팔았다. 대형 빌딩에는 'IMF 신탁통치 철폐'라는 대형 현수막이 걸려 있었다. 월급쟁이들은 거리에서 머리띠를 두르고 행진하며 IMF를 비난했다. 대우의 김우중 회장은 파리로 가는 비행기를 찾고 있었다. '한국의 기적'에는 무슨 일이 벌어졌던 것인가?

김대중 대통령 취임식에는 사상 최대의 인파인 5만 명 이상이 몰렸지만 김대중은 자신을 뽑아 준 수만 명의 일반인들이 참석할 수 있는 별도의 공간을 마련했다. 김대중은 진지하고 감동적인 취임 연설로 국민들의 마음을 사로잡았다. 그는 자신을 '국민의 대통령'이라고 선포하며 "소외된 이들의 눈물을 닦아주고 절망에 빠진 국민들에게 용기를 주겠다"고 말했다.

김대중은 또 "마음의 혁명"이 필요하다고 강조하며, 그것은 "서로를 존중하고 정의를 최우선의 가치에 두는 것"이라고 설명했다. 그는 한국에 닥친 경제적 위기를 설명하면서 "충격적인 수준"이라고 말했다.(그것은 사실이다. 케네디 이후 모든 미국의 대통령들로부터 칭송받았던 산업 경제는 IMF의 눈짓 한 번에 하룻밤 만에 '정실 자본주의'의 악몽으로 바뀌었다) 김대중은 "(경제적) 고통을 피부로 느끼고 있는 선량한 국민들을 생각하면 참을 수 없는 고통과 분노를 느낀다"고 말했다.

1997년 말 한국전쟁 이후 최악의 경제 위기가 한국을 강타했다. 그해 여름 태국의 통화 위기에서 시작한 금융 위기는 아시아 전역으로 퍼져나갔고, 11월이 되자 강력한 태풍이 되어 한국에 상륙했다. 한국 경제는 12월 초 사실상 파산 상태에 이르렀고, 국제통화기금(IMF)은 570억 달러의 구제금을 투입했다. 그러나 IMF는 구제금 투입에 앞서 과거와 달리 이번에는 매우 비싼 값을 치러야 할 것이라는 신호를 보냈다. 한국의 정치 경제(political economy)를 전면적으로 구조조정해야 한다는 것이었다. 위기가 본격적으로 시작되자 한국의 통화가치는 반 토막 났고, 국민총생산(GNP) 순위는 세계 11위에서 17위로 곤두박질쳤다. 40여년 가까이 지속적인 성장을 해 온 한국 경제에 날아든 치명적 타격이었다. 그러나 무엇보다 가장 잔인했던 것은 한국의 경제성장 모델을 비판하고, 한국 경제를 뿌리째 바꾸려는 IMF와 긴밀히 협력하는 데 있어 미국의 고위급 인사들이 했던 역할이었다.

IMF의 구제 금융이 투입된 후, 미국의 영향력 있는 분석가들은 한국의 발전 모델에 독설을 퍼부었다. 수십 년에 걸친 한국의 수십 년 권위주의 정권 시절에는 자신들이 그토록 칭찬해 마지않았던 바로 그 모델에 대해. 스탠리 피셔 IMF 수석 부총재는 한국 모델과 '주식회사 일본' 모델에서는 진정한 구조조정이 불가능할 것이라고 말했다. 『월스트리트저널』은 사설에서 "한국의 정치 지도자들은 1960년대 독재 정권 시절 탄생한 경제적 거래와 밀접하게 연계되어 있다"며 그러한 상황은 "강력한 정부 규제, 끝없는 기업 확장, 해외 자본과 경쟁자들의 불신을 낳았다"고 지적했다. 또한 나라 전체 부(富)의 1/3을 차지하는 목마른 재벌들은 "거대한 괴물"이며, "은행 대출을 게걸스럽게 먹어치우고" "강해지기 위해서는 수직적으로 통합해야 한다는 낡은 관념"에 사로잡혀 있다고 비판했다. 독일 모건 그렌펠의 수석 이코노미스트 에드워드 야데니는 "'주식회사 한국'이 이미 파산했다는 게 문제의 진실이다.(……) 서류를 정리하기만 하면 된다. 이건 좀비 경제다"라고 멸시했다.

세계의 어떤 반체제 정치인보다 과거 독재자들로부터 유린당한 김대중이 대통령에 당선됐던 바로 그때 한국에 금융 위기가 닥쳤다는 것은 크나큰 아이러니였다. 그러나 그것은 우연의 일치가 아니었다. 김대중은 고성장 경제와 함께 한국이란 나라의 특징이 되어 왔던 독재 체제에 대한 용기 있고 끈질긴 저항의 상징적 인물이었기 때문이다.

역설적인 것은, 미국과 IMF가 한국에서 자신들의 뜻을 마음대로 펼 수 있게 했던 핵심적인 메커니즘이 바로 그 성숙한 한국의 시민사회였다는 것이다. 왜 그런가? 김대중의 당선은 국가-은행-재벌 결탁 체제를 오랫동안 비판해왔던 사람들, 그리하여 김대중과 같이 탄압을 받았던 이들에게 권력을 쥐어 줬기 때문이다. 세계를 주무르는 이들이(global managers) 김대중의 대통령 당선을 두려워했고(그들에게 김대중은 급진주의자나 '포퓰리스트'로 여겨졌다), 미국 정부는 김대중을 탄압했던 독재자들의 뒤를 오랫동안 봐줬다는 사실을 생각하면 그 아이러니는 더욱 커진다.

미국 정부와 월스트리트 사람들은 김대중이 잘못된 곳에서, 잘못된 시간에, 잘못된 지도자가 됐다는 시각을 공공연히 드러냈다. 미국의 한 외교관은 (대통령 선거 전인) 97년 11월 20일 『뉴욕타임스』에 이렇게 말했다.

"한국의 기업인들에게 엄청난 고통과 다운사이징을 요구할 수 있는 비상 금융 사태가 한창인 상황에서 김대중이 대통령이 될 가능성이 있다. (……) 그 불을 끄는 데 김대중이 힘을 발휘할 거라고 생각하는 사람들은 거의 없다."

그러나 한국적인 시스템을 진정으로 바꿀 수 있는 정치 지도자는 김대중밖에 없었다. 그가 정치를 해오면서 줄곧 주장했던 개혁은 IMF가 한국에 요구한 내용과 유사한 것이었다.

외국인들은 한국의 강력한 노동조합이 개혁을 중단시킬 것이라고 우려했지만 김대중 대통령은 1998년 1월 노동 측의 이해관계를 노련하게 달랬다. 정치를 개혁하겠다는 커다란 약속을 하면서 김대중은 한국 역사상 처음으로 노조 지도자들을 기업과 정부 측 지도자들과 함께 만나도록 함으로써 IMF 위기를 극복할 수 있는 공정한 정책을 만들도록 했다. 그러한 '수뇌부 협상'(peak bargaining)에 노조가 참석한다는 것은 노동자들에게 전례 없는 커다란 정치적 성취였다.

치열한 협상 끝에 김대중은 노동 측이 대규모 정리해고에 동의하도록 했다. 그로써 위기가 오기 전 2퍼센트였던 실업률은 6퍼센트로 3배 늘었다. (서양에 비한다면 그리 높은 실업률이 아니었다) 실업률은 이후 8퍼센트로 올라갔지만 2001년이 되면서 4퍼센트 이하로 낮아졌다. 대신 노조는 법적인 존재 권한을 부여받았고, 정치에 참여해 공직 후보자를 낼 수 있는 권한도 받았다.

개혁 과정에서 핵심적이었던 것은, IMF로 인한 고통을 노동자들에게 전가(미국 기업가들이 잘 하는 짓이다)한 게 아니라 그 고통을 공평하게(fair and across-the-board) 나누게 했다는 것이다. 이는 문어발 경영을 하는 한국의 재벌 기업을 철저히 개혁했다는 것을 뜻한다. 김대중은 대통령 당선 직후 한 인터뷰에서 금융 위기에 대한 군부 독재자들의 책임을 지적했다. 독재자들이 국민들을 속이고 민주주의를 희생시키며 경제 발전에만 골몰한 나머지 '정경유착'의 구조가 형성됐다는 비판이었다. 김대중은 정부와 기업의 유착 관계를 개혁하고 해외 투자를 유치하며 수출을 늘리는 것이 위기 탈출의 해법이라고 말했다.

최고 재벌들은 엄청난 부실 채권을 가지고 있었다. 그로 인해 대우는 파산했고 설립자인 김우중은 검찰 조사를 피해 해외로 도피했다. 현대는 수익 배분과 강성 노조와의 관계에서 엄청난 어려움을 겪었다. 삼성만이 비교적 적은 상처를 입고 위기에서 탈출했다. 그처럼 경제적 위기가 깊었던 만큼,

그 위기를 해결한 것은 결국 김대중의 업적이 되었다.

그리하여 김대중의 대통령 재임 기간 동안 한국의 정치 경제(political economy)는 역사적인 변화를 겪었고, 위기를 겪은 지 2년도 못 돼 고성장 경제로 회복했다.(1999년 성장률은 11퍼센트 이상이었고, 2000년은 9퍼센트였다) 한국의 시민 사회와 민주주의는 강하고 활기에 넘쳤으며 더 이상 군부의 협박을 받지 않게 됐다. 노동자들은 IMF가 요구한 개혁 조건을 폐기하지 않고 받아들였다. 그리하여 유동성 위기, IMF가 요구한 개혁, 동북아시아의 발전 모델을 통제하고자 하는 미 정부의 욕망, 한국의 민주화라는 요소들이 기이하게 결합되어, 정치적으로나 경제적으로 1997년 이전에는 없었던 훌륭한 기반 위에 한국을 올려놨다.

햇볕정책 : 통일을 지향한 화해

1987년 민주화가 가져온 최후의 축복은 한반도 주민 최대의 염원인 한반도 통일의 길을 열었다는 것이다. 독재자들의 지배가 계속되는 동안 통일의 원칙은 단 한 가지였다. 상대방에게 먹히든가, 상대방을 먹든가. 1987년 이전 남한의 지도자들은 단 하나의 통일 방안만을 상정하고 있었다. 그것은 남쪽의 체제를 북쪽으로까지 확대한다는 것이었다.

김대중은 오랜 기간이 걸릴 것을 염두에 두고 화해와 평화공존, 경제 교류와 인적 접촉의 과정을 시작했다. 이는 북한을 실질적으로 변화시키고 개방시키며, 궁극적으로 민주화시킬 수 있는-비록 더디게 진행되기는 하겠지만-유일한 전략이었다. 이러한 전략은 이전의 남북 대결 상태와 비교해 엄청나게 많은 이득을 가져왔는데 북쪽보다는 남쪽의 이득이 더 컸다고 할 수 있다. 머리에 뿔 난 도깨비로만 여겨졌던 남측 주민들의 북측 주민들에 대한 이미지가 그저 관계가 서먹서먹해진 형제, 자매, 사촌으로 완전히 바뀌었기 때문이다.

대한민국의 진정한 민주화가 없었다면 이러한 변화는 결코 일어나지 못했을 것이다. 북한을 포함해 김대중이 가져온 엄청난 변화는 2000년 6월 평양 정상회담에서 남북한 국가원수가 1945년 한반도 분단 이래 처음으로 두 손을 마주 잡았을 때 그 절정에 이르렀다.

1998년 2월의 따뜻하고 햇볕이 포근했던('햇볕정책'을 발표하기에 아주 적당했던) 그날, 김대중 신임 대통령이 연단에 올라 북에 대한 대한민국의 전략을 완전히 전환하는 것을 보면서 나는 놀라움을 금할 수 없었다. 그는 취임 연설을 통해 북과의 화해협력을 적극 추진할 것과 남북의 평화공존을 다짐했으며 나아가 워싱턴 및 도쿄와 관계 개선을 이룩하려는 북의 시도에 대한 지지를 선언했다. 북미, 북일 관계 개선의 조짐만 보여도 화들짝 놀랐던 이전 지도자들의 태도와는 극명한 대조를 보인 것이다. 곧이어 그는 북에 대한 대규모 식량 지원을 승인하고, 북측과 남측 기업 간의 사업 거래에 대한 각종 제한을 해제했으며, 1998년 6월 워싱턴 방문 때에는 미국의 대북 경제제재 해제를 촉구함으로써 자신의 다짐을 실천에 옮겼다.

김대중은 명시적으로 (사실상 전임자들의 대북 정책이었던) '흡수통일'을 거부했으며, 오랜 기간에 걸친 북한과의 평화공존을 추구함으로써 통일의 시기를 20~30년 뒤로 늦췄다. 이는 용기 있는 자세였다. 1990년대에는 '독일 모델'이 남측에서 압도적 영향력을 행사하면서 대다수 한국인들이 조속한 통일, 남에 의한 북의 흡수통일을 예상하고 있던 때였기 때문이다.

김대중 대통령은 북과의 대대적인 화해 노력과 함께 자신의 고향이자 저항의 본거지였던 호남과의 화해 노력도 시작했다. 호남 지역은 (동학운동이 시작됐던) 1890년대부터 1990년대에 이르기까지 일본(식민 지배 세력), 미국, 그리고 역대 남한의 군사독재자들에 대해 매우 강력하게 저항해 왔다. 대통령 취임과 함께 그는 전두환, 노태우 두 군사 독재자에 대한 사형 및 무기징역형을 사면했다. 전남대학교의 나간채 교수가 지적했던 것처럼, 1996년 전두환·노태우에 대한 재판과 1997년 김대중의 대통령 당선은 1980년 광주민주항쟁을 일으켰던 광주 및 전남 시민들의 승리를—비록 오랜 기간이 걸렸고 엄청난 고통을 당하기는 했지만—상징하는 사건이었다.

김대중이 시작한 또 하나의 프로젝트 '미래를 향한 역사'는 한국현대사, 그리고 한국과 이웃 국가들과의 어려운 문제들을 모두 꺼내놓고 새롭고 정직하게 검토해보자는 것이었다. 김대중 정부와 그 뒤를 이은 노무현 정부를 거치면서 비로소 남한 주민은 하나의 통일된 국민(one unified nation)이 됐고, 모든 정통적이고 이단적인 '관점들'이 제기됐으며, 평양과의 화해에서도 커다란 진전을 이루었다고 말할 수 있다.

대다수 사람들이 북에 대한 자신의 이미지를 바꾸었다. 북한 사람들은 더 이상 공산주의 악마가 아니라 똘아이 삼촌 밑에서 고생하는 형제자매로 바뀌었다. 김대중의 후계자인 노무현 대통령은 2007년 4월의 한 중요한 연설에서 일본 지도자들이 1930~1940년대의 불행했던 과거사와 관련해 이웃 나라들과 공통의 이해를 추구하기보다는 그저 선조들의 행동을 정당화하는 데만 급급하다고 비판하면서 다음과 같이 말했다.

"국내 정치든 국제 정치에서든, 진정한 화해란 오직 역사적 진실의 바탕 위에서만 가능한 것입니다."

한국 정부가 여러 가지의 공식적인 역사 조사를 진행하는 목적은 누군가를 탓하거나 냉전 시대의 전투를 다시 벌이자는 것이 아니다. 남과 북의 화해를 추구하고, 한때 적이었던 상대방에 대해 동감(sympathy)하거나 공감(empathy)하는 것이 아닌, 이해(독일어로 verstehen)하자는 것이다. 적을 이끌었던 원칙들이 무엇이었는지, 그것들이 아무리 끔찍하고 지난날 적과 함께 벌였던 역사적 사실들에 대한 우리의 인식에 상처를 줄 만큼 아무리 차이가 난다 할지라도, 제대로 알아보자는 것이다. 결국, 일본의 한국 병탄 이후 지난 한 세기 동안 흘린 피와 고통의 모든 책임을 (대다수 미국인들이 그렇게 하는 것처럼) 어느 한쪽에만 떠넘긴다는 것은 엄청나게 복잡하며, 비정하고 가차 없을 정도로 야만적이었던 역사를 이데올로기적 관견(管見)으로 재단하는 꼴이 되기 때문이다.

그러나 공정한 사법 시스템-조사, 재판, 증언, 판결, 사과, 숙청, 보상 등-하의 진혼의 테크닉을 제대로 활용한다면 결국 사람들은 화해하고 위무하며 한 많은 넋을 고이 잠들게 할 수 있을 것이다. 적(敵)의 핵심적 원칙들을 제대로 이해할 수 있다면, 그리하여 우리가 적과 함께 지나간 역사를 모든 측면에서 조망할 수 있다면 그때 비로소 적의 세계관에 대해 의미 있는 호소를 할 수 있게 될 것이다.

물론 한쪽이 한 일을 전면적으로 인정한다면 상대편이 갖고 있는 모든 불평불만을 더 잘 이해할 수 있게 될 것이다. 그러나 (이 과정에서 얻을 수 있는) 가장 큰 이득은 자신에 대한 인식이다. 왜냐하면 내가 내 자신을 잘 모르고, 상대방이 나에 대해 어떻게 생각하는지—그것이 옳든 그르든—를 잘 모른다면 이 복잡한 세상을 헤쳐 나가기가 참 어려워지기 때문이다.

2001년 3월 노벨 평화상을 받은 지 얼마 안 된 김대중 대통령이 조지 W. 부시의 대통령 취임 이후 미국을 방문하는 최초의 외국 정상으로서 백악관을 찾았을 때, 부시는 김대중에 대해 노골적으로 경멸을 드러내며 김정일을 믿어서는 안 된다는 둥, 북한은 약속을 지키지 않는다는 둥 훈계를 늘어놓았다. 김대중이 노벨 평화상을 수상한 것은 그가 김정일을 신뢰했거나 과거 북한의 약속 파기를 몰랐기 때문이 아니다.

어쨌거나 김대중에 대한 부시의 태도는 이후 6년간 벌어질 사태를 보여주는 전조였다. 북한에 대한 미국의 전면적인 적대시 정책과 공개적인 선제공격 위협, 그리고 이에 대한 대응으로서 북의 미사일 및 핵무기 개발. 북한은 2009년 핵폭탄 및 미사일 실험을 감행했으나 미국은 아무런 보복을 가하지 못했다. 이라크 전쟁의 실패로 미국의 대외 정책이 마비되다시피 했고, 부시 대통령은 김대중을 만나 거드름을 피웠던 그 집무실에 거의 갇힌 상태나 다름없이 혼자 쪼그리고 앉아 지냈기 때문이다.(부시는 2006년 관중들의 야유가 두려워 미국 대통령이라면 연례적으로 하는 프로야구 시구식에도 나서지 못했다.)

전임자들의 대북 정책이 북의 비위를 맞추는 것이라고 비난하면서 ‘잃어버린 10년’을 소리 높이 외쳤던 이명박이 대통령에 당선되자 부시는 2008년 4월 그에게 캠프데이비드 별장 주말 방문이라는 선물을 안겨주었다. 7년 전 김대중에 대한 박대와 극명한 대조를 이룬다. 워싱턴의 학자, 논객들은 이명박의 현명함을 침이 마르도록 칭찬했다. 이제 비로소 ‘성숙한 인물’이

다시 한국을 다스리게 됐다는 것이다. 이 기간 동안 나는 국무부, 브루킹스 연구소, 그리고 여타 싱크탱크들이 주최한 한반도 관련 세미나에 갔었는데 전직 외교관이나 군부 인사들이 이명박을 치켜세우고 한미 관계가 "이보다 더 좋을 수 없다"고 말하는 것을 들으면서 그저 놀라울 뿐이었다.

정치가들과 역사가들

나는 수십 년에 걸쳐 김대중 대통령과 적지 않은 개인적 인연을 쌓아왔다. 그 결과 김대중 대통령 취임식에 참석하기 위해 서울에 오던 날, 내가 묵을 호텔에 도착하자 조선일보 기자의 메시지가 와 있었다. '당신의 친구인 김대중에 관해' 인터뷰를 하자는 내용이었다. (나는 답신을 하지 않았다) 김대중이 당선된 직후인 1998년, 나보다 나이가 많은 오랜 한국인 친구가 내게 이렇게 말했다.

"자 이제, 커밍스 교수도 다른 사람들처럼 폴리페서(political scholar)가 됐구려."

그의 말은 틀렸다. 나는 정치적 학자(political scholar)가 아니다. 한국의 현대사가 모든 학자들에게 정치적 선택을 강요했다는 의미에서 정치적 학자라고 말할 수는 있겠다. 한국 현대사에 대해 '몰가치적인' 서술을 한다는 것은 말도 안 되는 일이기 때문이다. 나는 김대중을 수십 년간 알고 지냈지만 내가 대학 교수로서 하는 일 외에 그가 내게 뭔가를 해달라고 부탁한 적은 단 한 번도 없었다. 마찬가지로 나 역시 그에게 단 한 번도 청탁을 해본 일이 없다. 나와 그의 관계는 그저 때때로 만나 얘기를 나누는 것뿐이었다.

내가 김대중 대통령을 처음 만난 것은 1973년 7월, 연설을 위해 그가 워싱턴 대학에 왔을 때였다. 그로부터 수주일 후 그는 일본 도쿄에서 한국 중앙정보부 요원에 납치돼 살해 직전의 위기에 몰렸었다. 역사학자인 제임스 팔레(James B. Palais) 교수는 당시 아직 대학원생에 불과했던 내게 워싱턴 대학의 여름 학기 강좌 2개를 맡겼다. 또 오랫동안 한국의 인권 상황과 민주주의에 깊은 관심을 가져왔던 팔레 교수는 10월 유신 이후 망명객으로 해외를 떠돌고 있던 김대중을 초대했다. 당시 김대중은 한 강의실에서 15명의 청중 앞에서 강연을 했다.

7년 후 김대중이 (전두환 군부 반란 세력에 의해) 내란 혐의로 기소되었을 당시, 워싱턴 대학에서 그가 행한 연설 중 박정희 정부에 대한 비판도 기소장에 포함되어 있었다. 15명의 청중 중 한 명이 그의 연설을 녹음해서 한국의 중앙정보부에 넘긴 것이었다. 당시 미국의 많은 대학들이 '한국무역재단'(Korean Trader's Foundation)이라는 단체로부터 거액의 후원금을 받고 있었다. 한국무역재단은 한국에 대한 미국의 학술적 연구에 영향을 미치기 위해 한국 중앙정보부가 만들어낸 외곽 조직으로, 그 후 박동선 사건을 조사하기 위해 만들어진 미 의회 프레이저 위원회에서 그 실체가 드러났다.

그 후 시애틀의 한 한국계 미국인 인권운동가 집에서의 만남이 기억에 남는다. 당시 그는 자신의 천주교 신앙이 자신의 정치적 선택 및 삶에 어떤 영향을 미쳤는지를 소상히 설명했다. 그러고 나서 자신이 언젠가는 민주 한국을 이끄는 지도자가 될 것이라는 확신을 표명했다. 군사독재의 무자비함을 감안한다면 박정희 독재의 극성기, 그것도 자신이 납치당하기 수 주 전에 이런 신념을 갖고 있다는 것은 대단한 일이 아닐 수 없다. 그 후 그와 오랜 시간 같이 하게 된 것은 (앞에 말한) 그가 미국 망명 생활을 끝내고 서울로 돌아오던 1985년 2월이었다.

나의 오랜 친구 중 한 명은 김대중의 측근으로 그를 도왔는데, 나중에 그는 내게 DJ는 마키아벨리에게도 한 수 가르쳐줄 정도의 노련한 정치꾼이라고 말하면서 머리를 절레절레 흔들었다. 나는 그의 말에 별로 놀라지 않았다. 정치가가 권력이 없다면 국민을 위해 할 수 있는 일이란 거의 없을 것이며, 권력의 추구야말로 정치적 삶의 본질이기 때문이다. 김대중이 권력을 추구하면서 어떤 죄를 저질렀는지 나는 알지 못한다. 그러나 그가 수십 년간, 기회만 되면 자신을 제거하려 했던 일련의 독재자들에 맞서 인권과 민주주의를 위해 헌신해 왔음을 나는 너무도 잘 알고 있다.

그는 권력을 잡은 이후 미래에 대한 자신의 독특한 비전을 통해 사람들을 자신의 주위에 집결시켰으며 그 권력을 민중의 보다 나은 삶을 위해 썼다. 그의 양대 업적은 1조 달러 규모의 세계 11위 경제, 그리고 남쪽의 보통 사람들이 휴전선 너머 북의 형제를 바라보는 시선을 완전히 뒤바꿔버린 남북화해의 길에서 찬연히 빛나고 있다.

오늘날 아랍의 용감한 시위 군중들이 직면하고 있는 것이 무엇인지 알고 싶다면 1980년대 한국 반체제 세력의 당면 과제가 무엇이었는가를 생각하면 된다. 지금 우리에게 없는 축복을 찾아 헤매기보다는 이미 우리가 갖고 있는 축복을 헤아리는 편이 나을 것이다.

김대중과 노무현을 중상모략을 하는 미국의 인사들, 당신들의 대안은 무엇인가? 불과 20여 년 전까지만 해도 자의적인 독재 체제, 예비 구금, 일상적 고문, 만인에 대한 정보기관의 감시, 노동운동의 절멸, 매일매일 전두환의 사진과 말씀을 1면에 게재하는 꼭두각시 언론 등 정치적 암흑 속에 살았던 한국인들이 확실하고 분명한 승리를 쟁취한 것은 사실이 아닌가? 한국인들은 우리에게 근대 경제를 건설하는 방법을 보여주었을 뿐만 아니라 민주주의란 밑으로부터, 수백만 보통사람들의 희생에 의해 쟁취할 수 있다는 사실을 일깨워줬다. 전두환을 무너뜨린 것은 거리에 나선 한국의 대중(大衆)들이었고, 이들을 거리로 뛰쳐나오게 만든 심볼은 김대중이었다.(그는 언제나 이 사실을 잘 알고 있었다.) 김대중의 묘비명은 다음과 같다.

"강인한 민주주의자이자 독재에 맞선 투사, 한국의 정치 경제를 구해내고 개조한 인물, 남북한 화해의 길을 연 지도자, 그리고 마키아벨리에게도 한 수 가르쳐줄 정도의 능란한 정치가"

각 나라들은 자신의 역사적 경로와 본질적 조건에 따라 각자만의 특유한 방식으로 민주주의로 이행해간다. 그러나 한국의 경우가 유독 두드러지는 것은 군사독재의 무자비함, 그리고 비극적일 정도로 적대적인 국제 환경 때문이다. 이에 대해 미국이 대답해야 할 부분은 너무도 많다. 그럼에도 불구하고 미국은 여전히 아무런 관심을 기울이고 있지 않다.

〔번역: 곽재훈·황준호 기자〕

* 〔 〕는 옮긴이가 추가한 것입니다.
* 원문에 있는 16개의 주석은 생략했습니다.
* 원제는 'Not Counting Your Blessing: Americans and Kim Dae Jung'

3부

한국 민주화 과정의 수난자요 승리자

남재희 전 노동부 장관

후광(後廣) 김대중 선생, 김대중 전 대통령 하면 대개의 사람들이 너무나도 익히 잘 알고 있다. 그러나 그를 평가하기란 쉽지만은 않다. 그래서 그의 자서전을 읽어본다. 중국에서 대장정(大長征)을 말하는데 그의 생애는 대권을 향한, 민주주의를 위한 그야말로 대장정이다. 그리고 우리 시대의 위인의 모습이 크게 떠오른다. 그러다가도 국민들 가운데 일부는 아직도 그에 대해 토를 달고 있는 것이기에 부정적 측면도 생각하게 된다. "시종의 눈에는 영웅도 흠집만 보인다"는 격언을 떠올리면서.

우리가 '3김 시대'라고 이름 붙인 김영삼(YS), 김대중(DJ), 김종필(JP) 시대는 복합적 성격을 가진 명사 정치의 시대였다. 가장 중요한 것은 불행하게도 출신 지역 문제였다. 영남, 호남, 충청. 거기에 정통 야당 세력의 보수파와 개혁파, 5·16 세력의 후계자라는 정치색이 덧붙여진다.

YS는 영남이라는 타고난 다수파 세력이고, DJ는 호남이라는 어쩔 수 없는 소수파 세력이다. 영남이 보수적인 데 비해 호남은 얼마간 개혁적인데 거기에 대해서는 다음과 같은 분석을 하는 사람도 있다. 영남은 대지주가 적었고 자영농이 다수를 이루었기에 자영농 나름으로의 독립심과 보수성이 있다. 호남은 대지주가 많았고 그것은 소작인이 엄청나게 많았다는 얘기도 된다. 그러한 빈부의 격차에서 반항심도 생기고 개혁적인 정치 분위기가 되었다는 얘기다.

DJ는 YS에 비해 소수파가 바탕이기에 YS가 원내총무를 여러 번 했음에도 불구하고 DJ는 이상할 정도로 한 번도 못했다. 1970년에 신민당의 대통령 후보로 지명을 받은 것이 그의 정치 행로의 분수령이다. 당수이자 실력자인 유진산이 YS로 낙점했음에도 그는 밤늦도록 대의원들 숙소인 여관을 순방하는 부지런함, 그리고 그의 능변으로 대세를 뒤집은 것이다. 그때 YS는 어처구니없게도 수락 연설문을 손질하고 그 연설 연습을 하고 있었다는 얘기다. 소수파의 숙명을 극복하기 위해 그는 줄기찬 노력을 해왔다. 특히 평화민주당(평민당)을 창당하여 당수가 된 후 DJ는 신민주연합당(신민당), 민주당, 새정치국민회의(국민회의) 등 당명을 계속 바꾸어가면서 그때마다 재야 세력 등 새 정치 세력을 흡수, 합당하는 다수파 공작을 끊임없이 해왔다. 마지막의 다수파 공작이 이질적인 JP와의 공조로 이룩된 DJP연합이며 그 결과로 집권할 수 있었다. 호남이라는 굳건한 핵심 지지 세력이 있기에 다수파 공작도 가능했다. 지방색 문제 발생에 대해서는 당시의 공화당 세력에 책임이 있다는 것이 일반적 판단이다. 그러나 DJ는 피동적으로나마 그 지방색으로 인하여 기지를 공고화한 덕을 본 것은 틀림없다.

DJ는 우리나라 정객 중 대중 동원의 정치 방식에 가장 뛰어났다. YS 등 다른 정치인들은 오히려 정치인 중심의 응접실 정치에 치중했다 할 것이다.

거기에는 그의 뛰어난 웅변, 선동성을 담뿍 담은 말솜씨가 있다. 지략도 있고 의지도 강했다. 가톨릭 세력의 힘을 입기도 했다. 그리고 미국이나 재벌 등에 대해 혹시나 비위를 건드릴까 조심, 또 조심했다.

DJ가 두각을 나타내자 우파 세력은 끊임없이 사상 공세를 해왔다. 그가 좌익 또는 용공분자라는 마녀사냥식 선전이다. 그는 젊었을 때 건준(建準)에도 참여하고 백남운(白南雲)의 신민당에도 가입했단다. 그러나 공산당에 입당한 적은 없다. 해방 직후의 정치 상황은 자본주의와 공산주의를 절충하는 중간파 사상이 압도적이었다. 그때의 정치 성향 통계도 남아있다. 임시정부의 노선도 사회주의적 요소를 많이 흡수한 것이었다. 여운형·김규식 등의 중간파 노선이 많은 지지를 모았다. 오죽하면 미군정도 한때 그들 중간파를 주축으로 나라를 세우려하기까지 했었겠는가. 그러한 시대적 배경에서 볼 때 DJ가 건준 등에 참여한 것은 충분히 있을 수 있는 일이며 또 이해할 수 있는 일이다.

오히려 그러한 정치 이력은 서민 대중을 위한 정치철학을 평생 견지해온 그의 정치사상을 분명히 해준다. 호남의 개혁적 정치 정서와도 들어맞았던 것이 아닌가 한다. 그는 초기에 노동문제연구소에서 노동자 문제에 관심을 갖고 연구하였다. 그의 이름이 대중(大中)이기에 대중(大衆)과 음이 같아서일까(농담만은 아니고 그는 '대중경제'란 말을 좋아했다). 계속 밑에 깔려 있는 대중, 민중(영어로 underdog)의 챔피언 노릇을 해왔다.

그는 장면 총리의 제2공화국 시대에 집권 민주당의 대변인이었는데 원내가 아닌 원외가 집권당의 대변인인 것은 파격이 아닐 수 없다. 그만큼 그는 똑똑했던 것이다. DJ의 두뇌가 컴퓨터 같다는 것은 잘 알려진 얘기다. 나도 그런 경험을 했다. 신문기자 때인 1961년 그가 대변인일 때 촌지를 사양한 일이 있다. 아마 100명이 넘는 출입기자를 상대했을 것인데 30여 년이 지난 후인 1990년대 초에 그는 그 일을 정확히 기억하고 말하는 게 아닌가. 놀랐다.

그렇게 재주가 있고 능변이기에 반대파 측에서는 거짓말을 일삼는다는 비난을 퍼붓기도 했다. 아마 반대파, 그 가운데도 정보기관들의 흑색선전이 대부분이었을 것으로 생각한다. 그가 말을 너무 잘하기에 혹 그것이 궤변이 되었을 수도 있을 것이다.

자주 인용되는 DJ의 대정부 비난에 이런 게 있다. 자서전에도 비슷하게 나와 있다. "고속도로가 엄청난 부실공사이기에, 고속도로가 누워있기에 망정이지 서 있었더라면 와우아파트처럼 무너졌을 것이다." 정론인가, 궤변인가. 헷갈린다.

개인적인 일화를 보탠다면 나는 1960년대 말에 그와 긴 얘기를 나눌 기회가 있었을 때 "서독 빌리 브란트의 동방 정책이 훌륭한데 한국의 빌리 브란트가 되십시오"라고 훈수를 했었다.

1971년 대통령 선거에서 아슬아슬한 접전을 펼친 후 그에게는 수난의 기간이 계속된다. 그는 수난의 상징으로, 민주투사로, 민주주의의 영웅으로 점차 격상되었다. 권력의 탄압도 계속 강화되었다. '정보 정치'라고 하는 중앙정보부를 중심으로 한 권력기관의 탄압은 악랄하고도 가혹한 것이었다.

그러한 탄압에 저항하자니 그의 정치 행태도 같은 강도로 방어적으로 강화될 수밖에 없는 일이다. 우선 조직이 단핵(單核) 중심의 집중적이고 권위적으로 된 것은 어쩔 수 없을 것이다. 흔히 그를 독선적이라고 말했다. 정치적 위임을 거의 하지 않고 모든 것을 직접 챙겼다. 밑의 사람들에게는 복종

만을 요구했다. 형식상 권한대행(權限代行)이라는 것을 두었으나 그것은 허명(虛名)이었다. DJ가 외국에 나갈 때 어느 권한대행이 "권한은 가고 대행만 남았다"고 농담을 하여 언론에 기사화된 일도 있었다.

돈 관리를 매우 철저히 하여 돈 욕심이 너무 많다, 엄청난 축재를 했다는 등 많은 비난이 진부를 알 수 없이 뒤따랐다. 그러나 한번 생각을 바꿔보자. 정보 정치의 무자비한 탄압, 와해공작, 감시, 이간질, 돈줄 조이기 등에서 그가 거기에 대항하여 그렇게 철저히 대비하지 않았다면 살아남을 수 있었을까 하고. 그렇다고 하더라도 항간에는 숨긴 재산 운운하고 의혹의 눈초리를 계속 보내고 있다. 역대 대통령의 행태를 보아서 엉뚱한 얘기라고 정면으로 부인하기도 어려운 일이다. 앞으로 두고 볼 일이다.

DJ의 대통령 재임 5년간에 관한 잘잘못의 대조표는 많이 나와 있다. 이미 평가는 거의 끝났다. 몇 마디로 말해, DJ는 남북문제에 돌파구를 열었다. 국가 정체성의 훼손을 말하기도 하지만 분단국이 통일하는 과정에서 그런 논란은 불가피하다. 흔히 말하는 퍼주기 운운도 동서독의 경우에 비추어 보아도 부자 형이 가난한 아우 돕는 일 같은 게 아닌가. 다만 정상회담을 위해 큰돈을 대가로 지불한 문제는 논란거리다.

IMF 사태를 맞아 너무 많이 양보하여 국부가 유출되었다는 등 비난이 있다. 그러나 그때는 정말 다급했던 상황에서 빚어진 일이다. 그 후 신자유주의 정책에 따라 중산층이 줄어들고 비정규직이 늘어나며 빈부 격차가 심화된 것은 사실이다. 그러나 그는 서민 대중을 위해 계속 노력하였다. 미흡하나마 '생산적 복지'라는 개념에 따라 기초생활보장 등에서 진일보하였다. 요즘 논의되는 복지론에서라면 그는 당연히 유럽 모델, 보편적 복지 쪽이라 본다.

민주주의·인권의 더 한층의 신장은 두말할 것 없다. 그는 '민중, 민족, 민주'란 말을 썼는데 그 말 그대로 그는 민중의 시대를 강조했다는 특색이 있다. 대중적 정치, 정치의 밭을 심경(深耕)하려는 노력이다.

DJ는 집권을 위해 모든 것을 바쳤다고 할 수 있다. 사생활도 거의 희생한 것 같다. 그는 집권을 위해 모든 것을 '수단화' 했다고도 하겠다. 마키아벨리를 흔히 현대 정치학의 시조라고 말한다. 도덕과 정치를 분리해서 생각하는 사고(思考)다. 도덕적 관점을 중심으로 보면 DJ는 비난받을 점이 없다고 할 수는 없을 것이다. 1987년 민의를 어기고 평민당으로 분당하여 나와 대통령에 출마, 민주 정권 창출에 실패한 일이 대표적으로 꼽힌다.

그러나 그 후의 정치 전개와 관련하여 엉뚱한 생각도 든다. YS에 이어 DJ가 집권한 것이 '역사의 지혜' 같기만 하다는 것이다. 흔히 YS에 의한 하나회 척결 등 군·관계 정지작업이 DJ의 집권에 선행한 것이 잘된 일이라 말한다. 6·25를 치렀고 군이 비대할 대로 비대해진 우리나라의 경우 군에 의한 정치, 군(senior)과 민(junior) 연합에 의한 정치, 민(senior)과 군(junior) 연합에 의한 정치, 그리고 민에 의한 정치라는 과정을 생각해 볼 수 있다. 노태우-김영삼-김대중은 여하간 그런 순서의 과정을 밟았다.

DJ가 남긴 명구 가운데 이런 게 있다.

"서생(書生)적 문제의식과 상인(商人)적 현실감각을 가져야 한다."

마키아벨리의 많은 명구 가운데 다음과 같은 게 있다.

"사자와 여우를 닮아야 한다. 사자는 스스로를 함정에서 보호할 수 없으며, 여우는 스스로를 늑대에서 보호할 수 없다."

DJ의 명구가 현대 감각이 있어 특히 정치하는 사람들이 늘 음미하며 볼 만하다 하겠다. "국민의 손을 잡고 반걸음만 앞서 나가십시오"란 말과 함께.

기예 등에 뛰어나면 입신(入神)의 경지에 이르렀다고 한다. 그런 뜻에서라면 DJ는 정치에 있어서 입신의 경지에 이른 것이다. 그의 자서전을 읽다 보면 새삼 감탄, 감탄하게 된다. 우리 시대가 가진 위인(偉人)이다. 그러나 한편 무언가 겉도는 듯한 느낌도 든다. 하느님을 지나치게 너무 자주 내세워서일까, 인간을 느끼기가 어렵고 저항감이 느껴지기도 하여 언뜻 위선적이란 느낌이 스쳐 지나가기도 한다. 지나친 얘기일까.

조세형 권한대행이 남긴 한 글이 떠오른다. DJ 측근들이 한번은 기습적으로 그를 기생이 있는 요정에 모셨다는 것이다. 인생의 '잔재미'를 모르고 살아온 DJ는 대단히 당황했고 계속 어색해 하더라는 것이다. 오랜 감옥 생활 등 지나친 수난 때문에 그렇게 된 것인가. 항상 계속하여 민주 투사임을 '연(然, pretend)' 하다 보니 아예 그렇게 굳어져버린 것인가.

DJ의 대통령으로서의 정치 치적을 내다볼 수 있는 한에 있어서의 당분간 한국 상황에서는 대통령으로서 할 수 있는 개혁(진보란 표현을 써도 무방하겠다)의 상한선(上限線)이 아닌가 하는 생각이 들기도 한다. 노무현 대통령도 있으나 그의 통치는 개혁에는 좀 더 나갔으니 불안정성의 통치였다.

남북 분단과 그에 따른 보수 우파의 강세, 미국의 존재와 좌파의 한계, 자본주의 체제에서 재벌(대기업), 우파 거대 언론 등과의 공존의 불가피성, 정부나 공공 조직을 능가하는 많은 민간 부문의 거대화(거기에 대비해서의 정치 조직의 왜소화) 등을 고려할 때, 'DJ의 상한선'이란 생각이 떠오르는 것이다.

그동안 이승만, 박정희……김영삼, 김대중, 노무현 대통령을 경험했는데 정당(의회) 정치인으로서는 김영삼, 김대중, 노무현이 있다. 김영삼 대통령은 다수파에 기반하여 보수적으로 안정적 정치를 했다.

정당 정치인은 아니지만 건국의 대통령인 이승만, 경제개발의 대통령인 박정희 대통령이 있다.

시대에는 여러 가닥의 흐름이나 노선이 있다. 그리고 각각의 가닥이 나름대로의 존재 이유, 장점과 단점 또는 정당성과 결함을 갖고 있기도 하다. 다면성(多面性)이라 할까 상대성(相對性)이라 할까. 따라서 역대 대통령을 평가함에 있어서 단안(單眼)이 아닌 복안(複眼, 일본인들이 잘 쓰는 표현)으로 보아야 한다는 얘기다.

여기서 누구를 옹호하려는 것이 아니라 그들도 과오와 함께 기여한 역할도 있다는 관정에서 얘기해본다면, DJ처럼 이승만을 비판한 할 것이 아니고 건국의 공로는 결과론적으로라도 인정해야 할 것이다. 박 대통령도 민주주의와 인권이란 측면에서는 말할 수 없는 고통을 안겼지만 압축 성장이란 경제 건설의 공로는 인정해야 할 줄 안다. 양가적(兩價的)인 판단을 한다고 바로 양시론(兩是論)을 말하는 것은 아니다. 결국 종합 판단을 할 수밖에 없다.

그렇게 볼 때 DJ는 여하간 개혁·진보 쪽의 위인임이 틀림없다. 보수·진보를 통틀어서 얘기해도 우리나라의 민주화 과정의 수난자요 승리자로서의 상징이었다 할 것이다.

DJ를 생각할 때 역시 노벨 평화상을 수상한 남아프리카공화국의 넬슨 만델라가 연상되기도 하여 슬며시 민족으로서의 긍지를 느끼기도 한다.

DJ의 평가 문제는 지나간 일이 아니고 계속 살아있는 좌우파 간의 논쟁점이 될 것만 같다.

DJ가 연 지방자치 길 따라 이장에서
도지사까지

김두관 경상남도 도지사

김대중 전 대통령의 인생은 곧 한국 정치사, 민주주의의 역사에 다름 아니다.

나는 민주주의를 '사람들의 생각은 서로 다르다는 것을 인정'하는 것이라고 본다. 화살을 만드는 장인은 '화살이 날아가서 사람을 제대로 다치게 하지 않으면 어쩌나' 하고 고민하고, 갑옷을 만드는 사람은 '갑옷이 사람을 보호하지 않으면 어쩌나' 하고 고민하기 마련이다. 하지만 각자의 처지를 인정하게 되면, 서로를 존중하게 될 것이고, 그것이 민주주의의 출발점이라고 생각한다.

김대중 전 대통령이 살아온 한국 현대사는 '다름이 인정되지 않는 사회'였다. 끊임없는 인내와 용기, 투쟁을 요구하는 시대였고, 시대의 요청에 따라 그는 '사형수'가 되었다. 오늘날 우리가 누리는 이 정도의 민주주의와 복지의 많은 부분이 그에게 빚진 것이 아니던가?

김 전 대통령께서 좋아하고 즐겨 휘호로 쓰셨던 문구가 '사인여천(事人

如天)'이었다. '백성을 섬기기를 하늘같이 하라'. 조선 말기 동학운동의 구호이기도 하였다. 김 전 대통령은 정치는 민심을 받드는 것이 최고라고 생각했던 것 같다. 그의 국민에 대한 사랑과 애정은 평소 연설 등에서도 잘 나타난다. 그의 연설문은 주로 '사랑하고 존경하는 국민 여러분'으로 시작했다. 국민에 대한 진정성을 느낄 수 있다.

또, 평소 정치인들에게 '국민의 손을 잡고 반걸음만 앞서 나가라'고 강조하였다. 현대 정치는 국민을 무시해서는 결코 성공할 수 없으며, 민심보다 앞서 뛰거나, 뒤쳐져 낙오해서는 안 된다고 이야기하였다. 어떤 형태로든 정치에 참여하는 사람은 '국민과 함께'라는 원칙을 숙지하고, 목적이 정의롭고 고상할수록 '국민과 함께'라는 방법상의 원칙을 더욱 지켜야 한다고 주장하였다. 단순한 표현이지만, 정치인이 가장 기본적으로 알아야 하고 지켜야 할 덕목이다.

지난해 6·2 지방선거를 통해 경남 지역에서는 지방자치제 실시 15년 만에 처음으로 야권 성향의 도지사가 당선되었다. 도민들께서 야3당과 시민사회 단체가 지지한 무소속 후보를 밀어주신 결과다.

광역지방정부 차원의 첫 정권 교체를 이루면서, 여야 간 첫 수평적 정권교체를 이루어냈던 1997년 겨울을 깊게 생각해 보았던 적이 있다. 진보 진영의 많은 반발에도 불구하고 자민련과의 연합 등을 통해 제1기 민주개혁정부를 탄생시켰던 김 전 대통령의 고뇌와, 그를 통해 노무현 전 대통령의 제2기 민주개혁정부에게까지 바통을 넘길 수 있었던 그의 혜안을 생각해 볼 기회가 있었다. 2012년 대선이 얼마 남지 않은 지금, 민주 개혁 진영 간에, 진보 진영 간에 작은 차이 때문에 또 한 번의 역사적 과오가 일어나는 게 아닌가 하는 걱정이 있다. '국민과 함께'라는 김 전 대통령의 철학을 다시 한 번 새겨야 할 때가 아닌가 하는 생각이다.

나는 정치하는 사람은 자신의 이념이나 비전을 가져야 한다고 생각한다. 정치란 열정과 균형 감각을 가지고 자신의 대의를 실현해 가는 과정이다. 우리 역사에서 김대중 전 대통령만큼 정치, 경제, 복지, 지방자치, 남북 관계 등 국정의 전반에서 뚜렷한 자기 철학을 가지고 있었던 사람을 보기 힘들다. 탄탄한 공부와 사색으로 대중경제론, 4대국 보장론 등 선구자적인 비전을 제시했고, 또 이를 실천해 나갔다. 노무현 전 대통령도 그를 일컬어 '정치의 천재'이자 '정책의 천재'라고 했다.

이장과 군수, 도지사 등 주로 지방에서 활동을 해온 나로서는, 김대중 전 대통령을 지방자치와 분리해서 생각할 수 없다. 김 전 대통령은 권력이 중앙으로 집중되는 것을 막기 위해 줄곧 지방자치제 실시를 주장해 왔다. 특히 1990년 평민당 총재였던 그는 지방자치제의 전면 실시를 요구하며 단식에 돌입하여 기어코 지방자치제 도입을 이끌어 내었다. 일각에서는 지방분권이 야당의 집권에 도움이 될 것이라는 계산이 있었다는 평가도 있지만, 나는 김 전 대통령의 풀뿌리 민주주의에 대한 신념 때문이었고 생각한다. 김 전 대통령의 꾸준한 노력으로 1991년 지방자치제가 부활될 수 있었다. 김대중 전 대통령의 지방자치제에 대한 노력 덕분에, 나 또한 1995년 첫 민선 남해군수가 되었고, 당시 인구 6만의 섬마을 경남 남해군의 군정을 7년간 맡을 수 있었다. 그리고 이 경력을 토대로 행정자치부 장관, 그리고 지금 경남도지사까지 오게 되었다. 한때는 김 전 대통령께서 '지역등권론'을 주장하면서 영남 민주 세력이 힘든 싸움을 한 적도 있었고, 작은 원망도 있었지만, 김대중 전 대통령의 가장 큰 수혜자가 나라는 생각도 든다.

　내가 존경하는 인물인 다산 정약용 선생의 목민심서에 보면 "권분야자(勸分也者), 권기자분야(勸其自分也), 권기자분(勸其自分), 이관지생력다의(而官之省力多矣)"라는 구절이 있다. "권분이란 그 스스로 나누어 주도록 권하는 것이다. 스스로 나누어 주도록 권하면 관의 힘을 덜게 되는 것이 많다"는 뜻이다. 권력은 쪼개면 쪼갤수록 좋은 것이라고 이미 200여 년 전에 이야기하고 있다. 지방자치제 실시가 지방분권의 첫 시발점이 되었지만 아직 우리나라는 중앙의 권한 집중, 수도권과 지방의 불균형은 해소되지 못하고 있다. 요즘 들어 도리어 퇴행을 거듭하고 있어 안타깝다.

　김 전 대통령은 햇볕정책으로 남북 관계에 있어서도 새로운 지평을 열었다. 튼튼한 안보를 바탕으로 남북 간의 화해와 교류, 협력을 만들어 온 그의 정책이 단절되면서, 천안함과 연평도로 대표되는 요즘의 답답한 남북 관계를 보고 있노라면 안타깝기 그지없다. 남북이 소모적인 대립 관계에서 벗어나 상호 공존하면서 교류와 협력을 통해 한반도의 평화와 안정을 이루어 나가려는 그의 의지와 정책을 이어나가려는 우리들의 노력이 부족해 더욱 안타깝다.

　김대중 전 대통령은 퇴임 후에도 남북 관계의 악화로 북한 경제는 중국 경제에 의존할 수밖에 없을 것이고, 이러한 경제적 예속은 군사적·정치적 예속을 의미한다고 끊임없이 경고했다. 우리가 북한에 경제적으로 진출해서 중국과 균형을 맞춰 나가야 한다고 주장했다. 또, 지금 상황에서 북한에서 예기치 못한 상황이 발생하면 최소 700만 명 이상의 난민이 발생해서 재난 상황에 이를 수 있기 때문에 북한의 경제적 자립이 중요하다고 강조했다. 먼저 북쪽의 경제력을 키운 다음에 통일이 되어야 한다는 것이다. 한반도 주변 강대국과의 협조와 북한과의 지속적인 교류를 통해서만 한반도의 긴장을 완화하고 남북 간의 화해와 협력을 이룰 수 있다는 것을 강조한 것이다.

MB정부 출범 이후 강경한 대북 정책으로 남북 관계가 급격하게 경색되어 지방자치단체나 민간단체의 대북 교류마저도 거의 단절되어 버렸다. 우리 경상남도만 해도 지난 참여정부 때는 딸기 모종 생육 환경이 좋은 북한에서 모종을 키워 우리 지역에 들여와 키움으로써 남과 북이 공동의 이익을 만들어 낼 수 있었다. 그리고 전세기를 내어 대규모 도민 대표단이 평양을 방문하는 등 활발한 교류 협력 활동을 벌여 왔지만, 이런 소중한 협력의 싹들이 고사 위기에 처해 있다. 지난 1월 도청 조직 개편을 통해 남북 교류 담당까지 만들어 놓았지만, 남과 북의 총체적인 불신과 반목 속에서 좀처럼 돌파구를 만들지 못하고 있다.

한국의 복지정책도 김 전 대통령을 비껴갈 수 없다. 그는 '복지는 시혜가 아니라 인권'이라고 갈파했으며 국민의 정부 이후 비로소 제대로 된 개념의 복지정책이 들어 설 수 있었다. 국민기초생활보장제도가 대표적이다. 2000년 10월 시행된 국민기초생활보장제도는 근로 능력에 관계없이 최저생계비 이하 저소득층의 기초 생활을 국가가 보장하도록 해서 국가의 사회 안전망을 강화하였다. 생계 급여 수급자는 1997년 37만 명에서 2002년에는 155만 명으로 무려 네 배가 증가했고, 4인 가구 기준으로 1997년 33만원에서 2002년 87만원으로 실질적인 생계보장이 이루어졌다.

국민의 정부는 '생산적 복지'라는 말로 복지 정책을 펼쳤기 때문에 보편적 복지와는 다소 차이는 있었다. 당시 IMF 경제 위기로 공적 자금을 165

조원을 빌려 썼고 이자만 1년에 10조원 이상이었기 때문에 세금을 올리지 않고는 복지 쪽으로 출연할 자금이 없었기 때문에 한계는 있었지만 우리나라 복지 수준을 한 단계 격상시켰다는 데 큰 의미가 있다고 본다.

내가 도지사로서 가장 중점적으로 추진하는 정책들이 어르신 틀니 보급 사업, 보호자 없는 병원, 친환경 무상 급식 등이다. 올해 65세 이상 어르신 2000여 명에게 틀니를 보급할 예정이며, 매년 확대해 나갈 계획이다. 보호자의 간병 부담도 덜어주고 지속가능한 사회적 일자리를 만들어 내기 위해 보호자 없는 병원 사업도 추진하고 있는데 현재 마산의료원과 진주의료원에서 30병상 정도 시범 운영 중이다. 무상급식 예산도 지난해에 비해 10배 정도 늘렸다. 이런 사업들을 추진하면서 많은 어려움을 겪었다. G20 의장국이라는데, 애들 눈치 보게 하지 말고 밥 한 끼 먹이자는 것도 쉬운 일이 아니었다. 김 전 대통령께서 좀 더 과감하게, 좀 더 진보적으로 복지정책을 가져가지 못했다는 것을 비판하는 분들도 있겠으나, 이상과 현실의 조화 속에서 복지 확대를 위해 최선을 다했다고 믿고 있다.

김대중 전 대통령은 우리나라의 정보 통신 분야도 획기적으로 발전시켰다. 김 전 대통령은 취임식에서 "우리 민족은 21세기 정보화 사회에 큰 저력을 발휘할 수 있는 우수한 민족입니다. 새 정부는 우리의 자라나는 세대가 지식정보 사회의 주역이 되도록 힘쓰겠습니다. 세계에서 컴퓨터를 가장 잘 쓰는 나라를 만들어 정보대국의 토대를 닦아 나가겠습니다"라고 천명하고 그것을 실천에 옮기기 위해 노력했다.

임기 동안 전국 144개 주요 지역을 광케이블 초고속 정보 통신망으로 연결하고, 초고속 인터넷 1000만 가구 돌파 기념식을 갖기도 하였다. 또, 인터넷을 비롯한 정보 통신 분야의 발달은 학생들에게 투자하는 것이 가장 효과적이라고 보고 세계 최초로 전국 초·중등학교를 초고속 인터넷으로 연결하였고, 33만 명의 교원들에게 PC를 보급하고, 가난한 50만 명의 학생에게는 무료로 컴퓨터를 가르쳤다.

김대중 전 대통령은 인터넷 인프라 구축과 함께 정보화 교육에 힘을 쏟아 우리나라의 미래를 위해 지식정보 강국 건설에 최선을 다했다고 말하고 싶다.

김대중 전 대통령과 국민의 정부의 여러 가지 공과(功過)에 대해서는 사람들마다 평가가 다를 수 있겠지만, 김 전 대통령이 평생에 걸쳐 사색하고 준비하며 공부했다는 것, 또한 철학과 경륜, 비전을 가진 정치가임은 누구도 부인할 수 없을 것이다. 그리고 원칙을 포기하거나 쉬운 길을 택하지 않았으며, 묵묵히 가야 할 길을 갔고, 마침내 용기와 인내, 결단의 결실을 우리에게 축복처럼 남겨 주셨다.

지난 2007년 대통합민주신당 대통령 후보 경선에 출마를 선언한 후 김대중 전 대통령을 만난 적이 있다. 이 자리에서 김 전 대통령은 큰 정치인이 되기를 당부하며, "국민 여론에 귀 기울일 줄 아는 자세를 가져라. 큰 정치인의 자세를 견지하라. 정도(正道)를 걷고, 당당하게 가면 국민은 알아줄 것이다"라고 말씀하셨다. 또, "큰 정치를 하겠다는 것은 국민과 하나가 된다는 것이고, 국민을 받든다는 것이다. 그러기 위해서는 인내심과 끈기가 필요하다. 옳은 일은 계속해야 한다. 그게 행동하는 양심이다. 끈기와 소신을 가지고 열심히 하길 바란다"고 격려하셨다.

그 말씀을 지금도 소중하게 간직하고 있다. 그리고 평생 가져가면서 실천할 것이다. 지난해 두꺼운 『김대중 자서전』을 읽으면서, 거인의 면모를 다시 한 번 접하였고, 정치인으로서 그리고 우리 시대를 함께 만들어 가는 책임 있는 한 사람으로서 부끄러움도 느끼고 또 새로운 각오도 가질 수 있었다. 삶의 마지막까지 민주주의와 민생 경제, 남북 관계의 후퇴를 걱정하며 행동하는 노정객의 격정 앞에서, 역사의 진보와 인생의 아름다움을 믿는 그의 낙관 속에서 한없이 부끄러웠고, 또 그런 스승을 가질 수 있는 우리 시대가 고마웠다.

이제 그의 어깨 위에 서서 더 멀리 보고, 더 많은 길을 가야할 임무는 우리들의 것이다. 큰 뜻에 동의 한다면 작은 차이는 남겨두고 손을 마주 잡는 것이 우리의 일이다. 김 전 대통령의 어록 중에 "기적은 기적적으로 오지 않는다"라는 말이 좋다. 이 시대의 고민을 치열하게 고민하고, 역사를 믿고 국민을 믿고 함께 뭉쳐서 나아간다면, 떳떳하고 역사에서 승리하는 길이 올 것이라고 믿는다.

'민주화 이후' 민주주의에 진전 없었다: 민주화의 상징, 그러나 제왕적 정치인

강원택 서울대학교 교수

정치인 김대중의 삶은 그 자체가 민주화를 향한 현대 한국 정치의 역사를 고스란히 반영하고 있다고 해도 결코 과언이 아니다. 그가 세 번의 낙선 끝에 보궐선거에서 처음 국회의원으로 당선된 이틀 뒤 5·16 쿠데타가 터졌다는 사실이 상징하듯이 그의 정치적 운명은 출발부터 군부 권위주의 체제와 묘한 인연을 맺고 있다. 특히 1971년 대통령 선거에 출마하여 박정희에게 패배한 이래 1987년 6·29 선언까지 김대중은 납치 살해 음모와 투옥, 사형 선고, 정치적 망명 등 군부 권위주의 체제로부터 온갖 정치적 탄압과 박해를 받았다.

그런 점에서 볼 때 1997년 김대중의 대통령 당선은 그 자체만으로도 한국 민주주의의 발전사에서 특별한 의미를 지닌다. 군부 권위주의 세력이 사형을 선고했던 민주화운동의 지도자가 대통령으로 당선된 것은 한국이 민주화된 체제로 완전히 이행되었다는 사실을 대내외적으로 가장 상징적으로 보여주는 일이기 때문이다. 아파르트헤이트라는 인종차별 정책의 철폐 운동을 이끌어 온 넬슨 만델라의 대통령 당선이 남아프리카공화국의 극적인 정치 변화를 상징했듯이, 김대중의 대통령 당선은 대외적으로 한국 정치의 민주화를 과시하는 일이었다.

흥미롭게도 시기적으로 볼 때 김대중의 대통령 당선은 외환 위기로 인해 기존의 통치 체제 전반에 대한 근본적인 변화의 필요성이 요구되었던 때에 이뤄졌다. 박정희 정권 이래 추진되어 온 관료와 재벌을 중심으로 한 국가 주도 경제개발 시대의 종언과 함께 김대중 정부는 출범하게 된 것이다. 말 하자면, 김대중 정부는 정치적 민주화의 심화뿐만 아니라 경제적인 측면에 서도 권위주의 시대의 유산인 발전 국가 체제를 넘어서야 한다는 시대적 책 무 속에서 등장하게 된 것이다.

또한 김대중의 대통령 선거 승리는 한국 정치 역사에서 최초로 평화적인 수단에 의한 야당으로의 권력 교체를 의미했다. 민주화가 되었다고 하지만 김대중 정부 출범 이전까지는 사실 구 권위주의 세력의 권력 유지가 계속되 어 왔기 때문에 민주화로 인한 정치적 환경의 변화를 충분히 깨닫기는 어려 운 일이었다. 그러나 김대중의 집권으로 권력 담당의 주체의 변화가 선거를 통해 이뤄질 수 있다는 사실을 승자, 패자 구분 없이 모두가 실감하게 되었 고, 김대중 집권 10년 후 또 다른 정파 간 권력 교체를 통해 한국 민주주의 는 미국 정치학자 사무엘 헌팅턴이 민주주의 공고화의 조건으로 든 '두 번 의 정권 교체라는 시험 과정(two-turnover test)'을 넘어서게 되었다.

그런데 김대중의 당선은 단순히 야당에 의한 정권 교체라는 측면을 넘어 한국 민주주의의 안정적 발전이라는 관점에서 볼 때도 매우 중요한 의미를 지닌다. 적어도 박정희 정권 시절 이후 호남은 정치적으로나 경제적으로 한국 사회의 주변부(periphery)였다. 박정희 정권 시절 강력하게 추진되었던 경제개발은 경부 축을 중심으로 진행되었다. 그 결과 부산, 울산, 포항, 구미 등의 영남권 공업 도시들이 성장해 갔지만 호남권은 지역적으로 그러한 성장의 과실을 제대로 나눠 갖지 못한 채 경제적으로 소외되었다. 박정희 정권의 몰락 이후 권력을 장악한 신군부는 광주민주화운동을 무력으로 진압했고 이후 호남인들은 정치적으로 상당한 차별을 감수해야 했다. 박정희 시대에 시작된 호남인들의 경제적인 소외감은 전두환 정권을 거치면서 정치적 피해의식으로까지 확대된 것이다.

그런데 어떤 정치 공동체 내에서 권력으로부터 소외된 '항구적 소수파'라고 스스로 인식하는 집단이 존재하는 한 그 사회는 안정적일 수 없다. '항구적인' 소수 세력이라는 것은 현재의 정치 구조 속에서는 권력을 장악하거나 권력에 참여할 수 있는 희망이 없다고 생각하는 집단을 의미한다. 이런 상황 속에서는 자신들을 권력으로부터 배제시키고 있는 불공정한 현재의 정치적 경쟁의 틀, 정치 구조를 깨뜨리려고 하는 움직임이 자연스럽게 생겨날 수밖에 없다. 민주주의 공고화 과정에서 무엇보다 중요한 것은 현재의 정치적 경쟁 구조와 권력 배분의 방식에 대한 합의가 유지되고 심화되어야 한다는 것인데 이와 같은 기본적 합의가 부재하거나 그 효용성에 대한 믿음이 약화될 경우 민주주의는 안정적인 심화의 과정을 밟아가기 어렵다. 그러나 김대중의 집권으로 호남인들은 그러한 피해의식에서 벗어났고 정치적, 경제적인 소외감, 주변부라는 차별감을 떨쳐 버릴 수 있게 되었다. 이는 또다시 기존 정치체제에 대한 신뢰를 높였고 궁극적으로 한국 민주주의 체제의 안정성을 높이는 데 기여했던 것이다.

따라서 김대중의 집권은, 그가 어떤 업적을 이뤘느냐를 논하기 이전에 집권 자체만으로도, 한국 민주주의가 보다 포용성을 갖고 안정적으로 나아 갈 수 있도록 만든 중요한 계기를 마련했다. 자신의 정치적 목적을 위해 지역주의를 이용했다는 비판이 끊임없이 제기되었고, 또 김대중의 정치적 생존에는 호남 지역주의가 큰 기여를 한 것도 사실이다. 그렇다고 하더라도 김대중의 집권은 지역주의로 인한 정치적 갈등을 해결할 수 있는 가장 핵심적인 방안이었다. 오늘날에도 여전히 지역주의가 한국 정치에서 중요한 요인으로 작용하고 있지만, 김대중의 집권 이전과 이후의 지역주의는 그 의미나 강도라는 측면에서 적지 않은 변화가 생겨났다고 할 수 있다.

김대중 정부를 되돌아볼 때 아마 많은 이들이 가장 강한 기억을 갖고 있는 정책은 역시 햇볕정책일 것이다. 햇볕정책에 대한 평가는 이념적 입장에 따라 극명하게 갈릴 것으로 생각되며, 이 정책의 추진과 함께 이른바 남남 갈등이라고 불리는 이념적 대립이 우리 사회에서 격렬하게 부각되었다. 그러나 햇볕정책은 우리 정치사에서 남북 관계에 대한 코페르니쿠스적 인식의 전환을 가져다 준 정책이었다. 분단, 특히 한국전쟁 이후 지속되어 온 남북한 간의 군사적 대치와 적대적 대립이 유일한 대안이었던 기존의 인식 틀을 뛰어넘어 남북한의 평화적 공존 가능성을 실제 정책을 통해 보여 주었다. 소련과 동유럽의 붕괴 이후의 세계사적인 탈냉전의 변화가 한반도에도 도달될 수 있음을 보여준 것이다.

햇볕정책은 국내 정치적으로도 커다란 의미를 지닌다. 박정희나 전두환이 무력으로 권력을 쟁취하면서 내세운 명분은 모두 '반공'이었다. 민주적 정통성이 부재한 군부 권위주의 체제를 정당화하고 지탱하는 이념적 토대는 반공이었던 것이다. 그러나 햇볕정책은 이념적으로 한국 정치에서 민주화 이후에도 '금기'로 남아 있던 반공 이데올로기에 대한 최초의 근본적인 도전이었고, 이로 인해 우리 사회의 이념적 지평도 이전에 비해 확대될 수 있었다. 그런 점에서 볼 때 햇볕정책은 단지 북한에 대한 정책에 그치는 것이 아니라 국내 정치적으로도 권위주의 체제가 남긴 부정적 유산의 극복 과정이기도 했다.

그러나 집권 이후 통치자로서 김대중에 대한 정치적 평가는 반드시 긍정적이지만은 않다. 아마 김대중 정부 시기에 이뤄진 의미 있는 정치 개혁은 고위 공직자에 대한 인사청문회법의 제정일 것 같다. 2000년 제정 당시에는 대법원장, 헌법재판소장, 국무총리, 감사원장, 대법관 등에 대해 국회의 인사청문회를 규정했지만, 이후 장관, 권력기관의 장 등으로까지 확대되면서 이 제도는 대통령의 인사권에 대한 국회의 견제력을 상당히 강화했다.

또한 김대중 대통령은 1999년 광복절 연설을 통해 지역주의 타파를 위한 선거제도 개혁을 제안했다. 지역주의에 기반을 둔 정당 정치 구조를 그대로 두고서는 정치가 변화할 수 없기 때문에 선거제도 개혁을 통해 주요 정당들이 서로 상대 정당의 강세 지역에 정치적으로 '침투'할 수 있도록 하자는 것이었다. 그러나 이 논의는 지지부진했고 추진의 동력도 얻지 못한 채 결국 흐지부지되고 말았다. 선거제도 개혁을 위해서는 야당의 협조가 중요한 것이기는 하지만, 제대로 성과를 거두지 못한 것은 김대중 대통령의 의지가 충분히 강하지 않았기 때문이었을 것이다. 전체적으로 본다면 한국 민주주의를 제도적으로 한 단계 발전시키기 위한 깊이 있는 정치 개혁이 김대중 정부 시기에 이뤄진 것은 별로 없는 것 같다.

통치 스타일로 볼 때 김대중 대통령은 미래지향적인 새로운 관행을 만들어내지 못하고 오히려 과거의 통치 방식을 반복했다는 평가를 받아야 할 것 같다. 우선 김대중 대통령의 정당 운영 방식을 예로 들 수 있다. 평화민주당, 민주당, 새정치국민회의, 새천년민주당, 이 모두 김대중이 '만든' 정당들이다. 정치적 필요에 따라 이합집산을 거듭해가며 새로운 당명을 내걸었지만 사실 당내 구성이나 지지층의 변화는 없는 '외형만의' 새 정당이었다. 그리고 김대중은 지역주의를 기반으로 정당을 사실상 사유화했다. 정당이 하나의 지속성을 가진 조직으로 제도화되지 못하고 정치인 개인의 권력 추구를 위한 도구로 전락했던 셈이다. 더욱이 호남 지역의 경우 당의 공천이 사실상 당선을 의미하는 상황에서 당 총재에 대한 충성심이 정치 생명을 좌우하게 되면서 당내 구성원의 자율성은 극도로 제약되었고 김대중은 이른바 '제왕적 당 총재'가 되었다. 정당 간 권력 교체, 권력에 대한 제도적 견제와 균형, 정책 결정의 참여와 투명성 제고 등 정치 체계 전반의 민주화를 위해 애를 썼지만 정작 자신이 이끈 정당 내부의 민주화에 대해서는 소홀했던 것이다.

통치 과정에서도 아쉬운 점이 적지 않다. 사실 김대중 정부는 일종의 연립정부로 출범했다. 이른바 DJP 연합을 통해서 김종필의 자민련과 공동 정부를 구성했다. 김종필은 총리가 되었고 자민련은 과학기술부, 환경부, 건설부, 해양수산부, 보건복지부 등 다섯 개 각료직을 담당하게 되었다. DJP 연합은 소수파의 한계를 극복하고 지역 간 연합을 통해 선거 승리를 도모하기 위한 목적에서 이뤄진 것이지만, 대통령에게 모든 권력이 집중되었던 한국 정치에서 보기 드문 권력의 공유라는 정치적 실험을 행했다는 점에서 나름대로 그 의미를 찾을 수 있다.

　그러나 이 과정에서도 구 시대적인 행태가 적지 않게 나타났다. 집권 이후 자민련과의 공조에도 불구하고 과반 의석을 확보하기 어렵게 되자 무소속 의원은 말할 것도 없고 야당인 한나라당 의원까지 빼오는 구태를 반복했다. 또한 자민련이 2000년 총선 이후 17석으로 원내교섭단체 요건에 미치지 못하게 되자 이 요건을 완화하려고 애쓰다가 한나라당의 반발로 국회가 파행되자 민주당 의원 4명을 자민련에 '꿔주는' 해프닝까지 있었다.

　정치 부패와 관련해서도 이전과 별로 달라진 모습을 보여주지 못했다. 오히려 많은 '게이트'가 터져 나오면서 김대중 대통령과 정부의 권위와 신뢰도를 크게 실추시켰다. 권위주의 체제 하에서 오랜 정치적 탄압을 받은 탓인지는 몰라도 그의 통치는 소수의 측근에 크게 의존하는 모습을 보였고, 이 때문에 대통령의 친인척, 측근 등 이른바 '막후 세력'과 결탁한 부패가 생겨났다.

　물론 이러한 비판은 김대중뿐만 아니라 김영삼, 김종필 등 소위 3김이 모두가 받아야 마땅한 것이다. 정치의 세계는 경쟁자와의 상대적 관계 속에서 형성되는 것이므로 김대중에 대해서만 이런 한계를 지적하는 것은 정당한 것이 아닐 수 있다. 현실적으로 국회 내에서 자파 세력만으로는 소수였다는 한계도 있었을 것이다. 그러나 김대중이 갖는 한국 민주화의 상징성을 고려할 때 그가 권력 교체를 넘어서 보다 민주적 원칙에 충실한 새로운 정치 질서를 만들어내야 한다는 문제의식을 갖고 구태의 정치를 극복하려는 노력을 충분히 보여주지 못한 것은 아쉬운 점이다.

　그런 점에서 볼 때 김대중 시대는 두 가지 상이한 속성을 동시에 지니고 있었다고 볼 수 있을 것 같다. 김대중 정부의 출범은 구조적으로 볼 때 정치적으로 군부 권위주의, 경제적으로 관료 주도의 발전 국가라는 과거 시대의 통치 구조를 덮고 민주화 시대에 맞는 새로운 통치 패러다임을 모색하는 출발점이었다. 그러나 그런 거시적 의미와는 달리 미시적인 차원에서 그의 통치 방식과 정치 문화는 과거 권위주의 시대의 그늘에서 완전히 벗어나지 못했다는 한계를 지녔다. 김대중은 한국 민주화의 상징적 인물이었지만 동시에 제왕적 당 총재이자 제왕적 대통령이었다.

어쩌면 이런 평가는 그에게 너무 많은 것을 요구하고 있는 것인지도 모른다. 그의 정치적 역정이 상징하듯 민주화 시대를 여는 것까지가 그의 몫일 수도 있기 때문이다. 김대중 대통령의 정치적 퇴임을 바라보면서 정치개혁과 지역주의 극복에 대한 요구가 2002년 대통령 선거 과정에서 봇물처럼 터져 나왔다. 그것은 김대중 이후의 정치 지도자들이 해결해야 할 과제로 남겨져 있었던 것일지도 모르겠다.

"김대중 평가요? 그런 쓸데없는 짓을 ……": '빈곤시대' 젊은이들에게 김대중은?

우석훈 2.1 연구소 소장

1. 내가 경험한 김대중 시대

장 폴 뒤부아의 소설 『프랑스적인 삶』은 68혁명을 시작으로 각 대통령 시대를 하나의 장으로 설정하고 있다. 지금은 5년 중임제로 줄었지만, 7년 중임제였던 프랑스도 대통령에 따라 시대가 분류될 수 있을 것 같다. 소설에서 주인공의 어머니는 교열이 직업이던 좌파 지식인이었는데, 사진 작가인 아들이 미테랑의 사진을 한 장 찍어주기를 희망했다. 그러나 제대로 된 사진은 아들의 손에 한 번도 잡히지 못했다. 68세대, 정확히 말하면 그 시기에 고등학생이고, 시위대와 함께 자신의 아버지 가게에 불을 질렀던 주인공은, 벌벌 떠는 국립 대학 교수들 사이에서 아무런 공부도 하지 않고 사회학과를 졸업하게 된다. 『88만원 세대』를 준비하면서 가장 결정적인 모티브를 주었던 것이 바로 이 소설이었다.

지금 와서 생각하면, 현실의 내 삶도 대통령이 누구였느냐에 따라서 심한 굴곡점을 가지고 있던 것 같다. 김대중 대통령을 먼 발치에서나마 실제로 본 것은 1987년 대선 여의도 유세 때, 딱 한 번이었다. 대학교 2학년 때인데, 2월 생이라 한 살 먼저 들어가서 그 대선 때 나는 투표권이 없었다. 그래도 역사의 한 순간일 것 같아서 지금은 소설가로 아주 유명해진 김영하와 구경을 갔었고, 종로까지 진행되었던 시가행진에도 참여하였다. 그때 할머니들이 손에 끼고 있던 금가락지를 벗어서 내어주는 장면을 보았다. 그 후에는 그런 장면을 보지 못했다.

전두환 시대, 나는 언제든 감옥 가도 괜찮다고 생각하면서 살았고, 부부 교사였던 부모와의 불화가 너무 심해져서 대학교 2학년 때 집을 나왔다. 노태우 시대, 경찰한테 쫓기다가 결국 부모의 도움으로 프랑스로 공부하러 떠나갔다. 감옥 뒷바라지하는 것보다는 이게 싸다는 부모의 판단이 있었다. 김영삼 시대에는 시간강사로 사회생활을 시작했지만, 그 가난을 오래 버티지는 못했고 결국 재벌 시대 현대 그룹에서 운영하는 작은 연구소로 들어가게 된다. 3년만 기업을 경험해보고 싶다는 생각을 했었는데, 이 기간이 생각보다 길어졌다. 김대중 시대에는 정부 기관으로 직장을 옮겼다. 워낙 게을러서 아침 6시부터 움직여야 한다는 청와대에서는 도저히 일할 자신이 없었고, 그 대신 이한동 총리 시절에 총리실 근무로 "뭘 좀 도와라"는 주변의 요청을 가름하였다. 노무현 정부가 들어올 때 대통령 인수위원회 움직이는 거 보면서 '이 정부 진짜 아니다' 싶어서, 그가 대통령에 취임하고 한 달이 지나지 않아서 오랜 직장 생활을 정리하고, 녹색당 창당 작업에 나섰다. 이 시절에는 '시민운동의 정치세력화'라는 주제로 시민단체 상근자로 지냈다. 그리고 이명박 시대, 장기하의 노래 가사처럼 "별 할 일 없이 산다". 그렇게 보내게 되었다. 진짜 내 경우도 대통령에 따라서 굴곡적 삶을 산 것 같다.

김대중 대통령의 별세 소식은 경주의 문무대왕 수중릉 앞에 쭈그리고 앉아 있다가 들었다. 영화 〈평양성〉에서 황정민이 ‘신라왕’으로 출연했는데, 그가 바로 문무대왕이다. 그날 나는 살아서는 그에게 진 마음의 빚을 갚을 길이 없다는 사실에 정말 슬퍼졌다. 87년에는 아마도 그에게 투표했을 것 같은데, 그때는 투표권이 없었고, 그다음의 대선에서 전라도 친구들이 나에게 ‘이번 한 번만’, 그렇게 부탁을 했어도 그에게 투표하지 않았다. 그때의 마음의 빚도 있고, 이회창의 한국이 너무 보고 싶지 않아서 노무현 대통령 때에는 “형이 어떻게 그럴 수 있냐”는 후배들의 원성을 사면서도 노무현에게 투표했다.

지금 와서 생각해보면, 김대중 대통령의 경우에는 내가 생각했던 것보다는 대통령직을 곧잘 수행한 것 같고, 노무현의 경우는 그 정도로까지 형편없이 할 줄은, 정말 몰랐던 것 같다. IMF 한가운데에서 김 대통령에게 직접 조언을 할 수 있었던 것은, 당시 한국제도경제연구회라는 작은 단체의 설립과 운영에 나도 참여했었기 때문이다. 지금은 민주당 정책위원장이 된 박순성 교수와 고대 김균 교수, 그리고 나는 같이 움직이고 있었는데, 공교롭게 영국 캠브리지에 있던 시절, 바로 옆집에 김균 교수가 살고 있었다고 한다. 이런저런 경로로 몇 가지 조언을 할 수 있었는데, 내가 첫 번째 했던 조언은 IMF 한가운데에서 폭동의 가능성이었다. 그런 논의를 거쳐 자활 프로그램이 생겨나게 되었고, 지금 한국에서 ‘사회적 경제’라고 부를 수 있는 제도의 첫 틀이 등장하게 된다.

청와대와 직접 일을 한 것은 몇 번 안 되는데, 장재식 산자부 장관 시절에 고유가 대책 등을 몇 번 보고 했었고, 실효성 있는 중요한 일이 벌어지지는 않았지만, 대통령이 뭐가 문제인지는 인식할 정도는 된다는 인상을 받았었다. 그 전 대통령이나 그 후 대통령은, 사실 문제가 뭐인지도 잘 모르는 것 같다. 상사였던 장재식 장관이 바로 장하준의 아버지였는데, 그 시절에 나는 두 사람을 따로 따로 알면서도 부자지간인 것은 생각도 못했다. 부자와 같이 일해보는 건, 정말 진귀한 경험이다. 어쨌든 나의 상사였던 사람 중에 장재식 장관은 오랫동안 기억에 남는 썩 괜찮은 사람이었다.

나는 김대중 대통령에게 그렇게 나쁜 느낌을 갖지는 않았지만, 집권 후반기로 가면서 많은 공무원들은 "지금 정부는 정부도 아니다"고 상당한 불평을 했던 것으로 기억한다. "등산화가 가고 지팡이가 왔다"는 불만들이 많았다. 내가 긴 시간을 가지고 겪어본 낙하산 중에는 에너지경제연구원의 장현준 원장이 있었다. 그는 중앙일보 데스크에서는 유일하게 대선 국면에서 김대중을 도왔던 사람인데, 그 공으로 에너지 쪽으로 왔다. 당연히 밑에서는 낙하산이라고 불만이 좀 많았는데, 그는 내가 살면서 본 낙하산 중에서는 가장 유능했고, 일도 열심히 했다. 연구원장이 되자마자 야전 침대를 원장실에 갔다 놓고 거기서 잤다. 한번은 나도 연구원에서 같이 밤을 샐 일이 있었는데, 식사로 자장면을 시켜먹었고, 자기도 자장면을 먹었다. 직장에서 자장면 시키면서 하다못해 군만두도 없던 배달 자장면이 그때가 처음이었지만, 나는 그 기억이 신선했다. 주먹구구로 하던 20년짜리 장기 계획에 제대로 된 통계 패키지를 구입하도록 하고, 소속 연구원들을 장기 해외 연수도 보내서 실제로 한국의 분석 능력을 높인 것도 그가 한 일이었다. 그 시절에 그렇게 키워진 사람들을 나중에 전경련 등에서 흡수해 갔다.

측근들과 낙하산만으로 본다면, 김대중이 내려 보낸 사람들은 '작은 김대중'처럼 일했던 것 같고, 그게 민주주의인지는 모르지만, 사명감은 가지고 있던 것 같다. 노무현이 내려 보낸 사람들은, 아직까지도 뭐 하는 사람들인지 도무지 모르겠다는 느낌을 가지고 있다. 정부라는 눈으로만 보면 김대중 정부는 다음 정권을 다시 가져갈 흐름을 현장에서 좀 만들어낸 편인데, 노무현 정부는 국민들의 생각은 잘 모르겠지만, 어쨌든 정부 내부에서는 "이들과는 같이 못하겠다"는 흐름이 팽배했다. 현장에 있던 나는 인수위원회 움직이는 거 보고, 이 정부는 망한다는 것을 직감했다. 그 얘기를 나중에 노무현 정부 사람들에게 했더니, 왜 자신들에게 그런 얘기를 해주거나 잘 해 볼 기회를 주지 않았느냐는 원망의 소리를 들었다. 현장 팀장인 내가 인수위원회 고위직에게 쪼르르 달려가, 이런저런 문제점이 있다, 그렇게 말하지 않았느냐는 얘기인데…… 정부도 조직으로서 절차가 있고, 상부와 직거래하거나 직보하는 일은 기본적으로는 하극상이다. 노무현 쪽 사람들에게는 아픈 얘기가 되겠지만, '준비된 대통령'이라는 김대중의 얘기는, 현장에서 보면 진짜로 그랬다. 보수적인 국장 이상의 상사들과 달리 내 또래의 서기관이나 사무관들은 민주 정부를 지킨다는 심정으로 생각보다는 열심히 일했다. 바로 그때 그 사람들을 노무현 중후반에 다시 만나면, "우 박사, 이 정부는 좀 아닌 듯싶다", 그렇게 불만들을 토로했었다. 별로 이념적인 사람들은 아니고, 생활인에 가깝지만 그런 불만들이 쌓이고 쌓여서 정권이 다시 한나라당으로 넘어간 것이라는 생각을 종종 해본다.

어쨌든 김대중 시절에 나는 초고속 승진도 하고, 장관 특별 표창도 탔으니, 공직에서 가장 영광스러웠던 순간은 그 순간이었다고 할 수밖에 없을 것 같다. 그에게 남아 있는 아쉬움은 세 가지로 요약된다.

첫째, 카드 대란. 이건 정상적인 방식으로 해결할 수도 있었는데, '모피아'를 정리하겠다는 IMF 초기의 다짐을 잊어버리고, '흑묘백묘' 얘기와 함께 노쇠한 금융 관료들의 손을 다시 잡은 게 이 사건이다. 이건 노무현 대통령 초기에 두고두고 경제 문제를 일으켰다.

둘째, 새만금 사건. 동강으로 생태 대통령으로 기억될 수도 있었던 그가 새만금 사건으로 반(反)생태 대통령으로 기록되게 되었다. 청와대에서 그를 만났던 시민단체 원로나 학계 원로들이, "그건 전라도 문제라서 이번 한 번만 봐주소", 그렇게 얘기했다고 전한다. 사실 그는 토건 쪽 원로들의 청을 물리치지 못한 것 같다.

셋째. '다이나믹 코리아'. 쇼비니즘을 끊고 국가주의를 좀 청산할 수도 있었을 것 같은데, 그는 정치적으로 후반부에 다시 국가주의를 선택했고, 강력한 한국의 지도자가 되고 싶어했던 것 같다. 그가 욕심을 조금만 접었으면, 한국이 팽배한 쇼비니즘을 좀 줄이면서 합리적이고 부드러운 국가의 방향을 잡을 수도 있었을 것 같은데, 그렇게 하지 못한 것 같다.

그렇다면 김대중 대통령이 가장 잘한 것은 무엇일까? 이건 후임자인 노무현 대통령의 결정적 문제와 연결되는 것인데, 그 시절에도 미국과의 BTI 논의가 있었는데, 한미 FTA 논의 시작하면서 처음부터 풀어주고 시작한 '4대 선결 조건'을 보면서 그는 BTI 논의를 아예 접어버렸다. 실무자로 정부에 참여하면서 본 것 중에서 미국 앞에서 당당한 외교를 했던 그가 놀라웠다.

최근 문화 경제와 관련된 꽤 많은 지표들 분석 작업을 하면서 1인당 문화 지출 등 꽤 많은 지표들이 2002~2003년을 정점으로 그 뒤로 후퇴하고 있다는 걸 알게 되었다. 원래 소득이 높아지면 문화 지출과 함께 문화 산업의 비중이 높아진다는 게 경제학자들이 가지고 있는 일반적인 견해인데, 우리나라에서는 김대중 이후로 실제로는 줄어들거나 어려워지고 있다는 게 놀라웠다.

그게 시민의 정부이든, 민중의 정부이든, 한나라당을 극복하고 새로운 정권이 들어서면 결국 김대중 시절의 '국민의 정부'의 공과를 승계하게 된다. 나는 그가 누구든, 김대중 시절의 생태와 문화, 두 가지의 긍정적 측면들을 계승해주면 좋겠다는 생각을 가지고 있다. DJ 정신은 통일을 위한 노력, 그 한 곳으로만 가두어두는 것은 좀 아닐 듯싶다. 친북과 반북, 그런 것은 김대중이 했던 일의 아주 일부에 불과한 것이 아닌가?

2. 역사 속에서 길을 잃다……

김대중 시절에 시민단체 등 지도자급에 속했던 사람들이 지금은 사회 원로가 되었다. 그들은 세상을 너무 민주/반민주 혹은 친북/반북의 틀로만 보는 경향이 있는 것 같다. 그들이 살았던 시대가 박정희에서 전두환을 관통하던 시대라서 이해는 간다. 나는 그들과는 속해있는 시대가 좀 다르고, 통일을 하면 도움이 되겠지만, 북한도 우리가 관계하는 수많은 나라 중의 하나일 뿐이라는 생각을 가지고 있다.

내 눈에는 친북/반북은 친미/반미만큼이나 우스꽝스럽고 와 닿는 바가 하나도 없는 개념이다. 할아버지들은 그게 진짜 중요하다고 하는데, 나한테는 전혀 와 닿지가 않는다는 게 솔직한 심정이다. 내 밑으로 내려가면 이젠

"통일 하지 말자"는 전혀 새로운 흐름의 새로운 세대가 있다. 직접 물어보면 처음에는 "통일 해야죠"라고 대답을 하지만, 사석에서 술이라도 한 잔 같이 하면서 솔직한 얘기를 시작하면, 취직이나 되면 좋겠다, 방송국에서 PD나 더 많이 뽑으면 좋겠다, 이런 얘기들이 대세다. 그때쯤 다시 통일에 대해서 물어보면, 정말 귀찮은 듯이, 안 되는 게 좋겠어요, 머리 복잡해요, 이렇게 대답을 한다. 할아버지들에게 그 얘기를 전해주면, 진짜 실망스러운 표정이지만, 그게 현실이다.

김대중-노무현으로 이어지는 경제 개편의 실패가 한국을 일본식의 '격차사회'로 이끌게 되었고, 인정하든 인정하기 싫든, 지금의 10대와 20대는 그 1차 피해자다. 그들에게 김대중의 통일 사업에 대해서 얘기하는 것 자체가 입 아픈 얘기이고, 평가는 고사하고 최소한의 관심도 이끌어내기 어렵다. 그가 옳았냐, 틀렸냐, 그런 논의가 벌써 조선일보와 시민사회 원로 사이에서도 격론이지, 대중들 특히 젊은 사람들은 거기에 아무 관심 없다. 그들이 북한이라는 존재에 대해서 진지하게 고민한 것은 전쟁 기념관에서 이명박 대통령이 천안함 발표하던 순간, 전쟁의 공포를 직접 느꼈던 그 순간이 처음이었을 것이다. 그리고 이런 것들이 다시 망각되는 데 1주일, 한국은 1주일이면 모든 것이 잊히는 나라 아닌가?

김대중은 빨갱이다, 전라도 깽깽이다, 이렇게 소리치는 종이 신문들도 20대는 거의 구독하지 않는다. 그렇다면 그 반대편에서, 통일의 일꾼이며, 남북화해를 이끌어낸 사람이라고 외치는 시민단체, 이런 데 회원도 거의 가입하지 않는다. 박정희에 관심 없는 것만큼이나 김대중에게도 관심 없고, 전라도와 경상도의 해묵은 지역감정도 한국의 20대에게는 별로 관찰되지 않는다. 그들이 아는 것은 서울이냐, 아니냐, 즉 '인서울'이라는 용어와 '지 잡대'로 싸늘하게 나누어지는 경계선밖에는 없다.

세상이 바뀌었다. 이제 김대중에 대한 평가도 친북/반북에서 놓아줄 필요가 있을 것 같고, 그의 시대도 조금 더 문화정책이나 복지정책, 그런 세밀한 것들의 시각으로 평가받아야 할 것 같다. 통일을 빼면 김대중에게 뭐가 남는가? 채로 탈탈 털어서 남은 게 있다면 그건 그가 잘한 것이고, 남지 않은 것은 그가 잘못한 것이라고 할 수 있다. 한국의 원로는 좌우 막론하고 10대와 20대의 무관심과 싸워야 한다. 그리고 이 싸움은, 아무래도 할아버지들이 질 것 같다. 김대중 시절의 프레임에서 벗어나지 못한 할아버지들은 지금 현장에서 무슨 일이 벌어지고 있는지, 그들이 어떻게 비추어지고 있는지, 도통 감을 잡고 있지 못하는 것 같다.

물론 지금의 20대 내에도 통일파가 있고, 주사파들도 있다. 그리고 민중파도 있다. 주사파든, 민중파든, 아니면 시민파든, 그들 역시 자기 친구들 사이에서 고립되어 있다. 그렇게 고립되어 있는 건, 대학생 뉴라이트 조직도 마찬가지이고, 강성 교회파도 역시 고립되어 있다. 좌든 우든, 정치조직이든, 종교조직이든, 취직과 스펙을 한 치라도 벗어나는 얘기는 철저하게 고립되어 고사의 길로 가는 게 냉정하지만 지금의 현실이다.

10년만 지나면, 지금의 원로들은 사라질 것이고, 지금 내 또래들이 지도자 역할을 하게 되지만, 실제로 한국의 현장을 움직이는 사람들은 좌나 우나, 서로 혀를 끌끌 차는 바로 지금의 20대가 될 것이다. 김대중 대통령에 대한 평가를 냉정하게 하기에는 아직은 좀 이르고, 10년 후에는 진짜 냉정한 평가가 나올 것이다. 그들이 과연 뭐라고 할지 궁금하시지 않은가? 내가 이해하는 바가 맞다면, 10년 후에는 이런 책을 준비하고 기획하자는 말도 꺼내기 어려운, 또 다른 벽을 만나게 될 것 같다. 과연 그때까지 '종이 책'이라는 이런 양식 자체가 살아있을지도 불투명한 게 지금의 현실이다.

지금의 한국 사회 원로와 20대 대중은 만날 일도 없고, 볼 일도 없고, 서로 관심도 없다. 누군가는 길을 잃은 것인데, 지도자와 대중, 둘 중의 한 쪽이 틀렸다면, 이때는 지도자가 틀렸다고 가정하는 게 내가 학문하는 방식이다. 지금의 경우는? 물론 지도자들이 틀렸고, 10대와 20대는 이상한 역사의 피해자일 뿐이다. 통일/반통일, 이건 젊은이들에게 귀신 씨나락 까먹는 소리에 불과하다. 날 선 듯이 보이는 친북 논쟁과 통일 논쟁, 모두 50대 이상의 할아버지들 얘기에 불과한 게 2011년의 한국이다. '분단 시대'가 한때 한국을 가르는 키워드였다면, 지금은 '빈곤 시대', 이게 우리 시대를 관통하는 키워드다. 수년 전부터 우리는 저축률 자체가 마이너스로 돌아갔고, 노동계급을 중심으로 계산해보면 가구당 평균 부채가 5000만 원이 넘어가는 걸로 알고 있다. 이런 판국에 '분단시대'가 사람들에게 안 먹히는 건 너무 당연하지 않는가?

개인적으로 내가 김대중 시대를 평가할 수는 있겠지만, 2011년 한국이라는 공간 특히 서울이 아닌 지방이라는 공간에서는 김영삼이든, 김대중이든, 그런 논의 자체가 서 있을 곳이 없다. 그런 사람들을 원망할 수도 없고, 또 원망해서도 안 될 것 같다. 대학생들에게 '김대중 시대의 평가'라는 글을 쓰게 되었다고, 의견들을 좀 내보라고 부탁했다. 그들에게 들은 진짜 정답은 간단한 하나의 문장이다.

"선생님, 요즘 먹고 사실 만한가 보네요, 그런 쓸데없는 일을 다 하시구요."

나는 이 시대 젊은이들이 김대중에 대해서 내리는 평가는 이 한 문장으로 충분하다고 생각한다. 그게 시대의 평가인 셈이다.

내란 공범에서 평화적 정권 교체 주역까지 : 기적과도 같은 30년의 기쁨과 보람

이해찬 전 국무총리

세기의 지도자와 함께 한 30년의 여정

내가 김대중 전 대통령과 인연을 맺게 된 것은 1980년 6월 '김대중 내란 음모사건'으로 함께 구속되면서였다. 당시 서울대 복학생협의회 회장을 맡고 있었던 나는 '김대중 대통령의 지시를 받고 학생들을 선동해서 국가 내란을 일으키려 했다'는 혐의를 받았지만 실제 김 대통령을 만난 것은 그해 8월 14일 육군 본부 법정에서 열린 공판장이 처음이었다.

그때 김 대통령은 피고인석 앞줄 중앙에 앉아 있었고 바로 그 뒷줄에 내가 앉아 있었던 계기로 잠깐잠깐 이야기를 나눌 수 있었다. 김 대통령이 제일 먼저 건넨 이야기는 "광주가 어떻게 됐어요?"였다. 나는 "저도 정확히는 모르겠지만 적어도 수백 명 이상이 공수부대의 진압으로 죽거나 다친 것 같습니다. 밖은 긴장 상태입니다"라고 말씀드렸다. 그때까지 광주에서 어떤 일이 벌어지고 있었는지 잘 몰랐던 김 대통령은 매우 놀라셨다.

'김대중 내란음모사건'으로 구속된 사람은 문익환 목사, 이문영 교수, 고은 시인 등 재야인사들과 나를 비롯한 조성우, 설훈 등 청년 학생들을 포함해 전부 24명이었는데 김 대통령은 재판 과정에서 도저히 잊을 수 없는 감동적인 모습을 보였다. 그 사건은 정권을 찬탈하려는 신군부가 두 달여의 고문을 통해 조작해낸 명백한 정치 탄압이었다. 그래서 우리는 재판의 부당성을 지적하고 정치적으로 변호하고 항변했었다. 그러나 김 대통령은 재판의 부당성에 대한 정치적 대응뿐만 아니라 관련 혐의에 대해 법률적으로 하나하나 대응하면서 재판에 신중하게 임했다.

신군부는 김 대통령에게 내란음모혐의에 더해서 "김대중은 미국과 일본에서 반유신운동을 펼치던 중 일본에서 한민통(한국민주회복통일촉진국민회의)을 조직하고 그 의장 취임을 승낙하였다"고 주장하며 국가보안법상 반국가단체 구성 및 수괴혐의를 적용했다. 이로 인해 사형까지 가능한 상태였다. 이에 김 대통령은 "한민통 결성 전에 일본에서 한국 기관원들에게 납치되었으며 의장직을 수락한 일도 없다. 그리고 한민통은 반국가단체도 아니다"라고 밝히며 적용된 법조항 하나하나까지 반박했다.

9월 13일에 열린 19차 공판에서 김 대통령은 수 시간 동안 이어진 최후진술을 통해 심문과정에서부터 있었던 모든 이야기를 다시 조목조목 반박했다. 당시에는 변호인들도 재판을 제대로 기록하지 못했던 상황이었는데 몇 달 동안 벌였던 논쟁을 처음부터 정리하고 반박하는 모습에 정말 놀랐었다. 특히 최후진술을 "모든 것을 하나님께 맡긴다. 이 땅의 민주주의가 회복되면 먼저 죽어간 나를 위해서 정치 보복이 다시는 행해지지 않도록 해달라"는 말로 끝을 맺었을 때, 나뿐 아니라 거기 있던 모든 사람들은 김 대통령이 보여준 신앙의 깊이와 민주주의에 대한 한없는 신념에 깊은 감동을 받았다. 결국 사흘 뒤인 9월 17일, 김 대통령은 사형을 선고받았지만 미국과 일본, 국제사회의 강력한 항의에 밀려 1981년 1월 무기징역으로, 몇 개월 뒤에 20년형으로 감형되었고 1982년 12월 미국으로 망명을 떠났다. 이것이 나와 김 대통령 사이에 이어진 30년 인연의 첫 만남이었다.

고난의 정치 그리고 평화적 정권 교체

김 대통령은 1985년 2월 귀국했지만 전두환 정권에 의해 2년여 동안 가택연금에 처해져서 다시 만날 기회는 없었다. 그때 나는 민주통일민중운동연합(민통련)에서 활동하고 있었는데 1987년 4월 호헌조치 이후 정치권, 재야, 종교·시민단체들이 모두 참여한 민주쟁취국민운동본부가 만들어지면서 김 전 대통령이 김영삼 전 대통령과 함께 고문으로 참여하고 내가 기획 업무를 담당하면서 두 번째 만남이 시작되었다. 온 국민의 민주화 열망을 안고 발족한 국민운동본부는 6월 항쟁을 이끌어냈고 결국 개헌과 함께 1987년 대통령 직선제를 실현시켰다.

그런데 대선 준비 과정에서 김대중, 김영삼 두 정치인의 후보 단일화가 중요 사안으로 떠올랐다. 당시 선거는 1971년 유신 이후 16년 만에 국민들이 대통령을 직접 뽑는 선거였고 민정당의 노태우 후보를 이기기 위해서는 후보 단일화가 첫째 조건이었다. 문제는 후보 단일화의 방법이었다.

결국 민통련에서는 두 분을 모시고 정책 토론을 거쳐 더 진보적인 후보에게 힘을 실어주자는 합의가 이루어졌다. 두 분의 정책 토론 결과, 예상과 달리 29대 2라는 압도적인 다수가 김대중 후보에 대한 지지를 결정했고 문익환 목사님이 중심이 되어 이른바 '비판적 지지'를 선언했다. 그러나 두 후보의 지역 기반이 달랐던 상황에서 민통련의 지지만으로 팽팽했던 힘의 균형이 깨지기는 힘들었다. 결국 단일화에 실패하게 되었고 김 대통령은 노태우, 김영삼 후보에 이어 3등으로 낙선하고 정권 교체 실패에 대한 비난까지 모두 받게 되었다.

대선 패배 다음 해인 1988년 13대 총선이 다가오자 평화민주당 의원들이 대거 탈당하기 시작했다. 원내교섭단체를 유지하기조차 힘든 상황이 되자 김 대통령은 재야 어른들을 만나 "재야인사들이 평민당에 입당한다면, 나도 어렵지만 계속 정치를 하겠지만 그렇지 않다면 더 이상 정치를 하기 어려운 상황이다"라고 말했다. 만일 김 대통령이 선거를 포기하면 대구·경북에서는 여당인 민정당이, 부산·경남에서는 야당인 민주당이 압도적인 자리를 차지하여 영남이 여야를 완전히 지배하고 호남은 정치적 구심점을 잃고 공백 상태에 빠져드는 결과를 초래할 수 있었다. 5·18 광주항쟁 이후 엄청난 상처를 입었던 호남이 정치적으로 고립되어 지지할 정당조차 없는 허무주의에 빠지거나 당시 상황을 단숨에 뒤엎자는 급진주의로 흘러갈 위험이 있었다.

결국 평민당을 살리자는 쪽으로 논의가 모아지게 되었고 문동환 박사를 중심으로 평화통일연구회(평민련)를 만들어 100명에 가까운 인사들이 입당하게 되었다. 이는 재야인사들의 제도 정치권 첫 진입이라는 점에서 한국 정당 정치사의 새로운 역사를 만드는 사건이었다. 그 결과 예상을 뒤엎고 평민당은 70석을 얻어서 제1야당으로 발돋움 할 수 있었다. 그 과정에서 나도 예정에 없던 서울 관악구에서 출마하여 36세에 국회의원이 되었다.

그러나 어렵게 제1야당이 된 기쁨도 잠시였다. 김 대통령에게는 이후 10년간 고난의 정치가 계속되었다. 1990년 김영삼 전 대통령이 3당 합당에 전격적으로 참여하면서 국회 전체 의석 299석 중 219석을 차지한 초거대 여당인 민자당이 등장했다. 비록 그다음 총선인 1992년 총선에서 민자당이 149석으로 줄어들고 노무현 대통령 등과 통합하여 새로 발족한 민주당이 97석의 제1야당이 되었으나 정주영 현대그룹회장이 창당한 국민당이 40석을 가져갔다. 다시 정치 구도가 호남을 고립시키는 지역주의에 매몰되어 버렸다. 1992년 대선은 소수파로 전락한 민주당이 제대로 싸워보지도 못하고 김영삼 후보에게 맥없이 지는 결과로 끝났다. 결국 김 전 대통령은 정계 은퇴를 선언하고 영국으로 떠나게 되었다. 소수파 정당으로 대선을 치르는 것이 얼마나 어려운지 보여준 가슴 아픈 기억이다.

1997년 대선은 더 어려운 상황이었다. 정계 은퇴를 선언했던 김 대통령이 1995년 지방자치 선거를 계기로 다시 국내로 복귀하고 새정치국민회의라는 정당을 만드니 잘 될 수 없었다. 당신의 출마를 말리기도 했지만 결국 정당에게 선거는 피해갈 수 있는 것도 아니었다. 당선이 되든, 안 되든 선거는 치를 수밖에 없었다. 결국 나는 당의 대선 기획본부장을 맡아서 선거에 임했고 김 대통령은 DJP연합, IMF 외환 위기, 이인제 후보의 독자 출마 등이 모두 겹친 상태에서도 39만표, 1.5퍼센트라는 아주 작은 차이로 이회창 후보를 누르고 대통령에 당선되었다. 누구도 예상하지 못했던 결과였다. 1987년 민주항쟁 이후 10년 만에 정통 민주 세력이 집권하게 된 것이다. 대한민국 정부 수립 이래 최초로 평화적인 정권 교체가 이루어졌다.

김 전 대통령과 함께 했던 야당 정치 10년을 돌이켜 보면 그분의 정당 정치에 대한 강한 확신과 선비의 정신과 상인의 지혜를 조화시키는 탁월한 정치 감각을 떠올리지 않을 수 없다. 1990년에 노태우 정부의 중간 평가를 지자체 선거와 맞바꿈한 것은 엄청난 결단이었다.

당시 정치 야합이라는 비난을 받았지만 정당의 뿌리가 약한 한국 정치에서 국민들이 직접 대표를 뽑는 지방자치제도를 도입한 것은 매우 중대한 의미를 갖고 있다. 더구나 몇 차례나 선거에서 졌음에도, 아니 1988년 총선처럼 선거에서 이겼더라도 3당 합당과 같이 호남을 끝없이 고립시키는 지역주의 정치 구도 속에서도 새로운 인물을 찾고 '꼬마 민주당'과의 50:50 통합과 같이 정당을 통해, 선거를 통해 한국 정치의 틀을 바꾸고 민주주의를 정착시키려고 노력했던 김 대통령의 노력은 마땅히 기억돼야 한다.

지식 정보화 사회를 이끈 지도자

한국 민주주의의 발전을 이끌었던 '정치인' 김대중도 대단했지만 '대통령' 김대중도 우리 사회에 큰 족적을 남겼다. 김 대통령은 국제통화기금(IMF) 외환 위기 탈출, 생산적 복지의 확립, 시장경제 정착 등을 큰 성과로 남겼다. 사실 국민의 정부 등장 전까지 우리 경제는 관치 경제였다. 정부 지도 아래 재벌이 은행 차입금으로 기업을 운영하는 경제 구조였다. 김 대통령은 IMF 외환 위기라는 엄청난 위기를 해결하면서도 기업들의 부채 경영 풍토를 바꾸고 금리도 한 자릿수로 낮춰 정상적인 기업 경영이 가능한 시장경제의 토대를 만들었다.

특히 김 대통령은 우리 사회가 산업사회 시대에는 출발이 늦었지만 지식

정보 사회로 패러다임이 전환되는 시대에 앞서서 노력하면 큰 성과를 거둘 수 있다고 보았다. 이를 위해서 IT산업을 육성하고 시대에 걸맞는 인적 자원을 양성해야 한다는 큰 틀을 제시했다. 당시 나는 정권 인수위원회 총괄 간사에 이어 교육부 장관을 맡았는데 지식 정보화 사회가 요구하는 창의적 인재 양성에 대해 김 대통령과 많은 논의를 하게 되었다. 그 결과가 수능과 면접, 내신으로 학생의 적성을 다방면에서 평가하는 입시 요강의 도입이었다. 그다음은 전국의 모든 학교에 컴퓨터를 보급하고 학생과 교사들에게 인터넷을 교육하는 학교 정보화 사업이었고, 이후 7년간 1조 4000억 원이 투입된 사상 최대 규모의 인재 양성 프로젝트였던 BK21 사업으로 이어졌다.

김대중 대통령을 회고하며 또 하나 꼭 말해야 하는 것은 2000년의 남북 정상회담 때의 일이다. 당시 정책위의장을 맡고 있던 나는 김 대통령에게 남북정상회담 이후 남북 교류 협력 사업을 추진하기 위해서는 각 당의 정책위원장들이 평양에 함께 가는 것이 좋겠다는 건의를 드렸고 김 대통령은 기꺼이 수용했다. 한나라당은 동행을 거부해서 나와 자민련의 이완구 위원장이 함께 평양을 방문하게 되었다. 정상회담 직후 나는 국민 1인당 1만원씩만 남북화해와 협력을 위해 돈을 쓰자는 논리로 여야를 설득해서 2001년 예산에서 남북협력기금을 5000억 원 편성했다. 그렇게 확보된 남북 교류 예산으로 금강산관광과 개성공단사업을 차례차례 진행할 수 있었다.

영웅의 시대를 떠나보내며

2009년 5월 노무현 대통령이 돌아가셨을 때, 김 대통령이 받은 충격은 너무 컸다. 심리적으로 큰 충격을 받은 상태에서 노 대통령 영결식장에서 너무 오래 땡볕에 계셨던 이후 건강이 급속하게 안 좋아지신다고 느꼈다. 이미 몸이 약해졌다는 것을 당신도 잘 알고 계셨는지 한명숙 전 총리와 나를 비롯한 몇 사람을 부른 자리에서 "나는 이제 힘이 들어서 더 이상 일을 하기 어렵다. 그런데 이명박 정부가 들어선 이후 다 무너지고 있다. 민주주의가 무너지고 민생 경제가 힘들어지고 남북 관계가 어려워지고 있다. 이제 당신들이 더 열심히 해야 한다. 책임감을 가지고 일을 하라"고 말씀했다. 그리고 한 번 더 뵐 자리가 있었지만 몸은 더 약해지셨고 얼마 뒤에 돌아가셨다.

돌이켜보면 김 대통령을 모시면서 가장 아쉬운 일은 열린우리당 창당 과정에서 김 대통령과의 소통이 너무 부족했다는 것이다. 당시 김 대통령도 아들 문제로 어려웠던 상황이었고 나도 창당 때문에 정신이 없었다. 그때 김원기, 임채정 국회의장이나 내가 두 분 대통령의 소통을 위해 좀 더 노력했어야 한다는 후회가 마음속에 남아 있다.

나는 1980년부터 돌아가시기 전까지 거의 30년 동안 김대중 대통령을 가까이서 지켜봤다. 과연 김대중 같은 지도자가 다시 나올 수 있을까?

그분은 매우 진지하면서도 집념이 강했고 어떤 경우에도 흐트러지는 법이 없었다. 종교적인 철학이나 가치관도 명확했다. 정치에 대한 사명감과 책임감은 어느 누구보다 절실했다. 당신이 마지막까지 이야기했던 "행동하지 않은 양심은 악의 편이다"라는 말을 가장 분명하게 실천한 사람이었다. 그런 분을 모시고 민주화운동을 하고 평화적인 정권 교체를 이룩했다는 것은 지금 돌이켜봐도 기적 같은 일이다. 그리고 그 기억은 내 삶의 가장 큰 기쁨이자 보람으로 남아있다.

준비된 대통령, 김대중

김기식 내가꿈꾸는나라 공동준비위원장

김대중 전 대통령. 우리 정치사에서 아마 그만큼 논쟁적인 인물도 없을 것이다. 1970년 대통령 후보가 된 이후 생을 마감했던 2009년까지 근 40년 간 지지자와 반대자 사이에서는 물론 그를 지지했던 진영 내부에서조차 그를 둘러싼 논쟁은 끊임이 없었다. 그리고 그런 논쟁은 그의 사후에도 여전히 이어지고 있다. 그가 논쟁적인 것은 과거에는 물론이고 현재와 미래의 한국 정치에서 그가 차지하는 위상 때문이 아닐까 싶다. 그에 대한 태도는 각자의 처지와 입장, 노선과 성향을 반영한 것이다. 정치적 영역에서 그에 대한 태도는 오늘과 내일의 정치적 입지와 매우 밀접히 연계되어 있다. 따라서 그에 대한 논쟁은 앞으로도 지속될 것이다.

흔히들 자리가 사람을 만든다고 한다. 그러나 일부 예외적인 사례가 있긴 하지만 민주화 이후 시대에서 대통령, 국회의원, 장관, 자치단체장 등 일정 수준 이상의 공직의 경우, 준비된 만큼 그 자리에 걸맞은 역할을 하더라는 것이 권력 감시 운동을 하며 필자가 갖게 된 생각이다. 이런 점에서 필자는 김대중 전 대통령만큼 그 자리에 필요한 역량이 준비되어 있던 인물도 없었다고 생각한다.

김대중 정부 시절 추진되거나 제도화된 주요 정책 중 시민운동을 하며 필자가 관여했거나 알고 있는 사안은 상당 부분 그의 결단에 의존한 것이었다. 국민기초생활보장법 제정, 국가인권위원회 설치 등 주요 개혁 사안이 관료의 저항과 참모들의 소극성으로 인해 난항을 겪을 때마다 의지할 수 있었던 것은 결국 그의 결단이었다. 매우 다양한 분야의 논쟁적 정책 사안이었음에도 불구하고 그는 관료와 참모에 의존하지 않고 스스로 판단할 수 있을 만큼 잘 준비된 대통령이었다.

국정을 책임지는 정치 지도자에게 보통 사람보다 뛰어난 자질이 필요함은 너무도 당연하다. 미래 비전과 그것을 구체화하고 실현해낼 수 있는 역량, 대중과의 소통 능력, 분명한 자기 원칙과 소명 의식, 결단력과 권력의지는 정치 지도자에게 요구되는 덕목이다. 그러나 불행하게도 우리 정치사에서는 정치 지도자의 반열에 올랐으나 이런 덕목을 갖추지 못한 숱한 인물들을 보게 된다. 필자는 리더십의 관점에서 본다면 김대중 전 대통령이야말로 앞서 언급한 정치 지도자의 덕목을 두루 잘 갖춘 지도자였다고 생각한다.

진보 진영 내부에서 김대중 정부에 대한 가장 날선 비판은 신자유주의 정부였다는 것이다. 분명 국민의 정부는 경제, 노동정책에 있어서 신자유주의적 기조를 취했고, 이에 대한 비판은 정당하다. 비록 IMF 경제 위기 상황이었고, DJP 연합을 통한 집권이었다는 시대적, 정치적 환경과 조건을 고려한다 하더라도 신자유주의적 정책으로 인해 심화된 양극화와 비정규직의 양산은 비판받아 마땅하다. 그러나 김대중 정부를 전적으로 신자유주의 정부라고 규정하는 것은 지나치게 일면적 평가다.

진보 진영의 관점에서 비판적으로 검토해도 국민의 정부 하에서 이루어진 국민기초생활보장법 제정, 국민연금 확대, 건강보험 통합 등은 높게 평가하지 않을 수 없고, 이는 신자유주의 정책 기조와는 다른 정책 방향이었다. 최근 진보 진영 모두가 주장하는 보편적 복지국가의 근간이 되는 주요한 제도가 김대중 정부 하에서 마련되었다고 해도 과언이 아니다. 2000년 의료보험 통합을 통해서 만들어진 우리의 단일한 건강보험 제도는 보편적 사회보험 제도로서 우리보다 발전된 복지국가라고 평가되는 독일, 프랑스 등 조합주의 복지국가에 비해서도 진보적이다. 한국의 사회복지법제에서 처음으로 수급권이라는 국민의 권리성을 인정하고, 급여의 제공을 국가의 의무로 규정한 법률인 국민기초생활보장법은 1999년 6월 21일 김대중 전 대통령의 울산 발언을 통해 결실을 맺을 수 있었다.

필자는 김대중 정부가 사회복지정책에 있어 복지국가의 기초가 되는 사회보장 분야에 집중하고, 제도 개혁에 주력한 점에 주목한다. 김대중 전 대통령은 사회복지, 복지국가, 그리고 사회복지 분야에서 작동하는, '제도화가 만들어내는 불가역적 원리'에 대한 충분히 이해하고 있었던 것으로 보인다.

필자는 김대중 전 대통령이 집권할 때까지 견지해 온 그의 노선과 지지자의 성향을 고려할 때 신자유주의적 정책 기조가 갖는 정치적 문제, 또한 그런 정책 기조가 만들어내는 사회 경제적 문제에 대해 파악하고 있었다고 생각한다. 비록 양극화를 막는 데 실패했지만 경제, 노동정책에 있어서의 신자유주의적 정책 기조와는 반대 방향의 사회복지정책을 적극적으로 추진한 것도 그런 문제를 보완하려는 노력이었던 것으로 생각한다. 이런 점에서

만일 그가 당시와 같은 경제 위기 상황이 아니고, DJP 연합 없이 단독으로 집권할 수 있었다면 그의 사회 경제정책이 사뭇 다르지 않았을까 싶다.

거의 모든 민주 진보 진영으로부터 긍정적으로 평가받고 있는 6·15 정상회담과 대북 포용정책은 1970년대 초반부터 일관된 그의 지론을 실현한 것이다. 국내적으로 가장 첨예한 이념적, 정치적 대립이 존재하는 대북 문제의 특성, 남북 간의 돌발적 상황 발생, 2000년 부시 집권 이후 어려워진 한미 관계에도 불구하고 대북 정책의 일관성을 유지한 것은 수십 년간 형성된 그의 신념과 역량이 반영된 것이다. 국가인권위원회와 여성부 신설, 차별금지법 제정 및 고용평등법 개정 등도 인권, 여성, 소수자 문제에 대한 그의 확고한 인식이 없었다면 가능하지 않았을 것이다.

그의 재임 기간에 대한 평가는 다양할 수 있다. 그러나 그가 정치 지도자로서, 대통령으로서 필요한 국가 운영의 비전과 역량을 가지고 있었음은 의문의 여지가 없다.

김대중 전 대통령의 정치 인생은 영광의 시기보다 시련과 고난의 기간이 훨씬 길다. 그 과정에서 그를 지켜준 것은 무엇보다 열렬한 지지자들의 존재였다. 그렇게 수십 년간 지속된 열렬한 지지층의 형성은 탁월한 대중 소통 능력 없이 가능하지 않다. 자서전을 통해 확인되듯이 그는 뛰어난 연설 능력을 가지고 있었을 뿐만 아니라 시대의 흐름, 대중의 마음을 읽는 능력이 탁월했다. 물론 1987년 민주 정부 수립에 대한 국민적 열망을 저버린 그의 판단과 선택은 그의 정치 인생에 가장 큰 과오였고 이는 스스로도 인정한 바 있다. 하지만 그의 긴 정치 역정을 돌아본다면 그가 끊임없이 대중과 호흡을 같이 하며, 그 속에서 나름의 자기 원칙을 지키려 노력했고, 시대와 국민이 요구하는 역할에 대한 뚜렷한 소명 의식을 갖고 있었음을 확인할 수 있다.

1971년 총선 과정에서의 교통사고, 1973년 동경 납치, 1980년 사형선고 등 생사의 고비를 수차례 넘나들었던 군사독재 치하에서 그는 정치적 신념을 지켜냈고, 1990년 노태우 정권의 합당 제의를 거부했다. 그의 반대자들이 그를 '대통령 병 환자', '권력의 화신'이라고 비난하지만 당시 수많은 야당 정치 지도자들의 행태와 비교한다면 그가 강한 권력의지에도 불구하고 분명한 자기 원칙과 소신을 가지고 있었음을 부정하기 어렵다. 범인으로서는 감당키 어려운 조건과 상황에서 그가 보여준 태도, 그리고 끊임없는 자기 단련은 지도자로서의 역할에 대한 소명 의식에서 비롯된 것이라고 생각한다.

결단력과 권력의지는 정치 지도자에게서 빼놓을 수 없는 중요한 자질이다. 현실 정치에서 정치인의 지도자로서의 자질과 가능성은 정치적 고비에서 확인된다. 1987년을 포함해서 김대중 전 대통령의 중요한 정치적 선택에 대한 평가는 관점에 따라 다를 수 있다. 그러나 분명한 것은 그가 중요한 정치적 시기마다 지도자로서 책임을 회피한 적이 없으며, 과감한 결단을 통해 상황을 타개해 나갔다는 것이다. 1990년대 이후만 하더라도 수차례에 걸친 야당 통합과 그 과정에서의 파격적 양보, 정계 은퇴와 복귀, 노태우 정권의 합당 제의 거부와 DJP 연합 등은 그의 정치 지도자로서의 결단력과 권력의지를 유감없이 보여준 사례들이다.

아마 김대중 전 대통령의 정치 인생에서 가장 큰 정치적 결단을 꼽으라면 1987년 대통령 선거 출마 강행과 DJP 연합일 것이다. 전자가 그에게 가장 뼈아픈 상처를 남겼다면, 후자는 50년만의 평화적 정권 교체를 이루어낸 정치 지도자라는 영광을 안겨주었다. DJP 연합을 통한 집권에 대해 혹자는 야합이었다고 비난할 수도 있고, 다른 이는 불가피한 현실적 선택이었다고 평가할 수도 있다. 그러나 분명한 것은 그런 정치적 결단이 없었다면 50년 만의 평화적 정권 교체가 없었을 것이고, 이어진 노무현 참여 정부의 탄생도 없었을 것이라는 점이다. 1990년 3당 합당 당시 많은 이들은 그것이 일본 자민당과 같은 보수 기득권 세력의 장기 집권 기도라고 비판했다. 만일 김대중 전 대통령의 결단이 없었다면 그런 우려가 현실화되었을 것이다. 그런 점에서 1997년 당시 일부의 비난을 감수한 그의 결단이 한국의 민주주의와 정치를 한 단계 발전시켰음을 부정하기 어렵다. 그 바탕 위에 민주주의와 시민적 자유의 확대, 민주노총, 전교조 등의 합법화와 진보 정당의 원내 진입 등이 가능했음도 분명하다.

마치 국공합작과도 같은 정치 연합, 더욱이 자신을 죽이려한 세력과의 연합에 대해 그는 결단했고, 정치적으로 성공했다. 비판을 감수하며 가능한 현실의 경로를 만들어내고자 하는 결단력, 반드시 권력을 교체하겠다는, 집권하겠다는 수권적 권력의지가 없었다면 불가능한 결단이다.

이러한 점들은 오늘의 현실 정치에 시사하는 바가 크다. 최근 '연합 정치'가 민주 진보 진영의 최대의 정치적 화두가 되고 있다. 연합 정치는 크고 작은 정치적 기득권에 안주하려는 태도를 극복할 때만 가능하다. 김대중 전 대통령이 특정 지역을 기반으로 제1야당의 기득권에 안주하며 그것이 주는 권력을 즐기려했다면 야당 통합을 통한 집권 기반의 형성도, DJP 연합을 통한 집권도 가능하지 않았을 것이다. 현실의 제약 조건이 거듭 확인될 때 구도와 조건을 근본적으로 바꿈으로서 제약 조건을 극복하고 가능한 경로를 만들어내는 과감한 돌파력이 오늘의 정치 지도자와 정치 주체에게 없다면 연합 정치의 질적 발전을 기대하기 어렵다. 우리 사회에 강고하게 형성되어 있는 기득권 구조, 1990년대 이후 강화된 시장 권력을 고려한다면 복지국가에 대한 지향도 집권 가능하고 안정적인 정치 세력에 대한 전망과 결합될 때만 비로소 현실성을 가질 수 있을 것이다.

집권 의지와 비전, 전망을 가지지 않은 정당은 국민으로부터 선택될 수 없고, 대중적으로 성장할 수도 없다. 그리고 그러한 비전과 전망은 주관적인 것이 아니라 국민들이 공감할 수는 객관적인 것이어야 한다. 수권적 대안 정치 세력을 어떻게 만들 것인가를 실천적으로 고민한다면 김대중 전 대통령으로부터 우리가 얻을 수 있는 교훈이 너무도 많다.

앞서 언급한 대로 그의 정치 인생에 대한 평가는 각자의 입장과 노선에 따라 다를 수 있다. 그러나 그의 정치적 선택과 집권 이후 정책 노선에 대한 내용적 평가를 떠나 『프레시안』 기획이 의도했던 정치 지도자로서의 리더십이란 측면에서 평가한다면 그는 단연 최고의 정치 지도자였다는 평가를 받을 만하다. 무엇보다 "담벼락에 대고 욕이라도 하라"며 생의 마지막 순간까지 나라와 민족, 국민을 생각하며 무엇이든 하려 했던 그 열정, 책임감은 경의를 표하지 않을 수 없다. 2012년, 그리고 그 이후 한국 정치에 김대중 전 대통령과 같은 정치 지도자가 나타나기를 국민의 한 사람으로서 소망한다.

그가 대통령이 되지 못했다면… : '선생님'에 관한 작은 이야기들

라종일 전 영국 대사

먼저 호칭의 문제이다. 나는 생전에 그를, 그의 대통령 재임 시절을 제외하고는, 항상 '선생님'이라고 불렀다. 그에게는 이 호칭이 가장 어울릴 것 같아서였다. 나의 소개로 알게 된 외국의 저명한 교수 한 분은 김대중에 관한 개인적인 인상을 이렇게 표현한 일이 있다.

"예술가 같은 섬세함과 강한 지도자다운 권위를 겸비하고 있는 드문 예."

이 말을 그에게 전했더니 관심 있게 듣고 원어로 써달라고 해서 그렇게 하였다. 인간적으로도 김대중은 배울 바가 많은 분이었지만 내가 그를 항상 '선생님'이라고 부른 것은 그의 인간적인 면모 때문만은 아니다. 이 점은 뒤에 다시 언급할 생각이다.

이 글을 쓰면서 그를 어떻게 칭하여야 하는지에 대해 생각해 보았다. 여러 가지로 생각한 끝에 여러 사람들이 흔히 하는 대로 'DJ'라고 하는 것이 가장 무난할 것 같아 그렇게 하기로 한다. 내가 그를 처음 만난 것은 오래전의 일이었지만 DJ는 그것을 기억하지 못하였을 것이다. 나도 그에게 이 말을 한 일이 없다.

그를 처음 본 것은 반세기 전 우리 집에서였다. 선친은 당시 야당인 민주당의 이른바 구파에 속하셨고, DJ는 장면 씨 계열인 신파에 몸담고 있었지만 어쩌다가 집에 찾아오는 일이 있었다(필자의 선친은 임시정부 의정원 의원으로 활동했던 라용균 선생으로, 그는 해방 후 4선 국회의원, 장면 내각의 보사부 장관과 국회부의장을 역임했다.—기획자). 집에 오는 수많은 손님들 중에 유독 그를 기억하는 것은 아마도 출중한 외모 때문이었는지 모른다. 젊은 시절의 DJ를 아는 사람들은 모두가 공감하리라 믿는다. 어린 시절이지만 외모만 보아도 이 사람이 범상한 인물이 아니라는 것을 느낄 수 있었다.

그러고 나서 내가 그를 다시 만나게 되었을 때는 그는 우리 모두의 운명에 중대한 관건이 되어 있었다. 진부한 이야기이지만 DJ에 관한 생각에 항상 따라오는 문제는 역사의 진행에 있어서 특정한 인물의 역할이다. 역사학자 알란 불록(Alan Bullock)은 세계 2차 대전은 히틀러와 스탈린이라는 독특한 인물들이 없었더라면 일어나지 않았으리라고 말한 바 있다. 이것은 사회과학자들이 역사에서 인물의 역할을 등한시하는 것에 대한 비판이었다고 생각한다. 이 말을 하는 것은 DJ라는 특이한 인물이 우리 현대사의 결정적인 시기에 수행한 결정적인 역할 때문이며, 아울러 내가 '선생님'과 특별한 개인적인 관계를 갖게 된 배경이기도 하기 때문이다.

한동안 나는 우리나라의 정치 발전에 관심을 갖는 많은 사람들 중의 하나로서 DJ의 정치적 행보를 지지하였지만 그와 특별한 관계를 갖는 일은 없었다. 1992년 대선 당시라고 기억되는데 나는 당시 정부의 요직에 있던 최창윤 박사에게서 김영삼 후보의 외교 안보 보좌관이 되어 달라는 부탁을 받은 일이 있었다. 물론 바로 사양을 하였고 그분은 좀 더 생각해 달라는 말씀을 남기고 다시 한 번 재고 여부를 문의하셨지만 재차 사양한 기억이 있다. 이때에 나는 수많은 DJ 지지자 중 하나이었을 뿐이었고 실은 그가 그 선거에서 이기리라는 확신은 물론 기대도 하지 않았었다. 저명한 정치학자 한 분의 말씀대로 그가 그 선거에서 패배하리라는 것은 단순한 산술의 문제였고, 나의 지지는 말하자면 '실존적인' 것에 불과하였는지 모른다. 실상 1997년 대선 당시에도 그의 성공을 점친 사람은 드물었다.

아무튼 DJ는 1992년 선거에서 다시 실패를 했고 약속한 대로 정계 은퇴를 선언하였는데 당시 나는 향후 그의 행보가 우리나라의 앞날에 중대한 관건이라고 생각하고 그에게 면담을 요청했다. 바로 특정한 시기에 특정한 인물의 중요성에 관한 생각 때문이었다. 나는 DJ라는 특별한 인물이 없이는 정권 교체는 불가능하고 정권 교체 없이는 한국의 정치 발전은 한동안 정체에 빠질 수밖에 없을 것이라고 생각하였다. 이 점은 정권 교체 없이 민주정치의 외형만을 유지하던 일본을 보면 쉽게 이해가 되리라고 여긴다. 혹은 대통령이 되지 않더라도 야당에 DJ가 있는 것만으로도 정치적으로 중요하다고 믿었다.

만나자는 연락이 와서 어느 날 저녁 늦게 동교동 자택에서 DJ와 단 둘이 마주 앉았는데, 예상했던 대로 그는 상당히 침울한 모습이었고 대화의 분위기도 무거울 수밖에 없었다. 나는 그에게 국내 문제를 떠나 시야를 국외로 돌려서 이 지역의 문제를 생각해보라는 진언을 하였다. 아시아의 가장 큰 문제는 국경을 넘어서 자신의 메시지를 전달하고, 정부가 아닌 대중의 차원에서 공감과 지지를 기할 수 있는 지도자가 없다는 점이며 이 역할을 할 수 있는 지도자는 아시아에서 DJ밖에 없다는 말씀을 드렸다. 그리고는 한동안 외국에 가서 휴식과 재충전의 시간을 가지시도록 권하면서 적절한 장소로 영국의 케임브리지 대학을 추천하였다.

꽤 오랜 시간 한반도와 세계정세 일반에 관한 이야기를 나누었는데 이야기가 끝날 무렵 그는 상당히 밝은 표정이 되었고 내가 자리에서 일어나 작별을 고할 때에는 웃으면서, "이제는 내 명함에 '아시아의 지도자'라고 새겨야 하겠네" 하는 농담까지 건네었다. DJ는 정계 은퇴의 약속을 지키면서 새로운 공적 활동의 전망과 공간을 확보한 셈이고 내가 바랐던 점도 바로 그것이었다.

나는 케임브리지 대학과 연락해서 그가 객원 교수로 초청을 받도록 요청하는 한편 그 학교의 몇몇 인사와 교류를 할 수 있도록 주선을 하였다. 케임브리지에 머무는 몇 개월 사이 그는 종종 나를 그곳에 오도록 하였는데 논의의 초점은 주로 한반도와 주변의 정세와 전망이었다. 이때에 이미 그는 후일 햇볕정책으로 알려진 대북 정책의 근간을 완성하고 있었다. 케임브리지에서 DJ는 금방 몇몇 학자들과 좋은 관계를 이룩하였다. 지금도 몇몇 교수들의 연구실에는 그가 써준 서예가 걸려 있다. 귀국 후 DJ는 아태평화재단을 설립하고 아시아의 민주화와 평화를 위한 국제적인 활동을 시작하였는데 이것이 후일 그의 정치적 활동의 기지가 된 셈이다. 내가 희망했던 정도로 이루어진 것은 아니지만, 어쨌든 DJ는 한국의 정치인들 중에 국제적인 지명도는 물론 지지도도 가장 높은 사람이어서 한국뿐만 아니라 아시아 지역이 필요로 하는 지도자로서 자리매김할 수 있었다.

DJ는 멀리서보다 가까이에서 볼수록 더욱 관심을 끄는 인물이었다. 그는 지적인 그리고 문화적인 소양과 함께 왕성한 호기심을 갖고 있는 흔치 않은 정치인이었다. 매우 바쁜 일정 중에도, 지식인들과 지적인 주제에 관하여 몇 시간씩 대화를 이어가는 일들이 인상적이었다. 뿐만 아니라 그는 지식인들이 갖추기 어려운 현실적인 통찰력도 뛰어났다. 어떤 좌담 중 학자 한 분이, 경제적 지표 등을 열거하면서 일본이 경제력을 바탕으로 미국에 앞서는 세력이 되리라는 전망을 하였는데, DJ는 그 자리에서 그런 일은 일어나지 않을 것이라고 반박을 하였다. 그는 미국은 일본과 달리 공개적인 사회로서의 이점과 세계의 1류급 대학을 많이 갖고 있는 나라여서 근본적으로 폐쇄적인 일본이 미국을 대체하는 일은 없으리라고 전망하였는데, 이것은 멀지 않아 바로 현실로 나타났다.

DJ는 영화, 문학 등 문화에도 관심이 많았지만 어떤 때는 엉뚱한 질문으로 주변을 당황하게 만든 일도 있다. 지지자들이 마련한 음악회가 끝난 후에, 그는 "오케스트라의 지휘자는 연주자들과 별개로 혼자만 몸짓을 하는 것이 아닌가? 아무도 지휘자를 보면서 연주를 하는 것 같지는 않아 보인다"는 말을 진지하게 하였다. 짧은 상식으로 조심스럽게 지휘자의 중요성을 설명하고, 훌륭한 정치 지도자는 마치 오케스트라의 지휘자 같아야 한다는 말을 덧붙였더니 그제서야 겨우 이해하는 것 같은 표정을 지었다. 또 동성애 같은 주제에 관하여서도 전혀 이해할 수 없는 것이라는 말을 가끔 하였다.

한 가지 조금 민망한 느낌으로 기억하는 일도 있다. 1996년 총선 당시라고 기억하는데, 큰 아드님의 출마 문제로 당내에서 작은 불협화음이 있었던 일이 있다. 총재의 측근을 포함하여 당내에서, 다음 해의 대사(대통령 선거)를 앞두고 아드님의 출마가 바람직하지 못하다는 의견이 많았는데, 이 점에 관하여서는 DJ가 매우 언짢아했던 것 같다. 당신께서는 자신 때문에 많은 어려움을 겪은 아드님의 정계 진출 희망을 당내에서 잘 이해 못하는 것이 서운할 뿐만 아니라 야속하게도 느껴졌으리라. 실상 탄압과 박해를 당하는 과정에서 가족들만큼 당신과 어려움을 함께 한 사람들도 없지 않았겠는가. 이런 것을 제대로 이해하지 못하는 것이 서운했으리라는 것은 충분히 느낄 수 있었다.

어느 날인가 집회를 갔다가 함께 차를 타고 오는 길에 이런 말씀을 드렸다.

"큰 아드님의 출마에 관하여 여러 가지 말들이 있지만 이 문제에 관하여 총재의 아들이라고만 생각하지 말고 민주화 투쟁의 과정에서 '동지'의 한 사람이라고 생각할 수는 없겠습니까"

DJ는 '동지'라는 표현이 마음에 들었던 것 같다. 늘 하는 습관대로 바로 수첩을 꺼내어 메모를 하시고는 공개 장소에서 같은 발언을 하였다. 그런데 다음 날 어떤 신문이 DJ가 귀가하여서 아드님과 서로 "어이 김 동지" "김 동지" 하고 부르는 모습을 만화로 내보냈다. 나는 슬기롭지 못한 조언을 드린 것 같아 한동안 미안한 마음이었다.

DJ와 나눈 개인적인 대화의 주제들 중에 역시 가장 기억에 남는 것은 그가 여러 가지로 박해를 받았던 이야기들이었다. 특히 여러 차례 사선을 넘나든 경험과 사형수로 감옥에 갇혀 내일을 기약할 수 없었던 때의 이야기는 여러 차례 들어도 정치를 떠나 인간적인 공감을 항상 느끼지 않을 수 없었다. 어느 날 이런 이야기 끝에 그가 좋아하는 러시아 작가 도스토옙스키가 사형 집행 직전에 황제의 사면으로 살아난 후 극한적인 경험으로 심경의 변화를 일으켰다는 고사를 소개했더니 매우 관심을 보이던 기억이 있다.

한번은 그가 자신도 전에 한 말을 뒤집고 약속을 지키지 않은 일도 있다는 반성 같은 말씀을 하기에, "사람은 누구나 거짓말도 하고 잘못도 저지르지만 결정적인 계기에 결정적인 잘못을 저지르지 않는 것이 중요한 것이 아니겠는가" 하는 말을 하며, 예를 들어 당신께서 사형이 확정된 상태에서 온갖 유혹에도 지지 않고 끝까지 자신의 입장을 고수한 일 같은 것이 그런 경우에 해당한다고 말씀드린 일이 있다. 이 말 끝에 나폴레옹이 탈레랑에 대하여, "세상의 모든 사람들이 거짓말을 한다. 그러나 항상 거짓말을 한다면 문제다"라는 말을 했다는 이야기를 했더니 웃으시던 기억도 있다.

의심할 바 없이 DJ는 대통령직에 대한 집념이 강했고 노벨상에 대한 집착도 강하였다. 그를 반대하는 사람들은 이것을 "대통령 병"이라고 부르기도 하였다. 그런 사람들이 이해하지 못하는 면이 있다. 이러한 집념과 집착의 어느 만큼이 그저 개인적인 '욕심'에 불과한 것이었는지, 아니면 공적인 사명감과 그를 따르는 수많은 사람들의 기대 때문이었는지. 그런 비판은 문제의 본질을 벗어난 비판이다. 중요한 것은 DJ가 그 당시 역사적인 상황에서 자기가 수행하여야 하는 정치적인 사명에 관하여 확실한 소신을 갖고 있었고 적어도 큰 줄기에 관한 한 그 소신에서 벗어난 행동을 한 일이 없으며, 자기 자신과 다른 사람들의 기대에 부응하는 업적을 남겼다는 사실이다.

그는 근본적으로 지적인 지성인이면서도 사람 사는 사회에서 정치의 중요성을 알고 있었다. 그가 말을 바꾼 일이나 당내의 권위주의적인 처신 등을 들어 그를 비난할 수도 있다. 그러나 내가 알기에 그는 원칙의 영역에서 옳고 그른 것을 판단할 수 있는 것만큼이나 주어진 현실에서 책임 있는 행동을 할 능력이 있는 사람이었다.

대통령 취임식이 있던 날 아침, 조간신문에 나는 농담 같은 칼럼을 기고한 일이 있다. 내용은 그날 아침 DJ가 자신이 선거에서 다시 실패를 하고 이제 고령으로 또다시 5년 후 선거에 나가야하는 것을 괴로워하는 꿈을 꾸는 이야기였다. 악몽에 시달리는데 영부인께서 취임식에 나갈 준비를 하여야 하니 그만 일어나시라고 깨운다는 내용이었다.

이 글을 읽은 사람들은 대개 이것을 그저 농담처럼 생각하고 웃고 말았다. 그러나 나는 때때로 그런 생각을 한 일도 있다. 만약 그가 1997년 선거에서 실패하였다면 어떻게 하였을까? 그가 다시 대통령직에 도전하였을 것인가 하는 것은 물론 불필요한 질문이다. 다만 확실한 것은 적어도 내가 아는 '선생님'은 어떤 상황에서든 자신의 정치적인 과업을 위해 노력을 그치지 않았을 것이라는 점이다. 정권 교체, 평화통일, 사형제 폐지, 여성의 사회적 지위 향상, 장애인에 대한 배려, …… 등등.

정치든 종교든 모든 권력에는 악성이 있으니……: 그분에 대한 그리움과 아쉬움

함세웅 가톨릭 신부

큰 나무를 지탱하는 숱한 뿌리들

"야훼께서 그를 때리고 찌르신 것은 뜻이 있어 하신 일이었다."(이사야 53,10)

김대중 대통령의 한평생 고난의 길을 저는 이사야 예언서 '야훼의 종'의 이 네 번째 노래와 연계하여 묵상하곤 했습니다. 그는 참으로 파란만장한 삶을 살아왔습니다.

2009년 8월 23일 동작동 현충원 안장식 때 제가 올렸던 기도의 한 토막을 다시 상기하며 그분의 영원한 삶을 기립니다.

하느님,

저희는 김 전 대통령을 큰 나무에 비유하며 칭송합니다.

그리고 그 죽음을 이렇게 애통해하고 있습니다.

그렇습니다. 그는 분명 큰 나무입니다.

이에 저희는 이 순간 그 큰 나무를 지탱했던 땅 속의 숱한 뿌리들,

익명의 모든 민족민주통일 동지들과 은인들을 기억합니다.

이 모든 익명의 은인들과 희생자들을 기억하시어

이들 모두 주님의 은총 속에 영원히 살게 하소서. ……

큰 나무는 그 우람한 둥치와 가지만큼의 뿌리와 숱한 잔뿌리들이 땅속 깊이 그리고 넓게 자리를 잡아 지탱됩니다. 큰 나무를 칭송할 때마다 우리는 땅속의 뿌리를 기억하는 아름답고 겸허한 자세 그리고 넓은 마음을 지녔으면 합니다. 우리 모두 큰 나무를 바라보면서 그 큰 나무가 되기까지의 과정을 잊지 않고 기억했으면 합니다. 생명의 첫 씨앗, 뿌리내리고 성장하는 과정을 함께 기억할 때 비로소 큰 나무의 참 가치가 확인됩니다.

때문에 저는 그의 어린 시절과 청년 시절 특히 어머니에 대한 진솔한 고백을 마음깊이 되새깁니다.

어머니는 존재론적으로 우리의 스승이며 종교와 사랑, 성스러움 그 자체이기 때문입니다. 사실 저는 남산 중앙정보부, 그 뒤 국가안전기획부로 이름이 바뀌고 1980년 5월에는 전두환 보안사령관이 겸임하여 장악한 계엄사령부 합동수사본부 지하 수사실에서 두어 달 고초를 겪을 때 김 대통령의 가족사를 수사관들이 모욕적으로 언급하며 그 인격을 짓밟는 비참함을 힘없이 지켜보아야만 했습니다. 그때 저는 아들 예수의 십자가 처형을 지켜보면서 가슴 찢어지는 고통을 당하셨던 성모 마리아를 떠올리면서 어두운 시

대를 고민하며 눈을 감고 하느님께 기도 드렸습니다.

이제, 고통을 이겨낸 분들과 함께 영광을 확인하며 모든 어머니들의 승리를 노래합니다. 특히 뿌리로 상징되는 익명의 모든 동지들을 가슴에 모시고 보다 아름다운 내일을 노래합니다.

첫 만남, 그리고 민주주의 실현을 위한 연대와 일치

1973년 제가 연희동 성당 보좌사제로 사목하던 중 그해 8월 김대중 납치사건이 있었고 8월 13일에 그분이 생환된 후, 저는 그분의 친척 수녀님과 교우들, 그리고 친지들과 함께 동교동 집을 방문하여 그분을 처음 만났습니다. 그 이후 그분의 큰아들 등과 친교를 맺으면서 인권 회복과 민주화 투쟁 과정에서 같은 신앙인으로 그리고 역사적 동반자로 고인께서 세상을 떠날 때까지 신비체의 일원으로 일치와 연대를 맺으며 살았습니다.

1974년 민청학련사건과 지학순 주교님 구속사건 이후 명동성당에서 거의 매 월요일 저녁에 인권회복미사를 봉헌했는데 그분께서도 가끔 미사에 오시기도 했습니다. 1975년 응암동 성당에서 사목할 때 그분은 비서인 김형국(요셉)씨의 세례 대부로서 미사에 오셨기에 자연스럽게 만나기도 하였습니다.

그리고 1976년 3·1절, 명동성당에서 미사봉헌과 함께 3·1민주구국선언으로 그분과 함께 저도 구속되어 감옥생활을 함께 하면서 더욱 가까운 동지가 되었습니다.

1976년 3월 10일 밤 서대문 구치소에 도착하여 모두 죄수복으로 갈아입고 각 방으로 헤어지는 순간 저는 바로 이곳에서 고통을 당하셨던 순국선열

들을 떠올리며 성경을 가슴에 품고 예수님의 십자가 고통을 되새기며 기도했습니다. 그때 그분은 "신부님, 그 성경을 제게 주십시오. 신부님께서야 성경을 다 아시잖아요!" 하고 말했습니다. 저는 주춤하며 망설이다가 마지못해 제가 품고 있던 제 심장과 같은 성경을 그분께 드렸습니다. 그분이 영적으로 더욱 건강해져야 한다고 생각했기 때문입니다. 저는 그분께 가장 큰 선물을 드린 셈입니다.

당시 저는 30대 중반으로 나이가 가장 어렸고 다른 분들은 40～60대의 연령이었습니다. 우리는 구속된 지 2개월 후부터 1심 재판을 받게 되었는데 그때에는 토요일에도 법정이 열렸던 시절이었는데 다른 모든 법정을 폐쇄하고 오직 우리 3·1사건 관계자들만을 위하여 매주 토요일 오전 10시에 특별 재판을 열었습니다. 서대문 구치소에서 정동에 있었던 대법원 법정까지 호송 버스 속에서 우리는 그동안 안부를 묻고 재판에 임하는 자세 등에 대하여 대화를 나누곤 했습니다. 모두 함께 만날 수 있는 시간은 이때뿐이니 그 만남은 참으로 귀중했습니다.

그런데 하루는 목사님들께서 부인들과의 면회 소식을 전해주시면서 부부 삶에 관한 담소를 하시던 중 다소 원색적 표현을 하시며 기쁘게 웃으셨습니다. 저는 못 들은 척하고 앞만 바라보고 있었는데 이때 그분은 "아니, 목사님들이 신부님들 앞에서 그렇게 무례하게 말씀하시다니 안되겠습니다. 목사님들 크게 반성하셔야겠습니다. 그 이유만으로도 감옥에 더 계셔야겠는데요!" 하시면서 어색해하던 저희 사제들을 위해 분위기를 확 바꾸어주시기도 하였습니다. 목사님들은 "죄송합니다. 크게 잘못했습니다." 하고 모두 웃으셨습니다. 사제에 대한 신자로서의 그분의 아름다운 배려를 저는 지금도 가끔 웃으면서 기억합니다.

변호인 반대 신문하는 어느 날에 저희는 피고인 자리에 하루 종일 앉아 있던 적도 있습니다. 오전 10시부터 점심시간을 제외하고 저녁 8시까지 그분 혼자 진술하셨기 때문입니다. 말이 진술이지 그것은 법정에서의 정치 강연이었습니다. 특히 1919년 3·1 독립운동 당시에 참가했던 각 지역과 도시, 그리고 군중들, 사망자, 구속자 그리고 출동한 일본 군경들의 숫자를 몇 십만 몇 명, 몇 천 몇 백 등 끝자리까지 숫자를 일일이 나열했습니다. 판사들은 물론 검사들까지 기가 막혀 얼을 빼앗기고 있던 터였습니다.

점심 식사 중 쉬는 시간에 하도 궁금해서 제가 질문을 드렸습니다. "선생님, 어떻게 그 많은 군중의 수를 끝자리까지 다 외우십니까?" 그랬더니 그분은 빙그레 웃으시면서 "신부님, 이거 비밀인데요, 신부님께만 알려드리는 겁니다. 전들 어떻게 그 많은 숫자를 끝자리까지 다 외울 수 있겠습니까? 이것은 웅변술인데 큰 수치만 외우는 거예요. 예를 들어 3·1운동 참가자가 2,023,098명인데 이 경우 이때 200만 명만 외우는 거예요 그리고 연설할 때는 200만을 확실히 언급하고 그다음 숫자는 입에서 나오는 대로 그냥 아무 숫자나 열거하는 겁니다. 그러면 듣는 사람들이 모두 압도당한답니다. 이것이 강연술이랍니다." 그날 저희는 놀라운 웅변술을 배웠기에 너무 기뻤습니다.

법정에서는 판사들이 가끔 휴식 시간을 취하는데 그때에는 저희도 잠시 쉽니다. 늘 같은 교도관들이 양 옆에서 둘씩 저희를 호송했는데 쉬는 시간에 한 교도관이 "선생님, 선생님께서 후에 대통령이 되시면 저희의 열악한 처지를 꼭 기억해주십시오" 하고 말했습니다. 이에 그분은 "그래요, 여러분의 어려움을 이렇게 직접 보고 있어요. 그 말을 꼭 염두에 두겠소” 하고 약속하셨습니다. 과연 그분은 대통령이 되신 후 교도소 환경을 인권적 차원에서 전면적으로 개선하셨습니다. 지금 우리가 가끔 교도소를 방문하게 되는데 교도소 환경이 너무 아름답게 변해 이제는 호텔이라고 말할 정도입니다. 아름다운 개선입니다.

우리는 1년 10개월 만인 1977년 12월 말에 모두 감옥에서 풀려났지만 그분은 1년이나 더 감옥에 계셨습니다. 출소 후에 문익환 목사님, 김승훈 신부님 등이 주축이 되어 그분과 늘 같이 하시며 민주주의 실현을 위해 힘을 모았습니다. 그런데 1980년 5월 이른바 계엄령 전국 확대 조치와 함께 우리는 모두 계엄사 합동수사본부에 끌려가 곤욕을 치렀고 그분은 김대중 내란음모사건으로 사형선고까지 받아 또 죽음의 문턱에까지 가셨습니다. 우리는 모두 그분의 구명을 위해 전심전력했습니다.

그 뒤 많은 우여곡절 끝에 1997년 그분이 대통령으로 당선되기까지 우리 사제들은 늘 그분과 뜻을 함께 하며 지내왔습니다.

신심 깊은 신앙인

김대중 대통령은 참으로 대단한 분입니다. 상고 출신자이지만 그분의 해박한 지식에 모두들 경탄하고 있습니다. 이 때문에 그는 때로 시기와 질투의 대상이 되기도 합니다. 그분은 장면 박사를 대부로 모시고 가톨릭에 입문한 그리스도인으로 한평생 신앙을 잘 간직하며 실천한 분입니다. 특히 일본에서의 납치와 살해 미수 과정에서 예수님의 은덕으로 살아났다는 그분의 증언은 그 자체가 부활 체험으로, 그분 미래 삶의 길잡이가 되었답니다.

그런데 그분의 흠을 꼬집어 낸다면 전문가와 대화를 나눌 때에는 전문가들의 견해를 더 많이 듣고, 참고했으면 얼마나 더 훌륭하셨을까라는 생각입니다. 예를 들어 종교인들과의 대화중 시대적 고민, 신앙적 체험을 나누는 자리에서 절대자 하느님은 기본적으로 가난한 자, 약자를 돌보시는 분, 또는 예수님의 십자가의 죽음은 인간의 자유와 해방을 위한 자원적 희생이라는 식으로 자신의 신앙관을 열정적으로 피력하시는데 듣기에 따라서는 공자 앞에서 문자 쓴다는 지적을 받기도 합니다. 또 변호사들과의 대화에서도 법에 대한 일종의 강의를 하니, 김 대통령을 만나고 난 후 자존심이 강한 법조인들은 좀 떨떠름한 표정을 짓곤 했습니다.

그래도 당시에 우리 사제들은 김대중 대통령을 무조건 높이 평가하고 사랑했기에 김대중이 바로 민주주의의 길잡이이며 기준이라고 생각했습니다. 때문에 그 누구라도 그분의 생각과 뜻에 반한다면 우리는 오히려 그들을 경계하며 곱지 않은 시선을 보내기도 했습니다. 우리 사제들은 교회 공동체 안팎에서 김대중의 든든한 보루로서 그분이 대통령이 될 때까지 적극적으로 지지하였고 그 후임인 노무현 대통령에 대해서도 같은 지지를 보냈지만 그가 김대중 대통령의 대북 송금에 대해 특검 조사를 펼칠 때에는 강하게 반대했고, 이 때문에 우리 중 한 사제는 2003년 6월 10일 노무현 대통령 취임 후에 첫 번째로 맞이한 6·10항쟁 기념사 중에 노무현 대통령을 원색적으로 비난한 적도 있었습니다. 김대중 대통령은 언제나 떳떳하게 십자성호를 그으며 가톨릭 신자임을 드러냈기에 이 점에 대해 저희는 늘 자랑스럽게 생각하며 높이 평가하고 있습니다.

　　그러나 1970, 80년대 유신체제와 신군부 독재 때 김대중 대통령은 공적으로는 가톨릭 주교들과 평신도 단체로부터 많이 소외당했습니다. 구체적한 예로 가톨릭에 꾸르실료라는 단기 신앙 수련 과정이 있는데 서울의 꾸르실료 간부진들이 모두 권력의 눈치를 보는 사람들이라 김대중 씨를 거부하여, 결국 유바오로라는 분이 대전교구장 황민성 주교에게 간청하여 어렵게 대전에서 꾸르실료 교육을 받기도 했습니다. 그분은 꾸르실료 간부진들의 이러한 방해에도 상관치 않고 의연하게 자신의 신앙의 길에 늘 충실했던 분입니다. 이 점을 저희는 높이 평가합니다.

　　평양 방문에서도 가톨릭 신자로서 김대중 대통령은 아침 식사 때 십자성호를 긋고 식사 전 기도를 바친 모습이 전 세계에 TV로 방영되었는데 이 점을 선교사들은 매우 감동적으로 기억하고 있습니다.

　　특히 꾸르실료를 받고 난 후 1980년 5월 장충동에서 대중 연설 도중 그는 신앙 열기에 도취되어 "예수님은 바로 나의 형님, 그리고 여러분 모두의 형님입니다!"라고 외치기도 했습니다. 그 후 전 언론이 이를 꼬집고 비웃으며 비틀어 보도하기도 했습니다.

　　사실 꾸르실료 단기 수련 과정은 3박 4일 동안의 신앙 강화 특별 교육으로 외부와 차단된 공간에서 시계도 없이 일정표도 알려주지 않은 채 하루 24시간 교육 과정을 따라 신심을 심화시키는 강력한 심리 수련 영성 방법으로 "그리스도는 오직 당신만을 믿습니다!" "하느님은 오직 당신만을 고대하십니다" 는 등의 강력한 메시지 주입과 함께 바로 그 자신이 선교의 중심, 세계의 중심, 교회 공동체의 초석임을 깨닫게 하고 입력시키는 교육입니다.

　　무엇보다도 예수님께 대해서도, 예수님은 하느님의 사랑받는 맏아들로서 우리의 맏형이 되신다는 적극적 논리로 하느님 중심의 구원관을 강조하고 있습니다.

다음과 같은 성경 말씀이 그 구체적 근거입니다.

"하느님께서는 이미 오래 전에 택하신 사람들이 당신의 아들과 같은 모습을 가지도록 미리 정하셨습니다. 그래서 그리스도께서는 많은 형제 중에서 맏아들이 되셨습니다."(로마서 8,29)

사실 예수님께서는 하느님께 "아빠, 아버지"(마르코14,36)라고 부르시며 기도하셨습니다. 민주주의에 대한 열성과 평등 사상을 지니셨던 그분은 이 교육 과정에서 예수님이 우리의 형님이 되신다는 대목에서 큰 감동을 받으셨고 이 신앙적 감동을 장충동 광장에서 대중 연설 때 고백했던 것입니다. 아름다운 신앙 고백입니다. 물론 때와 장소를 구분치 못한 것은 흠이기도 합니다. 대중강연 때 그러한 고백은 적합하지 않기 때문입니다.

그런데 제가 1980년 5월 계엄사 합수부 지하실에서 조사받을 때 수사관 한 사람이 느닷없이 "김대중은 나쁜 놈이오! 아니, 글쎄 예수님을 형님이라 부를 수 있소? 안 그래요?" 하고 윽박지르며 제게 동의를 구했습니다. 그래서 저는 꾸르실료 교육 과정을 알려주면서 성서 신학적으로 그런 표현이 가능하다고 차분차분 설명했습니다. 그랬더니 그 수사관은 "아니, 당신은 뭐든지 김대중의 말이라면 다 옹호하니 어이가 없구려. 아니, 예수님을 주님이라고 고백해야지 형님이 뭐요?" 하고 제 설명에 귀를 기울이지도 않았습니다. 그래도 저는 끝까지 웃으면서 하느님과 예수님의 관계, 그리고 우리 신앙인과의 관계를 신학적으로 열심히 설명했습니다. 그분의 단순하고 아름다운 신앙 체험의 한 면입니다.

감격의 대통령, 그러나 대통령에 대한 실망과 좌절

김대중 후보가 대통령에 당선되던 1997년 12월 19일 새벽, 저는 텔레비전 앞에서 눈을 감고 하느님께 정성된 마음으로 기도 바쳤습니다. 많은 이들이 같은 마음으로 기도했으리라 확신합니다. 눈물의 감사 기도, 그 밤의 감격스러움은 바로 제2의 해방, 제2의 출애굽 기쁨이기도 했습니다. 그리고 이제 세상은 아름답게 확 바뀌어지리라 확신하며 미래를 꿈꾸었습니다. 그 꿈이 너무 컸었습니다.

그런데 아쉽게도 그 꿈은 반쪽의 꿈, 그리고 또 헛꿈이기도 했습니다. 안타까움과 아쉬움이 우리에게 지금까지 원죄처럼 남아 있습니다.

김대중, 참으로 그는 우리에게는 민주주의와 희망의 상징, 아니, 민주주의 그 자체이며 우리 모두의 길잡이 그리고 선택의 기준이기도 했습니다. 그분이 대통령으로 당선된 뒤 우리 사제들은 두어 차례 청와대를 방문하여 그분과 긴 대화를 나눈 적이 있습니다. 두어 번 모두 우리 사제들은 대통령께 대한 기본적 예의를 갖추며 매우 정중하게 기도하는 마음으로 현안에 대해 직언을 드린 바 있습니다.

무엇보다도 청주교도소에서 사형수로 계실 때, 감방에서의 그 마음, 감방에서 하느님께 바쳤던 그 기도의 자세로 매일 매순간 모든 정치 현안을 다루어주십사 청하면서 당시의 상황을 종합적으로 개진하여 설명드렸습니다. 집권 초기에 김중권 비서실장 임명, 야당 국회의원 빼가기, 박정희 기념관 설립 지원 약속, 민주 인사들을 배제한 기존의 때 묻은 관료와 정치인 그리고 공직자들의 요직 임명 등 이러한 정치 행태를 보면서 실망과 좌절 그리고 배신을 체험하게 되었다는 말씀을 드렸습니다.

물론 대통령의 외교정책과 무엇보다도 민족통일을 위한 남북 대화는 높이 평가했습니다. 그러나 구제 금융 위기의 대처 방안 등에 대해 우리 사제들은 크게 염려하고 있다는 점, 경제 위기 극복이 오직 경제가 첫째라는 논리로 접근하니 이것은 오히려 인간을 경제에 예속시킨 자본주의의 비인간화 정책임도 지적했습니다. 경제도 민주주의에 기초한 인간을 위한 한 방법일 뿐입니다. 인간을 위한 경제라면 집권 초기에 무엇보다도 그동안 만연했던 온갖 부정부패의 청산은 물론 박정희, 전두환 군사독재 체제 하에서 국민을 억압하고 탄압했던 정치인, 관료들을 먼저 색출하여 잘못된 과거 정치와의 분명한 단절과 역사적 청산이 있어야 했습니다. 그런데 민주 인사 탄압의 주역들이 김대중 정부 하에서 버젓이 큰 자리를 차지하고 있으니 기가막힐 노릇이 아닙니까?

이런 모습을 보면 해방 이후 친일파를 청산하지 못한 채 친일 세력이 오히려 미군정과 자유당 정권에서 요직에 앉고 독립운동가들을 핍박했던 사실, 곧 반민특위가 이승만에 의해 해체되었던 뼈아픈 그 과거와 너무도 똑같아 분노가 솟구칩니다. 그렇습니다. 우리가 민주화를 위해 독재 정권에 맞서 싸운 것은 이러한 비빔밥 같은 정권의 창출을 위해서가 아니었습니다.

대통령께서 이룩하신 긍정적 업적이 물론 많습니다. 그것은 모두 정직과 진실을 바탕으로 재정립되어야 합니다. 바로 정직한 정책 그리고 일관된 정책만이 국민을 설득할 수 있습니다. 누더기가 된 인권위법, 아직도 표류 중에 있는 국가보안법, 그리고 의문사진상위도 그렇습니다. 한 법조인의 말에 의하면 의문사진상위에 대해서도 대통령의 의지가 더욱 중요하며, 만일 대통령이 진상규명의 의지를 참으로 갖고 있다면 검찰에 재수사 명령만 하면 된답니다. 그런데 수사권도 없는 의문사진상위가 아무리 불철주야 뛰고 애써보아도 결국 명분뿐이지 헛수고라는 것입니다. 또한 정기간행물법이 국회에 제출되어 있습니다. 이것도 여당이 중심이 되어 처리하면 됩니다. 올바른 법제정이 바로 언론 개혁의 지름길입니다. 대통령 중심제에서는 대통령의 의지가 정직하고 사심이 없다면 무슨 일이든지 가능하다는 것이 정치학자들의 공통된 견해입니다. 그렇습니다. 모든 정치적 수완도 결국 정직과 정의에 바탕을 두어야 합니다.

동진 정책 추진에 대해서도 지역 차별 타파와 화합은 바람직하지만 영남 인사를 선택할 때의 기준이 모호합니다. 영남인을 선택하되 엄혹한 독재 시대 민주주의를 위해 고난을 받고 독재에 항거하여 싸운 인사들을 선임해야지, 독재 정권에 동조 했던 분들을 기용하는 것은 대통령께서 살아오신 여정과 정신에 전혀 맞지 않습니다. 그리고 호남 인사들을 기용하실 때에도 단순히 호남인이기 때문이 아니라 불의한 독재 정권과 맞서 싸운 인사들을 우선적으로 선임해야 하는데 대통령 주변에서 일하고 있는 많은 호남인들은 대부분 제3공화국 이후 군부독재 정권 때 민주인사들을 탄압하고 더구나 호남인 내색도 하지 않고 오히려 호남인을 홀대했던 그런 분들이 이제는 호남인이라는 단순한 이유 때문에 선임되었으니 이것은 모순입니다.

성균관대학교의 서중석 교수는 한국인의 2중적 구조를 지적하면서 도대체 이 세상에 이런 정부, 이런 정당이 어디에 있는가 하며 문제를 제기한 바 있습니다. 그 구체적 정치 현실의 예로, 전 세계 정치 역사상 한국과 같은 정당 정치 형태는 여당이든 야당이든 그 유례를 찾아볼 수 없는 전무후무한 것이라고 했습니다. 어떻게 폭압의 대명사인 중앙정보부장 출신과 그로부터 정치적 핍박을 받았던 민주 인사들이 한 정당 안에서 동거할 수 있습니까? 이것은 민주당도 한나라당도 마찬가지입니다. 도대체 이념도, 철학도, 그 어떤 정치적 도덕 기준도 없이 총재 하나에만 모든 것이 종속되어 있는 이런 정당이 이 세상 어디에 존재한단 말입니까? 더구나 박정희 기념관 건립 추진 등 왜곡된 우리의 역사를 바로 잡지 못하는 현실에서 일본의 역사교과서 왜곡을 항변한다는 것은 순서가 뒤바뀐 일로 일본이 우리를 비웃을 일입니다.

이제는 대통령이 되셨으니 좀 껄끄러운 일이 있으셨더라도 김상현 의원 등 옛 민주화 동지들을 과감하게 껴안고 손잡아 함께 나아가셨으면 합니다. 물론 잘하고 계시지만 그래도 큰아들 김홍일 국회의원의 역할과 두 아들 또한 친인척들의 처신이 더욱 신중해야 함도 조심스럽게 언급했습니다.

우리 사제들의 직언에 대해 김 대통령은 자민련과 공조한 정권 창출의 태생적 한계와 민주 인사들의 실무 행정 부족 등을 핵심적 이유로 꼽으며 좀 언짢은 표정으로 목소리를 높여 설명하셨습니다. 우리는 그날 김대중 대통령의 정치적 한계와 권력의 속성을 새삼 체험하며 이제는 일정한 거리를 두어야 할 때임을 깨달았습니다.

2007년 가을경으로 생각되는데 김대중 도서관에서 김대중 대통령의 행적 평가에 대한 토론회에 논평자로 참석한 일이 있었습니다. 발제자와 토론자 등 모든 분들이 하나같이 김대중 대통령의 행업을 칭송하고 더구나 영성적으로도 매우 뛰어나다고 외국인 교수도 몇 가지 사례를 들며 높이 평가했습니다. 저는 그날 모든 분들의 긍정적 평가를 다 전제하고 논평자로서 악역에 충실하기 위해 몇 가지 아쉬운 점을 지적했습니다.

첫째, 1987년 이른바 양김 분열, 김대중·김영삼 두 후보자가 단일화를 이루지 못한 것이 역사적으로 엄청난 죄였음을 지적하고 이 점에 대한 김 대통령의 진솔한 고백과 성찰이 있어야 함을 강조했습니다.

둘째, 독재자 박정희를 용서하는 것은 아름다운 일이며 김대중 대통령 개인의 문제입니다. 그런데 그 용서가 박정희 기념관 건립과 연계되는 것은 역사적 큰 과오임을 지적했습니다. 박정희로부터 살해당한 분들의 가족과 자녀들, 박정희로부터 탄압받고 이루 형언할 수 없는 고통을 받고 개인과 가정, 공동체의 삶의 터전을 잃고 심적, 외적 큰 상처를 받은 그 숱한 익명의 희생자들, 그분들의 몫을 김대중 대통령이 개인적으로 가로챈 것임도 지적했습니다. 박정희 기념관 건립을 주도한 신현확이 누구인지 그의 정체를 밝혀야 할 뿐 아니라 유신독재 치하에서 목숨을 잃고 고통당한 익명의 모든 시민들과 논의를 해서 결정할 역사적 민족적 과제를 김대중 대통령은 지나치게 단순화, 사사화(私事化)했음도 지적했습니다. 박정희에 대한 용서와 기념관 건립이 숱한 익명의 민주 시민, 선의의 민초들의 마음에 못을 박은 일임을 역설했습니다. 무엇보다도 용서는 인간의 영역을 넘어선 하느님의 영역, 종교적 영역임을 되새기면서 근원적 문제를 제기했습니다.

셋째, 대통령 비서실장을 비롯하여 구시대, 독재 시대의 인물들을 기용한 점과 5·18 광주민중항쟁 희생자들에게만 우선적으로 초점을 맞춘 배상법 등의 문제점을 지적했습니다.

그리고 넷째, 정권 말기에 거론된 옷 로비와 두 아들의 비리와 관련 구속된 사실을 열거하면서 김대중 대통령의 행업은 이 모든 것과 연계하여 더욱 냉철하게 평가해야 한다고 주문했습니다.

사실 저는 2007년 2·28 대구학생의거 행사에 참석하여 여러 관계자들을 만났는데 그중 몇 분은 공개적으로 이렇게 말했습니다.

"우리는 김대중 대통령에게 큰 희망을 걸었습니다. 대구와 경상도에도 민주화의 새바람이 불어오리라 확신했습니다, 그런데 지난날 독재 때의 인물들, 이용택, 엄삼탁과 같은 사람들이 중용되고 있으니 이것은 기막힌 모순입니다. 저희는 40여 년을 기다려왔는데 민주 인사들은 계속 외면당하고 불의한 독재 정권의 아부자들만이 판을 치니 이게 말이 됩니까? 저희는 너무 실망했고 이제 희망의 불씨마저 다 꺼져가고 있습니다."

이 말을 듣는 순간 제 가슴은 찢어지듯 아팠습니다. 숨이 막혔습니다. 민초들의 이러한 마음을 김대중 대통령은 과연 헤아리고 계셨을까라고 생각하니 제 마음 깊은 데서 분노와 슬픔이 겹쳐 솟구쳐 올랐습니다.

김대중 대통령 시절, 우리 사제들은 정치 현실의 한계를 뼈저리게 체험하며 우리 사제들의 역할의 한계를 절감하면서 현실과는 일정한 거리를 유지한 채 교회 공동체 내부의 쇄신과 회개를 위해 더욱 힘을 모으고 특히 북한동포돕기와 환경 보존에 더욱 집중하기로 했습니다. 특히 김대중 대통령 임기 말에 불거진 두 아들의 구속사건을 대하면서 너무 마음이 아팠고 또한 부끄러웠으며 더욱더 정치 현실의 한계와 모순을 깨달았습니다.

그러함에도 민족의 화합과 통일의 화신(化身)인 김대중 대통령

김대중 대통령 퇴임 후인 2004년 9월에 천주교 정의구현전국사제단은 창립 30주년 행사를 서울 프레스센터에서 가졌는데 이날 김대중 대통령과 이희호 여사께서 함께 오시어 축하의 말씀을 해주셨습니다. 30년을 함께 살아온 민주화 동지와 또 같은 신앙인으로서 우리는 이에 대해 감사한 마음을 지니고 있습니다.

이날 이후 우리 사제들은 다시 김대중 대통령을 눈여겨보았으며 특히 그분이 선종하시기 전까지 모든 모임에서 늘 남북의 일치와 화해, 오직 북한과의 일치만을 역설하시는 모습을 보며 "참 대단하신 분이구나!" 하고 다시 칭송했습니다. 우리가 늘 그리스도 신앙을 말하듯 그분은 '자나 깨나', '앉으나 서나' 언제나 어떤 모임에서든지 남북의 일치와 화해만을 말씀하시고 오로지 북한을 돕자고 하셨습니다. 이 점을 저는 높이 평가합니다.

김대중 대통령에 대한 평전과 역사적 평가는 훨씬 더 뒤에 이루어지리라 생각합니다. 그분이 대통령이 되기만 한다면 우리의 역사는 확 바뀌리라는 저의 생각과 바람은 그저 한낱 꿈이었음을 깨달았고, 권력이란 종교든 정치든 그 자체로 악성을 지니고 있음도 뒤늦게 확인했습니다.

이제 저는 사제로서 교회 구조의 권력, 곧 그 악성을 제거하는 일에 더욱 관심을 쏟으며 아나키즘에 더욱 매력을 느낍니다.

일체의 체제와 제도, 권력을 거부하는 아나키즘은 그 자체로 신선하며 하느님의 성령과 상통하는 초월적 가치임도 깨닫습니다. 그러나 사람은 사회적 존재인지라 과연 체제와 제도, 권력을 넘어 살 수 있는지 계속 고민하고 있습니다.

어쨌든 김대중 대통령의 삶을 저는 헤겔의 정반합 변증법 논리로 접근하여 종합하고 싶습니다.

대통령이 되기까지의 그분의 삶이 아름다운 대전제(thesis, 명제)였다면, 그분의 대통령 집권 기간은 우리에게는 반명제(antithesis)로 비판의 대상이 되고 있으며, 그 이후 세상을 떠나는 날까지 그분이 몸 바쳐 추구했던 민족의 화합과 통일을 위한 열정을 저는 아름다운 종합(synthesis)이라고 해석하고 싶습니다.

사람에게는 누구나 한계가 있게 마련인데 김대중 대통령의 경우 2000년 6·15 남북공동선언은 그분 생애의 금자탑이라 칭송하고 싶습니다. 저의 개인적 염원은 그분이 사형수로서 감옥에 계셨을 때의 그 순수한 지향으로 대통령 시절에 그보다 훨씬 더 잘하실 수 있었고 또 마땅히 더 잘하셨어야 했는데 그 점에 미치지 못한 큰 아쉬움을 늘 마음에 안고 살고 있어 지금도 안타깝습니다. 이 점은 노무현 대통령에게도 그대로 적용됩니다.

지금 4대 강을 불법적으로 파헤치며 온갖 비상식적 반인권적 정책을 펼치고 있는 이런 대통령과 함께 살아야 하는 근본 원인도 따지고 보면, 결국 전직 두 분 대통령이 분명한 정의 의식과 역사관 그리고 공동체와 공동선에 대한 철저한 책임 의식을 체화시키지 못한 한계와 우리 모두의 시대적 책임임을 함께 통감하고 있습니다. 그래도 우리는 보다 아름다운 미래를 꿈꾸며 실천을 다짐해야 합니다.

그리고 감히 이제 우리는 모두 김대중 대통령과 노무현 대통령 두 분을 능가하는 창조적 가치를 되새기며 더 아름답고 참신한 후대 정치인의 출현을 꿈꾸며 인간의 무한한 잠재력과 창조성을 노래합니다.

"정말 잘 들어 두어라. 나를 믿는 사람은 내가 하는 일을 할 뿐 아니라 그보다 더 큰일도 하게 될 것이다."(요한 14,12)

그리스도인이 예수님보다 더 큰 일을 할 수 있겠습니까? 이론상 불가능하겠지만, 그러함에도 불구하고 성경은 분명히 가능하다고 그 앞길을 열어 놓고 있습니다. 창의적 개방성, 무한한 잠재력, 바로 여기에 인간 존재의 힘과 의미 그리고 뜻과 이유가 있습니다.

우리 모두 창조적 존재가 되기 바랍니다.

감사합니다.

'여성의 시대 21세기'를 내다본 통찰과 혜안: '차별 없는 사회'를 천명처럼 받들어

한명숙 전 국무총리

김대중 전 대통령은 '정치인 한명숙'을 태어나게 한 산파였다. 그리고 지금도 내 가슴에 멘토로 살아있다. 그 인연의 실타래를 풀어 가려면 아무래도 여성운동과 가족법 개정을 실마리로 삼지 않을 수 없다.

1974년, 나는 크리스찬 아카데미의 여성 사회 교육 간사를 맡으면서 여성운동에 투신했다. 당시 여성을 짓눌렀던 낡은 인습과 제도는 강고했지만, 그중에서도 '가족법'은 가혹한 족쇄였다. 아내와 딸들은 법적으로 철저하게 차별을 받았다. 위헌 요소가 다분한 악법이었다.

유엔이 '세계 여성의 해'로 정한 1975년, 여성계는 가족법 개정에 불을 지폈다. 바로 전 해, 여성 단체와 여성학자들의 뜻을 모아 '여성 인간선언'을 내놓았던 크리스찬 아카데미도 이 운동의 중심에 섰다.

그 무렵 유신의 살기 속에서 민주화 투쟁을 이끌던 김대중을 나는 여성운동가들과 함께 처음 만났다. 납치와 투옥, 가택 연금의 탄압이 그를 옥죄고 있었지만 두 눈이 남달리 반짝반짝 빛났다. 소신이 꽉 찬 목소리로 민법

의 봉건성과 남성 우월주의를 비판했다. 가족법을 평등하게 고쳐야 한다는
생각이 너무나 반듯했다. 우리는 깊은 감명을 받았다.

유신독재는 여성운동에도 서슬 퍼런 칼날을 들이댔다. 나는 1979년 3월
9일 중앙정보부로 끌려가 혹독한 고문을 당한 뒤 2년 6개월의 형을 받고
수감 생활을 했다. 그사이 김대중 전 대통령은 사형선고를 받고 망명의 길
로 내몰렸다. 끊겼던 만남의 끈은 1989년에야 다시 이어졌다. 그때 그는 제
1야당인 평민당 총재였고, 나는 한국여성단체연합의 '가족법 개정 특별위
원장'을 맡고 있었다. 가족법 개정 운동의 최일선에서 나는 그를 자주 가까
이 보게 되었다.

그때 우리는 정치권을 압박하기 위해 맹렬하게 뛰었다. 국회 주변에서
풍선을 손에 들고 평화 시위를 벌였고, 의원실도 문턱이 닳도록 들락거렸
다. 김대중 총재는 찾아 갈 때마다 "우리 당 의원들은 내게 맡기고 다른 당
의원 한 사람이라도 더 만나라"고 격려했다.

마침내 평민당 박영숙 의원의 주도로 153명의 서명을 받은 민법 개정안
이 제출됐다. 마음을 놓을 수 없었던 김대중 총재는 노태우 대통령과의 담
판을 통해 여야 합의를 이끌어내며 빈틈없이 마무리를 해주었다.

드디어 1989년 12월 19일, 정기 국회 본회의장에서 민법 개정안 통과를
알리는 방망이 소리가 세 번 울렸다. 그 순간 "반대 의견 있습니다"라는 의
원들의 고함이 터져 나오고 자료 뭉치가 공중으로 날아올랐다. 가슴 졸이며
조마조마했던 순간이 지나자 수십 년간 여성들의 염원이었던 가족법 개정
이 눈앞의 현실로 다가왔다.

국회의 복도 한쪽에선 유림의 대표가 주저앉아 "우리나라는 이제 망했

다"며 통곡했고, 다른 한편에선 이태영 선생이 여성운동가들과 함께 남녀평등 세상의 메시지를 낭독했다.

긴 세월 강고했던 차별의 시대가 무너지고, 남녀평등의 새 시대가 열렸음을 알리는 소리였다.

김대중 총재는 평민당 의원들에게 "가족법 개정안이 통과되는 순간 모두 힘차게 박수를 치자"고 제안했었다. 하지만 대다수 의원들이 "남자 권리 다 빼앗겼는데 뭐가 좋아서 박수 치냐"며 시큰둥한 반응을 보여 혼자만 박수를 쳐야 했다. "남녀가 평등하다는 믿음은 내 안의 천성이었다." 자서전에 적은 대로 그는 차별 없는 사회를 천명처럼 받들었다.

가족법 개정을 진두지휘하며 성사시켰던 김대중 총재는 어느 여성 모임에서 그의 섭섭한 마음을 슬며시 내비친 적이 있다.

"내가 여성 정책에 대해서는 누구보다 앞장서서 일하는 대표적인 정치인인데, 왜 여성들에게 인기가 없는지 답답하다. 이렇게 열심히 하면 나를 좀 지지해 줘야지."

뼈 있는 말이었지만 그의 유머 감각이 워낙 뛰어나, 한쪽으로는 찔리면서도 한바탕 웃음꽃을 피웠었다.

지역주의의 멍에와 '빨갱이'라는 낙인은 평생 동안 그를 괴롭혔던 군사독재의 망령이다. 얼마 전 그 망령에 홀린 사람들이 영면의 장소인 묘역까지 훼손하는 만행을 저질렀다. 가슴 저미는 아픔을 딛고 '김대중을 다시 생각해야 하는 까닭'이 어쩌면 여기에도 있을지 모른다.

두 번의 전화와 '정치인 한명숙'

20여 년 동안 여성운동에 몰입했던 나는 1995년 초 유학을 가는 남편과 함께 일본으로 건너갔다. 그해 8월쯤 '새정치국민회의' 창당을 준비하던 김대중 당시 '아시아태평양평화재단' 이사장이 직접 전화를 해왔다. 여성 대표로 참여 해 달라는 요청이었다. 시민사회운동을 천직으로 여기던 때라 즉답을 못했다.

그 뒤 이우정 선생이 또 전화를 했다. "국회에 들어와서 함께 활동하면 더 많은 일을 할 수 있다. 김대중 총재는 다른 건 몰라도 남북화해협력은 반드시 이룰 것이기 때문에 도와드려야 한다." 거의 한 시간을 설득했지만 나는 끝내 거절했다. 죄송함에 마음이 무거웠다. 김대중 총재도 상당히 섭섭했던 것 같다. 어느 자리에선가 나를 빗대어 "비례대표를 하라는데도 안 하는 사람이 있더라"는 얘기를 꺼냈다고 전해 들었다.

4년이 흐른 1999년, 미국에서 박사과정을 밟고 있던 나는 또 부름을 받았다. 취임 2년째를 맞은 김대중 대통령은 '새천년민주당'이라는 새로운 당을 준비하고 있었다. 이번엔 신당의 재야 대표로 영입된 이재정 신부가 전화를 걸어왔다. "설마 이번에도 안 된다고는 안 하시겠죠? 이번에는 꼭 하셔야 합니다." "고민해 보겠다"고 에둘러 대답하고 서둘러 전화를 끊었다.

그 뒤에도 당의 여러 중진들이 잇달아 전화를 걸어 강력하게 권했다. 그때가 8월쯤이었고, 나는 12월에 박사학위 논문을 제출할 예정이었다. 학계에서 후배를 양성하며 시민사회운동을 계속하고 싶은 소망이 컸지만 두 차례나 거절하는 것이 너무 부담스러워 가족 그리고 여성운동 후배들과 의논을 했다. 후배들의 권유가 뿌리칠 수 없을 만큼 너무나 절절했다.

결심하고 바로 논문 자료만 챙겨 든 채 입던 옷에 운동화 차림으로 귀국했다. 서울에 도착해 동생에게 정장을 사오라고 부탁하고, 다음 날인 1999년 9월 12일 발기인 대회에 버스 타고 참석했다. 한 집안의 맏딸, 한 남자의 아내에서 '맹렬 여성운동가'로 거듭 태어났던 내가 또다시 '정치인 한명숙'으로 재탄생한 날이었다. '김대중'이라는 산파의 손길이 내 삶의 씨줄과 날줄을 뜻하지 않았던 방향으로 엮어냈던 것이다.

초대 여성부 장관

김대중 대통령은 늘 인구의 절반인 여성의 권익을 세우는 것이 선진국으로 가는 중요한 과제라고 말했다.

"여성들은 농경사회와 산업사회에서 가부장 제도에 눌려 지냈다. 그러나 정보화 시대에는 힘보다는 머리가 중요하다. 그래서 21세기는 정보화 시대이고 곧 여성의 시대이다."

시대를 꿰뚫는 그의 이런 통찰은 여성부 창설로 실현되었다.

여성부가 탄생하기 전에는 대통령 직속 '여성특별위원회'가 있었다. 그러나 김대중 대통령은 여성 인력을 국가의 자산으로 여겼다.

"여성의 섬세한 감각과 치밀한 사고는 국가가 관리해야 할 자산이다. 정보화 시대에 여성 인력 개발은 국가적인 과제다."

여성부를 만들겠다는 그의 의지는 강했지만 많은 반대에 부딪쳤다. 그럼에도 2001년 1월 19일 국민의 정부 늦둥이 부처로 여성부가 탄생했다. 초대 여성부 장관으로 나를 발탁한 김대중 대통령은 이런 당부를 했다.

"이제 여성들이 21세기에 남성과 똑같이 그야말로 남성 평등으로 나갈 수 있는 그런 조짐이 비로소 보입니다. 앞으로 여성들이 더욱 적극적으로 참여해서 여성의 힘으로 양성 평등의 사회를 주체적으로 열어나가기 바랍니다."

여성부는 직원 102명이 일하는 단출한 부처였다. 예산 규모도 작았다. 그러다 보니 여성부로 파견되는 것을 좌천으로 여기는 분위기도 엿보였다. 나는 김대중 대통령에게 "차관을 남성으로 해 달라"고 건의했다. 대통령은 "여성계의 반발이 없겠냐"고 물었다. 나는 자신 있게 대답했다. "제가 책임지겠습니다. 대신 다른 부처의 차관을 여성으로 임명해 주십시오." 대통령은 여성부 차관에 현정택 청와대 비서관을, 노동부 차관에 김송자 서울지방노동위원장을 임명했다. 정부 수립 후 처음 탄생한 여성 차관이었다.

김대중 대통령은 여성부를 각별하게 챙겼다. "다른 부처 관리들은 사실 여성부를 은근히 무시하는 경향이 있었다. 나는 늦게 태어난 막둥이를 보살피듯 했다. 그래서 정이 더 갔다." 그가 자서전(『김대중 자서전』, 삼인)에 남긴 글이다.

김대중 대통령의 격려와 신임에 나는 힘을 얻었다. 의원 시절에 발의했던 '모성 보호 관련 3법'을 꾸준히 다듬었다. 경총에서 "기업의 인건비 부담이 커진다"며 거세게 반발했다.

보수적인 의원들도 가세했다. "우리 어머니는 들에 나가 일하다 애 낳고, 그 이튿날 또 밭에서 일했는데도 80살이나 사셨다. 뭐 때문에 출산 후 세 달씩이나 쉬어야 하는가?"

난산의 진통을 겪었지만, 나는 민주당 의원들과 긴밀하게 협조해 법을 통과시켰다. 법안에 서명하며 활짝 웃던 김대중 대통령의 모습이 지금도 눈에 선하다.

최고의 퍼스트레이디

이희호 여사는 미국 유학을 다녀와 YWCA 총무를 지낸 시민사회단체의 지도자였고, 여성운동의 선각자이기도 했다. 그래서 가족법 개정 운동을 펼치며 우리는 은근히 여사의 역할을 기대했던 게 사실이다.

이희호 여사와 김대중 대통령은 사랑하면서 존경하는 사이였다. 나는 때때로 김대중 대통령보다도 이희호 여사가 더 깊이 있는 분이라는 생각이 들었다. 소리 내서 주장을 드러내지 않아도 주위 사람들은 늘 여사에게 감화를 받았다.

이희호 여사는 원래 조용하고 말이 없는 분이지만 강연이나 축사를 할 때는 말에 힘이 느껴졌다. '어디서 저런 힘이 나오나?'라는 생각이 들 만큼 한 마디 한 마디가 무게 있게 다가 왔다. 악수할 때도 뭔지 모를 힘이 느껴졌다. 뼈마디가 가냘픈 손인데도 손아귀에 힘이 꽉 차고 진심이 통하는 악수가 참 인상적이었다.

이희호 여사는 말없이 김대중 대통령을 보좌하며 항상 편안하게 해주었
다. 곁에서 지켜 본 여사의 비서실장은 "대통령에 대한 이희호 여사의 '복무
정신'이 놀랍다"는 표현을 썼다. 그만큼 누구도 눈치 못 채는 세심한 사안을
조용히, 그러나 빠짐없이 뒷바라지 했다.

'준비된 대통령'의 수첩

김대중 대통령은 주요 현안을 논의할 때 관련 부처 장관들을 불러 정책
조정회의를 자주 했다. 대개 점심을 곁들인 회의였는데 도시락도 먹고 가끔
스테이크도 나왔다. 장관들은 긴장해 먹는 둥 마는 둥 했지만 대통령은 남
기는 법이 없었다. 선거 때 시간에 쫓겨 라면으로 요기할 때도 꼭 "나는 계
란 두 개"라고 특별 주문을 했다고 한다. 식성이 좋은 만큼 스테미너가 좋
고, 그래서 일도 열정적으로 할 수 있었던 게 아닐까 생각한다.

'준비된 대통령'이라는 수식어는 결코 빈말이 아니었다. 그는 장관들이
보고를 하거나 토론을 할 때 항상 깨알같이 메모한 노트를 옆에다 놓고 대
화했다. 옛날 공책처럼 생긴 노트에 적어 놓은 글씨는 인쇄한 것처럼 반듯
했다. 사례를 들 때도 연도며 날짜, 사람 수까지 빈틈이 없었다. '천여' 명이
아니라 '천팔십이' 명 이런 식이었다. 장관들이 아무리 꼼꼼하게 준비해도
늘 모자랐다.

김대중 대통령의 노트에는 수십 년 간 구상하고 끊임없이 다듬은 정책이
나 법안들이 빼곡하게 정리되어 있었다. 그가 대선에서 세 번째 떨어졌을

때 여성계에서 모임을 마련했다. 그는 거의 울먹이는 목소리로 말했다.

"나는 평생 정치를 하면서 이 나라 발전을 위해 애써 수많은 정책을 준비해 왔다. 이 정책을 펴는 것이 나의 꿈이었다. 그런데 장관도 못해 보고, 작은 정책도 하나 펴지 못한 채 뜻을 접어야 한다는 것이 너무나 가슴 아프다."

"국민들보다 반 발짝만 앞서가라"

김대중 대통령은 높은 이상을 추구했다. 하지만 판단과 결정은 언제나 현실에 발을 단단히 디디고 내렸다. "국민들보다 반 발짝만 앞서 가라." 그의 이 말 속에는 '서생적 문제의식과 상인의 현실감각'이 녹아있다.

노무현 전 대통령은 의원 시절인 1994년 자서전에 이런 글을 남겼다.

"김대중은 정치 지도자가 갖춰야 할 '권력 장악 능력', '살림살이 솜씨', '역사의식'을 두루 갖춘 사람이다. 또 그는 끊임없이 배우고, 노력하고, 발전을 거듭하며, 정말로 삶을 열심히 살아가는 사람이다."

돌아보면, 김대중 대통령 앞에 펼쳐진 도화지는 구상한 정책을 마음껏 그릴 수 있는 하얀 도화지가 아니었다. 일제 식민지와 남북 분단, 냉전과 한국전쟁, 군사독재와 외환 위기 등 청산하지 못한 과거사로 온통 얼룩진 도화지였다. 하지만 그는 이런 제약을 뚫고 깊이 있는 역사 인식과 철학을 바탕으로 큰 정치를 펼쳤다.

그중에서도 김대중 대통령의 '보복 없는, 용서의 정치'는 국민들에게 큰 감동을 주었다. 그의 깊은 뜻을 되새기려고 내가 틈틈이 꺼내보는 물건이 있다. 다니던 교회의 목사님이 총리 청문회를 앞둔 나에게 선물로 주었던 대못이다. 예수님을 십자가에 못 박은 그 대못을 학자들이 고증을 해서 재현해 낸 모형이다.

그 선물의 의미는 '청문회를 할 때 수많은 사람들이 당신에게 대못을 박을 것이다. 그 대못에 찔린다 해도 그 사람들을 다 수용하고 용서해서 껴안는 자세로 일하라'는 뜻이었다. '정치인 김대중'은 혼신의 힘을 다 해 이 가르침을 실천한 사람이었다.

그는 참된 신앙인이었다. 신앙이라는 내면세계에서 그는 탄압을 용서로 승화시켰다. 원한을 화해와 협력의 밑거름으로 삼았다. 국민 화합을 위해 용서와 화해의 정치를 폈다. 보복의 역사를 용서의 역사로 전환시켰다. 한반도의 평화와 민족 공영의 길을 모색하고, 아시아의 민주발전을 이루기 위해 '동북아 평화 구상도'를 그렸다. 우리가 계승 발전시켜야 할 그의 값진 유산이다.

한국인의 지혜와 용기를 대표하는 정치인: 그가 연 '남북화해의 문' 닫혀선 안 돼

와다 하루키 도쿄 대학 명예교수

우리가 김대중이라는 한국의 민주주의 인사이자 야당 정치가의 존재를 처음으로 안 것은 1973년 8월 8일 그가 일본 도쿄의 호텔에서 납치됐던 사건이 일어나고부터다. 우리들은 그의 육성을 잡지 『세카이』(世界)에 실린 야스에 료스케(安江良介·1935~1998년, 전 『세카이』 편집자, 이와나미서점 사장)와의 인터뷰에서 들었다. 사실 『세카이』에 김대중 선생의 글이 실린 것은 그때가 처음은 아니다. 1년 반도 더 전인 1972년 3월호에 '통제되지 않는 권력은 악이다'라는 글이 실렸었지만, 그때의 우리들에게 그 글은 눈에 들어오지 않았다.

인터뷰 당사자가 납치돼 생사도 모르는 상황에서, 그의 말들은 정말로 강한 인상을 주었다. 민주주의를 추구해 마지않는 신념을 가진 정치가의 그런 모습은 일본에선 볼 수 없는 것이기도 했다. 김대중 선생은 그때도 거의 죽을 처지에 놓여 있었지만, 결국에는 살아났다. 그를 납치해 바다로 수장하려 했던 배 위로 날아온 비행기가 어느 나라의 것인지는 여전히 미지에 머물러 있으나, 어쨌든 납치범들이 해상에서 김대중 선생의 살해를 단념한 것은 틀림없다.

그 후로 우리들은 '김대중의 원상 복귀를 요구하는' 운동을 하려 했다. 그러나 그 운동은 한일 양국 정부의 정치적인 타협 탓에 불가능했다. 김대중 선생은 한국에서 시작된 민주화운동의 중심에서 싸우고(1976년) '민주구국 선언'에 서명했으며, 체포당하고 투옥됐다. 그러는 동안 일본인들은 김대중 선생에 대한 관심을 거두지 않았다.

그러나 김대중 선생의 존재가 압도적으로 알려지게 된 것은 1980년 5월 '내란음모사건'으로 체포되어 군법회의에 끌려가 사형 판결을 받은 때였다. 김대중 선생을 죽이려고 하는 이들은 그의 신원 조사를 하면서 허위 정치 활동 경력을 섞고, 이런 저런 폭로를 한다는 전술을 취했다. 우리들도 이건 엄청난 일이라고 판단해, 김대중 선생의 연설을 모은 『민주 구국의 길』을 냈다. 생사(生死)의 기로에 선 김대중 선생이 군법회의에서 한 말이 이후에 지하 루트를 통해 전해졌고, 일본에서부터 전 세계로 처음 알려졌다.

김대중 선생은 사형 구형을 받은 군법회의 제1심 최종진술에서 다음과 같이 말했다.

"당국이 내게 형을 집행하려고 한다면 불가능한 일은 아니겠지만 그것이 과연 법의 정의에 따른 것일지 심사숙고해주었으면 싶다. 나는 나에 대한 관대한 처분보다는 다른 피고에게 대한 관용을 바란다. 결국 이분들에 대한 형의 책임자는 나이기 때문이다. (……) 그저께 구형을 받았을 때 나 스스로도 의외라 생각할 만큼 내 마음은 평온했다. 그리고 그날은 공판정에 나잤던 탓도 있어선지 평소보다 더 잘 잤다. 이것은 내가 천주교인으로서 신이 바라신다면 이 재판부를 통해서 죽음을 당할 것이고 그렇지 않으면 살것이라고 믿으며, 이 전부를 신에게 맡기고 있기 때문이다. 마지막으로 여기 앉아 계시는 피고들에게 부탁한다. 유언으로서, 내가 죽어도 두 번 다시 이러한 정치 보복이 있어서는 안 된다는 말을 남기고 싶다."

여기엔 폭력에 맞서는 정신의 광채가 빛나고 있다. 이런 진술은 사람들의 마음을 동요시켰다. "김대중 씨를 죽이지 말라"는 목소리가 일본은 물론이고 세계적으로도 널리 퍼진 것은 당연했다. 나는 당시 이렇게 썼다.

"이 이상주의적이며 현실주의적이고 민족주의·민주주의적 천주교인 정치가는, 큰 모순으로 갈라진 한국 국민을 단결시켜 민주주의를 통한 국가건설과 민족통일이라는 난제에 맞서게 하는 열정을 불러올 수 있는, 단 한명의 사람일 것이다. 한국 국민이 지금 김대중 씨를 잃는다면 해방 후 백범김구를 잃은 것 이상의 비극일 것이다. 그리고 그것은 일본 국민을 포함해평화와 민주주의, 인간다운 삶을 추구하는 전 동아시아의 사람들에게 있어서 헤아릴 수 없는 타격이다."

물론 우리는 한국의 '소리 없는 목소리'도 움직이고 있었다고 믿는다. 미국의 레이건 대통령도 움직였다. 스즈키 젠코(鈴木善幸) 일본 수상도 움직였다. 그리고 김대중 선생은 이때도 구제되었다. 사형 판결의 최종 확정을기다리는 동안, 그리고 감형이 되어 감옥에 있는 동안 선생은 이희호 여사와 자제들에게 옥중 편지를 썼다. 그 복사본이 다른 천주교인의 손을 통해서 우리들에게도 전해졌고, 일본어로 번역해 이와나미서점(岩波書店)에서 『김대중 옥중서간』이라는 제목으로 1983년에 출판되었다.

이 책이 나왔을 때 김대중 선생은 출옥에 이어 출국해 미국에 있었다. 미국에서 선생님의 서문이 도착했다. 그 글에서 그는 "우리나라에서 나의 역사적 사명은 닫혔던 문을 여는 것이라고 생각한다"고 했다. 열려야 할 첫 번째 문은 "지금 단단하게 닫혀 있는 민주주의의 문"이다. 제2의 문은 "6000만 민족이 꿈에도 잊지 못하는 조국통일로 나가는 문"이다. 또 선생은 "한국과 일본의 관계에 있어서도, 역시 문을 여는 역할을 하길 원한다", "나는 일본의 여러분과의 특수한 인연에 의해, 다른 어떤 한국인보다도 일본인들과 마음의 공감대를 가지고 있다고 믿고 있다"라고 썼다.

『김대중 옥중서간』은 한 장의 편지 속에 자신의 생각을 전하겠다는 놀랄 만한 에너지의 집중을 보여주고 있다. 그 내용엔 자기반성과 전진·향상에의 강렬한 의욕이 전해진다. 나는 이 책의 해설의 결말 부분에 이렇게 썼다. "한국 국민은 계속 고난 속에 있지만, 우리들은 이런 정치가를 갖고 있다는 가능성에 한 줄기 빛을 볼 수 있다."

내가 김대중 선생을 처음으로 직접 뵌 것은 1984년 12월 미국 워싱턴에서였다. 나는 국립보존기록관(National Archives) 계단이 있는 곳에서 그와 만나기로 했다. 약속 시간, 그 앞에 큰 차가 멈추었고 그 차 속엔 김대중 선생이 계셨다. 그때 이미 김대중 선생은 한국에 강행 귀국할 것을 생각하고 있었다. 한국 민주주의의 회복을 위해서는 자신이 희생을 뒤돌아보지 않고 노력해야 한다는 강한 사명감을 가지고 계신 데 대해 나는 다시 한 번 강한 인상을 받았다.

선생님이 귀국하게 되자 필리핀의 야당 정치가 베니그노 아키노 씨가 마닐라 공항에서 암살됐던 전례를 우려한 이들이, 미국에서부터 20명 가까이 동행했다. 그 안엔 내 친구인 브루스 커밍스 교수도 있었다. 우리들은 천주교인들과 함께, 나리타 공항에서 일본 정부의 위임을 받아 김대중 선생님 일행을 맞이했다. 그날 밤 나는 호텔방에서 김대중 선생과 『세카이』 편집장이었던 야스에 료스케 씨와 함께 지냈다. 불안한 밤이었다.

그러나 김대중 선생은 무사히 귀국했고, 그 이래로 1987년 6월 민주항쟁의 승리까지는 오래 걸리지 않았다. 한국의 민주화 운동은 비폭력 직접행동을 통해 군사정권 퇴진을 가져왔고, 대통령 선거를 통해 변혁을 전진시키는 국면으로 나아갔다. 군부 측에서 노태우 씨가 대통령 선거에 입후보한 데 맞서 민주 세력 측에서는 김영삼, 김대중 두 사람이 나서는 분열 선거 양상이었으므로 누가 보아도 민주 세력 측이 불리했다. 남북 관계도 긴장 상태였으므로 이에 우려한 일본의 우리들은 분수에 넘치게도 김대중 선생에게 후보 단일화를 부탁하는 편지를 보낸 적도 있었다.

결국 후보 단일화는 실현되지 못했고 민주주의 회복 후 최초의 대통령 선거는 노태우 씨의 승리로 끝났다. 5년 후 김영삼과 김대중의 일대일 승부가 벌어졌고, 김영삼 씨가 승리했다. 김대중 선생은 두 번의 선거에 패한 끝에 결국 세 번째인 1997년 대선에서 당선됐다. 우리들은 앞의 두 번의 선거를 탄식하면서 지켜봤다.

그러나 되돌아보면, 이것은 필연적인 혁명의 도정이었다고 생각된다. 노태우 씨가 대통령이 된 것은, 군부 세력이 대통령 직선제를 받아들였다는 데에 의미가 있었다. 그리고 김영삼 대통령 때 전두환·노태우라는 두 명의 군인 대통령을 쿠데타 죄로 체포해 재판에 넘긴 것은 김영삼이기에 할 수 있었던 큰 일로, 군인의 정치 참여를 끝내는 효과를 가져왔다. 김대중 선생이 두 사람 다음에 대통령이 되었기 때문에, 남북화해의 이니셔티브를 잡을 수 있었던 것이리라. 어느 날 내가 김대중 선생에게 이 얘기를 하고 의견을 여쭈었더니 "그런 시각이 (있을 수) 있습니다"라며 긍정적으로 대답했다. 이렇게 '김대중 대통령'의 출현은 한국의 민주혁명을 완성시키는 것이 되었다.

'민주주의의 문'을 완전히 연 김대중 선생은 '조국통일의 문' 내지는 '남북화해, 공존, 협력의 문'을 열 수 있었던 것이다. 대통령에 취임하는 동시에 김대중 선생은 '햇볕정책', '포용정책'을 내세웠다. 그리고 2000년 6월 평양을 방문해 김정일 북한 국방위원장과의 정상회담을 하고, 남북공동선언을 발표했다. 정말로 단단하게 닫혀 있던 문이 열린 것이다. 이는 사람들에게 한반도에서 이제 전쟁은 없다는 사실을 확신시켰고, 정신의 해방을 초래했다. 남북의 포용 체제가 시작되었다. 그러나 그 의미는 이뿐만이 아니었다. 동북아시아의 평화와 안전에 큰 의의를 가지게 된 것이다. 2000년 남북정상회담이 있었기에 2002년의 고이즈미 준이치로(小泉純一郎) 일본 수상의 방북과 북·일 정상회담이 실현된 것임에 틀림없다.

사실 원래대로라면 북·미의 관계 개선도 촉진시키는 역할도 했어야 했을 것이다. 그러나 그렇게는 안 됐다. 북·일 관계가 정상화될 것인가 하는 인상이 생겨나는 가운데, 순식간에 그 전망은 흔적도 없이 사라져버렸다. 북한을 '악의 축'으로 보는 조지 부시 정권의 밑에서, 북·미 관계 개선은 원천적으로 불가능했던 것이다.

북·일 관계 정상화나 북·미 관계 개선은 빠진 채 남북의 포용 체제는 10년 가까이 계속됐고, 그것은 동북아시아의 평화를 지탱하고 있었다. 그러나 이 체제는 북한의 핵무기 개발을 막을 수는 없었다. 물론 북·미 간, 북·일 간 관계 개선이나 정상화를 이룰 수 없었던 건 김대중 대통령의 책임이 아니라 우리들의 책임이다. 그러나 남북화해는 북·미 관계 개선이나 북·일 관계 정상화 없이는 성립되지 않는 이상, 유감스럽지만 김대중 대통령의 노력도 끝까지 미치지 못했다고 생각하지 않을 수 없다.

그렇다 하더라도 김대중 선생은 죽음을 앞에 두고서도 최후의 노력을 기울였다. 선생의 입원 전 그의 집을 찾아 조언을 구한 빌 클린턴 전 대통령이 평양을 방문해 김정일 위원장과 회담했다. 그 회담의 결과는, 그렇게 기뻐하는 김정일 위원장의 얼굴을 『로동신문』 지면에서 이제까지 본 적이 없었을 정도였다.

그리고 김대중 선생이 서거하자 북에서 서울로 조문단을 보냈다. 선생님의 장례식은, 그가 열어젖힌 문을 닫아서는 안 된다고 다짐하는, 하나의 커다란 시위였다. 그러나 남북 관계의 사태는 개선을 보이지 않고 있다. 결국 연평도 포격 사건이 일어나기에 이른 것이다.

김대중 선생은 또 하나의 문, '한일 관계의 문'도 열었다. 1998년 국빈으로 일본을 방문한 그는 국회 연설에서 일본 의원들에게 큰 감명을 주었고, 오부치 게이조(小淵惠三) 수상과 한일 공동 선언을 발표했다. 거기에서 오부치 수상은 일본이 "식민지 지배에 의해 한국 국민에게 다대(多大)한 손해와 고통을 주었다"는 것을 인정하고, "통절한 반성과 마음속으로부터의 사죄"를 말했다. 이를 받아 김대중 대통령은 이러한 오부치 수상의 "역사 인식의 표명을 진지하게 받아들이고 이것을 평가함과 동시에, 양국이 과거의 불행한 역사를 극복하여 화해와 선린 우호 협력에 기초를 둔 미래지향적인 관계를 발전시키기 위해 서로 노력하는 것이 이 시대의 요청이다"라고 표명했다.

이에 따라 한일 관계는 "21세기를 향한 새로운 파트너십"이라고 선언되었으며 김대중 대통령은 한국에 일본 문화를 개방하겠다는 역사적 방침을 표명했다. 이것이 모든 게 새로운 한일 관계의 시작이었으며, 한류가 세찬 물줄기처럼 일본으로 흘러들게 되었다.

김대중 대통령은 과거사 피해자에 대한 일본의 보상 조치에 대해서 한국 정부 차원에서 더 이상 요구하지 않는다는 태도를 취했지만, 위안부 피해자나 강제 동원 노동자 문제 등 해결되지 않은 문제의 존재를 강하게 인식하고 있었다. 한국 정부는 일본 정부에 위안부 피해자에 대한 보상 요구를 하지 않는다고 정한 뒤로, 1998년 5월 일본의 '아시아 여성기금'을 받지 않겠다고 서약하는 피해자들에게는 일화 300만 엔 정도의 생활 지원금을 지급하기로 결정했다.

나는 당시 아시아 여성기금을 다른 이들에게 호소하는 사람으로서 이러한 조치가 혼란을 불러올 것을 우려하여 김대중 대통령께 수차례 편지를 보내 재고를 부탁했다. 아시아 여성기금을 받은 위안부 피해자들은 한국 사회에서 비난을 받고 있었으므로, 그 수취 사실을 숨기지 않을 수 없어 '(일본 정부의) 아시아 여성기금을 받지 않는다'는 서약서에 서명하는 사람이 속출했다. 결과적으로 이 사람들은 한국 정부가 주는 생활 지원금도 받게 된 것이다. 이 사태로 기금은 지급을 정지해야만 했지만, 다음에 한국 정부로부터 지원금을 받은 피해자가 아시아 여성기금에 신청을 할 경우, 기금으로서는 결국 지급을 막기는 어렵다. 어떤 식으로든 이 돈을 둘러싼 싸움이 피해자들을 괴롭히게 될지도 모른다.

1998년 12월 나는 무라야마 도미이치(村山富市) 전 수상과 함께 청와대에 방문해 김 대통령을 만나 이 건에 대한 요청을 했다. 김 대통령은 자신은 아시아 여성기금을 받지 말라고도, 받아도 좋다고도 말하지 않겠다며 피해자 '할머니'들과 운동 단체와 상의를 잘 해주었으면 싶다고 말했다. 또 합의가 잘 되어 기금을 받으면 좋다며, 정부는 문제 삼지 않을 것이라고 했다. 한 번으로 안 되면 몇 번이라도 상의를 해줬으면 한다고 말했다. 고마운 일이었다.

그렇지만 아시아 여성기금을 비판하는 사람들과의 면담은 결국, 결실을 맺지 못했다. 위안부 피해자들의 곤란한 입장은 해결되지 않은 채, 아시아 여성기금은 2007년 해산해버렸다.

대통령에서 물러난 김대중 선생의 처소를 나는 몇 번인가 방문했다. 2007년 가을 서울에 있는 자택을 방문했을 때 김대중 선생은 직전의 독일 방문에 대해 얘기하면서, 독일인이 여전히 과거를 반성하는 노력을 다하고 있는 것에 강한 인상을 받았다고 했다. 그러면서 어째서 일본은 독일처럼 할 수 없는 걸까, 양식 있는 일본인들이 목숨을 걸고 사태를 바꾸려 노력해야 하는 게 아니냐고 말씀했다. 최초의 만남에서부터 25년 동안, 그때 들었던 의견만큼 엄격했던 건 없었고, 나는 선생의 비판 앞에 몸 둘 바를 몰랐다.

2008년 12월 9일, 나는 김대중 선생에게 민주화운동에 관한 인터뷰를 부탁했다. 인터뷰가 끝난 뒤 나는 아시아 여성기금을 받은 할머니들에 대해서, 앰네스티를 위해 발언해 달라고 말씀드렸다. 김대중 선생은 자신은 공직에서 물러난 몸이므로 무엇을 할 수 있을지 모르겠지만 생각해 보겠다고 대답했다. 내가 말씀드린 것의 의미는 이해해주신 것 같았다. 그러나 그것이 선생과의 최후의 만남이었다.

그가 서거했을 때 시청 앞 광장 분향소 앞에서 애도를 표하는 시민의 대열을 보며 내가 느낀 것은, 김대중 선생은 고난 속에서 성공을 쟁취한 한국 현대사를 대표하는 인물이며, 한국인의 지혜와 용기와 굴하지 않는 씩씩함을 대표하는 인물이라는 것이었다. 그 지혜와 용기와 씩씩함은 지금도 이어지고 있다.

(번역=안은별)

김성재 | 경상북도 포항 출신으로 한신대학교 신학과를 졸업하고 같은 학교 교수를 역임했다. 감사원 부정방지대책위 부위원장, 청와대 민정수석, 정책 기획수석 비서관과 학술진흥재단 이사장과 문화관광부 장관 등을 역임했다. 현재는 김대중 도서관 관장으로 있다.

하승창 | 주욱 학생운동, 노동운동, 시민운동으로 인생을 살았다. 잠시 방송계에도 들락거린 적이 있고, 『하승창의 NGO이야기』란 책을 낸 적도 있다. 지금은 대안적 논의를 위한 플랫폼으로 '씽크카페'를 만들고 또 돕는 일을 하고 있다.

오창익 | 인권연대 사무국장으로 일하는 인권운동가다. 늘 읽고 쓰고, 듣고 말하는 활동을 거듭하면서, 형사사법절차와 관련된 인권 문제를 비롯한 다양한 문제에 대해 지속적인 활동을 벌이고 있다. 몇 개의 단체에서 경험을 쌓은 다음, 1999년부터 인권연대에서 일하고 있으며, 저서로 『십중팔구 한국에만 있는!』과 『검찰공화국, 대한민국』(공저)이 있다.

김성훈 | 1939년 전남 목포 출생으로 서울대학교 농업경제학과를 졸업하고 미 EWC 하와이 대학에서 석사와 박사학위를 받았다. 중앙대학교 교수를 거쳐 UN/FAO 亞太경제책임자와 상지대학교 총장을 역임했으며 현재 '환경정의' 이사장을 맡고 있다. 국민의 정부 첫 농림부 장관으로 일했다.

이해동 | 1934년 전남 목포에서 태어나 한신대학교를 졸업하고 1970~1984년 한빛교회 목사로 민주화운동에 헌신했다. 민주화운동으로 인한 두 번의 수감 생활을 김대중 대통령과 같은 시기에 했으며 2009년 김 대통령 서거 당시 하관식의 예배를 맡았다. 덕성학원 이사장, 군 과거사진상규명위원회와 군 의문사진상규명위원회의 위원장 등을 지냈고 '행동하는 양심' 이사장, 청암언론문화재단 이사장, 평화박물관 건립추진위원회 이사장 등을 맡고 있다.

정두언 | 1957년 광주 출생으로 서울대학교 무역학과를 졸업하고 제24회 행정고시에 합격

정무장관실, 체육부, 국무총리 행정조정실 등에서 일했다. 이명박 서울시장 시절 서울시 정무부시장을 맡았으며 2007년 대선 당시 이명박 후보 전략기획팀장으로 활약했다. 17대 총선에서 국회에 입성한 2선 의원으로 현재 한나라당 최고위원과 국회 기후변화포럼 공동대표 등을 맡고 있다.

문정인 | 1951년 제주 출생으로 연세대학교 철학과를 졸업하고 미국 메릴랜드 대학에서 정치학 석·박사 학위를 받았다. 미 윌리암스 대학 조교수와 켄터키 대학 부교수를 거쳐 1994년부터 연세대학교 정치외교학과 교수로 일하고 있다. 노무현 정부에서 대통령 자문 동북아시대위원회 위원장과 외교통상부 국제안보대사를 역임했으며 현재 영문 계간지 『Global Asia』의 편집인으로 활동하고 있다.

청화(靑和) 스님 | 1944년 전북 남원 출생으로 1964년 화계사에서 혜암 스님을 계사로 사미계를 받고 1972년 해인사에서 고암스님을 계사로 구족계를 받았다. 1978년 한국일보 신춘문예에 시조 부문에 당선돼 시인으로도 활동했으며, 정토구현전국승가회 의장과 민주헌법쟁취국민운동본부 공동의장(1986년), 실천불교전국승가회 의장(1992년), 대한불교 조계종 교육원장(2004~2009년) 등을 역임했다. 현재 실천불교전국승가회 상임고문, 참여연대 공동대표, 6·10항쟁 계승사업회 이사 등을 맡고 있다.

박경서 | 1939년 전남 순천 출생으로 서울대학교 사회학과를 졸업하고 독일 괴팅겐 대학에서 사회학 석사, 박사학위를 취득했다. 서울대학교 사회학과 교수, 크리스찬 아카데미 부원장을 거쳐 1982년 2월부터 1999년 12월말까지 18년간 스위스 제네바 소재 세계교회협의회(WCC: World Council of Churches) 아시아 국장과 아시아 정책위 의장으로 일했으며 초대 대한민국 인권 대사(2001~2007)와 국가인권위원회 상임위원(2001~2004), 경찰청 인권위원회 위원장(2005~2008), 진실과 화해위원회 자문위원(2007~2010) 등을 역임했다.

박태균 | 1966년 서울 출생으로 서울대학교 국사학과에서 박사학위를 취득했다. 2000년 9월 이래 서울대학교 국제대학원 교수로 있으면서, 통일연구소 출판자료 실장(2006~2007년)을 역임했고, 현재 서울대학교 국제한국학센터 소장을 맡고 있다. 하버드 옌칭연구소에 방문연구원(1997~1999년)과 교환교수(2007~2008년)로 활동하였다.

박승 | 1936년 전북 김제 출생으로 서울대학교 경제학과를 졸업한 뒤 한국은행을 거쳐 미국 뉴욕주립 대학에서 경제학 석사, 박사 학위를 받았다. 중앙대학교 정경대 교수와 학장, 대학원장 등으로 일했으며 금융통화운영위원, 대통령 경제수석 비서관, 건설부 장관,

한국은행 총재 등을 역임했다.

박노자 | 블라지미르 티호노프라는 이름으로 구소련 레닌그라드에서 태어났으며, 레닌그라드 국립 대학 동양학부 극동사학과에서 석사학위를, 모스크바 국립 대학에서 박사학위 를 각각 받았다. 애당초 전공은 한국고대사였지만, 1997~2000년 국내의 한 사립 대 학교에서 교편을 잡으면서 받은 현재 한국 사회에 대한 충격이 너무 강한 나머지 학 술적 관심마저도 궁극적으로 근현대 역사 및 사회로 집중됐다. 2001년에 한국 시민 권을 취득했으며, 2000년부터 노르웨이 오슬로에서 동아시아 및 한국 관련의 여러 과목들을 가르치면서 산다.

김민웅 | 1956년 일본 오사카에서 출생했으며, 한국외국어대학교와 델라웨어 대학에서 정치 철학과 국제정치학을 공부했고 유니온신학 대학에서 제국의 문제와 관련한 기독교 사회윤리학으로 박사학위를 받았다. 현재 성공회대학교에서 세계체제론과 기독교 사회윤리학을 가르치고 있으며 최근 경희대학교의 후마니타스 칼리지의 인문교양프 로그램에 참여, 대학의 인문학 운동의 가치를 강화하는 일에도 열중하고 있다. 지은 책으로는『자유인의 풍경』,『창세기 이야기』,『밀실의 제국』,『보이지 않는 식민지』, 『콜럼버스의 달걀에 대한 문명사적 반론』 등이 있으며 우화 및 동화에 대한 재해석 을 주제로 한 책을 준비 중에 있다.

윤여준 | 1939년 충남 논산 출생으로『동아일보』,『경향신문』기자를 거쳐 1977년부터 관계 와 정계에서 일했다. 청와대 공보·의전·정무 비서관과 김영삼 정부에서 청와대 공 보수석 비서관, 환경부 장관 등을 역임했다. 1998년 한나라당 총재 정무특보, 16대 국회의원(2000~2004년)을 거쳐 2002년 대선 당시 이회창 후보의 선거 전략가 역 할을 했다. 현재 한국지방발전연구원 이사장을 맡고 있다.

박선숙 | 1960년 경기도 포천 출생으로 세종대학교 역사학과를 졸업하고 1984년부터 10여 년간 민주화운동청년연합 여성국장, 민족민주운동연구소 상임연구원 등으로 민주화 운동에 헌신했다. 1995년 새정치국민회의 부대변인으로 김대중 전 대통령과 연을 맺은 이래 국민의 정부 5년 동안 청와대 공보비서관, 공보기획비서관 , 대변인 등으 로 DJ를 측근에서 보좌했다. 노무현 정부에서 환경부 차관을 역임했고, 현재 민주당 소속 국회의원이다.

브루스 커밍스(Bruce Cumings) | 미국의 역사학자로 1943년 출생, 스와스모어 대학을 나와 컬럼비아 대학에서 박사학위를 받았다. 1967년 '평화봉사단' 의 일원으로 한국에 온

것이 인연이 되어 한국 문제가 그의 학문적 출발점이 됐으며 이후 동아시아 정치 경제, 미국과 동아시아 관계 등으로 범위를 넓혀가고 있다. 1981년과 1990년에 펴낸 『한국전쟁의 기원』 1,2권에서 한국전쟁에 관한 수정주의적 해석으로 미국과 한국 등에서 한국학의 권위자로 인정받았다. 미국의 클린턴 행정부 때는 평화와 외교를 기본노선으로 하는 대한반도 외교정책의 이론적 틀을 제공하기도 했다. 『전쟁과 TV』 (1993), 『한국현대사』(1997) 등의 저서가 있으며 지난해 발간한 저서 『한국전쟁 (The Korean War: A History)』을 고 김대중 대통령에게 헌정했다.

남재희 | 1934년 충북 청주 출생으로 서울대학교 법대를 졸업하고 한국일보, 민국일보 기자를 거쳐 조선일보(정치부장)와 서울신문(편집국장, 주필)에서 언론인으로 활동했다. 제10~13대 국회의원, 노동부 장관(1993~1994년)을 역임했다.

김두관 | 1959년 경남 남해 출생으로 동아대학교 정치외교학과를 졸업했다. 1988년 남해군 고현면 이어리 이장을 시작으로 민선 1, 2기 남해 군수(1995~2002년)를 지냈으며, 노무현 정부 첫 행정자치부 장관을 역임했다. 2010년 7월부터 경상남도 도지사로 일하고 있다.

강원택 | 1961년 서울 출생으로 서울대학교 지리학과를 졸업하고 같은 대학 대학원에서 정치학 석사를 받고 박사과정을 수료한 뒤 영국 런던정경 대학(LSE)에서 정치학 박사학위를 취득했다. 숭실대학교 정치외교학과 교수를 거쳐 2010년부터 서울대학교 정치외교학부 교수로 있다. 참여연대 의정감시센터 소장, 한국정당학회장을 역임했으며, 현재 한국정치학회 총무이사, 대통령 직속 미래기획위원회 위원으로 있다.

우석훈 | 1968년 서울 출생으로, 연세대학교 경제학과를 졸업하고, 파리10 대학에서 석사, 박사학위를 취득했다. 현대환경연구원(1996~1999년), 에너지관리공단 (1999~2003년), 초록정치연대(2003~2005년)에서 일했다. 지금은 2.1 연구소 소장을 맡고 있다.

이해찬 | 1952년 충남 청양 출생으로 서울대학교 사회학과를 졸업했다. 1970~1980년대 학생운동과 민주화운동에 몸담았으며 민청련 부위원장과 민통련 총무국장으로 일했다. 1988년 13대 총선에서 국회의원에 당선된 이래 2008년까지 국회의원으로 활동했으며 김대중 정부에서 교육부 장관, 노무현 정부에서 국무총리를 역임했다.

김기식 | 1966년 서울에서 출생하여 1985년 서울대학교에 입학했다. 대학을 입학하기 전 알

게 된 80년 광주의 진실에 영향 받아 학생운동을 시작했고, 노동운동을 거쳐 1994년 참여연대 창립 발기인으로 참여하였다. 이후 사무국장, 정책실장으로 일하다 2002 년부터 2006년까지 사무처장을 했다. 2007년 참여연대 정책위원장이 된 뒤 안식년 휴직 기간 동안 미국 스탠포드 대학 아태연구소에서 2년간 객원 연구원으로 있었다. 현재는 시민정치행동 '내가꿈꾸는나라' 공동준비위원장, 시민사회단체연대회의 운 영위원장, 참여연대 상임집행위원으로 활동하고 있다.

라종일 | 1940년 서울 출생으로 서울대학교 정치학과를 졸업하고 영국 케임브리지 대학에서 정치학 박사학위를 받았다. 1972년부터 경희대학교 정치외교학과 교수로 일했으며 1998년 DJ의 대통령 당선 이후 인수위원회 행정실장, 국가정보원 1차장(해외 및 북 한 담당), 그리고 영국 대사를 맡았다. 이후 참여정부에서 청와대 국가안보보좌관, 일본 대사를 역임했으며 지난 3월까지 우석대학교 총장으로 일했다.

함세웅 | 1942년 서울 출생으로 유년기에 한국전쟁의 참상을 목격하면서 성직자의 길을 걷게 됐다. 1965년 가톨릭대학교를 수료하고 바티칸으로 유학을 떠나 1968년 사제 서품, 우르바노 대학에서 신학석사, 1973년 그레고리오 대학에서 신학박사 학위를 받았 다. 귀국 후 연희동성당 보좌신부를 거쳐 응암동성당 주임, 1974년부터 가톨릭대학 교 교수로 일했다. 1974년초 지학순 주교 등 각계 인사들이 민주화운동을 벌이다 대 거 구속된 사건을 계기로 천주교정의구현전국사제단을 창립하고 민주화운동에 뛰어 들었다. 1976년 명동 3·1구국선언으로 구속되는 등 군부독재 하에서 2차례 옥고를 치렀다. 1987년 6월 민주항쟁 당시 천주교 서울대교구 홍보국장으로 일했고 1989 년에는 평화신문·평화방송을 창립, 초대 사장을 지냈으며 장위동 성당 상도동 성당 제기동 성당 주임신부로 일했다. 2004~2010년 민주화운동기념사업회 이사장을 역 임했고 현재 청구 성당 주임신부, 안중근의사기념사업회 이사장을 맡고 있다.

한명숙 | 평안남도 평양 출신으로 이화여자대학교 불어불문학과를 나와 같은 학교 대학원 여 성학 석사학위를 받았다. 한국여성민우회 회장, 한국여성단체연합 공동대표, 환경운 동연합 지도위원 등을 거쳐 제16대, 17대 국회의원과 제1대 여성부 장관, 제8대 환 경부 장관, 그리고 제37대 국무총리를 역임했다.

와다 하루키 | 1938년 일본 오사카 출생으로 1960년 도쿄 대학 문학부를 졸업한 뒤 1966년 부터 대학 강단에 섰다. 원래 전공은 러시아 현대사이지만 1973년 김대중 납치 사건을 계기로 한국의 민주화운동에 관심을 갖게 되면서 김대중·김지하 구명 운동 등 한국의 민주화운동을 지원하는 시민운동을 펼쳤다. 학문적으로도 한국

전쟁과 북한 현대사 등으로 한반도 관련 주제로 연구 범위를 넓혔다. 1998년 정년 퇴임을 한 후에는 '여성을 위한 아시아평화국민기금' '북일 국교촉진 국민협회' 활동 등을 통해 일본의 전후 보상, 민간 차원 북일 국교 정상화 촉구 활동 등을 하고 있다.